文學研究叢書・古典詩學叢刊

不廢江河萬古流

悅讀唐詩三百首（五）

李昌年　著

目次

六三、李商隱詩歌選讀

【事略】

李商隱（812－858），字義山，號玉谿生，又號樊南生，唐朝懷州河內（今河南省沁陽市）人，祖輩時遷居鄭州滎陽（今屬河南）。

李商隱與李賀一樣，都是唐室遠房宗親，但是年代久遠之後，家境早已沒落而相當貧寒。高祖曾任美原縣令，曾祖曾任安陽縣尉，祖父曾任邢州錄事參軍，父親李嗣曾任殿中侍御史。商隱出生時，李嗣任獲嘉縣（今河南省獲嘉縣）令。幼時隨父親李嗣遊宦浙江達六年之久，九歲喪父，乃扶櫬而歸，困窘到「四海無可歸之地，九族無可依之親」。除喪後，「傭書販舂」之餘，引錐刺股，奮勉向學，以求取功名，振興家門為急務。曾追隨堂叔習古文、書法，奠定深厚古文基礎。十五歲左右，學道於王屋山的分支玉陽山。

十六歲左右，以〈才論〉〈聖論〉（今不存）得到士大夫的讚賞。文宗大和三年（829）獲天平軍節度使令狐楚的賞識，辟為幕府巡官，親自傳授駢文章奏的訣竅，並令諸子與之同遊，可謂知遇恩重；故商隱於〈謝書〉云：「自蒙半夜傳衣後，不羨王祥得佩刀」。大和七年（833）首次應舉，落第，習業於京師。八年，為兗海觀察使崔戎掌章奏；九年再度應舉受挫，似曾有重返玉陽之行。開成二年（837），經令狐楚及其子綯的大力獎譽和引薦而進士及第，然尚待吏部銓敘才能任官；是年冬，令狐楚卒，遵楚命代為起草遺表，並隨楚喪返長安。由此可見李商隱早年與令狐家族恩義深重之一斑。

李商隱一生宦途崎嶇，只能長期棲身幕府，輾轉漂泊，完全沒有機會獨當一面去實踐政治理念。茲羅列其簡歷如下，以清眉目，節省

參考時翻檢之勞：

＊開成三年春，應博學宏辭科，先為考官所取，復審時遭所謂「中書長者」排擠而落第，遂投入涇原節度使王茂元幕下掌書記，備受賞愛，後來進而成為王之女婿。

＊開成四年，終於通過吏部銓敘，正式授官為祕書省校書郎。後因故離開，補弘農縣尉；未幾，為了搶救冤獄而得罪觀察使孫簡，於是在〈任弘農尉獻州刺史乞假歸京〉詩中發出「卻羨卞和雙刖足，一生無復沒階趨」之嘆而辭官，適逢姚合取代孫簡，諭使留任。

＊開成五年，由於河陽節度使李執方的資助，得以由濟源舉家遷居長安。

＊武宗會昌元年（841）離弘農尉，前往華州周墀幕下。

＊會昌二年，以書判拔萃入等，授祕書省正字；後因母喪居家。

＊會昌四年，移家永樂，曾自述此時「遁跡丘園，前耕後餉」，遂「渴然有農夫望歲之志」。

＊會昌五年春，應從叔李舍人之招，前往鄭州；後與家人居於洛陽，十月重官祕書省正字。

＊宣宗大中元年（847），桂管觀察使鄭亞辟為支使兼掌書記。

＊大中二年，離桂北歸，冬返長安，選為盩厔尉。

＊大中三年十月，武寧節度使盧弘止辟為判官而至徐州。

＊大中五年，盧氏病族，罷徐幕。春夏間妻王氏卒。曾上書求助於令狐綯而補太學博士，後又應東川節度使柳仲郢之聘，冬至梓州。曾被派往西川任推獄，旋歸東川。

＊大中九年（855）隨柳氏返京。十年初，抵長安，充鹽鐵推官。

＊大中十一年仍留原任，遊江東。次年罷官，還鄭州，不久病逝。

綜觀商隱在世四十餘年，歷憲、穆、敬、文、武、宣六宗之世，值晚唐多故之秋，除了閹寺擅權、藩鎮跋扈令人憤慨之外，政黨傾軋

的鬥爭之激烈，更加令他寒心。商隱儘管有心扭轉這種不正常的形勢，卻因曾受屬於牛僧孺黨的令狐氏栽培，竟然成為敵對的李德裕集團中王茂元的女婿，因而被視為「放利偷合，忘義負恩」的小人而拒絕往來；當時士林也鄙視他，以為「詭薄無行」而共同排斥他。在兩派勢同水火之下，注定了他仕途坎坷的命運，從此他必須飽受在政爭中得勢的牛黨的排擠而備嘗屈辱。

平心而論，商隱雖有用世之志，卻無朋黨政爭之意，因此他對於兩黨既無偏私的門戶之見，亦無依附以求榮之意，可惜無端捲入政爭漩渦而無法逃避，也無從施展抱負，於是只好把滿腔難以言宣的家國之感、際遇之悲、身世之嘆，藉助於香草美人的比興手法而形諸筆墨，因此形成抑鬱蒼涼的感慨和包蘊密緻、沉博絕麗的詩風。

李商隱的詩歌以七律成就為最高，其它各體詩也多有名篇警句，往往令人驚豔。整體而言，他善於鎔鑄歷史典故和神話傳說，通過比興象徵手法，構成豐富多彩的藝術形象。除了有些旨趣細密幽微，甚至晦澀難解而有「玉谿詩謎」之稱的作品之外，渾厚雄深的風格和蒼涼沉鬱的感慨，頗得杜甫的神髓；穠豔瑰麗的藻繪和奇幻詭譎的想像，則盡得李賀心法。

李商隱詩作的題材非常豐富多元，除了不少感懷身世之作能令讀者戚然心動之外，悼念亡妻的〈七月二十九日重讓宅讌作〉〈辛未七夕〉〈七夕〉〈正月崇讓宅〉等篇讓人泫然欲泣，追憶故友的〈哭劉蕡〉〈哭劉司戶蕡〉〈哭劉司戶二首〉等作也令人感慨悲憤。

他的詠史詩能見人之所未見，言人之所謂言，如〈富平少侯〉〈南朝〉〈北齊二首〉〈籌筆驛〉〈隋宮〉〈馬嵬〉〈詠史〉〈賈生〉〈龍池〉〈東阿王〉〈涉洛川〉等，都能以矯健凌厲的史筆表現出獨到的慧見；以時事入詠的篇章如〈隨師東〉〈重有感〉〈曲江〉等，也能體現憂國憂民的情懷。仔細審讀他的政治詩篇，可以充分領略到詩中議論縱橫，奇趣橫生；而且鞭辟入裡，爽利無匹，簡直令人拍案叫絕。

　　他的詠物詩同樣精采可觀，如〈蜨〉〈蟬〉〈流鶯〉〈野菊〉〈牡丹〉〈柳〉〈李花〉〈鸞鳳〉〈破鏡〉〈鴛鴦〉〈北禽〉〈深樹見一顆櫻桃尚在〉等篇章，兼用擬化和雙關的技巧，加入奧妙的想像和真摯的情感，達到物我兩化、渾融無跡的勝境；即使純然詠物而別無寄託的〈微雨〉〈細雨〉〈霜月〉，以及只是紀錄交遊酬酢的詩篇如〈初食笋呈座中〉〈百果嘲櫻桃〉〈櫻桃答〉〈送崔珏往西川〉〈寄令狐郎中〉〈夜雨寄北〉等，也都清新可諷，真情可感。

　　除了〈柳枝五首〉〈病中早訪招國李十將軍遇挈家遊曲江二首〉〈春雨〉〈落花〉〈錦瑟〉等與愛情相關的詩篇令人讚賞之外，他的〈無題〉諸作，更是寫得如怨如慕，如泣如訴，格外動人情腸；而且意境迷離惝恍，風格瑰奇幽眇，最難以疏解，也最受世人矚目，因此元好問〈論詩絕句〉說：「詩家總愛西崑好，獨恨無人作鄭箋。」儘管如此，千百年來，李商隱的詩歌始終像璀璨的夜空中那顆耀眼而神祕的星辰，永遠散發出最迷人眼目、也最盪人心魂的特殊光華。

　　在詩歌的長河中，李商隱與杜牧齊名，號為「小李、杜」；又與溫庭筠齊名，號稱「溫、李」。宋代楊億、劉筠等人極為推崇商隱，刻意模仿他繁縟穠艷、華辭密典的詩風，號為「西崑體」。

　　商隱除了是詩壇奇才之外，也是文壇健將。他的散文見解深刻，筆鋒犀利，風格勁峭，有銳不可當的氣勢；駢文則典雅華麗，宏博深奧，被奉為四六文的金科玉律。當時商隱與溫庭筠、段成式各以穠艷相誇，由於三人都排行第十六，因此號為「三十六體」。後商隱自訂其駢文集為《樊南四六甲乙集》，從此「四六文」正式成為駢文之代稱。

　　《全唐詩》存其詩 3 卷，經學者輯佚後共計六百餘首。

【詩評】

01 蔡啟：王荊公晚年亦喜稱義山詩，以為唐人知學老杜而得其藩籬者，惟義山一人而已；每誦其「雪嶺未歸天外使，松州猶駐殿前軍」「永憶江湖歸白髮，欲回天地入扁舟」「池光不受月，暮氣欲沉山」「江海三年客，乾坤百戰場」之類，雖老杜無以過。（胡仔《苕溪漁隱叢話》引《蔡寬夫詩話》）

02 蔡啟：義山詩合處，信有過人；若其用事深僻，語工而意不足，自是其短。世人反以為奇而效之，故崑體之弊，適重其失，義山本不至是。（胡仔《苕溪漁隱叢話》引《蔡寬夫詩話》）

03 許顗：李義山詩，字字鍛煉，用事婉約，仍多近體；唯有〈韓碑〉一首是古體。（《彥周詩話》）

04 許顗：熟讀義山詩與山谷詩而深思焉，可去淺易鄙陋之氣。（《彥周詩話》）

05 范溫：義山詩，世人但稱其巧麗，與溫庭筠齊名；蓋俗學只見其皮膚，其高情遠意皆不識也。（《潛溪詩眼》）

06 葛立方：楊文公……嘗論義山詩以「包蘊密緻，演繹平暢，味無窮而炙愈出，鑽彌堅而酌不竭；使學者少窺其一斑，若滌腸而浣骨。」（葛立方《韻語陽秋》）

＊ 編按：宋人江少虞《皇宋事實類苑》所記則略有不同：味有窮而炙愈出，鑽彌堅而酌不竭；曲盡萬變之態，精索難言之要，使學者少窺其一斑，略得其餘光，若滌腸而換骨矣。

07 葉夢得：唐人學老杜，惟商隱一人而已，雖未盡造其妙，然精密華麗，自亦得其彷彿。（《石林詩話》）

08 葉夢得：王荊公亦嘗為蔡天啟言，學詩者未可遽學老杜，當先學商隱；未有不能為商隱而能為老杜者。（《石林詩話》）

09 朱弁：詩學李義山詞氣雍容，不蹈其險怪奇澀之弊。（《宋史·朱弁傳》）

10 朱弁：李義山擬老杜詩云：「歲月行如此，江湖坐渺然」，真是老杜語也。其他句：「蒼梧應露下，白閣自雲深」「天意憐幽草，人間重晚晴」之類，置杜集中亦無媿矣；然未似老杜沉涵汪洋，筆力有餘也。義山亦自覺，故別立門戶成一家；後人挹其餘波，號「西崑體」，句律太嚴，無自然氣度。黃魯直深悟此理，乃獨用崑體工夫而造老杜渾成之地，今之詩人少有及者。（《風月堂詩話》）

11 張戒：李義山、劉夢得、杜牧三人，筆力不能相上下，大抵工律詩而不工古詩，七言尤工，五言微弱。……義山多奇趣，夢得有高韻，牧之專事華藻，此其優劣耳。（《歲寒堂詩話》）

12 張戒：義山……詠物似瑣屑，用事似僻，而意則甚遠；世但見其詩喜說婦人，而不知為世鑑戒。（《歲寒堂詩話》）

13 敖陶孫：李義山如百寶流蘇，千絲鐵網，綺密瑰妍，要非適用。（《臞翁詩評》）

14 范梈：李商隱家數微密閒豔，學者不察，失於細碎。（《木天禁語》）

15 方回：義山詩感興託諷，運意深曲，佳處往往逼杜，非飛卿可比肩。（《瀛奎律髓》）

16 辛文房：商隱工詩，為文瑰邁奇古，辭難事隱；即從（令狐）楚學儷偶長短，而繁縟過之。每屬綴多檢閱書冊，左右鱗次，號「獺魚祭」，而旨能感人，人謂其橫絕前後。（《唐才子傳》）

17 高棅：元和後，律體屢變，其間有卓然成家者，皆自鳴所長。若李商隱之長於詠史，……其造意幽深，律切精密，有出常情之外者。（《唐詩品彙》）

18 高棅：李商隱正派，詠物最縝密。（《唐詩品彙》）

19 陸時雍：李商隱七言律，氣韻香甘；唐季得此，所謂枇杷晚翠。（《詩鏡總論》）

20 陸時雍：李商隱麗色閒情，雅道雖漓（按：風雅之道雖嫌淺薄），
　　亦一時之勝。（《詩鏡總論》）

21 王夫之：義山詩寓意俱遠，以麗句影出，實自《楚辭》來。宋初
　　諸人，得其衣被，遂使「西崑」與「香奩」並目。（《唐詩評選》）

22 錢謙益：義山當南北水火（按：南司指執政之朝臣，北司指宦官
　　而言），中外箝結，若喑而欲言也，若魘而求寤也，不得不紆曲
　　其指，誕謾其詞，婉孌托寄，讔謎連比，此亦風人之遐思，〈小
　　雅〉之寄位也。（〈注李義山詩集序〉）

23 何焯：義山五言出於庾開府，七言出於杜工部；不深究本源，未
　　易領略其佳處也。七言句法兼學夢得。（《義門讀書記》）

24 何焯：牧之與義山俱學子美，然牧之豪健跌宕，而不免過於放；……
　　不如義山頓挫曲折，有聲有色，有情有味所得為多。（《義門讀
　　書記》）

25 何焯：馮定遠謂熟觀義山詩，自見江西之病；余謂熟觀義山詩，
　　兼悟西崑之失。西崑只是雕飾字句，無論義山之高情遠識；即文
　　從字順，猶有間也。（《義門讀書記》）

26 吳喬：義山始雖取法少陵，而晚能規模屈、宋；優柔敦厚，為此
　　道瑤草琪花。凡諸篇什，莫不深遠幽折，不易淺窺。（〈西崑發
　　微序〉）

27 吳喬：於李、杜、韓後能別開生路自成一家者，惟李義山一人。
　　既欲自立，勢不得不行其心之所喜深奧之路；義山思路既自深奧，
　　而其造句也，又必使人知其意，故其詩七百年來知之者尚鮮也！
　　（《圍爐詩話》）

28 吳喬：劉夢得、李義山之七絕，那得讓開元、天寶。（《圍爐詩
　　話》）

29 錢良擇：義山詩獨有千古，以其力之厚、思之深、氣之雄、神之
　　遠、情之摯；若其句之練、色之豔，乃餘事也。西崑以堆金砌玉

倣義山，是畫花繡花，豈復有真花香色？梨園撏撦（按：多方摘取、撮拾；多指剽竊詞句或割裂文義）之誚，未足以盡之也。（《唐音審體‧錦瑟詩眉批》）

＊ 編按：宋‧劉攽《貢父詩話》：「賜宴，優人有為義山者，衣服敗敝，告人曰：『吾為諸館職撏撦至此。』」

30 田雯：義山七律，逐首擅場，特須鄭箋耳。義山諸體之工，唐人實無出其右者，不獨七律也，又不獨香奩也。（《古歡堂集雜著》）

31 田雯：義山（七絕）佳處，不可思議，為唐人之冠；一唱三弄，餘音裊裊，絕句之神境也。（《古歡堂集雜著》）

32 毛先舒：義山七絕，使事尖新，設色濃至，亦是能手。間作議論處，似胡曾詠史之類，開宋惡道。（《詩辯坻》）

33 李因培：玉谿詠物，妙能體貼，時有佳句，在可解不可解之間。（《唐詩觀瀾集》）

34 朱鶴齡：唐至太和以後，閹人暴橫，黨禍蔓延；義山阨塞當涂，沉淪記室。其身危，則顯言不可而曲言之；其思苦，則莊語不可而譀語之。計莫若瑤臺璚宇、歌筵舞榭之間，言之者可無罪，而聞之者足以動。其〈梓州吟〉曰：「楚雨含情皆有託」，早已自下箋解矣！吾故為之說曰：義山之詩，乃風人之緒音，屈、宋之遺響，蓋得子美之深而變出之者也；豈徒以徵事奧博，擷采妍華，與飛卿、柯古爭霸一時哉！（〈箋注李義山詩集序〉）

＊ 編按：「楚雨含情皆有託」七字，是指自己僚友皆得以棲身於柳仲郢幕下，與其詩是否有寄托，其實無關。柯古，段成式之字。

35 宋長白：李義山、陸渭南皆祖少陵者。李之蘊藉、陸之排奡（按：奔放、矯健之意），皆能寓變化於規矩之中；李去其靡，陸去其粗。（《柳亭詩話》）

36 沈德潛：義山近體，襞績（按：又作襞積，本指衣服皺摺處，亦可指詩文的縫綴、修飾）重重，長於諷諭，中有頓挫沉著，可接

武少陵者，故應為一大家。後人以溫、李並稱，只取其穠麗相似，其實風骨各殊也。（《唐詩別裁》）

37 沈德潛：義山長於諷諭，工於徵引，唐人中另開一境；顧其中譏刺太深，往往失於輕薄。（《唐詩別裁》）

38 沈德潛：義山……長於諷諭，中多借題攄抱；遭時之變，不得不隱也。詠史十數章，得杜陵一體。至云「但須鸑鷟巢阿閣，豈假鴟鴉在泮林」，不愧讀書人持論。（《說詩晬語》）

39 黃子雲：人皆謂少陵歿後，義山可為肖子。吁！何弗思之甚耶？彼渾厚在氣，此之渾厚在填事；彼之諷諭必指實，此之諷諭動涉虛；彼則意無不正，此則思無不邪；風馬之形，大相逕庭，奚待一一量校，而後知其偽哉！（《野鴻詩的》）

＊ 編按：此說雖極具偏見，亦姑錄之以聊備一格。

40 牟願相：李商隱詩明暗參半，然欲取一人備晚唐之數，定在此君。（《小澥草堂雜論詩》）

41 姚培謙：唐自元和以後，五七言古體，靡然不振，即義山亦非所長。至其七言律體，瓣香少陵，獨標秘朗，晚唐人罕有其敵；讀者無僅與牧之、飛卿諸公同類而並觀之也。（〈李商隱七律會意例言〉）

42 姚培謙：少陵七律格法精深，而取勢最多奇變，此秘唯義山得之；其脫胎得髓處，開出後賢多少門戶。（〈李商隱七律會意例言〉）

43 馮浩：晚唐以李義山為巨擘。余取而誦之，愛其設采繁豔，吐韻鏗鏘，結體森密；而旨趣之遙深者未窺焉。（《玉谿生詩集詳註・序》按：「詳註」二字或本作「箋注」，同書而異名）

44 馮浩：義山不幸而生於黨人傾軋，宦豎橫行之日，且學優奧博，性愛風流，往往有正言之不可，而迷離煩亂、掩抑紆迴寄其恨而晦其跡者。（《玉谿生詩集詳註・發凡》）

45 范大士：玉谿詩綺密瑰妍，然首首生動，絕無板重之嫌，故令讀者不厭。（《歷代詩發》）

46 永瑢、紀昀：商隱詩與溫庭筠齊名，詞皆縟麗；然庭筠多綺羅脂粉之詞，商隱感時傷事，尚頗得風人之旨。（《四庫全書總目提要・卷151》）

47 姚鼐：玉谿生雖晚出，而才力實為卓絕，七律佳者，幾欲遠追拾遺（按：指曾任拾遺之杜甫）；其次者，猶足近掩劉、白。第以矯弊滑易，用思太過，而僻晦之弊又生；要不可不謂之詩中豪傑士矣。（《五七言今體詩鈔》）

48 葉燮：七言絕句，古今推李白、王昌齡；李俊爽，王含蓄，兩人辭、調、意俱不同，各有至處。李商隱七絕寄托深而措辭婉，實可空百代無其匹也。……宋人七絕，大概學杜甫者十（之）六七，學李商隱者十（之）三四。（《原詩》）

49 翁方綱：玉谿五律，多是絕妙古樂府，蓋玉谿風流蘊藉，尤在五律也。（《石洲詩話》）

50 翁方綱：微婉頓挫，使人蕩氣迴腸者，李義山也；自劉隨州（按：指曾任隨州刺史之劉長卿）而後，漸就平坦，無從睹此丰韻。七律則遠合杜陵；五律、七絕之妙，更深探樂府。晚唐自小杜而外，唯有玉谿耳；溫岐、韓偓，何足比哉！（《石洲詩話》）

51 管世銘：善學少陵七言律，終唐之世，唯義山一人；胎息在神骨之間，不在形貌。……其〈哭劉蕡〉〈重有感〉〈曲江〉等詩，不減老杜憂時之作。組織太工，或為詩家藉口，然意理完足，神韻悠長，異時西崑諸公，未有能學而至者也。（《讀雪山房唐詩・序例》）

52 管世銘：李義山（七絕）用意深微，使事穩愜，直欲於前賢之外，另闢一奇；絕句秘藏，至是盡洩，後人更無可以展拓處也。（《讀雪山房唐詩・序例》）

53 管世銘：七言（古）音節，昌黎而後，頓爾銷亡；知之者惟長吉、義山數人。（《讀雪山房唐詩・序例》）

54 管世銘：李樊南集中（五律）沉著之作，自命亦復不淺。（《讀雪山房唐詩・序例》）

55 林昌彞：余極愛義山詩，非愛其用事繁縟，蓋其詩外有詩，寓意深而托興遠；其隱奧幽豔，於詩家別開一洞天，非時賢所能摸索也。（《射鷹樓詩話》）

56 胡壽芝：玉谿專攻近體，清峭中含感愴；用事婉約，學少陵得其藩籬著。後人近體必先從之入手。五言長律，亦以溫麗芊綿勝。（《東目館詩見》）

57 劉熙載：詩有借色而無真色，雖藻繢，實死灰耳；李義山卻是絢中有素。（《藝概・詩概》）

58 施補華：義山七律，得於少陵者深，故穠麗之中時帶沉鬱，如〈重有感〉〈籌筆驛〉等篇，氣足神完，直登其堂入其室矣；飛卿華而不實，牧之俊而不雄，皆非此公敵手。（《峴傭說詩》）

59 施補華：義山七絕，以議論驅駕書卷，而神韻不乏，卓然有以自立；此體於詠史最宜。（《峴傭說詩》）

60 馮班：義山自謂杜詩韓文。王荊公言學杜當自義山入。余初得荊公此論，心謂不然；後讀山谷集，粗硬槎牙，殊不耐看，始知荊公此言正所以救江西之病也。若從義山入，便都無此病。（《才調集》）

61 馮班：李玉溪全法杜，文字血脈，卻與齊、梁人相接。（《鈍吟老人雜錄》）

62 錢龍惕：義山成名於文宗開成之年，仕於武、宣之際。其時南北水火，牛李恩怨，義山浮沉下僚，而實被鉤黨之禍，故其詩抑揚怨誹，呼憤抑塞；然要歸於尊朝廷而叱奄豎，近君子而遠小人。

其詞迂曲讔謎，使非考據黨事之離合、人品之邪正，洞若觀火，則其言論、出處之大，有未易可知者。（《大克集》）

63 錢龍惕：義山〈無題〉諸什，掇宮體、《玉臺》之菁英，加以聲勢律切，令讀者咀吟不倦，誠千古之絕調。然楊眉庵（按：明人楊基字孟載號眉庵）以為雖極其穠豔，皆託於臣不忘君之意，而深惜乎才之不遇，則其詞有難於顯言者。沉裙裾脂粉之詞，閨房謔浪之事，僅可以意逆志，毋庸刻舟求劍。（《大克集》）

64 錢龍惕：其弘深精切，上薄《風》《騷》，下該沈、宋，升少陵之堂而入其室。（《大克集》）

65 錢龍惕：高庭禮、李空同（按：明人李夢陽號空同子）之流，欲為杜詩而黜義山為晚唐卑近，是登山而不繇徑，泛海而斷之港也。然其用意高遠，運辭精奧，讀者未必易曉。（〈玉谿生詩箋敘〉）

66 賀裳：正人不宜作豔詩。……至元稹、杜牧、李商隱、韓偓，而上宮之迎，垝垣之望，不惟極意形容，兼亦直認無諱，真桑、濮耳孫也。（《載酒園詩話》）

＊ 編按：賀說屬道德批判，與詩藝無關，置之可也。「上宮」「垝垣」皆《詩經》中描寫男女戀情之地點；「耳孫」，八代孫、遠孫之意。

67 賀裳：元、白、溫、李，皆稱豔手，然樂天「來如春夢幾多時，去似朝雲無覓處」一篇為難堪，餘猶〈國風〉之愛色。……李義山「書被催成墨未濃」「車走雷聲語未通」，始真是浪子宰相、清狂從事。（《載酒園詩話》）

68 宋犖：晚唐李義山刻意學杜，亦是精麗。（《漫堂說詩》）

69 宋犖：世之稱詩者易言律，尤易言七言律。……平心而論，初唐如花初苞，英華未弢；盛唐王維、李頎、岑參諸公，聲調氣格，種種超越，允為正宗。中、晚之錢、劉、李、劉（滄）亦悠揚婉麗，颯颯乎雅人之致；義山造意幽邃，感人尤深。（《漫堂說詩》）

70 薛雪：有唐一代詩人，惟李玉溪直入浣花之室；溫飛卿、段柯古諸君，雖與並名，不能歷其藩翰。後人以「獺祭」毀之，何其愚也！試觀獺祭者能作得半句玉溪否？（《一瓢詩話》）

71 薛雪：李玉溪無疵可議。要知前有少陵，後有玉溪，更無有他人可任鼓吹；有唐惟此二公而已。（《一瓢詩話》）

72 馬位：玉溪筆墨照千古，豈因覺範一語減色耶？況李詩妙處何只斯二句？如〈韓碑〉，直與昌黎〈平淮西文〉並峙不朽；即〈石鼓歌〉，無以加焉。尚有〈詠蟬〉：「五更疏欲斷，一樹碧無情」，常人能道隻字否？世徒摘其綺辭麗句而雌黃義山，不亦妄乎？謂其深學老杜，信然。（《秋窗隨筆》）

* 編按：「覺範」是指作《冷齋夜話》的僧人釋惠洪。許顗《彥周詩話》載：「洪覺範《冷齋夜話》有曰：『詩至李義山，為文章一厄。』僕至此憮額無語。渠再三窮詰，僕不得已曰：『夕陽無限好，只是近黃昏。』」覺範曰：『我解子意矣。』即時削去。今印本猶存者，蓋已傳出者。」

73 方南堂：晚唐自應首推（小）李、杜。義山之沉鬱、樊川之縱橫傲岸，求之全唐中亦不多見；而氣體不如大曆諸公者，時代限之也。（《輟鍛錄》）

74 李調元：學杜而處處規撫，此笨伯也，終身不得升其堂，況入其室？唐人升堂，惟李義山一人而已。……蓋義山自立門戶，絕去依傍，乃能成家。黃山谷名為學杜，實從義山入手，故猶隔　層；然戛戛獨造，亦成江西一派。此古人脫胎換骨，不似今人依樣葫蘆也。（《雨村詩話》）

75 法式善：覃溪先生告余曰：「山谷學杜所以必用逆法者，正因本領不能敵古人，故不得已而用逆也；若李義山學杜，則不必用逆，又在山谷之上矣。」此皆詩家秘妙真訣也。（《陶廬雜錄》）

76 方東樹：先君云：「七律中以文言敘俗情入妙者，劉賓客也；次

則義山，義山滋之以藻飾。」（《昭昧詹言》） ○七律除杜公、輞川兩正宗外，大曆十才子、劉文房及白傅亦足稱宗，尚皆不及義山；義山別為一派，不可不精擇明辨。（《續昭昧詹言》）

77 喬億：不觀楊、劉唱和詩，不知義山筆力高不可及。（《劍溪說詩》）

78 丁繁滋：七律到十分滿者，杜陵外只有義山一人。（《臨水莊詩話》）

79 梁章鉅：唐詩自李、杜、韓、白四大家外，尚有李義山、杜樊川兩集亦須熟看，當時亦以李、杜並稱。（《退庵隨筆》）

80 李慈銘：義山七律，有逼似少陵者，七絕尤為晚唐以後第一人；五律亦工，古體則全無筆力。（《越縵堂日記》）

81 張佩綸：溫飛卿與玉谿生並稱，格致不逮遠甚。其〈西陵道士茶歌〉結句云：「疏香皓齒有餘味，更覺鶴心通杳冥」；李之所以勝溫者，以有餘味而心通杳冥耳。善品詩者，必能辨之。（《澗于日記》）

82 張佩綸：《隨園詩話》載王樓村先生詩學「三山」，謂香山、義山、遺山。……余亦有「三山」，則義山、半山、眉山耳。香山與義山太不類，遺山亦不足學。由半山以溯昌黎，由眉山以規李、杜，此學詩之津梁。通唐、宋之界而上，無晚唐詖靡之音，下斷江西粗直之派，則亦詩之中流也。（《澗于日記》）

83 陸崑曾：義山古詩，自魏、晉至六朝，無體不有。……意在規撫老杜，但得其質樸，而氣格韻致終遜之。即五言律詩，亦稍薄弱；惟七律直可與杜齊驅，其變化處乃神似，非形似也。（《李義山詩解·凡例》）

84 陸崑曾：義山五律，亦法少陵，至斷句尤為晚唐獨步。……然用意率皆清峭刻露。（《李義山詩解·凡例》）

85 陸崑曾：不讀全唐各家詩，不知義山措詞之妙；不讀一題同賦詩，不知義山用意之高。（《李義山詩解・凡例》）

86 黃叔琳：以吾觀唐人李義山之詩，抑何寓意深而託興遠也！往往一篇之中，猝求其指歸所在而不得；奧隱幽豔，於詩家別開一洞天。（姚培謙《李義山詩集箋注》黃叔琳序）

87 程夢星：昔先君子好唐賢詩，尤酷喜玉谿生所作一編，冰雪往往自攜。嘗……曰：「有唐詩人，要以子美、退之為極則。然終唐之世，無學杜者，獨玉谿之詩胚胎於杜；亦無學韓者，而玉谿詠〈韓碑〉即效其體。蓋其取法崇深，以成自詣。至於歌行，得長吉之幽微，而險怪務去；近體匹飛卿之明豔，而穩重過之。中、晚以來，諸家罕有敵者。」（《李義山詩集箋注》汪增寧序）

88 程夢星：詩須有為而作也。義山於風雲月露之外，大有事在，故其於本朝之治忽理亂，往往三致意焉。（《李義山詩集箋注・凡例》）

89 程夢星：集中有學漢、魏者，有學齊、梁者，有學韓者，有學李長吉者，此格調之詭譎善幻也。（《李義山詩集箋注・凡例》）

90 傅庚生：杜工部〈江上短述〉詩句云：「為人性僻耽佳句，語不驚人死不休。」蓋意主於奇，辭求其鍊也。韓退之、李義山皆嘗宗杜為篇什矣；韓搜其奇而不返，李守其鍊而不舒。「忽忽乎余未知生之為樂也，願脫去而無因」，退之竟以奇而創以文入詩之格。……「滄海月明珠有淚，藍田日暖玉生煙」，義山終以鍊而滋難覓解人之苦。……至兩家之所善，則均難躋攀也。（《中國文學欣賞舉隅》）

276 無題（七律）　　　　　　　　　　　李商隱

相見時難別亦難，東風無力百花殘。春蠶到死絲方盡，蠟炬成灰淚始乾。曉鏡但愁雲鬢改，夜吟應覺月光寒。蓬山此去無多路，青鳥殷勤為探看。

【詩意】

　　要排除多少障礙，克服多少困難，費盡多少苦心，才能夠短暫相見，淺嚐片刻的溫馨甜美，稍微撫慰相思之苦，因此在不得不分手的時候，自然就更加惆悵感傷而眷戀難捨了！又是暮春時節，東風已經無力再呵護春花，只能黯然地看著百花紛紛凋殘零落了（就像被命運折磨而心力交瘁的我們，也已經無法再維繫我們珍愛的情感，不讓它受到傷害了）。儘管如此，但是我對你千迴百轉的相思，就像春蠶吐絲般纏綿不已，至死方休；對你刻骨銘心的愛慕，就像蠟炬燃燒一樣，即使熬盡心血，流盡清淚，直到化為灰燼為止，我也無怨無悔！每當終夜輾轉反側之後的清晨，我在對鏡梳妝時，只擔心原本烏雲般的鬢髮中已經暗添白絲；想來你應該和我一樣，在中宵難眠而吟詩遣懷時，也會感受到月光特別淒神寒骨吧（所以要請你特別珍重啊）！所幸你居住的蓬山距離此地還不算太遙遠，我會懇請青鳥慇勤地去探訪你，為我傳達綿長不盡的思念之意……。

【注釋】

① 「相見」句——由於相見極為不易，因此倍覺離別之難以割捨。前一「難」字，難得、不易也；後一「難」字，難以割捨、痛苦難忍也。

② 「東風」句——點出暮春離別，又以衰殘的景象渲染愁慘的離情，

並象徵無力珍護芳華的悲哀。

③ 「春蠶」二句——以淒美的形象，既借喻情貞愛固，至死方休的承諾，同時也傳達出思念之綿長難解，別恨之悠悠不盡。春蠶句，借喻情絲之綿長不絕。蠟炬句，象喻別恨之無窮；杜牧〈贈別〉：「蠟燭有心還惜別，替人垂淚到天明。」

④ 「曉鏡」二句——謂晨起梳妝，只愁雲鬢添霜，蓋已終宵不寐矣；料想對方亦別恨難解而吟詩遣悶，應覺月光清寒。鏡，轉品為動詞，攬鏡梳妝。但愁，唯恐、只擔憂。雲鬢，形容年輕女子濃密之鬢髮；雲鬢改，秀髮失去光澤或竟生白髮。夜吟句，懸想對方吟詩遣懷的活動與感受。應覺，屬懸想對方之用語。

⑤ 「蓬山」二句——意謂對方所居非遙，可憑青鳥傳遞書信，為雙方殷勤探望問候。蓬山，傳說中的蓬萊仙山；《列子‧湯問》：「渤海之東不知幾億萬里，有大壑焉，……名曰歸墟。……其中有五山焉：一曰岱輿，二曰員嶠，三曰方壺，四曰瀛洲，五曰蓬萊。」此代指意中人所居之處。青鳥，傳說中之神鳥，為西王母的使者；《山海經‧大荒西經》：「西有王母山，……有三青鳥，赤首黑目，一名曰大鵹，一名少鵹，一名曰青鳥。」注曰：「皆西王母所使也。」此代指傳遞書信之人。看，音ㄎㄢ，嘗試之辭；白居易〈松下贈秦客〉詩：「偶因群動息，試撥一聲看」及〈眼病〉詩：「人間方藥應無益，爭得金篦試刮看」之「看」字，義皆同此。

【導讀】

　　義山有不少膾炙人口的詩篇，有的逕以「無題」標目，有的取首句數字名篇。這類詩大抵並非成於一時一地，亦非專詠一人一事，很難確實指證詩中所詠嘆的內涵、對象及旨趣為何，因此形成所謂的「玉谿詩謎」。尤其是義山以其綺才豔骨、錦心繡腸所經營出的「無題」

諸作，不僅意象豐美，情韻綿邈，寄興遙深，託諷幽微，而且極具朦朧淒迷，委婉惆悵的情致，更是讓許多學者在目眩神迷，心折骨驚之餘，直欲探析本事，究洞微旨，進而登堂入室，一窺騷心之玄妙。可惜的是：儘管他們詳盡的注釋對於理解字詞涵義頗有助益，然而對詩歌背景的人事時地又往往有穿鑿附會之虞，讓人困惑難安。筆者以為，如果我們還沒有足以令人信服的證據，可以用來確指詩中所隱藏寄寓的本事為何，則寧可純就詩歌本身的情義內涵、意境興象來欣賞詩人的匠心獨運之美，才能避開許多捕風捉影的臆測[1]，還給詩歌本身純淨而深美的藝術風貌，也還給詩人應有的人格尊嚴。否則，無視於詩句本身所呈顯的情義，一味地追求絃外之音、言外之意，只怕會有明察秋毫而不見輿薪之譏，對於文學的賞析而言，也難免會有買櫝還珠之憾。劉勰在《文心雕龍·神思》中說：「或理在方寸，而求之域表；或義在咫尺，而思隔山河[2]。」雖然所談的是寫作時辭不達意的窘狀，何嘗不能作為我們賞讀義山詩歌時的警惕呢？

　　本詩的情節大約是一位癡心的女子在暮春時節和情人不得不離別之後，強忍傷心欲絕的痛苦，墨淚合流地向對方剖示心跡，藉以訴說割捨不斷的綿長思慕，和深情無悔，生死不渝的堅貞情操，同時表達明白對方的牽掛懸念，以及期盼重逢相聚的心願——儘管這分心願像海外仙山那樣縹緲虛幻，遙不可及，她仍然願意燃燒生命，熬盡心血地堅持到底[3]。八句詩所傳達的情義可以依序概括為：難分難捨的淒怨悲愴、無力珍護愛情的黯然神傷、至死不渝的纏綿情意、春心成灰的執著堅毅、朝朝暮暮的相思煎熬、夜以繼日的牽腸掛肚、溫柔婉約的寬解勸慰，以及積極追求的熱切渴望。由於抒情真摯沉痛，譬喻傳神生動，再加上怨慕泣訴之悲，讀來如見如聞，因此能感人肺腑，動人魂魄，成為傳誦千古的情詩。

　　「相見時難別亦難」七字，是化用曹丕等人「別易會難[4]」的感慨而翻疊出更深沉的涵義，不僅「相見」和「別」相對，有了才剛相

見就又要立即分手的匆促短暫之感,同時重出疊見的「難」字,又正好安排在「上四下三」句法的音步上作停頓,既使音節和諧流利,有了回環曲折的頓挫之美,而且似乎也隨著聲情暗傳了坎坷淒苦之意。曹丕等人之所以認為別易而會難,殆因哽咽一聲珍重,從此便風煙萬里而遠隔天涯海角了,故曰「別易」;而此後要經歷多少時日的相思煎熬,用盡多少苦心的細密安排,克服多少人事的困難阻礙,還得多少因緣際會才能短暫相聚,故曰「會難」。義山翻用古語,表示由於前述種種周章曲折之不易,故倍感離別難捨之痛苦,便使黯然淒切的傷痛,更形深婉層折,可以使人聞而心酸。這七個字語淡情濃,不僅遠勝所有以「別易會難」為基調的詩句所給人的感動,連後來李煜〈浪淘沙〉詞中的名句「別時容易見時難」,都未必就勝過本句在情深語摯之中所暗藏的情緒壓抑和哽咽語氣,由此可見詩人脫胎換骨而奪其神髓的功力之高了。

「東風無力百花殘」七字,除了點明分手的時節之外,更有幾層纏綿而窈眇的興象可玩:

＊首先,這種風軟花殘的景象,正是戀人分手時心緒黯然的象徵。

＊其次,則是以擬人化的思維來渲染離情,似乎東風也為我倆愁慘而軟弱無力,百花也為我倆憂傷而斂容垂首,因此錢謙益《唐詩鼓吹評注》說:「有如『天若有情天亦瘦』也。」趙臣瑗《山滿樓箋注唐詩七言律》說:「若曰當斯時也,風亦為我興盡而不敢復顛,花亦為我神傷（而）不敢復豔,情之所鍾至於如此。」

＊第三,傷別之人,本已心緒淒然,又逢暮春時節,更添幾分蕭索落寞的感傷;因為她雖然無力留春,亦無力護花,只能任憑春老花殘,但是她的心中不能漠然無動於衷,自然倍覺神傷。

＊第四,由花之憔悴,不免思及珍美之情愛亦將凋萎;而即將勞燕分飛的離人,難有重聚之日,猶如花瓣之辭枝委地,絕無重綻枝頭之理,是以更形淒絕。

　＊第五，風頹花萎而春將遠逝，多情之人竟無可如何，正如似水韶
　　華轉眼即逝，而繾綣恩愛即將斷絕，自己竟無計挽留一般，自然
　　益增悵恨。

換言之，這一句是以象徵手法藏情於景，正好和首句淺白的抒情融合
無間，足以使人聞而落淚，因此姚培謙《李義山詩集箋注》說這七個
字「極摹銷魂之意」。

　　「春蠶到死絲方盡」七字，是表示自己情思的纏綿正如作繭自縛
的春蠶，甘心之死靡它。南朝樂府〈西曲歌〉之〈作蠶絲〉曰：「春
蠶不應（按：不顧惜之意）老，晝夜常懷絲。何惜微軀盡？纏綿自有
時。」義山即騑栝其義而又能翻出深情。古樂府中的「不惜微軀盡」
是因為將來仍有旖旎纏綿的心願可以實現，所以才能忍受相思之苦的
煎熬，無怨無悔地嘔心瀝血；義山本句卻是既不計希望之有無，也無
懼於美夢之終將成空，只是一往情深地執著於付出而不求任何回報，
而且至死方休，因此更是纏綿悱惻，淒美欲絕。何況，「至死」已經
暗示了悲劇色彩，而仍執迷不悟，就更令人怊悵難已了。

　　「蠟炬成灰淚始乾」七字，也是意象豐美，耐人尋味的譬喻：蠟
燭的光明，象喻心志的貞潔；蠟燭的燃燒，象喻心血的煎熬；低垂的
蠟淚，象喻相思的珠淚；燭芯成灰，則象喻燃盡春心、熬盡生命亦無
怨無尤；誠可謂沉痛至極了！這兩句譬喻不僅形象鮮明，風神蘊藉，
而且詞華語美，情癡意苦，足以疏瀹讀者之靈思，沃灌聞者之慧心，
甚至能感神泣鬼，使人發出「問世間：情是何物？直教生死相許」的
天問，因此前人讚譽有加；錢謙益《李義山詩箋注・序》說：「綺靡
濃豔，傷春悲秋，至於『春蠶到死』『蠟炬成灰』，深情罕譬，可以
涸愛河而乾欲火。」趙臣瑗《山滿樓箋注唐詩七言律》說：「嗚呼！
言情至此，真可以驚天地而泣鬼神；《玉臺》《香奩》，其猶糞土哉！」
孫洙說：「一息尚存，志不稍懈，可以言情，可以喻道。」梅成棟《精
選七律耐吟集》說：「鏤心刻苦之詞，千秋情語，無出其右。」葉矯

然《龍性堂詩話初集》說：「其指點情癡處，拈花棒喝，殆兼有之。」換言之，在這些清詞麗句之中包蘊著深情苦心的風格，正可以和義山在〈暮秋獨遊曲江〉中所說的「深知身在情長在」的肺腑之言相互印證，又豈是紀昀《玉溪生詩說》所謂「太纖近鄙，不足存耳」的惡評所能抹殺得了的呢？

「曉鏡但愁雲鬢改」七字，是寫女子對於年華如水而綠鬢不居，朱顏難駐的憂慮，以及相思易老，只怕將無法在異日僥倖相聚時取悅所歡的悵嘆，可謂把女子深心的驚痛寫得委婉曲折，令人憂苦，與南朝吳均〈和蕭洗馬子顯古意六首〉其三：「綠鬢愁中改，紅顏啼裡滅」所寫的情景相似，然更刻劃入微，也更具有動態的畫面感。前一聯的「蠟炬成灰」四字，暗示了她在漫漫長夜中因為離別之痛和相思之苦而難以成眠，以至於逐漸憔悴受損，這已經夠令人感傷了；好不容易才捱到破曉時分，她還得清醒地面對鏡中的白髮頻添而驚痛憂苦，就更令人不堪了。夜裡，她往往為了愛情夢碎而不惜燃燒寂寞，摧殘青春，白天她又為了幻想中的再續情緣，而費心地裝飾紅顏，強留青春，誠可謂魂牽夢縈，纏綿悱惻矣！因此周汝昌說：「一個『改』字，從詩的工巧而言是千錘百煉而後成，從情的深摯而看是千迴百折而後得……。此一字，千金不易。」（《唐詩鑑賞辭典》）的確是妙悟詩心而善表匠意的評語。

「夜吟應覺月光寒」七字，是遙想對方也和自己一樣憶念深切而愁腸百結，輾轉難眠，或許也曾佇立中庭，望月懷人，也會吟詩遣懷，益覺悲涼。這種「應覺」的將心比心，設身處地，和杜甫的〈月夜〉：「香霧雲鬢濕，清輝玉臂寒」、韋應物的〈秋夜寄丘員外〉：「空山松子落，幽人應未眠」，以及詩人的〈月夕〉：「兔寒蟾冷桂花白，此夜姮娥應斷腸」、〈嫦娥〉：「嫦娥應悔偷靈藥，碧海青天夜夜心」等詩句，都是從對方落筆，細膩而體貼的懸想示現，最能曲傳牽腸掛肚的深婉之情。運用這種手法抒情時，詩中人鍾情無悔的心魂便彷彿

穿越空間的阻隔，飛去探視對方，自然把令人寤寐思服的情境浮顯得宛然在目，使人倍覺親切了。

　　「應覺」兩字，雖說出於揣摩，但是如果不是心心相印，靈犀相通，又豈能說得如此有把握，而又表達得萬分懇切呢？「曉鏡」句仍是作繭自縛的情狀，所以語悲而調苦；「夜吟」句則意在寬慰所愛，因此語婉而調平。如此一悲一婉地抒情懷遠，更能使人感受到女子在叮嚀對方善自珍重，慎防風寒的言詞中，寄藏著無限柔情蜜意的關愛和憐惜之情。值得留意的是：「寒」字用在春老花殘的溫暖時節裡，和深宵行吟的月華清光之下，表面上似乎突兀而不合時宜，深入玩味之後，卻更可以表現出女子體貼入微的綿長情意；詩人用筆之精煉，與言情之深刻，即此可見一斑；因此錢謙益《牧齋有學集》說：「義山無題諸作，春女讀之而哀，秋士讀之而悲。」宋犖《漫堂詩話》說：「義山造意幽邃，感人尤深，學者宜皆尋味。」黃周星《唐詩快》也以為義山七律「最工情語」。

　　「蓬山此去無多路」七字，意在寬慰對方：雖然同心離居，所幸相距非遙，自可情牽一線，互通音問而聊慰相思之苦。其實，蓬山是傳說中可望而不可及的仙山，女子卻口是心非地說「無多路」，更是把沉重的悲痛隱藏在溫柔敦厚的謊言中，因此讀來更覺淒神傷心。義山的愛情詩中，常用神話傳說把對方的居處美化為仙境，既表示對方在自己心目中的聖潔美好，又為愛情敷設了朦朧而神秘的色彩，增加回味與想像的空間，同時還似乎暗示了人神懸隔，良緣難續，佳期無憑的虛幻縹緲之意，從而深化了悲劇的意境，因此施補華《峴傭說詩》謂其「穠麗之中，時帶沉鬱。」

　　「青鳥殷勤為探看」七字，自然是在前七句的基礎上，以「青鳥探看」表示儘管暫時阻隔，無緣會面，但是仍可囑託信使而聲氣相通，互慰相思，藉以堅定雙方的心志。不過，如果從女子竟然必須以蠶死絲盡、炬灰淚乾自誓其堅貞的角度來揣摩，顯然女子不僅深知相見重

逢已屬奢求，就連音問相通只怕也是妄想，因此她才會在有意無意之間，以神話中的青鳥渡海尋訪，來暗傳蓬山迢遙渺茫，終非人蹤可及的隱憂。換言之，尾聯表面上似乎是說相距非遙，良晤不遠，頗有隨時可以重聚的指望；其實詩人正是以蓬山只存在於神話傳說之中，暗示不論如何盡人事的努力，終究還是飛不過重重阻隔，衝不破層層障礙的悲劇宿命。

　　如果再仔細玩味，便可以察覺到詩人匠心之細密，早在前半就已經略見端倪了：「相見時難」透露出日後重逢之難，則蓬山又豈能「無多路」呢？「東風無力百花殘」已經暗示了心餘力絀，無計挽回的黯然，則青鳥探看又何補於現實的隔離阻絕呢？「春蠶到死」「蠟炬成灰」，豈不是早就預告了生離即是死別，春心終究成灰，所以才必須以如此決絕的口氣來宣誓至死不渝的堅貞嗎？換言之，尾聯所寫的，其實正是蓬山路斷與青鳥難託的深悲極苦，只不過這種絕望的體認，卻以溫柔寬慰的口吻，和魚雁相親的希望加以掩飾包裝，所以容易使人只留意到她的微笑而疏忽了她的淚光；惟有細膩敏銳的心靈才能察覺到她平和的語氣中深藏的斷腸心聲，因此《李義山詩集輯評》引何焯之言曰：「末路不作絕望語，愈悲。」由此可見義山詩之包蘊密緻，造意幽邃，即使是在看似平淡無奇的尋常典故中，都還隱藏著千迴百折的騷心。王安石〈題張司業詩〉說：「看似尋常最奇崛，成如容易卻艱辛。」這兩句話，很值得我們在賞讀李商隱詩時三復斯言，仔細領會。

【補註】

01 例如：吳喬《西崑發微》就以為本詩是李商隱屢次向恩師之子令狐綯啟事陳情，希望得到提攜之作，因此說：「（首句）見時難於自述，別後通書又不親切，所以嘆之。畢竟致書猶易，故有此詩。（次句）東風比綯，百花自比，上不引下也。」胡以梅《唐

詩貫珠》也有類似之說：「細測其旨，蓋有求於當路，而不得耶？」程夢星《李義山詩集箋注》也說：「此詩似邂逅有力者，望其援引入朝，故不便明言而屬之無題也。」張采田《玉谿生年譜會箋》也說：「此徐府初罷，寓意子直（按：令狐綯之字）之作。」

02 「或理在方寸，而求之域表；或義在咫尺，而思隔山河。」意謂（創作時）有時候巧妙的文意就在心中，卻苦於找不到貼切的文詞來表達；有時候寫出來的文意相當淺近，卻和構思所想的遠隔山河。

03 筆者擬測本詩的內容為：一對深心相許卻無法結合的戀人，在分手之後女方寫給男方的情詩。由於詩中的口吻極其溫柔婉轉，表現出的心思極其細膩體貼，而且「曉鏡但愁雲鬢改」七字像是女子自述的口吻，「青鳥」又是西王母的使者，因此便以女子為第一人稱來解讀詩意。當然，以義山之浪漫深情與細膩過人而言，以男子為第一人稱亦無不可，只不過要把第五句解讀為「擔心女方在清曉照鏡時會驚見白髮暗生而深自憂愁」；筆者甚至以為將本詩的內容比擬為〈孔雀東南飛〉中劉蘭芝與焦仲卿在硬被拆散後表達之死靡它意志的詩篇，似乎也若合符契。

04 曹丕〈燕歌行〉：「別日何易會日難。」曹植〈當來日大難〉：「今日同堂，出門異鄉；別易會難，各盡杯觴。」宋武帝〈丁都護歌〉：「別易會難得。」《顏氏家訓》亦有「別易會難，古人所重」之語，皆以「別易」為言，義山則化用其意而加以翻疊，遂有推陳出新的效果，詩情特別曲折而深沉。

【商榷】

李商隱的無題詩，素稱難解，因此前人往往憑空想像，茲舉二說於後，並略加評述：

＊吳喬：（首聯）見時難於自述，別後通書又不親切，所以歎之。

畢竟致書猶易，故有此詩。東風比絢，百花自比，上不引下也。……
亦屢啟陳情事也。（《西崑發微》）

筆者以為這種看法根本無法串解整首詩，理由如下：

＊首先，吳喬為第一句的兩種「難」加上了「自述」及「通書又不
親切」的注腳，可謂增字說詩，並不可取；詩中何嘗有相見時不
能暢所欲言，通信時雙方又頗為冷淡的感嘆呢？

＊其次，既然通書已不親切，寄詩就能比較熱絡嗎？實在令人懷疑，
畢竟令狐綯可以不管信封裡裝的是陳情書或自剖詩，一概置之不
理。

＊第三，如果「東風」是指大中二年（849）二月拜中書舍人，五
月遷御史中丞，九月充翰林學士承旨，尋權知兵部侍郎知制誥，
以及次年十一月同平章事成為宰相的令狐綯，根本說不過去；因
為令狐綯顯然正是當紅的有力人士，豈能稱之為「無力」？頂多
只能怨他「無意」於提攜而已！

＊第四，李商隱怎麼可能以「百花」自比呢？不過是譬喻自己一人
的失意，何至於用「百」字呢？因此吳說顯然不通。

＊程夢星：此詩似邂逅有力者，望其援引入朝，故不便明言而屬之
「無題」也。起句言繾綣多情，次句言流光易去。三、四言心情
難已於仕進，五、六言顏狀亦覺其可憐。七、八望其為王母青禽，
庶得入蓬山之路也。（《李義山詩集箋注》）

筆者以為本詩除了首尾兩聯尚可勉強符合「望其援引入朝」的心
願外，其餘六句都不可通，理由如下：

＊第一，如果是「邂逅有力者」，豈有才偶然邂逅，便不止於傾心
交談而已，甚至兩人便「相見時難別亦難」地「繾綣多情」起來
的道理呢？這種邂逅的情景，是否過於曖昧呢？

＊第二，如果把次句解為「流光易去」，那就和何焯解第二句的「言
光陰難駐，我生行休也」（《義門讀書記》）、「己且老至也」

（《李義山詩集輯評》引）以及馮浩《玉谿生詩集箋注》所謂「首（聯）言相晤為難，光陰易過」；都同樣疏忽「曉鏡但愁雲鬢改」七字更像是芳華正茂的女子在說流光易逝，青春難駐，歲月不居，年華易老。換言之，如此一來，次句和五句的詩意便疊床架屋了！詩風以包蘊密緻聞名的義山，又豈會如此揮霍無謂的筆墨而讓第二和第五句的意思雷同呢？

* 第三，「春蠶到死」二句有綿長的相思，有痛苦的珠淚，有一往情深，至死不渝的堅貞，卻令人難以想像義山會向偶然邂逅的人表白自己「心情難已於仕進」（換言之，也就是熱中仕進到死也要作官的地步）！自古及今，有誰會把自己志在仕宦比喻得如此卑劣不堪？措詞如此，人格不會顯得太齷齪了嗎？因此，儘管紀昀也把本詩當成是「感遇之作，易為激語」，仍然對於詩人卑瑣的態度深不以為然地加以批評：「三、四用語太纖近鄙，不足存耳。」（《玉谿生詩說》）這種鄙夷的語氣，其實正好從反面說明了他們對於詩意的誤解，所以才會有如此窒礙難通，甚至自相矛盾的評解。

* 第四，「曉鏡」二句可以解成義山「自覺顏狀可憐」嗎？如此顧影自憐而作楚楚動人狀以求他人之援引，不會嚇壞對方嗎？這種忸怩作態的舉止，還像寫出「永憶江湖歸白髮，欲回天地入扁舟」這種豪情壯語的李商隱嗎？

* 第五，尤其是「雲鬢」二字，不是專門形容女性的鬢髮之美嗎？假設義山會如此自喻以陳情，不會太過嬌柔了嗎？

* 第六，「應覺」二字，就口氣來看，顯然是推測對方情狀的用語，豈能用以說明自己的顏狀呢？

其他像馮浩、張采田、汪辟疆等專門研究玉谿生的學者，都認為本詩是寄望令狐綯提拔的陳情詩，大抵都避免不了前述的憑空想像、自相矛盾與窒礙難通，甚至於還有種種詆毀李商隱人格的說法，也就

不再一一徵引、辯駁了！讀者如有興趣，可以參考劉學鍇《李商隱詩歌集解》頁 1465－1466，其中的觀點相當堅實，的確令人折服。

在比對各家對於「無題」詩的整體看法之中，筆者以為紀昀的見解可謂平允，因此摘錄於後，以供參考：

＊紀昀：無題諸作，大抵感懷託諷，祖述乎美人香草之遺，以曲傳其鬱結，故情深調苦，往往感人。（《玉谿生詩說》）

＊紀昀：無題諸作，有確有寄託者，「來是空言去絕蹤」之類是也；有戲為艷語者，「近知名莫愁」之類是也；有實有本事者，如「昨夜星辰昨夜風」之類是也；有失去本題而後人題曰無題者，如「萬里風波一葉舟」一首是也；有失去本題而誤附于無題者，如「幽人不倦賞」一首是也。宜分別觀之，不必概為深解。其中有摘詩中字面為題者，亦無題之類，亦有此數種，皆當分晰。（《玉谿生詩說》）

【評點】

01 馮舒：第二句畢世接不出。次聯猶之「彩鳳」「靈犀」之句，入妙未入神。（《瀛奎律髓匯評》）

02 馮班：妙在首聯，三四亦楊、劉語耳。（《瀛奎律髓匯評》）

＊ 編按：「楊、劉語」是指華詞麗藻的「西崑體」而言，頗有貶抑之意。

03 趙臣瑗：泛讀首句，疑是未別時語，及玩通首，皆是別後追思語，乃知此句是倒文，言往常別時每每不易分手者，只緣相見之實難也。接句尤奇，若曰當斯時也，風亦為我興盡不敢復顛，花亦為我傷神不敢復艷，情之所鍾至於如此。三四承之，言我其如春蠶耶，一日未死，一日之絲不能斷也；我其如蠟炬耶，一刻未灰，一刻之淚不能制也。嗚呼！言情至此，真可以驚天地而泣鬼神，《玉臺》《香奩》其猶糞土哉！ ○（「春蠶」二句）鏤心刻骨

之言。（《山滿樓箋注唐詩七言律》）

04 陸崑曾：八句之中，真是千回萬轉。（《李義山詩解》）

05 姚培謙：人情易合者必易離，惟相見難，則別亦難，情人之不同薄倖也。「東風」句，極摹消魂之意。然不但此際之消魂，春蠶蠟炬，到死成灰，此情終不可斷。中聯，鏡中愁鬢，月下憐寒，又言但須善保容顏，不患相逢無日。惟蓬山萬里，呼吸可通，但不知誰為青鳥，能為我一達殷勤耳。　○此等詩，似寄情男女，而世間君臣朋友之間，若無此意，便泛泛然與陌路相似，此非粗心人所知。（《李義山詩集箋注》）

06 紀昀：感遇之作，易為激語；此云「蓬山此去無多路，青鳥殷勤為探看」，不為絕望之詞，固詩人忠厚之旨也。但三、四太纖近鄙，不足存耳。（《玉谿生詩說》）

07 周詠棠：玉谿無題諸作，深情麗藻，千古無雙；讀之但覺魂搖心死，亦不能名言其所以佳也。（《唐賢小三昧集續集》）

08 葉矯然：李義山慧業高人，敖陶孫謂其詩「綺密瑰妍，要非適用」，此皮相也。義山〈無題〉云：「春蠶到死絲方盡，蠟炬成灰淚始乾。」又：「神女生涯原是夢，小姑居處本無郎。」其指點情癡處，拈花棒喝，殆兼有之。（《龍性堂詩話初集》）

09 汪辟疆：此當為大中五年徐府初罷寓意子直之詩也（按：此採張采田之說）。欲絕而不忍絕，中懷悲苦，故以掩抑之詞出之。起句言相見既難，即決絕亦不易；此「別」字，非離別之別，乃決別之別。次句言綯既無意噓植，而己則必就淪落。東風指綯，百花指己。……三四極言心不死，……五句即詩人「維憂用老」之意。六句即極言孤獨無偶。然猶對綯有幾希之望，不能不借青鳥之探看也。……史所稱屢啟陳情，此當期時所作。詞苦而意婉，百誦不厭。（《李商隱詩歌集解》引）

277 無題四首 其一（七律）　　　　　　　　　李商隱

來是空言去絕蹤，月斜樓上五更鐘。夢為遠別啼難喚，書被催成墨未濃。蠟照半籠金翡翠，麝熏微度繡芙蓉。劉郎已恨蓬山遠，更隔蓬山一萬重！

【詩意】

　　想要以「你的確已經前來和我相會了」來安慰自己的相思之苦，卻知道那畢竟只是自欺欺人的空話罷了（因為所謂相會，不過是一場淒苦的夢啊）；反倒是你離開我的夢境而去之後，就絕無蹤影可尋，實在令我悵惘不已！夢醒時分，只見明月已經越過閣樓，向西偏斜，遠方也隱約傳來五更時的鐘聲，情境顯得迷離恍惚，縹緲如夢……。在方才短暫的夢會裡，當你要離我遠去時，儘管我傷心欲絕地哭泣，依然喚不回妳越來越模糊的身影……。傷痛之餘，我就在夢中立即提筆向你訴說衷情，直到寫完後才驚覺到：被淒苦的離情摧痛肝腸時所寫的書信，字跡早就被淚痕暈染得越來越淡……（就在這種情境下，我彷彿聽到鐘聲而逐漸醒轉）。遙想此際（按：指醒來之後無法再睡），你的深閨之中，殘燭昏暗的餘光，應該正朦朧地映照著繡有麖金雙翡翠的帷帳；此刻，我彷彿還可以聞到從你繡有芙蓉的被褥上正微微飄散出麝香熏過的芬馨……。啊！這令我意亂情迷的場景，使我多麼向想要立即飛到你的身邊啊！只是，漢朝的劉晨回到人間之後，想要再重返幻境，尋訪仙侶時，已經悵恨蓬山仙境遙不可及了；而我想要再度進入可以和你相會的夢境之中（甚至是飛回你的深閨之中），卻發覺更是遠隔千重萬重的蓬山！

【注釋】

① 詩題──這四首〈無題〉，是由二首七律，一首五律，和一首七古組成，體裁既雜，內容亦無必然關聯，應非一時一地專詠一人一事之作；然何以編為一組，則不得而知。細味第一首的內容，應是藉夢境的迷離朦朧，表現出戀愛中人患得患失的心理，可以稱得上是一篇成功的記夢之作。

② 「來是」二句──謂寒枕夢迴時，惟聞曉鐘縹緲，只見皓月西斜，全不見所思之人。追憶之餘，乃知所思之人雖曾入夢相會，然終究並非真實相聚，故曰「空言」；反倒是所思一旦離夢而去，當真芳蹤杳然難尋，故曰「絕蹤」。來，指現實中對方前來相會；空言，謂夢中情境，空留悵恨耳。去，謂伊人離夢而去。月斜句，點明夢醒時所見所聞。

③ 「夢為」二句──兩句皆追憶夢中情事之悲苦，謂所思之人渾不顧念詩人聲聲哀告、句句淒苦之呼喚，竟未曾有任何交代即行遠離而去；詩人傷痛之餘，急於修書一訴衷情，直至書信揮就，方才驚覺信箋上墨痕早已被淚水染淡而一片模糊矣。為，成、當也；夢為，「夢境依稀為、夢中情景是」之意。書，信也。被催成，被焦慮急切之心所催促而寫成。催，亦可通「摧」，則「被催成」指被夢中淒苦離情摧痛肝腸而寫成書信。墨未濃，淚滴墨痕而暈開，以致模糊漫漶，難以辨識。

④ 「蠟照」句──遙想此際（五更月斜鐘動之時）所思之人香閨景況，應是殘燭餘光朦朧地映照著繡有慼金雙翡翠之帷帳。蠟照，此處指五更蠟燭將殘時之黯淡餘光。籠，光影籠罩。半籠，既因帷帳上端較高，為低處之蠟照所難及；又因殘燭昏暗之輝光未能照透帷帳而顯得朦朧隱約，故曰「半」。翡翠，鳥名；赤而雄曰翡，青而雌曰翠。金翡翠，以金線壓繡在帷帳、燈罩、衾被、屏風上之（慼金）雙翡翠[1]。

⑤ 「麝熏」句—寫心馳神往於所思之人的深閨時，彷彿聞到對方的衾被上傳來淡淡的芬馨之氣。麝，又名香獐，其體內分泌物可製成香料；麝熏，以麝香熏過而染上的芳香。微度，淡淡地飄散芬馨之氣。繡芙蓉，繡有並蒂荷花的簾箔、帷幔、衾被之屬；此處殆指被褥而言。

⑥ 「劉郎」二句—意謂東漢時劉晨已恨關山迢遙，難以重返仙境，而今吾欲重返夢境以求短暫之溫存聚首，竟更遠隔千萬重蓬山，則此恨當何如哉！劉郎，指劉晨；蓬山，原指仙境，此處借喻重返無路之夢境，或所思之所居。《幽明錄》載東漢明帝永平年間（58－75），剡縣人劉晨、阮肇同入天臺山採藥，迷不得返，飢餓欲死之際，巧遇溪邊二女，恍如舊識，邀之還家。居半年，其地草木氣候常如春時。及還家，見邑屋改異，問訊，則親舊零落已盡，僅得七世孫。後欲重返仙境，已不可復至矣。

【補註】

01 翡翠，在《楚辭·招魂》：「翡翠珠被，爛齊光些」和〈長恨歌〉：「翡翠衾寒誰與共」中，是指衾被；在溫庭筠〈菩薩蠻〉詞：「畫羅金翡翠，香燭燒成淚」中，殆指睡眠時蒙覆在燈燭上以使光線柔和轉暗的燈罩。此外，古時的屏風或帷帳上亦應有此類象徵恩愛幸福之美飾。

【導讀】

這是一首記夢抒懷的愛情詩。從末句以「劉郎」作比來看，是採用男子對意中人傾訴夢境的第一人稱口吻，性質很像一封情書。首句概述夢醒後的感觸，次句點出夢醒時分的茫然；三、四句追溯夢中淒苦的情事，五、六句拉回現實，描寫男子醒覺後遙想對方此時的香閨情景，流露出重溫舊夢的渴望；七、八句以不能長相左右，一圓鴛鴦

綺夢為恨。換言之，句句不離夢思，語語不離夢境；而且章法之奇詭跌宕，意境之迷離縹緲，都能體現夢憶的虛幻飄忽，是一首成功的記夢詩。

「來是空言去絕蹤」七字，是表達驚夢後的哀思，而不是因怨怒對方在現實中失信爽約而加以斥責；雖然感喟良深，卻無憤恨受騙之意。蓋伊人確曾前來入夢而有短暫歡會，稍能撫慰詩人相思之苦，當時雖渾然不知是夢而有無比真實親切之感；奈何醒後成空，知是飄忽縹緲的夢境而已，遂倍覺空虛寂寥而悵惘不已。因此詩人說伊人「似曾」前來相聚，而「實」未嘗來，故以「空言」表示深沉的失落感；可是伊人雖未嘗真來，偏又確實帶給詩人片時溫馨甜蜜之感，因此作者在驚夢之餘，想要再度進入夢鄉，重享美好的相聚，卻無論如何再也不能喚回伊人的倩影來入夢了。他只覺伊人的音容笑貌已隨夢境遠去，杳不可尋了，因此又以「去絕蹤」表示夢裡歡會，夢醒寥落，使人心神恍惚，感到無限迷惘時的惆悵與感傷。這一句凌空而起的唱嘆吁嗟，很有白居易〈花非花〉：「花非花，霧非霧，夜半來，天明去；來如春夢幾多時，去似朝雲無覓處」所表現出低迴繾綣的況味；再加上「空言」和「絕蹤」這兩組強烈否定的語氣，正好把「來」的喜悅幻化成空，又把「去」的感傷轉為悵惘，於是使得飄忽而來，倏爾而去的縹緲夢魂，顯得更是若即若離，忽隱忽現，誦讀起來自然風神搖曳，情韻綿邈，因此成為扣人心絃，膾炙人口的名句。

「月斜樓上五更鐘」七字，則是折筆描寫夢醒時分所見所聞的情景。正當殘月西斜時，樓影幢幢，鐘聲隱隱，詩人自一場夢境中悠悠醒來；可能在短暫的心神恍惚之後，他見到朦朧的斜月空照閣樓，聽到悠揚的鐘聲迴盪在夜空，卻不見伊人的倩影，於是頓覺空虛寂寞，淒清悲涼起來。當眼前的景象只是一片幽冷靜謐時，他更領悟了夢會的虛幻縹緲，因此不禁發出「來是空言去絕蹤」的深長喟嘆！由於月斜西樓的如詩如畫，疑真疑幻，以及曉鐘悠揚的忽遠忽近，若即若離，

使得現實和夢境的界限變得迷離難辨，更使他的心中瀰漫著悵惘的茫然；於是他不免思前想後而跌入奇詭飄忽的夢境裡去了……。

「夢為遠別啼難喚，書被催成墨未濃」兩句，則是回溯夢中的情事。夢中的情境，總是飄忽變幻而難以捉摸的。也許詩人曾有伊人的夢魂前來尋訪的驚喜與歡樂，但是短暫聚會之後突然伊人又要飄然遠別之恨，令他情不自禁地宛轉啼喚，希望伊人能夠體貼自己淒楚依戀的深情而多留片刻；奈何儘管他傷心欲絕，卻喚不回伊人決絕而去的背影。夢中的他，無法理解原本柔情似水的伊人為何完全不顧他哀苦的啼喚，突然冷若冰霜地漸行漸遠，而後憑空消失在他淚眼模糊的視線之外，只留下他獨自淹沒在摧肝斷腸的傷痛之中……。於是他被這無端而來的椎心刺骨之痛所驅使，便顧不得墨淚合流，紙染啼痕了；他只是悲不自抑而又焦灼萬狀地立即寫信傾訴自己的刳心瀝血之痛，重申「春蠶到死絲方盡，蠟炬成灰淚始乾」的盟誓，直到衷情盡吐之後，這才發覺淚水早就暈開了墨跡而漫漶難辨了。

這種為了虛幻的夢中別情而啼哭，卻又在夢中修書自剖心跡，吐盡情思的癡心苦調，道出了深情之人潛伏在心中揮之不去，斬之難斷而又患得患失的陰霾。他傾注了所有的心力去經營呵護這段他至為珍惜眷戀的愛情，但是愛情卻像鏡花水月般空幻而脆弱，既容易摔碎得不成片段，又總是飄忽得難以把握，因此即使雙方情投意合，真心相許，卻仍然因為世事難料、好夢難圓而讓他無法完全擺脫終將黯然分手的夢魘，因此才會在不自覺的情況下出現「夢為遠別啼難喚」這兩句的情節了！

「蠟照半籠金翡翠，麝熏微度繡芙蓉」兩句，則是由「夢中說夢兩重虛¹」的淒苦幻境，轉筆折回現實來遙想對方此際在深閨之中的景況：她是正在安然入夢呢？或是輾轉難眠呢？詩人並沒有點明；他只是以濃筆重墨描畫出伊人旖旎溫馨的香閨，表達自己心魂相守的無限眷戀之情而已，讓讀者經由視覺、嗅覺與觸覺的感官刺激去揣想溫

柔婉約的纏綿情意。「蠟照半籠」，是承月斜鐘動而來，表示詩人的
心思從憶夢的傷痛中回到現實之後，便情不自禁地遙想此時對方深閨
之中的景象。他彷彿見到了殘燭弱焰的黯淡餘光，正斜斜地籠罩著伊
人的香閨，因此臥室便在昏暗朦朧的光影掩映中，烘托出溫馨的氣氛
而撩起人思憶的情懷；何況燈罩或帷幔上又有翡翠成雙的恩愛圖案，
就更勾起人浪漫的聯想了。「射熏微度」，是寫詩人在此刻思念情切
的狀況下，彷彿隱約聞到對方熏染過麝香的被褥正飄散出淡淡芬芳，
既使他心魂迷醉，也令他情靈搖蕩，於是他的思緒又飛回往日熟悉的
香閨裡去了……。此時他彷彿可以感受到舊日的溫存了，何況伊人的
衾被或帷幔上又有並蒂芙蓉能引起他旖旎的聯想，自然使他的心中更
充滿纏綿悱惻的無限柔情了。這兩句象徵幸福美滿，恩愛情深的室內
景致，不僅色調朦朧，引人遐思；情境浪漫，蕩人性靈；氣氛溫馨，
耐人懸想；而且流露出詩人無比纖柔細膩的憐香惜玉之情，誠可謂芬
馨神駿，風流蘊藉已極矣。

　　正由於詩人此時充滿纏綣眷戀的柔情，因此便不自覺地心神飛馳，
回到昔日雙宿雙棲的春閨，想要重溫舊夢，並安慰伊人如今獨守空閨
的寂寞；或者他癡心妄想地希望能再度進入夢中，把淒楚的離別扭轉
改造成溫馨的廝守。奈何他旖旎的綺思和纏綿的情愫卻受限於夢境之
門的縹緲難尋，以及時空迢遙的阻隔而無法立即如願；因此他抑塞苦
悶的心靈無法獲得宣洩，滿腹的柔情蜜意無法得到紓解，互訴相思與
互慰離愁的渴望不能得到滿足……種種挫折失意便匯聚合流，蓄積了
磅礴的氣勢，也蘊藏著難以遏抑的悲情，因此便在尾聯迸發出最深沉
的喟嘆了：「劉郎已恨蓬山遠，更隔蓬山一萬重」！這兩句把詩人心
中那種「一日不見，如隔三秋」的煎熬，和「求之不得，寤寐思服」
的苦悶，藉著誇張的筆法和連鎖的句式毫無保留地噴薄而出；不僅語
悲調苦，足以令人心折骨驚；而且筆酣墨飽，可以使人蕩氣迴腸；同
時還有雲山縹緲，夢土難到，以及仙凡異路，阻隔重深的具體形象，

因此讀來更令人黯然神傷。

必須特別說明的是:「劉郎已恨蓬山遠,更隔蓬山一萬重」兩句,只是詩人把心理上的距離,用神話中空間的實景加以形象化,藉以表達相思之苦與愛慕之深,希望伊人在了解自己的真情之後,能夠堅定伊人的信心而已;並不是藉此暗示兩人無法衝破重重的阻礙和層層的牢籠而長相廝守,也絕不表示自己對於這一段愛情的追求,抱著絕望消沉的態度,否則豈不是打擊對方的信心而使伊人柔腸寸斷,傷心欲絕了嗎?更何況,那畢竟只是一場令人感傷的夢境而已,何至於就頹廢喪志到絕望的地步呢?尤其是作者在第七句中化用劉晨重尋仙境而不可得的悵恨,表達出自己對於重溫前夢和再圖良晤的渴望;雖然不可能立即如願,但是詩人意志的堅定、態度的樂觀、作為的積極,則顯然可見。相信伊人讀了這首記夢抒懷的深情之作以後,除了倍覺甜蜜溫馨而欣慰感動之外,也應該會激起「身無彩鳳雙飛翼,心有靈犀一點通」的信念,而對詩人的深情苦語產生溫柔婉約的疼惜之心;同時還會以無比的勇氣和浪漫的情懷,期待和詩人共尋鴛鴦綺夢,直到天長地久,海枯石爛,也能情緣不斷,好夢長圓!

【補註】

01 白居易〈讀禪經〉詩:「須知諸相皆非相,若住無餘卻有餘。言下忘言一時了,夢中說夢兩重虛。空花豈得兼求果,陽焰如何更覓魚?攝動是禪禪是動,不禪不動即如如。」

【商榷】

筆者以為理解本詩的關鍵是「夢為遠別啼難喚」的淒苦,觸動了詩人的柔腸,因此才會賦詩記夢,傾訴心曲。可是由於前人沒有掌握到「夢為遠別」四字是全篇的詩眼,因此常有兩種誤讀的情形:

甲、誤以為全詩的重心在首聯,而且主旨是表達詩人在終宵苦候而

幽會成空之餘，對於負期爽約的女子提出強烈的控訴和充滿怨怒的指責：

*廖文炳：此有幽期不至，故言來是空言而去已絕跡；待久不至，又當此月斜鐘盡之時矣。（《唐詩鼓吹注解》）

*胡以梅：若以外象言之，乃是所歡一去，芳蹤便絕，再來卻付之空言矣！（《唐詩貫珠》）

*趙臣瑗：只首七字便寫盡幽情雖在、良會難期種種情事，真有不覺其望之切而怨之深者。次句一落，不是見月而驚，乃是聞鐘而嘆；蓋鐘動則天明，而此宵竟已虛度矣。三、四放開一步，略舉平日事：三寫神魂恍惚，四寫報問之倉皇；情真理至，不可以其媟而忽之。（《山滿樓箋注唐詩七言律》）

*陸崑曾：通篇一意反覆，只發揮得「來是空言去絕蹤」七字耳。言我一夜之間，輾轉反側，而因見夫月之斜，因聞夫鐘之動，思之亦云至矣。……言我之淒清寂寞至此，較之蓬山迢隔，不啻倍屣，則信乎「來是空言去絕蹤」也！（《李義山詩解》）

*姚培謙：極言兩人情愫之未易通。開口便將世間所有幽期密約之醜，盡情掃去：其來也固空言，其去也已絕蹤。當此之時，真是山窮水斷；然每到月斜鐘動之際，黯然魂銷。（《李義山詩集箋注》）

以上五說，除了陸氏之外，全都給人充滿怨怒之氣的印象。筆者以為這是由於疏忽了第七句「劉郎已恨蓬山遠」的典故涵義是重入仙境，再覓仙侶的緣故。試想：如果首聯已經如此怨恨女方的花言巧語，懊惱自己一再受騙上當，則詩人何以要有「更隔蓬山一萬重」之嘆？詩人大可以手揮慧劍，心斷情緣，又何苦想要再重蹈覆轍，延續孽緣呢？筆者在「相見時難別亦難」一詩的【導讀】中說過：詩人用「蓬山」指稱伊人所居之處，顯然是把對方想像得無比聖潔美好，飄逸如仙。本詩裡的「蓬山」，其實也是同樣的意涵；因此，他不至於悲恨怨怒

地罪責伊人薄情背信，是顯而易見的道理。

至於章燮以下的注解，又都深受前述清人的誤導，跳脫不出這個怨怒的窠臼，也就不再一一評述。此外，從吳喬以來把本詩視為作者致書令狐綯的「屢啟陳情」之作的種種看法，筆者以為全都黏筋貼骨，拖泥帶水，而又生搬硬套，捕風捉影，不值得耗費心神去剔抉幽微，也就略而不論了。

乙、誤以為五六兩句「蠟照半籠金翡翠，麝熏微度繡芙蓉」是描寫男子的居室：

＊吳喬：（次句）寫作詩時。（五、六）兩句從第二句來。（《圍爐詩話》）

＊趙臣瑗：五、六乃縮筆重寫。月斜樓上，燒燭以俟之，燭猶未滅也；焚香以候之，香猶未歇也。（《山滿樓箋注唐詩七言律》）

＊陸崑曾：「蠟照半籠」，言燈光已淡；「麝熏微度」，言香氣漸消。夜將盡而天欲明之時也，而我之淒清寂寞至此。（《李義山詩解》）

＊汪辟疆：五、六則為夢醒時之景況，故曰「半籠」，云「微度」，即為夢醒時在枕上重理夢境之感覺。（《玉谿詩箋舉例》）

以上的看法，存在著三個明顯的問題：

＊第一，不論從色澤、氣氛、情調、味道、圖案各方面來觀察，這兩句顯然都是寫女子的香閨或夫婦的寢居之華美綺麗，象徵對於愛情的浪漫期待和旖旎幻想；如果把它當作男子的臥室，難道不嫌書卷氣淡而脂粉味濃嗎？

＊第二，尤其當「書被催成墨未濃」七字被解讀為「夢醒後」倉卒裁紙寫信時，則更使人疑惑：第二句已是月斜五更之時，又經過了一段哀苦的夢境，以及刳腸瀝血地修書述懷，該已天明矣；何以寫完信後仍然「蠟照半籠金翡翠」？

＊第三，如果此聯真是寫男子臥室的裝飾之美，以反襯由於女子爽

約背信而使男子倍感孤鶴難眠之淒清寂寞；那麼尾聯卻寫欲去尋訪伊人而未能，豈不是詩意割裂而思緒跳盪得太快了嗎？因為既然是伊人爽約而未來，以至於辜負了春閨香被，空教男子鴛鴦夢斷而怨怨地說出「來是空言去絕蹤」的怪罪斥責之言，那麼詩人應該在深感痛心疾首之餘，會有從此斬斷孽緣，拒絕再度上當受騙，以免又為伊人傷心斷腸、魂牽夢縈而熬乾心血的覺悟才是！如果此時又表現出難捨舊情而急欲前去尋訪芳蹤，奈何卻不能如願的千般悲苦和萬般悵恨，豈不是情緒轉換得太快而顯得自相矛盾了嗎？

換言之，腹聯應該是遙想伊人所在時地的景況（有可能是五更時女方的深閨或雙方的愛巢），以至於難以克制再度入夢相會的渴望，卻又被種種因素所阻礙，才會有更隔萬重蓬山的遺憾！如此串解，才能思路清晰，條理分明，布局謹嚴，情節合宜，使全詩以思夢始而以逐夢終，既有追溯夢境的惝恍迷離，又有重溫舊夢的芬馨神駿，而且首尾圓合，綺交脈注於記夢的主題上。

【後記】

經過反覆推敲各家的箋注，並參考各家的評解之後，筆者以為要理解「無題」諸作的旨趣，必須要掌握兩個觀念。首先，應該打破義山是輕薄放蕩的狂蜂浪蝶的印象，還給他情深意摯，語艷心苦的本來面貌；否則，在缺乏實際證據下就指控他偷窺尊長的姬妾，意淫別人的閨女，或是與公主、女冠有不可告人的淫媒之行，都可能有詆毀前賢，含血噴人之虞。其次，應該以同理心悲憫義山在困境中不得不以詩文向令狐綯干謁陳情的苦衷，揚棄義山是放利偷合，寡廉鮮恥的無品文人之成見，還給詩人起碼的人格尊重；否則一味地以勾稽史料的方式，把義山的愛情詩盡數附會為仰人鼻息、奉承哀告或搖尾乞憐的書啟，不僅糟蹋了詩篇，更厚誣了古人。前一種印象，將會把義山嘔

心瀝血的佳作，誤解成不堪入耳的褻語；後一種成見，則會把義山刻骨銘心的詩篇，扭曲為醜態百出的穢史。

換言之，當我們過於重視外緣資料的蒐集，並且加以牽強捏合時，就極可能會忽視文學藝術的審美本質而誤入繁瑣考據的歧途之中。尤其是當我們過於講究知人論世的考察，卻又在缺乏令人信服的證據時，便貿然地以為篇篇皆有哀告的寄託，句句不離輕薄的艷情，如果不是流於穿鑿附會，就是淪為捕風捉影；結果反而置詩人苦心經營的興象情意之美於不顧，當然就難免買櫝還珠之譏了。筆者在賞讀義山錦心繡口的詩作時，常為清人那種刻舟求劍，膠柱鼓瑟的解讀方式深深感到惋惜與遺憾，因此聊綴數語於此，代鳴不平之冤。

【別裁】

筆者以為也可以將本詩視為悼念亡妻之作：首句是寫亡妻幽魂入夢之飄忽不定，以及出夢後詩人難覓芳蹤之惆悵迷惘；次句是寫幽魂出夢後詩人醒來的時刻與情景。三句倒敘幽魂出夢前詩人之眷戀不捨，四句直述醒後之傷痛難當，故裁書寫作悼亡詩文。五、六句表明醒來知覺身在昔日鶼鰈情深的臥室中，倍感觸景增悲[1]；而亡妻之遺澤尚存，更令人黯然魂銷。七、八句感嘆幽明永隔，黃泉路遙，夫妻再欲夢中相會（甚至是死後重逢，再續良緣）較劉晨重入仙境要困難千萬倍以上。如依此解，則末句之「蓬山」象喻人鬼異途、陰陽隔絕的無形障礙，充分表達出詩人難以超越困境，而又無力對抗冥府勢力的無奈。

【補註】

01 詩人曾在新婚時暫居岳父王茂元在洛陽的崇讓宅，妻子過世之年作者準備前往東川任職前曾有〈七月二十九日崇讓宅讌作〉：「露如微霰下前池，月過迴塘萬竹悲。浮世本來多聚散，紅葉何事亦

離披？悠揚歸夢惟燈見，澒落生涯獨酒知。豈到白頭長只爾？嵩
陽松雪有心期。」而在四五年後返回時又有〈正月崇讓宅〉的沉
痛詩篇：「密鎖重關掩綠苔，廊深閣迥此徘徊。先知風起月含暈，
尚自露寒花未開。蝙拂簾旌終輾轉，鼠翻窗網小驚猜。背燈獨共
餘香語，不覺猶歌起夜來。」

【評點】

01 胡以梅：此詩內意，起言君臣無際會之時，或指當路只有空言之
約。二三四是日夕想念之情。五六言其寂寥。七八言隔絕無路可
尋。若以外象言之，乃是所歡一去，芳蹤便絕，再來卻付之空言
矣。五更有夢，驚遠別而猶啼；訊問欲通，徒情濃而墨淡。為想
蠟照金屏，香薰繡箔，仙娥靜處，比劉郎之恨蓬山更遠也。（《唐
詩貫珠》）

02 趙臣瑗：只首句七字便寫盡幽期雖在，良會難成種種情事，真有
不覺其望之切而怨之深者。（《山滿樓箋注唐詩七言律》）

03 錢謙益：此有幽期不至，故言來是空言而去已絕跡。待久不至，
又當此月斜鐘盡之時矣。惟其空言，所以夢為遠別，啼喚難醒，
而裁書作答，催成墨淡也。想君此時，蠟燭猶籠，麝馨微度，而
我不得相親，比之劉郎之恨，不更甚哉！（《唐詩鼓吹評注》）

04 汪辟疆：前四句寫夢中，後四句寫夢覺。來去既不常，故言曰空
言，蹤曰絕蹤，已非醒眼時境界。從古詩「既來不須臾，又不處
重帷」脫化而出也。次句點時地，入夢之時地也。三四夢中情事，
極恍惚迷離之境，絕非果有其事。……五六則為夢醒時之景況，
故曰「半籠」，云「微度」，即夢醒時在枕上重理夢境之感覺。
七八則歎蓬山本遠而加以夢中障隔，較之醒時之蓬山更遠也。此
詩變化不拘常格，宜馮、張輩不能知之也。　○「來是空言」一
首，前人所箋或以艷情，或以為令狐綯來見，其說之不可信，可

於本詩証之。如為艷遇之作，則既於深夜翩然肯來，而又翡翠被中、芙蓉褥上既極燕昵之歡，何又忽云蓬山遠隔，則前後之不合也。如為子直來見，無論子直貴官，不常下顧，即感念故人親來存問，又何為待至五更深夜月斜樓上之時乎？……惟解為夢中夢覺兩層，則通體圓融，詩味深遠。（《玉谿詩箋舉例》）

278 無題四首 其二 （七律）　　　　李商隱

颯颯東風細雨來，芙蓉塘外有輕雷。金蟾齧鏁燒香入，玉虎牽絲汲井迴。賈氏窺簾韓掾少，宓妃留枕魏王才。春心莫共花爭發，一寸相思一寸灰！

【詩意】

　　當颯颯東風飄灑著濛濛細雨而來的時候，萬物都得到滋潤而萌芽生長；少女靈敏的心思也會感應到和融融的春意，開始產生微妙的變化。當芙蓉塘邊遠遠傳來隱隱的輕雷聲時，動物和植物都從蟄伏沉睡中甦醒過來；少女的春心也會感應到神祕的陽氣，從而孕育了浪漫的期待。儘管被撩撥起來而開始萌生的春心，可能還徘徊在深閨幽房之中，但是燃燒著青春烈焰的心靈，是無法被鎮壓抑制得住的；正如被點燃的香爐上，即使鑄有金蟾鼻鈕，但是氤氳昇騰的香氣仍然可以自由地穿透進出一般。而且少女深藏的春心，一旦盪漾出浪漫的漣漪，千迴百轉的纏綿情絲，便會從中汲引出讓人迷戀沉醉的柔情蜜愛；就像清泉雖然深藏在井底，但是井欄上的玉虎轆轤，仍然可以牽引著細長的繩索，隨時進入井中汲水而出一般。這就是為什麼晉朝的權貴賈充的幼女賈午，會愛慕其父年輕俊美的幕僚韓壽，而有躲在簾後偷窺其人舉止，然後主動安排和對方私下幽會來暗通款曲，甚至還敢偷取

御賜的異香贈送給韓壽的大膽行徑；同樣的原因，也使得魏朝時甄逸的女兒宓妃，對才高八斗的陳王曹植傾心有加，甚至在她去世之後，還特別進入曹植的夢境中和他歡會而留情於玉鏤金帶枕的浪漫作為──可見少女的春心一旦被點燃之後，都極為狂熱熾烈，癡迷執著，她們為了愛情，甚至可以超脫生死！

　　但是，歷盡滄桑，飽嘗失戀之苦的我，可要鄭重地寄語世間癡情的女子：渴慕愛情滋潤的春心，切莫隨著爛漫的春光、溫暖的陽氣之來而想要和花卉爭榮競發，因為每一寸的纏綿相思，都會燃燒完你的青春，熬乾你的心血，終究幻滅成一寸一寸的灰燼罷了！

【注釋】

① 詩旨──本詩是採代言體的方式，以第一人稱的口吻，表達出一位遭受愛情傷害而瀕於絕望的女子之慘痛心聲。

② 「颯颯」句──以和暖之東風徐來時，柔潤之細雨飄灑大地之景象，寓藏萬物復甦而萌芽生長之契機，並象徵少女似乎感應到融和之春意，心靈開始產生微妙變化之情狀。颯颯，形容風聲。東風細雨，似暗用雲雨巫山之典，渲染出迷濛色調，象徵女子懷有愛情憧憬時難以名狀之惆悵與苦悶；與義山〈重過聖女祠〉：「一春夢雨常飄瓦，盡日靈風不滿旗」之義蘊近似。換言之，「東風細雨」四字，殆暗示女子心靈易為陽春觸動而情靈搖蕩，有如草木得東風春雨之霑被而油然萌生。

③ 「芙蓉」句──以蓮池塘外傳來隱隱春雷聲，寓藏動植物皆由蟄伏沉睡中甦醒之生機，並象徵少女春心似乎感應到神祕之陽氣而孕育了浪漫之期待。芙蓉，蓮花、荷花之別稱。芙蓉塘，在南朝樂府中代表男女悅慕懷思之地 ¹。輕雷，暗用司馬相如〈長門賦〉：「雷隱隱而響起兮，聲象君之車音」及傅玄〈雜詩〉：「雷隱隱，感妾心，側耳傾聽非車聲」之意象，表示少女懷春而若有所期待

之意。

④ 「金蟾」二句—意謂香爐上雖鑄有金蟾含鎖而密閉非常，然添加香料燃燒時，氤氳之香氣仍可穿透鼻紐而進出；清泉雖深藏井底，然轆轤牽繩仍然可以汲水而出。金蟾，古人以為蟾蜍擅於閉氣，又有招財進寶之靈異，故香爐蓋上常鑄有金蟾，而以其鼻孔或口腔為閉氣、通氣之孔道；甚或將香爐打造成蟾蜍模樣，謂之金蟾。齧，咬合也。鏁，通「鎖」，指香爐蓋上之活動鼻紐，可以開啟而填入香料。燒香，謂爐內燃燒香料。入，與對句「迴」字互文，表示進出、來回之意。玉虎，以玉石雕鑿為虎形作裝飾之轆轤（按：指井架上用以絞繩汲水之器具，類似今之滑輪）。絲，井繩；牽絲，絞動井繩。

* 編按：此聯象徵女子儘管幽居獨處，與外界隔絕，然其芳心卻仍然可能因種種景象（如東風細雨、塘外輕雷、氣通蟾蜍、絲牽玉虎等）而牽動情絲，觸發聯想，產生奇妙之變化與神祕之期待，不可能長久禁閉深藏而無動於衷。再按：「牽絲」二字，亦取其牽惹情絲之雙關涵義，「絲」字又和前句「香」字結合而諧音雙關「相思」之意，從而逗引出後半四句所寫相思之情；詩人之巧思，值得細品。

⑤ 「賈氏」句—由三句「香」字聯想而來，以賈女偷香示愛之典，表現女子悅愛少俊之熱情難熄；《世說新語·惑溺》載：晉人韓壽（？－300）相貌俊美，風度翩翩，司空賈充（217－282）辟以為掾屬。每當賈充聚會，其幼女賈午則於窗格中窺視韓壽而深心悅慕，常吟詠以抒其情。後婢女為通音問，壽遂踰牆相會而有私情。其後，賈充見其女悅暢異常，且勤自妝飾而起疑心，又於聚會諸吏時聞韓壽有御賜西域進貢之奇香（按：此香著人衣則歷月不銷，武帝賜予賈充，充女竟私與壽），乃拷問婢女而得實情。為隱密其事，遂以女妻之。掾，古時諸侯有權私自徵辟之幕僚屬

員。少，年輕英俊。

⑥ 「宓妃」句——由四句「絲」字聯想而來，以宓妃留枕示愛之典，表示女子傾慕才子之情絲難斷。宓妃，相傳為伏羲氏之女，溺水於洛水而為神；此代指曹丕之甄后而言。留枕，相傳曹植因甄后攜枕入夢相歡而作〈洛神賦〉[2]。魏王，指曾封為東阿王、陳王之曹植而言，紀昀謂借用「魏」字以協平仄。才，才調卓絕也[3]；南朝劉宋無名氏《釋常談・卷中・八斗之才》載謝靈運（385－433）嘗謂：「天下才有一石，曹子建獨占八斗，我得一斗，天下共分一斗。」

⑦ 「春心」二句——此總結詩中女主人公沉痛之心聲，意謂不論是愛少俊而窺簾偷香之賈女，或慕才華而留枕薦席之宓妃，其追求愛情之熾熱情懷均如春花之萌發而不可遏抑；然其纏綿相思之情，亦終將如春花之凋零，如香燒之成灰，徒然換得傷心絕望耳，故誡之以「莫共」。春心，女子思慕歡愛之心，常隨春陽而生，故云。共，與、和也。莫共花爭發，謂切勿與春花爭榮競豔，以免空留遺恨。

＊ 編按：「相思成灰」既為全詩眼目，又總收前三聯相思情意；「灰」字亦由「燒香」意象得來，針線極為綿密。

【補註】

01 南朝樂府〈西洲曲〉：「……開門郎不至，出門採紅蓮。採蓮南塘秋，蓮花過人頭。低頭弄蓮子，蓮子清如水。置蓮懷袖中，蓮心徹底紅。憶郎郎不至，仰首望飛鴻。鴻飛滿西洲，望郎上青樓……。」即寫蓮塘懷人之情。

02 李善注曹植〈洛神賦〉說曹植原本極為愛慕曹丕的甄后，甄后過世後，曹丕以甄后的玉鏤金帶枕賜與曹植，曹植當晚「將息洛水上，思甄后。忽見女來，自云：『我本託心君王，其心不遂。此

枕是我在家時從嫁，前與五官中郎將，今與君王。』遂用薦枕席，
懽情交集。」曹植醒來不勝悵惘，遂作〈感甄賦〉，後明帝（曹
睿）見之，改為〈洛神賦〉。

03 曹植才華之高，見諸正史，《三國志・魏志・任城陳蕭王傳》載：
「陳思王植字子建。年十歲餘，誦讀《詩》《論》及辭賦數十萬
言，善屬文。太祖嘗視其文，謂植曰：『汝倩人邪？』植跪曰：
『言出為論，下筆成章；顧當面試，奈何倩人？』時鄴銅爵臺新
成，太祖悉將諸子登臺，使各為賦。植援筆立成，可觀，太祖甚
異之。……每進見難問，應聲而對，特見寵愛。……植既以才見
異，……幾為太子者數矣。」

【導讀】

　　李義山哀感頑豔的愛情詩，大多以「無題」名篇，本詩應該也是
同性質的傳世傑作。由於詩人負兀傲之才，具綺豔之骨，又能採擷妍
華，驅策典實，不僅風格沉博絕麗，奧隱幽邈，而且興象豐美，託寄
遙深，因此自古即有「詩家總愛西崑好，獨恨無人作鄭箋」「獺祭曾
驚博奧殫，一篇錦瑟解人難」之嘆，和「上薄《風》《騷》，下該沈、
宋，升少陵之堂而入其室」之譽[1]。正由於他的作品既迷人又難解，
因此歷代許多詩家和學者絞盡腦汁地對他「楚天雲雨盡堪疑[2]」的作
品加以抽絲剝繭，希望能在渾沌迷離中尋得一些蛛絲馬跡，以直探騷
心，還原本事；然而遺憾的是不少作品至今仍令人有「劉郎已恨蓬山
遠，更隔蓬山一萬重[3]」的迷惘與感慨。因此，筆者只能廣泛地參考
前人的別裁[4]，比較各家的異說，並自行擬測本詩的「本事」為：義
山在聆聽一位在愛情上歷盡滄桑，備嚐冷暖的失戀女傾吐心曲之後，
深受感動之餘，以第一人稱的口吻，運用幽微婉約的比興象徵和雙關
暗示的手法，記錄她的悲歡怨慕，以及她對世間癡情女子懇切的忠
告。

「颯颯東風細雨來，芙蓉塘外有輕雷」兩句，是純用興筆表示：氣之動物，物之感人，無非自然；故女子感春氣而動心，文士悲秋聲而傷神，實妙合造化之義。只不過由於詩人完全採取幽閨女子現身說法的口吻，因此著重於細膩地剖示女子婉約的春心和浪漫的期待。前一句是暗示：當陽氣發動，春風駘蕩時，花卉草木逐漸從寒凍的狀態中復甦，性靈婉約的女子自然也能感受到造物者神祕的召喚，隱約覺察到心靈深處有莫名的悅樂與期盼正在潛滋暗長；而當細雨輕柔地飄灑時，花木都能欣霑雨露，油然萌芽，心思纖柔的女子也能感受到期盼獲得愛情滋潤的春心正在悄悄地萌芽蔓延。換言之，東風細雨，正是催生女子情思，搖蕩女子心魂的觸媒。

「芙蓉塘外有輕雷」七字，是暗用「雷隱隱，感妾心，側耳靜聽非車音」的古詩，進一步表示女子春心一蕩，就不能自已地懷藏著旖旎的幻夢和浪漫的期待，因此她的神經變得更為敏感，心思也變得格外複雜而曲折；她隨時傾聽風吹草動，準備接收任何輕微的訊息，唯恐錯過美好的機緣而抱憾終身。由於作者融入「輕雷」二字在古典詩賦中所孕育而成的豐富涵義——渴慕愛情的女子專注地期待意中人的車駕聲，卻終於證實那只是自己美麗的錯覺——再加上首句縹緲而迷離的氛圍，和次句「芙蓉塘外」給人的距離感與朦朧隱約的不確定感，便把女子由驚喜、興奮、緊張，到遲疑、失望、沮喪，而後又不得不接受現實的複雜心理變化，和消沉抑鬱，黯然神傷的心境，表現得含蓄蘊藉，細膩入微；因此紀昀《玉谿生詩說》說首聯：「妙有遠神，不可理解而可以意喻。」大概是因為全詩八句的脈絡極為隱微，頗有言語道斷的情況，很難只憑藉著直觀就尋覓出四聯之間的邏輯關係，並掌握到全詩的情節發展，因此令人有索解為難的困擾。不過，由於「東風細雨」「芙蓉塘」「輕雷」這些詞語在古典詩歌中早就積澱著對於情愛宛然若有所思，與隱然似有所待的浪漫暗示，而且又烘托出低回悵惘，迷離朦朧的情境，同時還提供了一幅可觸可見、有聲

有色的優美圖畫，因而能夠給予讀者豐富而深美的藝術聯想，以及解讀這首詩謎必要的蛛絲馬跡，因此他才會又有「可以意喻」之說和「妙有遠神」之嘆。

「金蟾嚙鎖燒香入」七字，是以複雜而多層次的比興手法，象喻女子幽閉深鎖的芳心中自有熾熱的青春火苗，一旦被點燃之後是禁錮不了，也關鎖不住的；因為被撩撥而起的春心，經過愛情烈焰的熏燒之後，就會化為縷縷輕煙，可以穿透層層的禁閉和重重的阻隔而裊娜於外，騰空而飛。這裡可以有兩種解釋的可能：

＊「金蟾嚙鎖」如果象喻女子的芳心幽閉深鎖，則「燒香入」就可以象喻男子的熱情必然會鎔斷金鎖，衝破障礙，進而深入她的芳心之中，化為繾綣的纏綿；「入」字可以作「穿透而入」解。

＊「金蟾嚙鎖」如果是象喻外界客觀環境的種種遮隔阻礙，和禁錮閉鎖的形勢，那麼「燒香入」也可以象喻她不甘寂寞的芳心中自會有熊熊的青春烈焰持續燃燒，將把她對於愛情的嚮往化為千絲萬縷的柔情，在心底不斷地氤氳繚繞，蒸騰蘊蓄，隨時有穿透而出，釋放熱情的可能；「入」字可以作「穿透出入」解。

其實，早在南朝樂府〈楊叛兒〉的「歡作沉水香，儂作博山爐」兩句裡，就以香爐的氤氳溫熱，象喻男女歡愛情密，融合不分；本詩則以「金蟾嚙鎖」的華麗詞藻與吉祥靈異的象徵義涵，豐富了婉約幽微的春心之美，同時又涵攝有外界環境的嚴密封鎖，和客觀形勢的禁閉錮藏之義，自然更能襯托出女子渴慕愛情的熱切情狀，因此更加撩人遐思，也更加耐人回味。

「玉虎牽絲汲井迴」七字，可以分為三個層次評述：

＊首先，是以「井」之深沉，象喻女子芳心之幽微窈邈，難於窺測；孟郊〈烈女操〉中「波瀾誓不起，妾心古井水」中的「井」字，就是屬於相似義涵的典型譬喻。

＊其次，汲井則水花四濺，波光瀲灩，可以象喻女子的芳心即使再
深窈難窺，一旦感春意而生情愫，則不免心湖漾起思慕的漣漪，
濺起悅愛的水花，難於渟蓄平靜一如往昔了。

＊第三，一旦她有了感情的波動，她的內心一定有如汲水時轉動的
轆轤上纏繞著無數圈的井繩一樣，自然產生千迴百轉，剪不斷、
理還亂的纏綿情思。

仔細玩味起來，可以發覺：「金蟾齧鎖」句，意在象徵她熾熱的
春心無法遏抑；「玉虎牽思」句，則意在象徵她纏綿的情思難於斬斷。
尤其值得注意的是詩人構思時的靈心妙想：他先由燒「香」引出賈氏
窺簾而贈「香」韓壽的典故，再由牽「絲」勾出甄后情「絲」難斷而
留枕曹植之事；同時「香」「絲」二字，又諧音雙關「相思」的春心，
自然便逗出尾聯的春心莫發、相思成灰的慨歎來作為全詩的結穴了。
如此安排，可謂有灰線蛇蹤之奇，藕斷絲連之妙，不僅興象豐美，詞
藻瑰麗，而且意緒如鉤鎖連環，而又綺交脈注於「相思成灰」的主旨
上，可見作者佈局時用心之纖巧，針線之細密，的確令人驚嘆；因此
楊億稱讚義山詩「包蘊密緻，演繹平暢，味無窮而炙愈出，鑽彌堅而
酌不竭。」（《韻語陽秋》引）敖陶孫《臞翁詩評》也說義山詩「如
百寶流蘇，千思鐵網，綺密瑰妍。」

「賈氏窺簾韓掾少」七字，是承「金蟾」句而來的舉例，說明女
子熾熱的春心往往無法抑制，正如雖有鼻紐密鎖，溫熱的香氣仍能隱
隱約約飄忽出入一般；因此賈充之女才會不顧父親嚴屬的責備，由窺
簾悅慕而抒情示愛而幽會纏綿而偷香私贈，全都是由於春心中的情愛
之火，一旦點燃就至死方休的緣故！「宓妃留枕魏王才」七字，則是
承「玉虎」句而來的說明，進一步點出女子千迴百轉的纏綿情絲是生
死以之，永不變渝的，因此甄后才會對曹植生前傾心，死後薦蓆，因
而有了哀感頑艷的洛水奇緣。詩人借這兩則浪漫的典故說明女子的春
心一旦萌發，不論是慕悅少俊，或是傾心才華，都同樣熱烈而纏綿，

都有「春蠶到死絲方盡，蠟炬成灰淚始乾」的執著癡迷，而且生死相許，無怨無悔！

大概是向商隱剖示一段心跡而自敘愛情歷程的這位女子，和商隱對話至甄后留枕的人鬼之戀時，難免對自己在追求愛情的過程中付出的心神竟然終究幻滅成灰，感到淒愴黯然而悲不自勝，因此便痛心疾首地以憤激決絕的語氣，提出她的結論：「春心莫共花爭發，一寸相思一寸灰」！

就詩歌脈絡而言，前六句分別描述了：春心之潛滋暗長、幽情之浪漫期待、愛慕之熾烈燃燒、相思之纏綿縈繞、追求之執著積極、思憶之超越陰陽，等於說盡了一位女子一生的戀愛心曲，實可謂極盡婉約細膩，纏綿悱惻之能事，令人意亂情迷而目眩神搖了。尾聯卻突然一筆掃淨所有的浪漫，剷除所有的旖旎，斬絕所有的溫柔，以疾雷破柱般的驚人氣勢發出「春心莫共花爭發，一寸相思一寸灰」的哀苦心聲，實在令人有當頭棒喝的突兀錯愕之感！不過，反覆咀嚼之餘，還是可以發覺：首句的「東風細雨」中似乎隱涵著雲雨巫山終究夢醒成空的遺憾；次句的「輕雷」也暗含期盼落空的意思，因此古詩說：「側耳靜聽非車音」，可見心上人終究未曾前來！「金蟾」句自然含有爐心雖熱，終究銷香成灰的結局；「汲井」句也有「心如枯井」的消沉和悲涼的暗示！腹聯的賈氏窺簾，似乎也有青春易老、紅顏難駐的反面意涵；宓妃留枕的故事，其實是生死之戀，終究幻滅成空的悵惘！換言之，前六句表面上是由萌發的春心中飽藏的相思纏綿之情，以細針密線所裁縫成的鴛鴦錦繡、蝴蝶春夢之圖卷，而在錦繡春夢的背後，卻是由辛酸血淚所暈染成的腸斷魂銷、絲盡香滅的悲劇！正由於在前六句中已經先蓄積了足夠的悲劇暗示，才能突然從綺麗的情夢斷然跳開，以萬鈞之力在尾聯直接噴薄出哀莫大於心死的沉痛警惕，使人讀來有心絃震顫，蕩氣迴腸之感。

這首〈無題〉詩的主旨，正是在警惕女子：春心一蕩，就相思無已，卻又終究燃盡心血，幻滅成灰！因此，詩人除了以「春心莫共花爭發」來總收前六句的旖旎情思和綺麗幻夢而提出忠告之外，還繞回「颯颯東風細雨來」的情境，表示春心切莫隨著花木在東風細雨的催動與滋潤下發榮爭艷！「一寸相思一寸灰」除了回應前六句的溫柔纏綿與黯然銷魂而鄭重規勸外，又以「一寸一寸」的重出句法，增加沉痛的分量，更以相思成灰的蒼白黯淡、枯冷絕滅，來和心花爭發時的榮艷繽紛、浪漫熱情，形成瞬間變幻的強烈對比！如此匠心獨運的安排，就使尾聯在千迴百折的自訴衷曲和回環往復的重疊暗示之後，更顯得語悲調苦，意激言切，令人對於「有情皆幻，無夢不空」的忠告與警惕，感到驚心動魄，奇痛徹骨……。

【補註】

01 引文依序出自元好問〈論詩絕句三十首〉其十二，王士禎〈戲仿元遺山論詩絕句〉，以及錢惕龍《玉谿生詩箋·序》。

02 李商隱〈有感〉：「非關宋玉有微辭，卻是襄王夢覺遲。一自高唐賦成後，楚天雲雨盡堪疑。」試譯如下：「並不是宋玉（借喻詩人自己）喜歡故弄玄虛地使用委婉隱約的言詞來寄託諷諫之意，其實關鍵在於楚襄王這一類的人沉迷於香艷的幻夢之中，遲遲無法從雲雨巫山的夢境中覺醒過來。無奈自從他深有寄託的〈高唐賦〉完成之後，凡是抒寫男女之情的作品，也全都被懷疑是別有寄託諷喻的詩篇了。」

03 李商隱〈無題四首〉其一。

04 錢鍾書先生對於「金蟾」句的詮解，相當具有啟發性，他說：「『金蟾』句當與義山〈和友人戲贈〉第一首：『殷勤莫使清香透，牢合金魚鎖桂叢』，又〈魏侯第東北樓堂郢叔言別〉：『鎖香金屈戌』合觀，蓋謂防閑雖嚴，而消息終通，願欲或遂，無須憂蟾之

鎖門或爐（參觀陸友仁《硯北雜志》卷上），畏虎之鎮井也。」
（周振甫《李商隱選集》頁 203 引）尤其他引用西方詩句來印證，
更令人驚嘆古今中外詩人對於愛情體認之深刻與形容之神似：「古
希臘詩人有句：『誘惑美人，如煙之透窗入戶。』《玉照新志》
卷一載張生〈雨中花慢〉：『入戶不如飛絮，傍懷爭及爐煙！』
莎士比亞詩：『美人雖遭禁錮，愛情終能開鎖。』莫不包舉此七
字中矣！」（同前）正由於錢先生學貫中西，淹通古今，因此才
能發揮火眼金睛的稟賦，提出靈心妙悟的慧見，誠可謂闡幽抉微
而探驪得珠了。

【後記】

　　筆者所作導讀，頗受葉嘉瑩教授之啟發，謹此敬表感佩之意；茲
摘錄其要點於後，以示不敢掠美之意：

＊這首詩是寫春天到來春心的萌發。

＊春風像細雨一樣滋潤著萬物，隱隱的雷聲驚醒了多眠的動物，使
　沉睡中的草木也開始萌芽。於是，人的感情——一個女子的感情
　——也覺醒了。

＊「金蟾」句表面上是寫女子在生活中的燒香，實際上是寫女子內
　心深處一種芬芳熱烈感情的燃燒和萌發。當這女子打水的時候，
　轆轤的轉動就和她內心那千迴百轉的感情結合到一起了。

＊總之，因男子的英俊貌美，或因為男子的才華蓋世，就引動了女
　子愛情的萌發，這就是「春心」。可是李商隱因為時代和平生遭
　遇造成了悲觀的心態，所以要你把春心壓下去，因為一切相思懷
　念都是無望的。（詳見《好詩共欣賞》頁 188 至 189，台北三民
　書局 87 年初版）

【評點】

01 朱鶴齡：窺簾留枕，春心之搖蕩極矣。迫乎香銷夢斷，絲盡淚乾，情焰熾然，終歸灰滅。不至此，不知有情之皆幻也。（《李義山詩集箋注》）

02 紀昀：起二句妙有遠神，不可理解而可以意喻。「魏王」字合是「陳王」，為平仄所牽耳。賈氏窺簾，以韓掾之少；宓妃留枕，以魏王之才。自顧生平，豈復有分及此？故曰「春心莫共花爭發，一寸相思一寸灰」。（《玉谿生詩說》）

279 無題二首 其一（七律）　　　李商隱

鳳尾香羅薄幾重？碧文圓頂夜深縫。扇裁月魄羞難掩，車走雷聲語未通。曾是寂寥金燼暗，斷無消息石榴紅。斑騅只繫垂楊岸，何處西南待好風？

【詩意】

　　織有漂亮的鳳尾花紋，散發出芳香，又輕又薄的羅帳，已經完成多少重了呢？（思潮起伏的我已經算不清了！）我在夜深人靜的時候，還一針一線地為它縫上繡有碧綠花紋的圓形帳頂。（眼看著我的嫁妝就快要完成了，不禁思前想後，百感交集，前塵往事又紛亂地在心中糾葛起來⋯⋯。整理好自己的心情之後，我有些心底的話必須向你表白，希望我不得已的苦衷，能夠得到你的諒解：）白天和你不期而遇的時候，我雖然拿雪白的圓扇遮住自己既驚愕又羞怯的表情，卻掩飾不了內心對你的愧疚之感；當時在車輪滾動有如奔雷聲中，我們匆匆錯身而過，只能彼此訝異地注目，卻沒有機會向你剖明我的心事⋯⋯。

你可知道，你最後一次離我而去以來，我曾經獨自忍受了多少孤寂無眠之夜的煎熬，滿腹辛酸地枯守著夜闌燭殘時黯淡的空閨？捱到一年又一年過去了，我還期盼能夠在艷紅的石榴花盛開的季節前再度和你歡聚廝守；誰知道我完全得不到你的任何音訊……，我等到的只是青春的虛度和相思苦憶的絕望！何況這些日子以來，又不知道你的坐騎是繫在到哪一處花柳濃媚的岸邊，也不知道你究竟是在哪一座燈紅酒綠的舞榭歌臺裡尋歡，即使我能乘著西南好風前去尋訪你，又叫我到何處和你相會呢？

【注釋】

① 詩旨—本組詩應屬聯章之作，首章以即將出嫁女子（按：有可能是歌姬舞妓或歡場女子）的口吻，借心靈獨白方式，對無緣結合的舊情郎說明嫁與他人的苦衷；次章則是女子猶有未能盡吐衷腸之憾，故於夜深人靜時回首坎坷際遇，剖示曾經鍾愛竟只能終身抱憾的心意。

② 「鳳尾」二句—鳳尾香羅，繡有鳳尾花紋而散發薰香的羅帳，大概是女子親手縫製之嫁妝。幾重，指女子夜縫羅帳時因心有所感而思緒凌亂，以致計算不清已縫製多少重該有的層疊以利摺疊收納，故而感到遲疑困惑[1]。碧文圓頂，繡有碧綠花紋的圓頂帳子。

③ 「扇裁」二句—月魄，原指月輪中未遭太陽映照的陰暗部份，此用以形容扇子既圓且白，與月亮表面陰影無關。車，指詩中女子所坐者。走雷聲，形容車輪滾動時有如奔雷震響。

④ 「曾是」二句—金爐暗，指銅燭臺上的燈芯餘火黯淡，既暗示孤枕難眠，也可能象徵熱情已冷。石榴紅，石榴花五月綻放紅蕊，在此暗示一別經年或數年，早已錯過芳春，不得不擇人而嫁。

⑤ 「斑騅」二句—殆謂心知舊情郎別後，常流連於風月場所，女子縱然有心前去尋訪，奈何不知對方究竟繫馬何處之花街柳岸。斑

騅，毛色間雜之馬，此代指舊情郎的坐騎²。垂楊岸，殆指煙水明媚的花街柳巷、歌樓酒館。古樂府〈神弦歌·明下童曲〉：「陳孔驕赭白，陸郎乘斑騅；徘徊射堂頭，望門不欲歸。」作者大概只摘取二、四句的涵義，側重抒發情郎不歸的焦慮與無奈。西南好風，殆謂女子有意以身相許，奈何情郎無意長相廝守；曹植〈七哀〉詩云：「君若清路塵，妾若濁水泥；浮沉各異勢，會合何時諧？願為西南風，長逝入君懷；君懷良不開，賤妾當何依？」

【補註】

01 舊注多引用以下三說來解釋本聯中的物品：〈孔雀東南飛〉中劉蘭芝自述所留下的新婚之物有「紅羅複斗帳，四角垂香囊。」《白氏六帖》云：「鳳文、蟬翼，並羅名。」程泰之《演繁露》載「唐人婚禮多用百子帳，特貴其名與婚宜。……捲柳為圈，以相連鎖，百張百闔；為其圈之多也，故以百子總之，亦非真有百圈也。其施張既成，大抵如今尖頂圓亭子，而以青氈通貫四方上下，便於移置耳。」馮浩則以為就是古代北方迎拜新娘所用的「青廬」，只不過以羅取代氈而已。

02 《爾雅》謂蒼白雜毛曰騅，《說文》則謂蒼黑雜毛為騅。

【導讀】

義山的許多無題詩，雖然都是以對於愛情的苦心追求，以及婚姻或理想的幻滅為基本型態，可是由於採用了大量時空跳接、性別對換的手法，又刻意營造出惝恍迷離、閃幻飄忽的意境，再加上穠麗華豔的詞藻、興象豐美的暗示，並省略了敘事的情節交代，所以顯得瑰麗幽奇，難於探索其隱衷與真相。尤其是他的〈有感〉詩自云：「非關宋玉有微詞，卻是襄王夢覺遲；一自〈高唐〉賦成後，楚天雲雨盡堪疑。」於是許多從詞意上來看分明是描寫愛情的詩篇，就常被朱鶴齡、

馮浩、張采田、汪辟疆等注家確定為陳情令狐綯的干乞之作，令人感到是非難斷，困惑不已。筆者以為朱、馮、張、汪的說法，涉及極為繁瑣艱深的考據與辨證工夫，論斷不可不慎；然而遺憾的是，如果根據他們的說法，一一循蹤步影去詳究詩義，卻又頗有治絲益棼之感，甚至難免有斷章取義、穿鑿附會之虞。因此，基本上筆者對於〈無題〉諸篇的導讀，都捨棄這種詳於勾稽史料以求知人論世，卻又難免落入以偏概全的陷阱之中的方法，改採根據文本，以意逆志的方式來串解詩義，擬測詩情。

筆者在多方推敲之後，擬測這兩首詩應該是聯章之作：第一首是以一個即將出嫁的女子口吻，採用心靈獨白的方式，在出嫁前夕對無緣結合的舊情郎訴說嫁與他人的苦衷；第二首則是她覺得仍有未能盡吐衷情之憾，所以藉著無眠的夜晚，回首坎坷的際遇，剖示曾經鍾愛卻只能終身抱憾的心曲。換言之，這是兩首類似於告別愛人的絕情詩，讀來如怨如慕，淒豔感人。至於這位詩中女子，是否曾是義山的舊歡？或者只是舊識？是否在出閣前曾以書信或面晤的方式向詩人細訴心曲，而詩人在深受感動之餘，便將心比心地採用代言的手法，藉著詩歌的形式記錄這段有情無緣的悲劇？⋯⋯以上種種問題，實在難以揣想，也無法加以論斷，只能付之闕如了。

「鳳尾香羅薄幾重，碧文圓頂夜深縫」兩句，是寫一位即將出嫁的女子深夜趕製新婚用的鴛鴦被、芙蓉帳之類的嫁妝。由於她在白天（或近日內）才和舊情郎不期而遇，因此在夜裡不免思潮起伏，心緒紊亂，以致算不清楚究竟已經縫製了多少重便於折疊收納的羅帳了。「薄幾重」正是寫她失魂落魄，若有所思，而又神情恍惚的獨白；「夜深縫」則是寫她百感交集，難於安枕，所以在深夜時還以細針密線有意無心地慢慢縫製，藉以散愁遣悶，打發時間。然而那一針一線似乎都牽引著她思前想後的心緒；而那碧文鳳尾的香帳又難免勾起她一段傷心的情緣，於是她在凝想出神時便彷彿是面對著舊日情郎一般，娓

娓道出自己的心聲。

「扇裁月魄羞難掩，車走雷聲語未通」兩句，是補充說明「薄幾重」的猶豫和「夜深縫」的獨坐，都肇因於白天（或近日內）的偶然相逢。出句是寫她在和舊日情郎錯身而過時，團扇雖能遮掩自己既羞且怯的容顏，卻難以掩藏自己由於陰錯陽差的命運捉弄而決定另擇良木的愧疚之情；而女子當時仍露眼窺視情郎的身影，打量對方的舉止，猜測對分的心事，甚至還在情郎投以驚詫的眼光時她又轉頭避開的心虛模樣，都宛然可遇。「車走雷聲」表示她的車馬疾馳而去，也許還側寫她心虛逃避時驚慌地讓車夫促鞭而行的情狀；「語未通」則寫出錯身而過，未及晤談，所以深覺有必要在即將出閣前夕，對並不在眼前的舊日情郎作坦白的交代，並剖示自己另適她人的苦衷，希望取得舊情郎的諒解──至少也求得自己片面的心安。

「曾是寂寥金燼暗」七字，是傾訴自己在舊情郎遠去（也許是不告而別）之後，曾有許多寂寞失眠的夜晚，只能枯守著半盞孤燈，忍受著漫長無盡的相思煎熬；「金燼暗」三字，除了實寫夜闌燭殘的黯淡氣氛外，也把女子因為長期的等待成空，難免由落寞、消沉、失意，以至於逐漸感到絕望的黯淡心緒，表現得恍然如見。「斷無消息石榴紅」七字，則是說明自己捱過了漫長的守候，卻只換得青春虛度和相思成灰的絕望！由於情郎像斷線的風箏，既無蹤跡可尋，也絕無訊息傳來，所以自己才不得不另謀打算，心灰意冷地決定嫁與他人。五月石榴花開，代表春光早已遠逝，也暗示青春已然虛度；「紅」字既可以象徵女子原本擁有浪漫的熱情，又可以從反面映襯女子後來心境的冷清沉寂，因此一見石榴翻紅，更顯得怵目驚心，只好趕在人老珠黃之前急於出嫁了！這兩句是在表明自己並非移情別戀，另結新歡，而是由於情郎不知何故遠颺而去，又斷無消息，所以才逼使自己向無情的命運低頭，為後半生略作打算；讀來令人不勝唏噓感慨。

「斑騅只繫垂楊岸，何處西南待好風」兩句，表明自己原本願意

終身相隨，長相廝守，奈何自音訊斷絕以來，實不知情郎流連於何處的花街柳巷，繫馬於何處煙水明媚的岸邊，自然也就無法前去尋訪而共商未來了！換言之，這是更進一步表明自己並非薄情寡義，實在是出於萬般無奈。「斑騅」句點出對方風流倜儻的形象，以及冶遊浪蕩的習性，無怪乎女子曾經為之神魂顛倒，朝思暮念而難以忘情；但也可能正因為對方喜好流連聲色之區，終非良偶，因此女子才在傷心之餘，必須斷然割捨孽緣而另作抉擇。必須特別強調的是：這兩句所表達的是「過去式」而非「現在式」或「未來式」，也就是說女子原本有意尋找對方蹤跡，卻不知從何找起，指的是過去的心事，而不是即將出閣的此時，更不是指嫁人之後有意和對方再藕斷絲連，暗通款曲！

大致而言，整首詩意在表明「絲蘿非獨生，無奈託喬木」的立場，拈出自己的確有不得不然的苦衷，期盼對方能夠諒解，誠可謂語悲調苦，詞婉情深了。不過，女子似乎唯恐意猶未盡，對方只怕一時之間難以釋懷，因此又有次章之作，以求盡訴衷腸。

【別裁】

筆者以為，這首詩如果獨立來看，也不妨視為義山在開成二年（837）中進士後，至開成三年赴王茂元涇原幕期間，已對王之么女心生好感，然尚未成親之前，藉以傾訴愛慕，剖明心志的情詩：

＊「鳳尾香羅薄幾重，碧文圓頂夜深縫」兩句，是詩人遙想王女今夜正在為日後出閣縫製嫁妝的情景，頗見詩人心神飛馳，情靈搖蕩的懷想之狀。

＊「扇裁月魄羞難掩，車走雷聲語未通」兩句，是追憶日前和王女匆匆邂逅，難忘其絹扇掩面時嬌羞動人的情態；詩人雖未能及時傾訴衷腸，然早已意亂情迷，是以魂牽夢縈，難以忘懷。

＊「曾是寂寥金燼暗，斷無消息石榴紅」兩句，謂別後芳訊杳然，

刻骨相思，自春徂夏，煎熬難捱。

＊「斑騅只繫垂楊岸」七字，表示自己對於伊人情有獨鍾，別無他想，意在打動伊人芳心。「何處西南待好風」則表明期待相會，甚至希望有幸締結婚姻的心願。

至於寫作本詩時，兩人是否已有婚約，則不得而知。如果有婚約，則首聯的懸想示現是出自於旖旎浪漫的甜蜜心理，帶有無限纏綿繾綣的情思。如果沒有婚約，則首聯刻意描寫縫製嫁妝的情景，可能有兩層用意：一方面是略帶酸楚心理，試探對方是否早已另有婚約，自己是否有機會贏得佳人芳心？另一方面，雙方如已目成心許，則是以促狹玩笑的口吻，戲謔對方急於出嫁的心理，具有挑逗情思，催促婚姻的暗示在內[1]。換言之，本詩很可能是當時詩人主動出擊，直叩芳心的努力，希望能夠及早促成好事。

義山另有一首〈無題〉云：「白道縈迴入暮霞，斑騅嘶斷七香車。春風自共何人笑？枉破陽城十萬家。」內容是寫和一位女子的香車錯身而過，見其嫣然一笑實有傾城之美，嘆息無人能得其「春風面」的垂青而暗自悵惘，故曰「枉」。是否由於這一段「扇裁月魄羞難掩，車走雷聲語未通」的初次邂逅，種下了相思的情緣，讓詩人有了締婚王氏之想，而後才有本詩之作，則已無從查考矣。

【補註】

01 義山曾作〈寄惱韓同年詩二首〉，其二云：「龍山晴雪鳳樓霞，洞裡迷人有幾家？我為傷春心自醉，不勞君勸石榴花。」按：李商隱和韓瞻不僅同科登第，又後先為王茂元的女婿；開元二年韓已成婚而暫居岳家，詩中的「洞裡」就是把王府比喻為神仙洞府的意思。「傷春」二字，就是未能得到婚約的感傷之意。換言之，詩人藉此詩表示對於韓瞻能「近水樓台先得月」的際遇歆羨不已，流露出希望能與王女及早完婚，以便一探神仙洞府的迷人之處的

心聲。

【商榷】

　　這首詩由於寫得艱深晦澀，因此前人大抵只能如瞎子摸象，各憑己意來串解詩意，可惜常有窒礙難通之處，茲舉數例說明如下：

　　＊陸崑曾：按本傳「令狐綯作相，商隱屢啟陳情，綯不之省。」二
　　　詩疑為綯發。因不便明言，而託為男女之詞，此《風》《騷》遺
　　　意也。　　○首篇言文人以筆墨干謁，猶女子以紉補事人。「鳳
　　　尾香羅」二句是比體，即〈傳〉所云「屢啟陳情」也。曰「羞難
　　　掩」，是欲強顏見之也。曰「語未通」，是不得與之言也。五曰
　　　自朝至暮，唯有寂寥；六言自春徂夏，略無消息。結言所以若是
　　　者，豈真道之云遠哉？亦莫我肯顧也。」（《李義山詩解》）
筆者以為這個說法，表面上看似言之成理，其實未必可通。因為詩人措詞未免太過纖佻，口吻也未免太過卑瑣，只怕令狐綯不僅不會因而伸出援手，還會對他更加鄙夷輕視。尤其是「鳳尾香羅薄幾重，碧文圓頂夜深縫」兩句，當真可以解為「文人以筆墨干謁」的情狀嗎？再者，前半四句所寫情景之曖昧與用語之晦澀──例如「扇裁月魄」與「斑騅只繫垂楊岸」究竟何所指？──只怕連令狐綯也難以確實了解詩人的用心與意圖。因此筆者很難接受陸氏的解說。

　　＊馮浩：將赴東川，往別令狐，留宿而有悲歌之作也。首作起二句
　　　衾帳之具。三句自慚，四句令狐乍歸，尚未相見。五、六喻心跡
　　　不明而歡會絕望。七、八言將遠行；「垂楊岸」寓柳姓，「西南」
　　　指蜀地。（《玉谿生詩集箋注》）
編按：大中五年（851）春，義山罷徐州幕，春夏間妻王氏卒，義山在窮蹙之餘，曾以文章干謁當時的宰相令狐綯，因而補授太學博士；七月，東川節度使柳仲郢辟義山掌書記。馮氏所云，殆指此時之事。筆者較難認同的地方是：

＊第一，如果首聯是寫留宿令狐府中的衾帳之具，則「薄幾重」該如何解釋？

＊第二，是誰在「夜深縫」呢？如果是指義山夜深縫，那就表示令狐相府中，竟然讓留宿的客人自縫床帳衾具，這不會失了宰相的體面嗎？令狐府中真會有這種難堪的怪事嗎？而如果不是義山，又會是誰呢？而不論是誰在夜深縫，義山寫此句究竟有何意義呢？義山在相府的夜晚到底逛到哪裡去了？他又怎能看見哪一個人正在連夜趕工呢？

＊第三，即使同意「羞難掩」三字是自慚將赴東川而來告別的意思，但是「扇裁月魄」四字，該如何解釋呢？馮氏和陸氏似乎都有意忽略「扇裁月魄」四字的意涵，但是筆者卻相當懷疑詩人何以須要以如月魄之圓扇來遮掩羞愧之情呢？這樣的舉動，不會顯得太忸怩作態嗎？

＊第四，義山前來辭行時，如果令狐綯不在府中，誰能擅作主張要留義山在府裡過夜呢──而且還要他自己縫製寢具？當時令狐綯不是早就對義山冷淡疏離了嗎？家人誰敢擅自留他過夜呢？而如果當時令狐綯在府中（而且也當真願意不計前嫌，既加以接待，又留詩人過夜），則所謂「乍歸而尚未相見」又說不通了！筆者實在懷疑義山有何詩文詳述此事，竟使馮氏彷彿親見親聞其情景而言之鑿鑿？這實在不能不啟人疑竇。

＊第五，所謂以「垂楊岸」寓柳姓的說法，實近於拆字遊戲，令人難以信服。

＊第六，義山既已決定前往東川，則「何處西南待好風」這一問究竟有何意義？這個問句不會顯得既多餘又詭異嗎？

張采田《玉谿生年譜會箋》及《李義山詩辨正》對馮氏之說，幾乎照單全收，因此其窒礙難通之處，自然也如出一轍，也就不再摘錄。此外，如胡以梅、姚培謙、屈復、程夢星、汪辟疆、黃侃諸家的評解，

說解單獨句義之縹緲難曉與全篇詩旨之破碎難通，又有甚於義山原作之處，則一概摒棄，不再抄錄，以免治絲益棼，亂人眼目。

＊劉學鍇、余恕誠：（一）二首均寫幽閨女子相思寂寥之情，又均採深夜追思抒慨之心理獨白方式，頗似一時之作。然前章近賦，後章近比。前者不特寫深夜縫羅帳之女子、繫馬垂楊岸之男子，且以賦法具體描寫邂逅相遇、未通言語之戲劇性場景，似實寫生活中情事。後者雖亦云「相思無益」，然實以抒寫身世遭逢之感為主，且筆意空靈概括，多用比興，託寓痕跡較為明顯。頷、腹二聯，敘身世遭遇，意寓言外。聯繫作者身世，則輾轉相依，迄無定所，遇合如夢，身世羈孤之情固不難意會。　○（二）前章雖頗似單純言情之作，然通篇抒寫寂寥中之相思與期待，與作者之悲劇性身世及情懷，固不無相通之處。……即令作者非有意托寓，亦不妨其於吟詠閨情時融入身世落寞之感，企盼好風之情。

（《李商隱詩歌集解》頁 1459 至 1460 箋評之按語）

筆者雖然認同他們所勾勒的聯章架構，也大致依其說為本組詩篇作注；不過，卻以為他們對本章四聯的解說，仍有值得商榷之處；茲先摘錄其說，再提出疑問：

＊（三）「扇裁」「車走」二句係「夜深縫」時追憶昔日相遇情景。夜縫羅帳，見亟盼好合之情。　○（四）（頷聯）二句追憶與意中人邂逅相遇情景：對方驅車匆匆而過，己則含羞以團扇遮面，露眼暗窺，雖相見未通言語。……〈無題四首〉之二「芙蓉塘外有輕雷」亦隱以雷車指男方，此處用〈長門賦〉，自以指男方為宜。　○（五）「金爐暗」，兼寫相思無望；「石榴紅」，暗示流光易逝，一別經年。　○（六）（尾聯）謂所思者繫馬垂楊之岸，與之咫尺天涯，不能會合，焉得西南好風吹送與之相會乎？

（同前書，頁 1453 集注之按語）

筆者的疑惑是：

首先，按照前引第（四）則按語來看，雙方似乎是初度邂逅，女子即對男方一見鍾情，卻因為矜持與羞怯，故而以扇掩面，並為雙方未通言語感到遺憾；可是再看第（五）則按語，顯然雙方已經一別經年，而又音訊全無。這樣一來，就產生問題了。因為：

＊第一，如果雙方只見過一面，根本未曾正式相識或交談，則別後全無對方的消息本來就是合理的現象，有什麼必要選用「斷無消息」這樣沉痛的字眼呢？除非她從此以後立下「之死靡它，非君莫嫁」的心願，而且大張旗鼓地到處打聽對方的訊息卻一無所獲，因而感到傷心欲絕；否則「斷無消息」四字就用得不合情理。換言之，雙方應該曾經是一對情侶，否則詩中的流露出的傷痛就近乎無病呻吟了！

＊第二，如果雙方原本是戀人，女方也沒有對不起男方並因而使男方離去，而且女方也實在一心一意想嫁給對方；那麼，當雙方在一別經年後才不期而遇時，女方應該會急於上前相認，並詢問男方何以「斷無消息」才是；哪有原本相知相惜的戀人會在這種偶然邂逅的情況下，女方竟然還以扇掩羞的道理呢？換言之，如果女方在這種不期而遇時會有「扇裁月魄羞難掩」的舉動，那麼應該是她認為自己有了對不起男方的作為才是；而這一點，就非常須要解詩之人作推測性的補充說明，才能合理地串解全詩而讓讀者接受了。

其次，再看第（三）、（六）則按語，問題就更大了：如果雙方原本是情侶，而「夜縫羅帳」的女子當時的心境竟然是懷著「亟盼好合之情」，而且她又知道對方所在的位置是垂楊岸邊，再加上雙方相距又不過是「咫尺天涯」而已（所謂「天涯」只不過是心裡感覺罷了），那麼這位渴望結婚的痴情女子，為什麼不直接到楊柳岸邊去向對方剖示心意呢？這實在令人百思不得其解。換句話說，「斑騅只繫垂楊岸」七字的解釋是一個重要的關鍵，如果解為女子知道男子的所在，而且

就在不遠處，就難免產生如上窒礙難通的困擾了；這就是為什麼筆者把第七句的「只繫垂楊岸」和第八句的「何處」結合起來串解為只知道對方流連在花街柳巷，卻不知道究竟在何方的原因。

針對頷聯而言，前引按語第（四）則中認為是男子乘車。筆者也有兩個疑惑：

＊第一，劉、余兩位在前引按語第（一）則中認為頷聯是「以賦法具體描寫邂逅相遇、未通言語之戲劇性場景，似實寫生活中情事」；既然是實況描寫，那麼不論是誰乘車就和〈長門賦〉這個典故無關才是。

＊第二，如果乘車的是男子，斑騅也是男子的坐騎，則女子大概就是步行了；可是讀者能夠想像女子邊走邊搖著扇子的模樣嗎？何況，這位步行的女子有沒有辦法看到坐在有幃幔的車廂中的男子，以及能不能在情急之下，突然不知道從哪裡拿出扇子來做出「羞難掩」的動作，實在不無疑問。

因此，筆者寧可把頷聯的情節擬測為：雙方相逢時，男子騎著斑騅而女子則是坐在有幃幔的車廂中拿著扇子；如此的情節，既比較合理，也讓尾聯「斑騅」的出現才不會太突兀；否則，難免又讓人困惑：何以男子在同一首詩中又騎馬又坐車？

由於以上種種問題，在二人的箋評中無法得到妥適的解答，因此筆者雖然極為敬重劉、余兩位學者對研究李商隱詩歌所下的工夫之深與成就之大，可是他們對於本詩的說法，筆者仍然持保留的態度。

＊葉葱奇：這是大和八九年間鄉貢後，考進士未第時作，用未嫁比登進士第。這一首完全用閨中待嫁來擬喻。起二句用縫製百子帳比練習詩賦。三、四二句用含情待嫁、媒合未成比赴舉未中。五、六二句用宵深獨處，一春又過，比寒窗兀坐，及第的希望又復落空。七句用陸郎比禮部試官，即「蓬山此去無多路」之意，所以末句說安得憑一陣「好風」將此身吹送而去。（《李商隱詩集疏

注》頁 396 至 397）

筆者以為「縫百子帳比練習詩賦」之說，似乎言之成理，也相當別出心裁，這種說法，應該是受到朱慶餘〈閨意‧近試上張水部〉詩中以「畫眉」比喻詩文作品的啟發。不過，筆者仍然以為有值得商榷之處：

＊第一，作者未能清楚說明「鳳尾香羅薄幾重」「碧文圓頂」「扇裁月魄」「車走雷聲」……各種華辭麗藻在譬喻中的具體意涵，也就使得以上蜻蜓點水式的疏解出現許多含糊不清而啟人疑竇之處，這不僅是葉氏解說的缺點，也是前人箋釋評解中普遍的問題，其實都還有待更進詳盡地闡釋補充，才能使全詩串解無礙。

＊第二，要支持這種疏解，就必須能證明寫作年代的確是應舉落第期間，可惜作者只斷而不論，難免讓人質疑其可信度。

＊第三，「斑騅只繫垂楊岸」七字居然可以用來比擬禮部的考官，筆者實在不知道根據何在、典出何處。同樣令人困惑的是，竟然說末句的意涵是：「安得憑一陣好風將此身吹送而去（禮部試官身邊）」，這究竟是甚麼意思呢？

＊第四，最令筆者感到惆悵的是如果葉氏所言為真，則不僅使本詩少了曲折深密的本事和哀豔動人的情味，也將令人難以理解：不過是落第心情的表述，有必要寫得如此奧麗晦澀，使得千餘年來箋注評解此詩的騷人墨客、學者專家都誤入歧途，而在霧裡看花中指鹿為馬嗎？

280 無題二首 其二（七律）　　　　　　李商隱

重幃深下莫愁堂，臥後清宵細細長。神女生涯元是夢，小姑居處本無郎。風波不信菱枝弱，月露誰教桂葉香？直道相思了無益，未妨惆悵是清狂。

【詩意】

　　重重帷幕低垂的臥室裡，心緒難寧的我在輾轉反側的清宵中，只能無可奈何地傾聽並計算著寂寂長夜裡時間之流越來越緩慢，越來越纖細，也越來越漫長的聲音……，許多前塵往事自然而然地又一幕幕在眼前重演，讓人悲喜交加，感慨良多。昔日曾經深心相許的旖旎情愛，終究只像是巫山神女所經歷的一場縹緲而短暫的春夢一樣，空留惆悵；但是請你相信我，我仍然像清溪小姑一樣純潔堅貞，並非另結新歡才決定背棄你而嫁給他人。我本是柔弱的紅菱（花），偏偏遭遇了風波無情的摧殘而莖梗折斷，花葉殘破，又怎能不向命運低頭而任憑它擺佈呢？我本是清香內蘊的桂花，奈何卻沒有誰能夠在我最脆弱、最需要安慰的時候給我月露般的滋潤，讓我繼續散發出清芳的馨香……。（永別了，我的戀人，請你珍重！）即使明知道相思的痛苦對於陰錯陽差的結局沒有任何助益，我也甘心承受；何妨讓我永遠為這一段情緣惆悵到老，清狂一生！

【注釋】

① 詩旨—本詩是繼前章剖示心跡之後，仍覺詩短情長，言不盡意，故於輾轉反側後所作的續篇。

② 「重幃」二句—寫女子心思不寧而夜深難寐，輾轉反側。重幃深下，層層幃幔低垂下來，表明意欲就寢。莫愁，代指詩中第一人稱之女子而言（按：有可能是歌姬舞妓或歡場女子）；梁武帝〈河中之水歌〉：「河中之水向東流，洛陽女子名莫愁。莫愁十三能織綺，十四采桑南陌頭；十五嫁作盧家婦，十六生兒字阿侯。盧家蘭室桂為梁，中有鬱金蘇合香。」臥後，雖臥而未成眠也。細細長，細數時間流逝的緩慢而倍覺長夜難捱。

③ 「神女」二句—藉此自剖心跡，盼得對方諒解。意謂：回憶往日的歡愛眷戀，只覺遇合如夢；而別後的幽居獨宿，並無另結新歡。

神女句，宋玉〈高唐賦〉描寫巫山神女與楚懷王在夢中歡愛之後曾說：「妾在巫山之陽，高丘之阻，旦為朝雲，暮為行雨，朝朝暮暮，陽臺之下。」從此神女便開始漫長無盡的等待。又，〈神女賦〉描寫神女雖曾愛上楚襄王，卻終究必須保持自身的高貴與貞潔，無法追求真正的戀愛，頂多只能算是一場短暫的春夢而已，故云「神女生涯原是夢[1]」。小姑句，化自樂府〈神弦歌·清溪小姑曲〉：「開門白水，側近橋樑，小姑所居，獨處無郎。」

④ 「風波」二句——以借喻手法，傾訴自己本柔弱無依，怎堪命運播弄摧折，亦即表明另適他人，情非得已；又喻自己如芬芳內蘊的桂葉，奈何竟無誰人肯給予月露般的滋養而使清香飄溢於外。不信，明知其柔弱，偏偏故意橫加摧殘。菱枝，借喻柔弱之女子。按：菱本無枝，但有根、莖、葉及柄耳；此代指菱花而言。月露，借喻溫暖而必要的安慰與支持。誰教，反詰語氣，即無人肯使之意；言下頗有怨嗟之意。桂葉，指桂花而言；殆為協律而以仄聲的「葉」字代平聲的「花」字。

⑤ 「直道」二句——謂即將抱憾出嫁，深感愧對男方，故明知相思無益於舊情的延續，也無助於愧疚的彌補，然將終身感念對方曾給予自己的關愛呵護，並癡情一生，無怨無悔。直道，「即使清楚認知、就算深刻明白」之意。了，全然、盡然也。未妨，「也在所不惜、仍舊執意要」之意。清狂，心神恍惚、舉止若狂，然又理智清醒，並非真達心神狂亂的程度；此形容癡情無悔、悵惘一生的心態[2]。

【補註】

01 吳均《續齊諧記》亦有神女之說，略云：宋元嘉間會稽人趙文韶曾在清溪（地名）中橋側思歸夜歌，有容色絕妙女子聞聲拜訪，並取箜篌鼓唱，相談甚歡，遂留連燕寢。四更別去前，女子脫金

簪贈文韶，文韶答以銀碗、白琉璃匕各一枚。明日文韶偶歇於清
溪廟中，赫然見己所贈之物，乃知昨夜所見者為清溪神女。

02　清狂，舊注皆引《漢書·昌邑哀王傳》有「清狂不惠」之說，顏
　　師古注引蘇林曰：「凡狂者，陰陽脈盡濁。今此人不狂似狂者，
　　故曰清狂也。或曰：『色理清徐而心不慧曰清狂。』清狂，如今
　　白痴也。」然筆者以為與商隱所用之義不同。

【導讀】

　　「重帷深下莫愁堂，臥後清宵細細長」兩句，是在前章剖示心跡
之後，仍然覺得詩短情長，意猶未盡的續筆。內容是寫女子在縫製嫁
妝困倦之餘，放下層層帷幔準備就寢，卻愁思如湧，心緒難寧，更覺
長夜寂寥之煎熬難捱。「重帷深下」四字，除了點明夜深人靜之外，
可能也象徵女子心扉之幽閉深鎖，外人難窺究竟，因此打算再度表述
心事。「莫愁」兩字，可能暗示佳期已近之人本應喜上眉梢，不應有
愁，然而女子卻愁懷難平，頗有反諷與自嘲的淒涼況味。「臥後」兩
字，表示雖臥而輾轉難寐；「清宵」兩字，形容寂寥淒清之感，正是
心情的外化表現。「細細長」三字，傳寫夜漏深長，時間流逝得過於
緩慢的苦惱，並且藉此暗示不絕如縷的綿長思緒，正好帶引自己進入
追懷往事的感慨情境之中。

　　「神女生涯原是夢」七字，是回顧那段纏綿悱惻的歡愛歲月裡，
儘管曾經有許多旖旎浪漫的情事，也有過天長地久、朝朝暮暮的幻想，
卻終究只是一場縹緲而短暫的春夢，根本不可能有完美的結局，徒然
讓自己在追憶時倍覺空虛惆悵，黯然神傷罷了。「神女生涯」是指像
〈高唐賦〉中那位和楚王僅有歡會一夢，就朝朝暮暮在陽臺之下苦候
意中人的神女那樣永無止境的佇望；這是何其漫長難捱的精神折磨？
這一段戀情固然刻骨銘心，也讓她編織過美麗的春夢，但是此後「旦
為朝雲，暮為行雨」的她卻再也沒有盼到意中人重臨幻境，共赴巫山

了；則所謂「原是夢」的覺悟之中含藏著多少徹底失望後的椎心泣血之痛，是可想而知的。

「小姑居處本無郎」七字，則是表示詩中女子絕非另結新歡才割恩斷愛，琵琶別抱。由「本無郎」三字，可以感受到她急於自清時斬釘截鐵的語氣與焦急憂慮的心境；則她心中冤苦之痛切，也不難領會。作者化用巫山神女及清溪小姑這兩個典故，一方面表現女子自薦枕席的鍾情癡迷，一方面感慨這種短暫的繾綣交歡，終究是不可能有美滿結局的一場幻夢罷了。有了這兩句來表達舊愛如夢而難免迷戀的斷腸之痛，以及空齋無侶卻猶恐蒙冤的憂懼之深，不僅足以剖心自明，流露出期望獲得對方諒解的誠意，也經由「夢」字的空幻本質，讓她在傷痛之餘，不免回首生平而陷入另一層自嘆自憐的懷舊之情，自然導引出腹聯「風波不信菱枝弱，月露誰教桂葉香」兩句的悽愴之感；同時還由於「夢」字浪漫而令人眷戀的特質，使她在感嘆「直道相思了無益」的情況下，仍然甘心「未妨惆悵是清狂」地癡迷一世。

「風波不信菱枝弱」七字，是寫她紅顏薄命，竟然橫遭命運無情而又狂暴的摧殘，實非柔弱的她所能禁得起的折磨。「月露誰教桂葉香」七字，則表示自己本有芳潔的品性，奈何竟無人肯給與溫柔的體貼與呵護，好讓自己更能散發出清馨芬馥的美德。「風波」，是命運的借喻；「菱枝」，是女子自喻。「不信」二字，是「明知其柔弱，卻偏偏執意不肯相信，甚至有意橫加摧殘」的意思，表現出命運的狂暴無情與女子身世的坎坷艱辛。「月露」，是指能夠溫慰人心之體貼、呵護、鼓舞或實際幫助（甚至包括論及婚姻之具體行動）的借喻；「桂葉」是女子自喻。「誰教」二字，是「原本應該有人肯使、有人能讓，但卻終究無人肯使、無人能讓」的意思。結合這兩句來看，可謂道盡了世俗的澆薄冷漠，以及未能得到即時的滋潤霑溉而墮落風塵，甚至曾經遭到背叛遺棄的無助與不平。這兩則譬喻寫得筆意空靈，氣韻如生，而且造語奇絕，興象豐富，所以特別耐人涵詠玩味。就聯章詩的

角度來看，頷聯與腹聯都是由前一章「曾是寂寥金燼暗，斷無消息石榴紅」兩句的傷心斷腸之痛所激宕出來的情境，只不過頷聯運典入化而語氣較為哀婉冤苦，腹聯則設喻巧妙而語氣更為激切悲憤。

然而女子畢竟舊情難忘而深覺愧疚，因此詩人便銜接「原是夢」所帶有的浪漫情調和「本無郎」的堅貞自誓，以「直道相思了無益，未妨惆悵是清狂」來表示女子明知相思無益，卻也甘願一生鍾愛於心的無怨無悔之意，流露出長情不滅、永矢弗諼的誠摯之懷。「直道」二字，含有「即使清楚認知、就算深刻明白」的意思，語氣相當誠摯鄭重；再加上「相思了無益」五字，心境就顯得相當悽楚。「未妨」二字，則含有「也在所不惜、仍舊執意要」的味道，語氣頗為堅定；再加上「惆悵是清狂」五字，心態就表現得更是蒼涼了。這兩句的語法一縱一擒，筆勢大開大闔，再加上感慨遙深，情調悲涼，讀來自有一波三折的動宕之姿，很能傳達出女子情感的傷痛、心理的衝突與意志之決絕，所以令人有迴腸蕩氣，不勝唏噓的感嘆。

義山的詩篇，往往在實字勁健飽滿的句子裡，還能以虛詞的清暢流轉來疏通文氣，因而更添唱嘆的風情和涵詠的韻致。就拿這兩首無題詩來看，正由於「曾是」「斷無」「原是」「本無」「不信」「誰教」「直道」「未妨」這八組虛詞都是歷盡千回百折的傷痛，再加上千錘百鍊的鍛鑄才得到的，所以馮浩《玉谿生詩集詳註》說：「此種真沉淪悲憤，一字一淚之篇！」

【別裁】

本詩和前一章都採用「情書式」的心靈獨白來敘述曲折幽密的心事，希望得到對方的諒解。差異在於：前一章比較趨近於以賦筆實寫的手法，追述一段意外相遇卻未通心愫的情節；本章則側重在以比興手法虛傳身世之感慨。換言之，如果由共通點來領會，可以說它們是聯章之作；如果由差異性來理解，也不妨說它們可以各自獨立。

　　如果從比興手法的涵蓋面較廣、概括性較大的角度來看，本詩還可以視為詩人在某一個難寐的夜晚，撫今追昔的感嘆。不過，必須先行說明的是：由於現有的文獻仍然無法證明本詩是馮浩所謂「將赴東川，往別令狐，留宿而有悲歌之作」，因此只能把本詩視為義山感昔慨今的抒懷之作，至於寫作的時地則不詳。茲串解可能的詩意如下：

＊「重幃深下莫愁堂，臥後清宵細細長」兩句，是藉佳人於清宵長夜中愁懷不寐之情景，帶出思前想後的種種心事。

＊義山屢次上書令狐綯乞求奧援的盼望之情，不妨譬喻為枕席自薦而又苦盼楚王重臨；由於義山始終未能獲得有效的協助以出任中樞要職，因此不免在失意之餘慨歎「神女生涯原是夢」。儘管義山無端捲入黨爭的漩渦中，使他備嘗遊幕諸節度之苦，但是事實上他卻既不想阿附牛黨，也不想朋比李黨，故曰「小姑居處本無郎」。

＊義山九歲喪父以後既孤且貧，當他把父親的靈櫬由浙江運回河南時的淒涼景況是〈祭徐氏姊文〉中所說的「內無強親，外無因依」「四海無可歸之地，九族無可依之親」，再加上從此傭書販舂的貧苦生活，以及登科及第後無端的黨爭之禍竟然如蛆附身，揮之不去，因此不免感慨自己命途多舛，竟然橫遭打壓而吟出「風波不信菱枝弱」的沉痛心聲了！

＊至於「月露誰教桂葉香」則是感念師恩，背景是：義山少年時期是由堂叔親授古文與書法，雖然他因為刻苦力學而功力深厚，但是對於當時官場所通行與考場所要求的駢文，則並不在行。他在十六歲投贈詩賦文章給名公巨卿之後，得到令狐楚的賞識，不僅「置之華館，待以嘉賓」，還命二子令狐緒及令狐綯與之交往，並親自指導他駢文的技法，因此義山視令狐楚為傳授衣缽的恩師，曾經寫下〈謝書〉一詩來表達他的感念之意：「自蒙半夜傳衣後，不羨王祥得佩刀。」令狐楚又曾多次資助義山行裝和旅費，令他

赴京應舉；在大和七年、九年兩度落第後，又得到令狐父子極力獎掖推許，才得以在開成二年進士及第。因此義山對於能得到令狐家的「月露」滋潤而讓自己桂華飄香的恩情，感到無以回報，所以他曾經在〈上令狐相公文〉中銘感五內地說：「自卵而翼，皆出於生成；碎首糜軀，莫知其報效。」

＊義山明知道自己早已被令狐綯視為背恩負義而詭薄無行的小人，不論自己如何心念舊恩，卻再也不可能一廂情願地指望能夠得到令狐氏的提攜了，因此說：「直道相思了無益」。儘管如此，詩人依然無所怨悔，永遠感念栽培造就之恩義，因此以「未妨惆悵是清狂」來清楚地自剖心跡。

【評點】

01 徐德泓：二首皆慨不遇而托喻於閨情也。首言製成帷幔之屬以待偶。且扇裁合歡，羞不自掩，而人卒罔聞之，似雷聲塞耳也。五六句乃音問杳然之意。燈花暗，則無喜信可知。石榴紅，言徒有此美酒之供耳。結聯言彼合者常合，而此無得朋之慶也。《易》曰：「西南得朋。」似「西南」二字亦非漫下者。　○（次章）此承上意而言。前四句，言閉帷獨宿，而深悟相思無用矣，然豈終漂泊無依者乎？而孰使之得遂也？故又以「風波」「月露」二句轉接。末聯總括，謂明知無益，而到底不能忘情耳。（《李商隱詩歌集解》引）

02 胡以梅：（首章）此詩是遇合不諧，皆寓怨之微意。……詳前三句，必有文章干謁，世事周旋，而當塗莫應；四與六七竟棄之如遺。八雖此心未歇而亦怨之意。意者謂令狐耶？詩中大抵採集樂府，用其篇中之意居多，須讀樂府原文，則大意盡貫通矣。（《唐詩貫珠》卷三十）

03 陸崑曾：（次章）此篇言相思無益，不若且置，而自適其嘯志歌

懷之得也。重幃深下，長夜無眠，因思古來所傳，若巫山神女，清溪小姑，固舉世豔羨之人也，然神女本夢中之事，小姑有無郎之謠，自昔已如斯矣。強以求合，庸有濟乎？夫風波不為菱枝之弱而息，月露豈因桂葉之香而施？此殆有不期然而然者，吾乃今而知相思之了無益也。既知無益，又何必自甘束縛，而失我清狂之故態耶？（《李義山詩解》）

04 馮浩：將赴東川，往別令狐，留宿而有悲歌之作也。首作起二句衾帳之具。三句自慚，四句令狐乍歸，尚未相見。五六喻心跡不明而歡會絕望。七八言將遠行，「垂楊岸」寓柳姓，「西南」指蜀地。 ○（次章）上半言不寐凝思，惟有寂寞之況，往事難尋，空齋無侶。五謂菱枝本弱，那禁風波屢吹，慨今也；六謂桂枝之香，誰從月露折贈，溯舊也。惟其懷此深恩，故雖相思無益，終抱癡情耳。此種真沉淪悲憤，一字一淚之篇，乃不解者引入歧途，粗解者未披重霧，可慨久矣。（《玉谿生詩詳注》）

05 張采田：首章起聯寫留宿時景物。三句自慚形穢，四句未暇深談。「曾是」二句，相思已灰，好音絕望。七八言將遠行。……（次章）……「神女」句，言從前顛倒，都若空煙；「小姑」句，言此後因依，更無門館。五謂菱枝本弱，何堪屢受風波，慨黨局也。六謂桂葉已香，誰遣重添月露，嘆文采也。……（《玉谿生年譜會箋》） ○「神女」句，前當日婚於王氏，遂致令狐之怒，今已悼亡，思之渾如一夢耳。「小姑」句言己雖暫依李黨，不過聊謀祿仕，並非為所深知，如小姑居處，久已無郎，奈何子直（按：令狐綯之字）藉此為口實哉！（《李義山詩辨正》）

281 春雨 (七律)　　　　　　　　　　　李商隱

悵臥新春白袷衣，白門寥落意多違。紅樓隔雨相望冷，珠箔飄燈獨自歸。遠路應悲春晼晚，殘宵猶得夢依稀。玉璫緘札何由達？萬里雲羅一雁飛。

【詩意】

　　穿著素淨的白夾衫，我在新春時惆悵地和衣而臥；這座昔日曾經歡愛纏綿的城市，如今顯得特別寂寥冷清，使我觸景傷情，滿懷失意的苦悶。我曾經幾度隔著迷濛的煙雨，遙望你所居住過的紅樓，卻不僅尋覓不到溫馨的舊夢，反而更感到悽涼落寞；總是在不知道佇立多久之後，才提著一盞寒燈，看著雨絲像珠簾般在燈前飄搖翻飛，獨自黯然歸來……。時常想起遠在天邊的妳，應該也會在春天蒼茫的暮色裡有所感觸而含悲帶愁吧？而我往往是在輾轉難眠後的殘宵裡，才慶幸還能在依稀迷離的短夢中和你片時相會……。我已經寫了許多相思情切的書信，附上定情的信物，卻不知道如何才能送達你的手中？仰望長空，覺得自己有如一隻孤飛的鴻雁，要如何才能衝破有如千重網羅的黯淡雲層，向萬里之外的你傾訴我綿長不盡的思慕之情呢？

【注釋】

① 詩題──本詩寫因春雨而有所感懷，蓋春雨迷濛，恰似詩人重臨舊地尋覓伊人而不可見，而又不知其所往，以致音書難通時惆悵迷惘的意緒。

② 「悵臥」二句──寫新春閒居悵臥，頗覺冷清寥落，意緒難平。袷，音ㄐㄧㄚˊ，指雙層無絮的衣物；又音ㄐㄧㄝˊ，則指古代交叉式的衣領。白袷衣，蓋為唐人出仕前的服色，也是閒居時的便服。

白門，可能指京城[1]；也可能兼指男女郊遊歡會之地，古樂府〈楊叛兒〉：「暫出白門前，楊柳可藏烏；歡作沉水香，儂作博山爐。」寥落，寂寥冷落。違，不平順；意多違，心中滿是難以撫平的失意愁緒。

③ 「紅樓」二句──寫重臨舊地，早已人去樓空，雨中佇立悵望，倍感淒清；獨歸之時，細雨飄灑燈前，彷彿珠簾飄颺，使人滿眼迷茫，倍覺惆悵。紅樓，殆指伊人曾居住過的閣樓，隱然透露對方為顯貴之家的身分；李白〈陌上贈美人〉云：「白馬驕行踏落花，垂鞭直拂五雲車。美人一笑褰珠箔，遙指紅樓是妾家。」白居易〈秦中吟‧議婚〉云：「紅樓富家女，金縷繡羅襦。」相望冷，暗示已人去樓空而滿眼悲涼。珠箔，本指珠簾，此處借喻燈前飄搖的雨絲，有如斜飛的珠簾；義山〈細雨〉詩云：「帷飄白玉堂，簟卷碧牙床」及〈燕臺四首‧夏〉云：「前閣雨簾愁不捲，後堂芳樹陰陰見」的構思與此相似。

④ 「遠路」二句──設想遠去的伊人面對而今春晚日暮之時，也應當觸惹傷春念遠的情懷；自己則孤鶴難眠，唯有在清曉前短暫殘夢中依稀與她相會。遠路，代指所思慕的伊人而言。晼，音ㄨㄢˇ，日偏西也。晼晚，薄暮蒼茫之狀。殘宵，破曉前殘存的暗夜。猶得，還能擁有，流露出欣慰之情。夢依稀，夢境迷離惝恍。

⑤ 「玉璫」句──謂前程黯淡，音問難通，感到心餘力絀而希望渺茫。玉璫，鑲玉的耳飾，古時常用為男女定情的信物[2]。緘札，古人有時以玉璫作為寄信時附贈的禮物或信物，謂之「佩緘」；義山〈夜思〉云：「記恨一尺素，含情雙玉璫。」〈燕臺四首‧秋〉云：「雙璫丁丁聯尺素，內記湘川相識處。」雲羅，謂陰暗的愁雲密佈，有如千萬重難以穿越的網羅。萬里句，殆即景所見，借以兼喻書信難通及難以突破重重障礙時心餘力絀、希望渺茫之感。

【補註】

01 白門，其地有數說：黃侃以為指終南山的支峰白閣，因可近瞰長安，故可代指京師。一說南朝宋都建康的宣陽門又名白門，故可代指建康，亦即金陵、南京。一說乃金陵西門之別稱，蓋西方於五行配金，而金氣色白，故名白門。葉葱奇以為指呂布自任徐州刺史時與麾下所登臨的白門樓，故可代指徐州。

02 《樂府詩集・卷 76・雜曲歌辭十六》載漢朝繁欽〈定情詩〉云：「何以致區區？耳中雙明珠。」《樂府解題》曰：「〈定情詩〉，漢繁欽所作也。言婦人不能以禮從人，而自相悅媚，乃解衣服玩好致之，以結綢繆之志……。」

【導讀】

　　本詩為抒情懷遠之作，並非專詠春雨，因此性質近於「無題」。詩人命名「春雨」，可能有幾種用心：第一，春雨迷濛，象徵遠路相思的迷惘惆悵；第二，春雨飄忽，恰似短暫縹緲的美夢；第三，春雨綿綿，彷彿無限纏綿的情絲；第四，春雨淒清，宛如寂寥冷清的心緒。

　　就內容來看，大約是寫伊人遠離之後，詩人曾去對方的故居尋訪芳蹤，奈何早已人去樓空，徒增悵惘之情。歸來之後，欲修書以寄相思之意，奈何天長地闊，錦書難託；故而癡心幻想，欲化身鴻雁遠飛追尋，卻又苦於困境無法突破。全詩詞語清麗，意境迷離，情思淒婉，能動人情；因此紀昀《玉谿生詩說》評曰：「宛轉有味」「如此詩，即無寓意亦佳。」張文蓀《唐賢清雅集》說：「以麗語寫慘懷，一字一淚。用比作結，不知是淚是墨，義山真有心人。」

　　「悵臥新春」四字，入手就以反常的現象來引人注意：原本應該是充滿歡樂氣息，洋溢著蓬勃生機的新春時節裡，詩人何以反而困倦懨臥呢？除了春雨迷離飄忽，逗人愁思之外，主要還是因為自己所愛慕的伊人杳無蹤跡可尋，才深覺惆悵苦悶，無法排遣，只好意緒消沉

地和衣而臥了。「白袷衣」可能是未入仕之前的服色，則又增添幾分前程茫然的迷惘，更覺百無聊賴了（只不過這並非本詩所要傳達的主旨所在）。「白門」，可能兼含京城及男女歡愛之地這兩層涵義，則長安在新春時正是繁華熱鬧，充滿節慶的喜氣，便不難意想得之了；偏偏此時的詩人卻激揚不起任何歡樂的情思，正反襯出他在伊人遠離之後是如何意緒消沉而又思慕遙深了。尤其此地曾經有過他和伊人浪漫的歡會，如今芳蹤已杳，倩影難覓，自然會觸景傷神而頓覺孤獨失意，寂寥冷清；因此詩人說：「白門寥落意多違」，因為他只能避開可能刺激自己情懷的景物而悵臥斗室之中，讓自己淹沒在惆悵感傷和無聊苦悶的情緒之中。

首聯所寫的是詩人當下的心思反映，至於「紅樓隔雨相望冷，珠箔飄燈獨自歸」兩句則落入回憶之中。「紅樓」是伊人曾經居住的閣樓，是詩人記憶中最溫馨也最撩人情懷的神祕城堡。詩人可能曾經多次駐留其外，深情凝望，期待伊人外出相會；即使如今伊人遠去，詩人仍然情不自禁地多次前來凝望，卻再也無法看見伊人的窗口映射出溫暖的光輝，更再也看不到伊人的身影翩然來到眼前了。他只能獨自佇立街角，默默凝視紅樓，一方面眷戀曾有兩情相悅之甜美，另方面又對比而今形單影隻之孤獨，自然倍覺淒涼感傷了，因此說「紅樓相望冷」。人去樓空的淒涼寂寞，已經夠令人難以承受了，何況他還得隔著迷茫的煙雨來遙望，無形中也就更添詩人心中的悵惘與茫然之感了；想來當時陰冷潮濕的雨霧和料峭的春寒，應該會撲向詩人的顏面，襲上詩人的肌膚，使他察覺到自己的身心完全浸透在淒涼冷清的雨幕之中，無法遁逃。「紅樓」，原本是溫暖的色調，可是加上雨絲的飄搖浸潤之後，竟呈現出幽冷寂寥的色調，彷彿詩人青春的熱情正被無情的陰雨逐漸澆熄，只餘一點微紅的殘焰在掙扎一般；情境顯得極為黯淡陰冷，使人讀來惆悵感傷，而詩人佇望街角的孤獨背影和黯然表情，也就宛然在目了。

「珠箔飄燈獨自歸」七字,是寫他從隔雨凝望的沉思中回過神來,已經不知道過了多少時間;無可如何之下,只好提著一盞寒燈,照亮由細密的雨絲所串成的珠簾,心神混亂、意識恍惚地獨自返家。雨中的孤燈雖然顯得黯淡,卻足以照亮橫斜交織的雨絲,使他們輝映出瑰奇幽冷的寒光,有如一襲隨風斜飄的珠簾一般,故曰「珠箔飄燈」;而在這盞寒燈之前,隨著風勢的忽強忽弱、或東或西而時疏時密的雨絲,又彷彿詩人當時蕪雜難理的思緒,和撩亂不已的情懷。換言之,「珠箔飄燈」的幽冷黯淡,橫斜凌亂,正是詩人心情的寫照,因此當他帶著滿心的落寞,步履蹣跚地風雨獨歸時,他那黯然神傷,愁懷如雨的心境,也就不言可喻了。

「紅樓隔雨相望冷,珠箔飄燈獨自歸」兩句,不僅設色幽奇,詞采穠麗,興象迷離,而且筆墨淋漓,畫趣盎然,的確令人嘆賞。尤其是詩人明知伊人早已遠去,卻仍然寧可一再重臨舊地去細認遊蹤而使自己黯然銷魂;這種珍惜往事,眷戀舊情的纏綿心思,以及執著癡迷,無怨無悔的堅毅個性,在在令人深受感動。一個頓失愛侶的人,如果不是情深義重,豈會一再重臨傷心地去撕裂自己的傷口?如果不是舊情綿綿,誰忍心再去獨自面對人去樓空、物是人非的寥落景象?甚至還一再地在重溫舊夢時讓自己更添許多新增的傷痕?柳永〈鳳棲梧〉詞中「衣帶漸寬終不悔,為伊消得人憔悴」的情意雖然與此相似,但是相較起來卻顯得淺露直率,缺乏本詩委婉含蓄的韻外之致,和豐富深美的象中之趣;因為這一聯既能把詩人披雨而往,隔雨而望,以及雨飄燈搖,步雨獨歸的蜿蜒涼涼,表現得狀溢目前而又淒美已極,也把詩人撩亂恍惚的心神彷彿得絲絲入扣,悽愴之至,真能使天下癡情兒女為之泫然淚下!

「遠路應悲春晼晚」七字,仍是陷在追憶遙想的思緒裡,尚未回到現實之中;而且和「紅樓隔雨」聯的時空背景截然無關;因為「珠箔飄燈」分明是描寫雨夜的景象,而「春晼晚」卻是黃昏斜陽的蒼茫

情景。它們的時間既不相連貫，也和首聯的「悵臥」之時完全無關，顯然只是追憶中的片段而已。換言之，這一句應該是詩人在意中人遠去之後，時常將心比心地設想而在腦海中經常浮現的景象：自己獨留此地，在春天傍晚的時分，總會對著日落黃昏的蒼茫景象而憮然生悲；因此料想伊人此際不知身在天涯何處，應該也會面對著夕陽餘暉而湧生無限哀愁。這七個字是以遼闊的時空畫面來展現彩鳳分飛，靈犀相通的深心契合，更見出詩人身在白門而心在天涯的深情遠意。

「殘宵」，是指別後經常反側難眠，直到朦朧入睡時，已是春夜將闌的餘宵了。「猶得」二字，流露出幸而有夢的欣慰與眷戀之意；而且由於春夢短暫易醒，也就更使詩人流連貪歡而頻頻期望能有短促的夢會了。「夢依稀」三字，寫出夢境的縹緲美好，使人迷醉，以及夢中情事的模糊迷離，使人在回味時倍覺惆悵的感傷；感慨和張泌〈寄人二首〉其二的「倚柱尋思倍惆悵，一場春夢不分明」相似。腹聯是向伊人傾訴思慕衷腸之難以克制，因此只能遙想遠路而寄夢殘宵；而且這種纏綿悱惻的情思，顯然不僅寫作本詩之前如此，更將向未來不斷地綿延下去……。

「玉璫緘札何由達」七字，表示別後曾修書致意，卻不知伊人身在何方，以致滿腔思慕之情無由傳達；則詩人寫信時的款款深情和濃濃蜜意，終將化為無從宣洩的積鬱和苦悶，使詩人既無法排遣，又難以承受的痛苦情狀是不難體會的。尤其是附上玉璫時，凝視著定情的信物，摩娑著伊人留下的芳澤，彷彿見到伊人輕倩的巧笑和流轉的美盼，又怎能不情靈盪漾而心神恍惚呢？因此詩人才在極度惆悵之餘，發出「萬里雲羅一雁飛」的悵嘆！

「萬里雲羅」四字，是描寫春雨連綿時節，天空低沉灰暗的陰雲濃密厚重得有如千層萬疊之網羅的現象，同時也是詩人心中愁雲密佈、鬱結糾葛的具體感受和外化表現，與「紅樓隔雨」「珠箔飄燈」都是既寫實又象徵的高明手法。這種手法不僅能營造出優美的畫面，給人

鮮明具體的感受，又能在圖象之中隱藏著詩人幽微細膩的心思，最有耐人尋繹的遙情遠韻可玩。「一雁飛」三字，既可以是詩人仰望長空孤鴻，目送牠高飛遠去時惘然若失的實景描寫，也可以是詩人想像自己正如遼闊無際的天羅地網中一隻迷途單飛的鴻雁，不論如何奮力鼓翼，也難以衝破網羅而飛度迢遞的關山，去尋訪伊人的芳蹤。詩人雖然以層雲萬里和孤鴻一點相對襯，烘托出渺小孤子的無奈，暗示了自己的相思苦戀難以突破重重阻礙的焦慮與悲愴；但是義山終究是鍾愛不渝而長情無悔的痴心人，因此「一雁飛」三字，便彷彿又載著他寥落悵惘的心魂，飛向千山萬水之外，去尋訪他遠在天涯的伊人去了……。

這首七律，除了把癡迷的眷戀和綿長的思念表現得千迴百折，淒哀深婉之外，還描畫出隔雨佇望的迷離、飄燈獨歸的落寞、遠路春晚的蒼茫、殘宵夢稀的惝恍，以及雲羅一雁的孤迴，這些圖像全都有助於營構出情寄景中、意餘象外的優美畫境，因此獨來風神蘊藉，情韻綿邈，的確耐人懸想。

【評點】

01 陸崑曾：此懷人之作也。上半言悵臥新春，不如意事，十常八九。況伊人既去，紅樓珠箔之間，闃其無人，不且倍增寥落耶？「遠路」句，言在途者之感別而傷春也；「殘宵」句，言獨居者之相思而託夢也。結言愛而不見，庶幾音問時通，乃一雁孤飛，雲羅萬里，雖有明璫之贈，尺素之投，又何由得達也？（《李義山詩解》）

02 紀昀：宛轉有味。平山箋以為此有寓意，亦屬有見；然如此詩，即無寓意，亦自佳。景州李露園嘗曰：「詩令人解得寓意見其佳，即不解所寓意亦見其佳，乃是好詩。蓋必如是乃蘊藉渾厚耳。」（《玉谿生詩說》）

282 落花（五律） 李商隱

高閣客竟去，小園花亂飛。參差連曲陌，迢遞送斜暉。腸斷未忍掃，眼穿仍欲歸。芳心向春盡，所得是沾衣。

【詩意】

他終究還是步下高閣，決絕地離她而去了！只留下珠淚婆娑的她倚著軒窗，傷心地看著伊人穿過庭園的背影越來越模糊……。突然之間她意識到：小園中的花朵似乎是在伊人離去時開始漫天亂飛，使她更覺茫然失落而悽愴欲絕……。繽紛的落花，有些還多情地飄出院牆之外，追向蜿蜒的阡陌小徑，似乎想要為她追回伊人；然而它們最終也只能悲情地送別遠天的夕陽，然後紛紛飄落在斜暉小徑上……。柔腸寸斷的她失魂落魄地走下樓來，默默無語地徘徊在芳菲零落的花徑上，看著滿園狼藉的殘紅，不禁又觸景傷神，黯然銷魂，也就不忍心去掃除和她同樣失去了生命光華的落花了！即使伊人早已不見蹤影了，她還是情不自禁地走到門口，望眼欲穿地搜尋他熟悉的身影──她仍舊癡心地盼望伊人能夠回心轉意，去而復返！可嘆她纏綿愛戀的心意，終究還是隨著花落春盡而幻滅成空了，正如眼前的落花也在吐盡芬芳的心魂之後，憔悴枯萎而凋零淪落了。哀怨欲絕的她在這一場短暫的春夢之後所得到的究竟是什麼呢？只有沾染一身的盈盈粉淚和片片殘瓣罷了……。

【注釋】

① 詩題──本詩殆為義山代歌伎舞姬而作[1]，內容是寫客去花落之後，女子柔腸欲斷的傷痛。落花，象徵青春的消逝、愛情的幻滅。前

人或編本詩於武宗會昌五年（845），或繫於六年。

② 「高閣」句——高閣，詩中女子居住的閣樓。客，指詩中女子的意中人。竟，有「終究、竟然」兩層涵義。

③ 「參差」二句——描寫落英繽紛，迴風旋舞而飄向曲陌，彷彿有心遠送去客和斜暉一般。參差，形容飄墜的花影繽紛凌亂、縹緲迷離的情狀。連，飄飛向某處而去。曲陌，指女子所居閣樓院牆外的蜿蜒小徑，也就是男子離去的小徑。迢遞，遙遠貌。

④ 「眼穿」句——歸，一作「稀」。如作「歸」解，是指女子切盼意中人回心轉意，去而復返；如作「稀」解，則是指女子雖有惜花留春之心，奈何殘存枝頭的餘花，仍然不斷凋零而愈見稀疏。

⑤ 「芳心」二句——芳心，兼指吐露芬芳的花蕊、女子憐惜芳菲的心靈及女子眷戀情愛的芳心。向春盡，兼含花蕊隨春而逝、憐惜之心隨花落春盡而黯然，以及女子芳心隨情人遠去而魂銷腸斷三義。沾衣，兼指「拂了一身還滿」的落花與沾溼春衫的粉淚而言。

【補註】

01 筆者以為： 義山有些被視為艷情詩、政治詩的無題之作，很可能是詩人在傾聽歌妓心酸的身世和淒哀的戀情之後，以代言的方式為她們泣訴心聲的作品；例如「鳳尾香羅薄幾重」「重幃深下莫愁堂」「颯颯東風細雨來」等無題詩，都可能是這種背景下的作品。

【導讀】

有些箋注家以為本詩純是詠物之作，別無寄託；姚培謙《李義山詩集箋注》則以為寄身世之悲，程夢星《李義山詩集箋注》甚至以為「此亦悼亡之作，觀首句可知。曰『客』者，托詞也。」筆者以為姚、程之說皆憑空揣測，無足深論；而詠物之說，則無法為首句之「客去」

作出令人信服的注解，是以亦不取。翁方綱《石洲詩話》說：「玉溪五律，多是絕妙古樂府。蓋玉溪風流蘊藉，尤在五律也。近時程午橋補注，以為花鳥諸題，多是平康北里之志，良然。」而所謂「平康北里」，就是風花雪月之地，紙醉金迷之區¹。筆者根據這個概念，視本詩為義山代娼妓而作，內容是寫客去園空之後，歌妓舞姬思念情深，愁腸欲斷的傷痛。換言之，這首詩有可能是義山相識的一位青樓女子向他泣訴一段傷心褪色的春夢，詩人在感慨之餘，便以類似導演拍攝電影的手法，捕捉幾個動人的畫面，再加上一兩句描述心境的旁白，於是便把這段失戀的悲情化為哀切淒婉、惆悵纏綿的浪漫詩篇。義山本來就是一位多愁善感而浪漫溫柔的詩人，常能以情深於詞的細膩之筆，抒發他對於美好情事橫遭摧殘的痛惜之意；因此筆者推測，詩題之「落花」二字，除了象徵退色的青春、凋零的愛情之外，也可能象喻失戀女子破碎的芳心。

「高閣客竟去」五字，是以高閣而有賓客，暗示了詩中女子可能是歌伎者流的身分。「竟」字兼涵「竟然」的錯愕驚痛之情，與「終究」的無奈無助之感，表現出女子儘管不斷釋出濃情密意的眷戀，甚至是柔腸粉淚的挽留，依舊影響不了對方驛動的心思，也軟化不了對方決意離去的意志，因此詩人以「竟去」來表達女子的失落、迷惘、無奈、落寞、傷感、驚痛……種種複雜而深沉的哀怨！原來所謂的「客」，畢竟只是短暫停駐的過客，奈何女子竟誤認為是天長地久的伴侶，或者對方只是尋花問柳的狂蜂浪蝶，無奈女子竟然編織比翼雙飛的鴛鴦春夢，因此注定要重蹈「落花有意，流水無情」的覆轍，印證「一寸相思一寸灰」的宿命，進而夢斷神傷，淚灑空閨了！

「小園花亂飛」是寫對方一去，多少綺麗旖旎的幻夢頓時破碎，以及多少纏綿浪漫的情思橫空截斷的悵恨。「花亂飛」三字，除了是實寫女子獨倚高閣悵望「客」去的背影時所見到的園中景象之外，也象徵她心緒的錯亂與迷茫。因為對方一去難追，自己的青春隨之衰歇，

愛情隨之幻滅，一切美好的情事都將黯然失色！她深知紅顏易老、韶華難駐的道理，因此看著閣樓下、庭園中落花紛飛的景象，頓時陷入百感茫然而失魂落魄的困境之中。鍾惺《唐詩歸》說：「〈落花〉如此起，無謂而有至情。」吳喬《圍爐詩話》也說：「起句奇絕」，他們嘆賞的是首聯突然而來，無理而妙。馮浩《玉谿生詩集詳註》引田蘭芳之言說：「起超忽，連落花亦看作有情矣。」田氏的意思可能是說詩人有意把首聯寫成由於「客竟去」才導致「花亂飛」，也就是說：連落花都為人間的離別而黯然神傷，憔悴瘦損，甚至不惜因而辭葉別枝而凋零委地；如此一來，「客」之薄倖無情與落花之浪漫多情，便對襯得令人淒惋不已了！

換言之，詩人可能意在表達：小園中原本就落英繽紛，可是當女子有意中人相伴而沉浸在戀愛的幸福中時，她滿心陶醉在與愛侶並肩攜手，一同觀賞落花飄墜時輕倩姿影的詩情畫意與柔情蜜愛之中，未必有多餘的心思去體察春花凋零的可悲；而今客去閣空，庭園冷落，寂寥孤獨和惆悵淒涼之感迅速淹沒她的心靈，她才驚覺春花的凋零是如此令人怵目驚心，難以承受！對於敏感的人而言，杜甫〈曲江二首〉其一所寫「一片花飛減卻春」的景象就已經令人根觸萬端了，何況此時還是漫天亂飛的花瓣？當然就更令歌伎黯然神傷了！更何況青春將逝、愛情已遠的自己，豈不正如眼前飄飛的落花？頂多只能像陸游〈卜算子〉所說的「零落成泥碾作塵」，再也無法享受愛情的滋潤，展現煥發的容光；則女子內心的傷痛，也就不言可喻了。

「參差連曲陌，迢遞送斜暉」兩句，是直承「花亂飛」而深入一層描寫落花彷彿為她殷勤留客的情狀。此時作者所描繪的女子仍然佇立在高閣之上，大概正傷心地含著淚珠看著對方穿越庭園小徑，邁出大門之外，又望著他漸行漸遠的背影投入蒼茫的斜暉之中；此時她應該也看見漫天飛舞的落花不僅飄墜在庭園之中，有些還以「風飄萬點正愁人」的撩亂之姿，隨著對方的離去而翻越院落之外，又飄零在對

方逐漸遠去的春郊曲徑之上，甚至更飛向天邊橙紅的斜陽而去……。換言之，詩人是以擬人的手法，寫出落花還想為女子深情地挽留對方，直到失敗之後，才既無奈又淒楚地送別斜陽的情狀；此時的落花彷彿是歌伎傷痛的柔情與凋零的青春所幻化而成的小精靈，它們似乎正在為自己曾經擁有的無限風華即將消逝而鄭重地告別人間，因此詩人說：「迢遞送斜暉」。王國維《人間詞話》說：「有我之境，物皆著我之色彩」，本聯正是以這種移情入物的手法而花人兼寫、物我兩化，使人渾然莫辨那紛飛迷亂地連接曲徑，又遙遠地投向斜暉之中的，究竟是落花飄飛的身影或是女子破碎的心魂？如此一來，不僅意境迷離奇幻，情調哀怨纏綿，連女子妝淚縱橫地憑欄遠望的憔悴身影，也被斜陽芳郊的蒼茫背景襯托得楚楚動人，宛然如見了。

　　「腸斷未忍掃」是寫女子在對方遠去之後，步下閣樓，徘徊園中時，面對滿地狼藉的落紅，傷心欲絕，愁腸欲斷，因此不免憐惜墜落的花瓣，同時悼念自己失落的愛情、褪色的青春及幻滅的美夢；在觸景傷情之餘，她更是不忍清理破碎一地的綺夢幻想了。「眼穿仍欲歸」是寫她雖然明知剪不斷、理還亂的愁苦，只會讓自己越陷越深，也深知「傷心斷腸人，盡是多情癡」的道理，更明白「春心莫共花爭發，一寸相思一寸灰」的宿命，可是仍然無法斬斷綿綿的情思，也不願割捨破碎得不成片段的殘夢，更無法克制自己期盼對方能夠回心轉意，去而復返的癡心妄想，因此在花間林下失魂落魄地惆悵淹留時，仍然會情不自禁地走向院門去張望。

　　「腸斷未忍掃」五字，當然是指傷心欲絕的女子不忍心掃除和她命運相似的殘紅，但是「眼穿仍欲歸」卻似乎有意以渾涵之筆來模糊她所期望歸來的對象：是殷切企盼薄倖的情郎回來憐惜自己呢？或是深心祈願落花重掛枝頭，恢復燦爛生機？還是虔誠祝禱自己憔悴的紅顏再度展現青春的風華？而這三種癡心妄想，其實是如鉤鎖連環般渾融為一而難以切割的幽密心事，也是許多傷心人一時之間自我麻痺的

嗎啡而已，不僅無法使人獲得真正的心靈慰藉，反而只會在希望落空之後換來更深沉、更綿長的痛苦，也讓自己陷入更淒涼不堪的困境之中；因此鍾惺以為「腸斷」句是「深情苦語」，筆者以為「眼穿」句更是語哀調苦，可以使天下癡情兒女為之眼熱鼻酸。

「芳心向春盡，所得是沾衣」兩句，也是人花雙寫的收筆。就寫花而言，是女子感嘆花朵燃燒盡所有青春的生命，綻放出最嬌豔的容顏，吐露出最芬芳的心蕊來妝點春光，最後卻隨著春意闌珊而逐漸褪色憔悴，枯萎凋零；比較幸運的也只不過是沾上有情之人的衣裙，勾惹有心人重吟細把的愁懷而已，更多的卻是不幸地遭雨摧殘、隨風飄零而墮落塵泥，結束她們哀艷而又淒涼的一生！就寫人而言，當女子徘徊香徑，眼見滿園的殘紅，怎能不深切地聯想到自己墮落風塵而被命運摧殘的悲哀？怎能不頓時興起美人遲暮而芳心消沉的感慨？又怎能不湧生出自己心疼落花卻無人憐惜自己的幽怨情懷呢？尤其是自己綿長的情思繫不住情人的疏離的身影，溫柔的愛意竟然融不開過客冰冷的心房，盈盈的粉淚也無法軟化情郎決絕的去意時，她的芳心豈能不隨著象徵愛情褪色的衰歇春光而黯然消沉，以至於淒怨欲絕呢？而在一切旖旎浪漫、纏綿繾綣的情思都消逝之後，她所得到的究竟是什麼呢？只有衣袖間的殘紅和襟懷間的啼痕罷了！「所得」兩字暗示了她所失去的更是無法估算之多，難以承受之重，包括：花落、春歸、顏衰、愛弛、客去、夢醒、腸斷、心死……種種無法彌補的「失落」！因此鍾惺說：「『所得』二字苦甚！」何焯說：「一結無限深情，『得』字意外巧妙！」（《唐宋詩舉要》引）這種意在言外的曲筆，和杜牧〈遣懷〉詩「贏得青樓薄倖名」的「贏得」二字（暗示「輸去」的功名、志負、青春等更是難以估算）頗有異曲同工之妙。

「芳心向春盡，所得是沾衣」兩句，其實也有〈無題〉詩「春心莫共花爭發，一寸相思一寸灰」的沉痛，只是由於採用人花兼寫、物我渾融的雙關筆法來表現，顯得更加蘊藉含蓄，淒婉無限；讀來別有

迷離縹緲的情味和一唱三嘆的餘哀，因此也就更扣人心絃而撩人情懷
了。

【補註】

01 孫棨《北里志》云：「平康里入北門，東回三曲，即諸妓所居之
   聚也。妓中有錚錚者，多在南曲、中曲……門前通十字街，初登
   館閣者，多于此竊游焉。」可見所謂「平康北里」，就是風花雪
   月之地，紙醉金迷之區。

【評點】

01 鍾惺：俗儒謂溫、李作〈落花〉詩，不知如何纖媚，詎意高雅乃
   爾。（「高閣」句）落花如此起，無謂而有至情。（「腸斷」句）
   深情苦語。（「所得」句）「所得」二字甚苦。（《唐詩歸》）

02 吳喬：〈落花〉起句奇絕，通篇無實語，與〈蟬〉同，結亦奇。
   （《圍爐詩話》）

03 沈德潛：題易粘膩，此能掃卻臼科。（《唐詩別裁》）

04 屈復：人但知賞首句，賞結句者甚少。一二乃倒敘法，故警策；
   若順之，則平庸矣。首句如彩雲從空而墜，令人茫然不知所為；
   結句如臘月二十三日夜聽唱「你若無心我便休」，令人心死。（《唐
   詩成法》）

05 田蘭芳：起超忽，連落花亦看作有情矣。結亦雙關。（馮浩《玉
   谿生詩詳注》引）

06 楊守智：一結無限深情。（馮浩《玉谿生詩詳注》引）

07 紀昀：歸愚曰：「起法之妙，粘著者不知。」蒙泉評曰：「好起
   結，非人所及。」　○起句亦非人意中所無，但不免放在中間。
   後面寫寂寞之景耳，得神在倒跌而入。四家評曰：一結無限深情，
   「得」字意外巧妙。（《玉谿生詩說》）

08 朱庭珍：凡五七律詩，最爭起處。凡起處最宜經營，貴用陡峭之筆，灑然而來，突然湧出，若天外奇峰，壁立千仞，則入手勢便緊健，氣自雄壯，格自高，意自奇，不但取調之響也。起筆得勢，入手即不同人，以下迎刃而解矣。如陳思王之「驚風飄白日，忽然歸西山」，……李玉溪之「高閣客竟去，小園花亂飛」，……皆高格響調，起句之極有力、最得勢者，可為後學法式。（《筱園詩話》）

283 北青蘿 (五律) 李商隱

殘陽西入崦，茅屋訪孤僧。落葉人何在，寒雲路幾層？獨敲初夜磬，閒倚一枝藤。世界微塵裡，吾寧愛與憎？

【詩意】

當夕陽的餘暉即將沒入西山之後時，我來到北山上青蘿攀附纏繞著的一座茅屋前，想要拜訪一位獨來獨往的僧人，可惜仍然緣慳一面。我向落葉紛飛的山林極目四望，卻不知道他的行蹤何在？只見一條幽僻的山路，蜿蜒地沒入層層寒雲瀰漫封鎖的秋山之中……。當夜幕初臨時，我獨坐在他的青燈小几前敲磬誦經，聽著清空而悠揚的銅磬聲，心靈在不知不覺間變得澄澈明淨，了無俗慮。誦完一卷經文之後，我悠閒地拄著他的藤杖，隨興地在茅屋前後散步，覺得真是寧靜恬淡，舒適自在極了。這樣一個訪友不遇，卻意外悠閒自得的夜晚，讓我彷彿領悟了一些佛經所開示的妙理：功名利祿、富貴貧賤、窮通得失、榮枯毀譽……，所有的世間萬相，都不過是浩瀚宇宙中微乎其微的塵埃而已，終將在電光石火間如夢幻泡影般轉頭成空，又何必在恩怨情

仇、貪嗔痴妄的執著中迷亂自己的本心呢？

【注釋】

① 詩題──北青蘿，舊注謂在河南濟源縣（今已改為市）王屋山中，蓋義山早年曾在王屋山的分支玉陽山學道；按諸詩文，當為義山所熟識的不知名孤僧結廬之處。

② 「殘陽」句──崦，音一ㄢ，山也，此泛稱西方的山巒；亦可代指崦嵫，則是《山海經・大荒南經》所載日沒之處。

③ 「寒雲」句──寫僧廬位於小徑紆遠、寒雲繚繞的高山上。

④ 「獨敲」句──獨，可見僧人不在；故「敲」之主詞為義山。初夜，夜幕方垂之時。磬，僧人誦經時所用銅製法器，其音清亮而悠揚，使人聞而靜心澄慮。

⑤ 「世界」二句──謂在無邊佛法裡，三千大千世界全如在一粒微塵中；而人在世間，當更渺小於微塵，又何必陷溺於愛憎的情緒中而自擾其心？寧，豈也，反詰之詞。

【導讀】

這是一首拜訪孤僧不遇，遂自行盤桓僧廬，獨誦佛經後，別有所悟的清遠之作。

李義山的詩作，一向以高華穠艷而又幽微艱澀的愛情詩著稱，或者以沉鬱頓挫而又包蘊密緻的詠史詩而聞名；本詩卻頗有清逸空靈，不食人間煙火的澹遠意趣，使人耳目一新。詩人可能在入山訪僧的過程中先沉澱了追求功名的俗念，又在誦經夜課的鐘磬聲中暫時尋回了過於執著而迷失的性靈，得到一夜澄淨而空明的喜悅，因而賦吟本詩。

「殘陽西入崦，茅屋訪孤僧」兩句，是寫在日薄西山的黃昏時分，已經來到孤僧結廬的北青蘿拜訪友人。由詩人上山的時間之晚，以及

刻意拈出的「訪」字,可見雙方原為舊識;從訪而不遇的觀點來看,應該未曾有過邀約。

　　「落葉人何在」五字,點出適逢閒雲野鶴出遊,因此在茅屋前縱目四顧,卻只見落葉紛飛,秋山空廓,渾不知孤僧身在何處。坊間注譯本大多說這一句化自韋應物〈寄全椒山中道士〉的結筆「落葉滿空山,何處尋行跡?」筆者以為韋詩是遙念懸想而意境蕭颯,畫趣洋溢,使人如見道士踽踽涼涼於落葉空山的孤獨身影,流露出思慕遙深的關切之意;本句則只表示來訪不遇,兼點季節而已,並無韋詩深摯的牽掛與關切之意。

　　至於「寒雲路幾層」五字,則進一步寫出在茅屋前眺望搜尋時鶴蹤難覓的些許惆悵。「寒」字一方面承接落葉的意象而暗示秋季,另一方面則表示殘陽已沒入西山之後,夜幕將臨,故而氣溫轉涼;由此既可見詩人佇立在茅屋前搜尋孤僧的行蹤已頗有一段時間,又可見詩人對這位方外之交頗為思慕。「寒雲路幾層」五字,描繪出煙嵐縹緲,雲霧瀰漫,山徑蜿蜒其中而忽隱忽現的畫面,不僅意境空靈,耐人懸想,而且也烘托出僧廬的遠離塵囂,側寫出僧人清峻孤迥的丰神,可以說既有賈島〈尋隱者不遇〉詩「只在此山中,雲深不知處」的縹緲空靈,又有杜牧〈山行〉詩「遠上寒山石徑斜,白雲生處有人家」的清迥幽謐,因此何焯在《李義山詩集輯評》裡稱頷聯寫得「澹妙」,紀昀也稱賞此聯「格高」。

　　「獨敲初夜磬」五字,是寫詩人既來之則安之的態度,因此決定留宿茅屋而誦經自課。初夜,是由「殘陽」與「寒雲」的線索而來,時間遞嬗的脈絡相當清楚。「獨」字又進一步點出孤僧不在的事實,而詩人此時竟可以隨興地留宿其中,還能自在地誦經敲磬,可見雙方頗有交情。由於誦經可以澄心,聞磬可以淨慮,而秋山寧靜,又能使人靈臺空明,因此詩人才能塵念盡消而無罣無礙,恬淡自適,於是便又「閒倚一枝藤」而悠然自得地在僧廬前後散步,感到身心舒暢,清

淨自在了。

　　換言之，「獨敲初夜磬」五字正是全詩承上啟下的關鍵所在，一方面以「獨」字點出孤僧出遊在外，只有自己一人棲身茅屋之意；一方面表示經過誦經擊磬的修持，恍然若有所悟，因此不免感慨「世界微塵裡，吾寧愛與憎」了。正由於滌盡塵念的真如本心能照見富貴的虛幻和貪嗔的愚妄，並契合佛經的妙諦玄思，是以詩人並沒有因為造訪不遇而沮喪，反而覺得隨緣自適，受益良多，因此才以「北青蘿」為題而賦寫此行的心得。

　　由於所造訪的對象是遠離紅塵避世隱居的孤僧，詩人的心境自然較為淡泊自在，有一種無可無不可的蕭散態度；所臨之境，又是落葉翻飛，寒雲路遠的秋山，畫面便格外富有蕭颯寂寥的情韻；再加上僧、磬、雲、藤等又非塵世俗物，無形中又增添了許多野趣，凡此都使詩人在秋山寥廓而寒宵清磬聲中，特別容易回復清靜自在的真如本心，進而體會到塵囂俗念滌盪淨盡之後的寧靜與喜悅，因此信手拈來的一首五律，便有清遠枯淡的情趣。

　　義山慣於以深情綺思為素材，華辭麗藻和濃彩重墨為佐料，烹調出滿漢全席的詩宴以饗讀者，使人有齒頰留香，心神迷醉之感；本詩卻只如山葵野薺、青菜豆腐般清爽可口，因此使人在飽嚐龍肝鳳髓、象鼻駝峰之餘，品嚐如此清淡的小菜，反而有口舌生津，風味尤佳之感。

【評點】

01 何焯：「獨敲初夜磬」，寫「孤」字。「初夜」頂「殘陽」來，而「路幾層」亦透落句，不惟回顧「孤」字，兼使初夜深山迷離如睹。（《義門讀書記》）

02 姚培謙：結茅西崦，在落葉寒雲之外，可謂孤絕矣。清磬深宵，老藤方丈，靜中是何等境界？而一微塵中，吾猶以愛憎自擾耶？

（《李義山詩集箋注》）

03 劉學鍇：首聯日暮訪僧，頷聯訪而不遇，但見落葉遍地，寒雲路
遠，意境頗似韋應物「落葉滿空山，何處尋行跡？」腹聯不遇夜
宿，「獨敲」「閒倚」均指己，故末聯因「獨敲」「閒倚」之清
靜境界生出世界微塵之慨。（《李商隱詩歌集解》）

284 嫦娥（七絕）　　　　　　　李商隱

雲母屏風燭影深，長河漸落曉星沉。嫦娥應悔偷靈
藥，碧海青天夜夜心。

【詩意】

　　在廣寒宮裡，搖曳的燭光映照在華麗的雲母屏風上，拉長的燭影
使深邃的廣寒宮看起來更加空曠寥廓，也更為沉寂冷清了……。廣寒
宮外，原本璀璨的銀河正緩緩地向西邊傾斜滑落，終於即將消逝在遙
遠的天邊；而東邊的啟明星的寒芒也越來越微弱，就要隱沒在破曉的
穹蒼之中了……。想來形同被囚禁在廣寒宮中的嫦娥，應該會深自悔
恨偷取了后羿的不死仙藥吧？因為即使她年復一年、夜復一夜地俯瞰
著碧海，也看不到有情的人間；仰望著青天，也找不到溫暖的慰藉。
她只能讓自己無限悽涼寂寞的心靈，永生永世迷失在廣漠無垠的宇宙
中……。

【注釋】

① 詩題──本詩可能兼有詠嫦娥、懷女冠與傷境遇三種情懷在內，蓋
此三者實皆自有其高潔的理想與追求，且又同陷於孤寂落寞的處
境，因此都深切感受到現實與理想的矛盾衝突而備受煎熬與折磨。

嫦娥，古代神話中偷竊后羿不死之藥而飛昇月宮之仙女。

② 「雲母」句──想像嫦娥獨居清幽深邃的月宮中，唯有燭影與屏風相伴。雲母，礦物名，有各種顏色，且帶有珍珠光澤，可切割成薄片作為窗戶或屏風的裝飾。雲母屏風，嵌飾雲母石的屏風，乃極為華貴的室內陳設品。燭影深，燭光將殘，輝影搖曳狀。

③ 「長河」句──想像嫦娥只能悵望銀河逐漸西斜，晨星亦逐漸轉淡而即將隱沒，她終於又熬過另一個孤棲無眠的漫漫長夜了。長河，即銀河，又有天河、河漢、雲漢等異稱。漸落，逐漸西移而沉落。曉星沉，東方的晨星或啟明星逐漸變得黯淡。

④ 「嫦娥」句──《淮南子・卷六・覽冥訓》：「羿請不死之藥於西王母，姮娥竊以奔月。」高誘注：「姮娥，羿妻。羿……未及服之，姮娥盜食之，得仙，奔入月中為月精也。」姮娥，即嫦娥，因漢文帝名恆，漢人為避其名諱而改稱嫦娥。

⑤ 「碧海」句──想像嫦娥夜夜回望人間，卻只見碧海青天而不見塵寰人世，其幽居子處時心中的愁苦寂寞，將永無休止之日。

【導讀】

本詩旨在呈顯出幽棲月宮的嫦娥內心之冷清孤寂，可能還寄寓現實與理想之矛盾衝突，往往令才高志潔之人陷入孤寂落寞之處境，備受煎熬與折磨。作者別出心裁地設想嫦娥偷藥昇天後只能在碧海青天中漂泊，永生永世獨嚐寂寞的無限悔意；儘管切入的觀點仍在情理之內，而體貼細膩之處卻又頗出人意想之外，因此顯得奇峭幽冷，耐人尋味；無怪乎謝枋得特別稱賞作者點出嫦娥空有長生之名卻無夫妻之情的悲苦與悔恨，以為「前人未道破」（《唐詩品彙》引）；宋顧樂也說：「筆舌之妙，自不可及。」（《萬首唐人絕句選評》）

「雲母屏風燭影深」七字，是以月宮中擺飾器物的華美和光影的掩映，襯托出居處的冷清闃寂，並暗示詩中人心緒的消沉、心思的凝

重和心境的幽深邃密。尤其當搖曳不定的燭焰映照在略顯透明的雲母屏風上時，籠罩著幽冷光華，而又瀰漫著輕淡煙霧的廣寒宮，就變得迷離悄怳，朦朧隱約，自然把環境與氣氛烘托得寥廓淒清，使人疑惑此為天上？抑是人間？是寫嫦娥的蟾宮？或是寫美人的深閨？讀來只覺情境縹緲，興象幽微，似乎有綿邈的韻致可以意會，卻很難具體指出其意涵為何，自然令人感到些許惆悵與迷惘。「深」字既指燭焰映照雲屏，使其餘燭光映照不到的宮闕顯得更是幽靜深邃，象徵嫦娥窈眇幽約的心緒，正被闃寂陰暗的環境所包圍而找不到出路；也可以指長夜漫漫，燭光將闌，表示她獨坐無聊之久悶。換言之，本句是以冷屏殘燭的意象渲染環境的淒清深邃，襯托出嫦娥心緒之黯然落寞和形象之孤孑冷清。

「長河漸落曉星沉」七字則轉而由宮外夜空景物之推移，補足心緒撩亂，愁懷難平而永夜不寐之意。「漸落」二字描畫出時間緩慢流逝的過程，暗示細細清宵之難熬。「沉」字則捕捉金星低垂於東方天際，將落未落而忽然消失的動態感，確定嫦娥又熬過另一個無眠的長夜了。而這銀河斜落、曉星低垂的過程，全都映入獨居幽宮的嫦娥眼裡，自然便透露出她心事之深微、意緒之寂寥和哀怨之綿長了。此外，「落」字和「沉」字也有引發讀者聯想她心境消沉低落的暗示。

嫦娥偷靈藥而飛昇成仙，本來是一段流傳千古而引人遐思的美麗神話，可是作者卻能融入自己深情的體貼和獨到的妙悟，特別拈出「應悔」二字的判斷，既表現出深刻的同情，也流露出深沉的喟嘆，同時還使本詩更像是義山在歷盡坎坷身世、遍嘗宦海浮沉之餘所吐露出不為人知的心靈獨白。換言之，「應悔」的善於揣摩，使本詩在原有的迷離淒清之外，又融入了詩人深切的感情色彩，因而更形一唱三嘆，也更加耐人尋味；作者善於鎔裁舊典，推陳出新，而又別有寄託的本事，由此可見。正如他的〈錦瑟〉詩謎，只不過在莊周夢蝶和望帝化鵑的舊典上，各增加「曉夢迷」和「春心託」三字，就使原本浪漫迷

離、哀艷淒美的故事中融入了詩人獨有的靈心妙悟而格外引人入勝，也使全詩的旨趣更為蘊藉豐富，含蓄深婉，而又瑰麗奇詭，盪人心魂；因此范溫《詩眼》稱義山有「高情遠識」，宋犖《漫堂說詩》稱義山的詩篇「造意幽邃，感人尤深。」葉燮《原詩》也稱許他的七絕「寄託深而措詞婉，可空百代無其匹也。」

「碧海青天」是寫她在冷清的廣寒宮裡，下望夐遠遼闊的碧海，卻搜尋不到有情的人間時心中的落寞，以及仰望星芒閃現的青天，幻想其中有多少浪漫的故事時心中的淒涼；同時又以廣袤無垠的碧海和神秘難窮的星空，對襯她孤子渺小、形單影隻的幽苦。這樣以形象取勝的描寫，就使嫦娥有如困居在水晶宮中的太空人，只能無奈無助地凝視著宮外閃爍的星光、碧藍的海洋，獨自咀嚼永生永世的寂寞。因此，當詩人再以「夜夜心」三字點出她遠離紅塵，幽居蟾宮，無人相伴也無人共語的無限悲涼，以及無法排遣、難以救贖的無限悔恨時，就使人產生不勝其悲的感傷了。尤其是詩人在描繪出廣遠無窮到足以使人憂苦悽愴的碧海青天之後，只拈出「夜夜心」三字便戛然而止，不再添加任何表述情緒的字詞來渲染詩境，不僅留下更大的空間讓讀者能將心比心地去體貼嫦娥幽密苦悶的心靈，也使全篇有了含藏不露的收束而顯得更加丰神搖曳，情韻雋永了。

元遺山〈論詩絕句〉第二十首說：「朱絃一拂遺音在，卻是當年寂寞心。」儘管他的本意是評論柳宗元的騷心，何嘗不可以拿來理解李商隱在〈嫦娥〉詩中寄藏著的深刻用心呢？因為在詩族繁星璀璨的碧海青天中，自古以來始終熠耀生輝的，正是詩人瑰奇密麗的心靈所凝聚而成的華彩幽光；而在詩國遼闊的山河大地上，千百年來不斷迴盪著的，更是詩人最細膩幽微的心絃上所彈奏出的寂寞遺音……。

【後記】

李商隱有些蘊藉深婉而又情韻綿邈的詩篇，往往像瑰麗絢爛的萬

花筒一般，可以隨意選取不同的角度來觀賞，都會有千變萬化的驚喜。因此，從賞讀詩歌的角度來看（而不從縝密的考據角度來看），說本詩是實寫孤棲廣寒的嫦娥也可，說是同情寂寞苦悶的女道士（按：煉丹學仙即所謂「偷靈藥」）也可；說是悔婚王氏（按：其妻王氏及其家族實力即所謂「靈藥」）以至於斬斷令狐氏之恩情也可，說是感慨天賦異稟，才調絕倫（按：此亦所謂「靈藥」）反致流落不遇也可；說是悵嘆執著愛情（按：此亦所謂「靈藥」）而作繭自縛也可，甚至說自己孤高自負，修潔此心（按：此亦所謂「靈藥」），不肯從俗阿附，反遭黨爭傾軋之苦，又何嘗不可呢？只要我們能拋開成見，純粹以作者精心結撰的美學意象作為觸發性靈、撥動心絃的媒介，就可以更貼近詩人的藝術匠心，傾聽到作者深情的悲啼，並且在文學鑑賞的再創造過程中，以自己獨有的生命體悟，賦予作品更豐富深美的意涵。

【評點】

01 鍾惺：語想俱刻，「夜夜心」三字卻下得深渾。（《唐詩歸》）

02 胡次焱：羿妻竊藥奔月中，自視夢出塵世之表，而入海昇天，夜夜奔馳，曾無片暇時，然而何取乎深居月宮哉？此所以悔也。按商隱擢進士第，久中拔萃科，亦既得靈藥入宮矣。繼而以忤旨罷（按：此不詳所指），以牛李黨斥，令狐綯以忘恩謝不通，偃蹇蹭蹬，河落星沉，夜夜此心，寧無悔耶？此詩蓋自道也。（《唐詩選脈箋釋會通評林》）

03 何焯：自比有才調，翻致流落不遇也。（《李義山詩集輯評》引）

04 沈德潛：孤寂之況，以「夜夜心」三字盡之。士有爭先得路而自悔者，亦作如是觀。（《唐詩別裁》）

05 宋顧樂：借嫦娥抒孤高不遇之感。筆舌之妙，自不可及。（《萬首唐人絕句評選》）

06 程夢星：此亦刺女道士。首句言其洞房曲室之景，次句言其夜會曉離之情。下二句言其不為女冠，盡堪求偶，無端入道，何日上昇也。蓋孤處既所不能，而放誕又恐獲謗，然則心如懸旌，未免悔恨於天長海闊矣。（《李義山詩集箋注》）

＊ 編按：此譏刺女冠偷情之意，筆者以為毫無根據，是以不取其說。

07 姚培謙：此非詠嫦娥也。從來美人名士，最難持者末路。末二語警醒不少。（《李義山詩集箋注》）

08 馮浩：或為入道而不耐孤子者致誚也。（《玉谿生詩集詳註》）

09 張采田：義山依違黨局，放利偷合，此自懺之詞，作他解者非。（《玉谿生年譜會箋》）　　○寫永夜不眠，悵望無聊之景況，亦託意遇合之作。嫦娥偷藥比一婚王氏，結怨於人，空使我一生懸望，好合無期耳，所謂「悔」也。蓋亦為子直陳情不省而發。（《李義山詩辨正》）

285 賈生（七絕）　　　　　　李商隱

宣室求賢訪逐臣，賈生才調更無倫。可憐夜半虛前席，不問蒼生問鬼神。

【詩意】

　　原先被貶謫到長沙去的賈誼終於奉命回到長安了！求賢若渴的漢文帝鄭重地在未央宮前的正殿裡召見他。經過竭誠請教、殷切垂詢之後，文帝不禁驚嘆賈誼的才情高妙，格調超群，的確無人能及！可惜的是：在這一場君主英明而良臣賢能的夜半懇談裡，文帝雖然被賈誼的言談深深吸引，流露出無比專注與欽佩的神態，因而一再不自覺地向坐席的前沿挪動身子，卻終究只是枉然！原來他關心的並非天下

蒼生，而是熱中於詢問鬼神之道！

【注釋】

① 詩旨——本詩表面諷刺漢文帝詢賢才以鬼神之道，實即暗寓時君之昏憒而不能識用賢良。

② 詩題——賈生，指賈誼（200 B.C.－168 B.C.）。生，先生一詞的省稱；自漢以來，對儒者皆可敬稱曰某生。文帝即位之初，以年甫弱冠的賈誼為博士，未久擢為太中大夫，賈誼提出改正朔、易服色、制法度、興禮樂、重農抑商、鞏固邊防、削弱王侯等一連串改革主張。文帝因初即位未久，不便悉更秦法，遂未採行；又因權貴讒毀，不得已而謫為長沙王太傅。四年後召還，再遷為梁懷王太傅。賈誼因懷才難展，意頗悲憤，又遇梁懷王墮馬而死，自責為傅無狀，遂憂傷抑鬱而卒，年三十三。

③ 「宣室」二句——宣室，漢朝未央宮前的正室，是帝王的寢宮，此處代指漢文帝而言。訪，垂詢、請教。逐臣，指賈誼。才調，才器、才幹、才情也。無倫，無人能與之並美也。

④ 「可憐」二句——可憐，可歎、可痛惜也。虛，枉費、徒然也。前席，古人席地而坐，談話投機而傾聽入神時，常會出現不自覺移身向座席前沿的舉動；此處描寫漢文帝為賈誼言談所吸引而專注傾聽的神態。問鬼神，《史記·屈原賈生列傳》載文帝於宣室召見賈誼時「問鬼神之本。賈生因具道所以然之狀。至夜半，文帝前席。既罷，曰：『吾久不見賈生，自以為過之，今不及也。』居頃之，拜賈生為梁懷王太傅。」按：賈生才調既絕類離倫，而文帝竟只虛前席以問鬼神，而非詢以經世濟民之道，實無異以巫祝視之；則所謂訪求賢才之舉，不過虛有其名耳。

【導讀】

　　李商隱除了以華詞麗藻留下大量令人蕩氣迴腸的愛情詩篇之外，又以其高才健筆，揮灑出不少議論精闢，見解獨到的史論名篇，因此沈德潛《說詩晬語》稱讚他的詠史之作長於諷諭，頗有老杜風神之外，還說他借題寄意，宏識孤懷之處，能「不愧讀書人持論」。即以本書所選的〈籌筆驛〉〈隋宮〉，以及其他未入選而著名的〈重有感〉〈曲江〉〈馬嵬〉〈南朝〉〈吳宮〉〈景陽井〉等詠史詩來看，無不流露出讀書人感時憂世，寓慨於諷的深悲隱痛，因此不僅冷峻犀利的批判令人動容，沉摯蘊藉的諷喻也發人深省。正由於他能在前人歌詠既多的史事中，獨具隻眼地抓住其中一個細節（例如本詩中的「前席」）來深思其意義，而後以生花妙筆稍加點染，就能有開闢出廣闊的天地讓他馳騁奇思，揮灑才情，因此他的詠史詩別具辛辣而警策的勁道，贏得前人極高的評價；管世銘《讀雪山房唐詩抄序例》稱他：「用意深微，使事穩愜，直欲於前賢之外另闢一奇；絕句祕藏，至是盡洩，後人更無可以拓展處也。」施補華《峴傭說詩》也說：「義山七絕，以議論驅駕書卷，而神韻不乏，卓然有以自立；此體於詠史最宜。」

　　「宣室」二字，點出召見的地點是在未央宮前皇帝起居的正室，可見漢文帝的態度是何等鄭重，對賈誼又是何等親切。「求」字則寫出勵精圖治的決心之深切，暗寓頌揚文帝英明之意。「訪」字寫出紆尊降貴，殷殷垂詢，與謙卑自牧，不恥下問的誠懇。值得注意的是：文帝所諮諏的對象竟然是被貶謫遠地的「逐臣」，更可見他早已遍訪三公九卿，滿朝文武，的確稱得上是開張聖聽，察納雅言的聖君了。仔細玩味起來，可以發覺首句七字之中，詩人完全不用任何虛詞浮語來稱讚文帝，而是以實字健詞的豐富意涵來層層渲染文帝求賢若渴、虛懷若谷的開明形象，就巧妙地包裝出他在封建文人心目中「超人氣」的偶像地位，並為後半的逆轉婉諷，預先蓄積翻疊的氣勢；再加上這七個字正好形成「宣室」「求賢」「訪逐臣」的三折句式，讀起來便

有一種昂揚積極的節奏在，給人革新列車正式啟動的亢奮之感，令人充滿期待，的確是高妙之開筆。

「賈生」二字直承「逐臣」而來。由於賈誼是古代文壇上可以和屈原在才華和際遇方面先後輝硬而備受同情的悲劇典型，因此不僅歷代騷人的詩詞歌賦中早已給予他崇高的人格評價和豐富的傳奇色彩，作者也對他傾慕至極而引為同調，因此〈安定城樓〉詩便以之自喻說：「賈生年少虛垂涕，王粲春來更遠遊。」為了進一步堆疊出賈誼的地位之高，詩人先以「才調」二字凸顯出他騰蛟起鳳般優美的文采，和紫電青霜般勃發的英氣¹，又以「更無倫」三字深寓讚嘆之情；則他金聲玉振的議論，和金相玉質的風采，便顯得格外清儁高明而耐人懸想了。由於首句是以帶有勁健之勢的實筆來鋪寫文帝神聖英明的形象，次句便以虛筆來凸顯賈誼超凡絕俗的才情；虛實相襯的筆法，便使聖君賢臣同心齊力，共創盛世的契機，似乎指日可待了。

第三句是承上轉下的關鍵所在。「夜半前席」四字，不僅把文帝刻意徵詢逐臣的鄭重與謙虛，進一步落實為專注無比的凝神傾聽；同時也把他不自覺地移膝向前那種衷心景慕，如痴如醉的情狀，描繪得形神畢肖，氣韻如生。有了這個細節動作的捕捉，便把由「求」而「訪」的舉措中逐步蓄積的讚嘆之意，增強到酣暢飽滿，一觸即發的狀態；彷彿接下來如果不是紫雲騰昇，鳳凰翔集，百獸獻瑞，萬方朝賀地共唱一曲「聖君賢臣頌」便難以為繼了。可是詩人卻在這一場千載難逢的政治嘉年華會即將盛大展開之際，突然以「可憐」二字輕輕一嘆，又以「虛」字表達他冷眼旁觀的感受，自然使人對於聖君求賢的謙恭、鄭重、殷勤與傾心的態度，何以竟然枉自空存其名感到茫然不解，也使情節發展到最高潮時，突然有了衝突矛盾的波瀾而耐人尋味。不過，詩人並不急於為這個弔詭現象提出解答，他只是點到為止來造成懸疑跌宕的氣氛，留下引人入勝的奇趣，也為末句揭示沉痛而警策的騷心預留緩衝蓄勢的餘地，以便讀者更強烈感受到末句石破天驚的渾厚力

道而猛然覺醒。

　　由於前三句已經翻疊了足夠的氣勢，再加上「可憐」和「虛」字有如慈眉善目的菩薩從空中傳來語淡心長的輕嘆，更使「不問蒼生問鬼神」七字，像是怒目金剛劈出的晴天霹靂，具有開山裂碑、振聾發瞶的的驚人氣勢；於是前面苦心堆砌的求賢若渴、虛懷若谷、夜半前席，以及竭誠傾心的種種假象，頓時在般若獅吼聲中爆裂、粉碎！如果套用金聖嘆《貫華堂選批唐才子詩》評義山〈隋宮〉的話來說，這種扭轉局勢的萬鈞筆力「便是冷水兜頭驀澆」「便是傀儡通身線斷」！因為對讀者而言，似乎難免由首句開始就被求賢訪德的美麗假象所催眠，不斷地在心中構築起希望與幻夢的七寶樓台，直到第三句的「可憐」這一轉，「虛」字這一嘆，才恍然有些錯愕與驚疑；然後又遭受到末句疾雷破柱般的痛擊，才在電光石火中猛然省悟：原來所謂求賢虛席，不過是一場荒謬的政治表演罷了！

　　正由於詩人能在前兩句中，一氣呵成地營造出令人充滿期待的美麗願景，又能在第三句舉重若輕地造成衝突，並巧妙提示，然後在末句以迴環重出的句法和對比鮮明的映襯，表達沉痛的憂憤，因此語氣雖然激盪得更形斬截明快，詩意卻蘊蓄得更加深厚雋永；因此葛立方《韻語陽秋》引用楊億嘆賞義山的詩藝之高說：「包蘊細緻，演繹平暢；味無窮而炙愈出，鑽彌堅而酌不竭。」尤袤《全唐詩話》引用錢若水評論本詩的看法：「措意如此，後人何以企及？」楊逢春《唐詩偶評》也說：「詞鋒便覺光芒四射，乃知議論警策，不在辭費也。」

　　李商隱和歷代許多文人一樣，雖然都懷抱著經天緯地的志負（至於他們是否真正擁有旋乾轉坤、安邦定國的器識，則是另一回事），卻往往時運不濟、命與願違，只能在「中路因循我所長，古來才命兩相妨」（作者〈有感〉詩）的吁嗟慨歎下，借古人酒杯，澆自己塊壘，一洩其鬱紆難宣的激憤。因此，詩人在諷漢之明主時，可能便兼有刺唐之昏君的深意；而在同情賈生淪落不遇的詩句中，自然便寄藏了自

悲自憫的感慨了。何焯說：「徒問鬼神，賈生所以弔屈原也。彤庭（按：代指皇宮）私至，才調莫知，傷如之何？又後死之弔賈矣！」（《李義山詩集輯評》）又說：「賈生前席，猶為虛禮，況無宣室之訪逮耶？自傷更在言外。」（《唐三體詩評》）俞陛雲說：「玉谿絕句，屬辭蘊藉；詠史諸作，則持正論，如〈宮妓〉及〈涉洛川〉〈龍池〉〈北齊〉與此詩，皆是也。漢文、賈生，可謂明良遇合，乃召對青蒲，不求讜論，而涉想虛無，則屬主庸臣又何責耶？」（《詩境淺說·續編》）可見前人早已掌握到義山寄慨於諷的騷心了。

此外，閱讀本詩時還有三個值得留意的面向，說明如下：

＊就借古諷今而言，晚唐不少君王都有佞佛媚道、迷信方士、服藥學仙、渴求長生等愚行妄作，他們和漢文帝的英明任賢相較起來，不啻天壤之別。詩人既然諷刺文帝只問鬼神而不恤蒼生，則他對晚唐昏君所作的批判，自然更為犀利深刻了；因此朱鶴齡說：「義山之詩，乃風人之緒音，屈、宋之遺響，蓋得子美之深而變出者也。」（《箋注李義山詩集序》）如果擴大歷史的縱深來觀察，本詩何嘗不是嘲諷秦皇、漢武以下所有只知追求長生而諂事鬼神，卻不關心民生疾苦的昏君庸主呢？因此姜炳章選釋、郝世峰補輯的《選玉溪生補說》評曰：「絕大議論，得未曾有！言外為求神仙者諷。」

＊就寄慨遙深而言，義山本來就有「欲回天地」的雄心壯志，奈何卻因意外捲入黨爭傾軋之中，只能偃蹇蹭蹬地萍飄梗泛，依附藩帥，過著筆耕墨耘、為人作嫁的游幕生涯；自覺正如賈誼因為元老重臣的排擠讒毀而遠離京城一般，因此在〈安定城樓〉詩中他曾慨歎：「賈生年少虛垂涕，王粲春來更遠遊。」當他感嘆賈誼只被視為一部禮學辭典，在鄭重的夜半召對時竟然只被詢問無關宏旨的鬼神之本時，其實正寄寓著古今多少仁人志士空有幹世之才，卻被視為文學幕僚，只能在無聊的章奏書記中消磨壯志的憤

鬱之情。因此劉學鍇《李商隱詩歌集解》特別稱賞地說：「此託古諷時，借端寓慨之作。……要之，諷漢文實刺時主，慨賈生實亦自傷；而不以個人榮辱得失衡量遇合，則為全篇思想出發點，其立意之超卓，胸襟之透脫於此可見。」

＊就寫作技巧而言，本詩最精采的地方是以正言若反的手法來翻騰蓄勢，因此能夠極盡波瀾起伏、吞吐變化之妙。詩人在前半採用欲抑先揚的手法來逐步加強讚頌的語氣，蓄積反撲時的力道；等到筆酣墨飽的形勢已如滿脹欲爆的汽球時，才在末句遞出足可戳破求賢假象的金針，於是在震耳欲聾的爆破聲中，頓時讓人猛然醒悟那不過是帝王所搬演的荒唐鬧劇罷了！換言之，第三句的「可憐」一嘆，正是詩情峰迴路轉、波瀾動盪的高潮所在，絕不可輕易放過；因為有了這輕於鴻毛的嘆息，才使末句重出的語法具有重於泰山的震撼性和利於刀劍的殺傷力，也才使「虛」字的點染具有春秋筆法中所謂「片言之貶，辱過世朝之撻」的奇警效果。

【補註】

01 王勃〈滕王閣餞別序〉稱美當時參與重九盛會的人士說：「騰蛟起鳳，孟學士之詞宗；紫電青霜，王將軍之武庫。」意謂與會諸人具有蛟龍騰空、彩鳳翔舞之文采，又有快如紫電，利若青霜之武藝。紫電，孫權六把寶劍之一；見《古今注・輿服》。青霜，相傳即漢高祖斬白蛇起義之寶劍，十二年磨一次，劍刃如霜雪般白亮而鋒利，見《西京雜記》。

【評點】

01 胡仔：古今詩人以詩名世者，或只一句，或只一聯，或只一篇。雖其餘別有好詩，不專在此，然播傳於後世，膾炙於人口者，終

不足此矣，豈在多哉！……「宣室求賢訪逐臣……」，此李商隱也。……凡此皆以一篇名世者。（《苕溪漁隱叢話‧後集》）

02 范晞文：李商隱〈賈誼〉詩云：「可憐夜半虛前席，不問蒼生問鬼神。」韓偓云：「如今冷笑東方朔，唯用詼諧侍漢皇。」又：「長卿只為〈長門賦〉，未識君臣際會難。」皆反其事而言之。是時韓在翰林，故出此語，視李為切。（《對床夜語》）

* 編按：韓偓前一首詩題為〈六月十七日召對自辰及申方歸本院〉，後一首詩題為〈中秋禁直〉。

03 嚴有翼：文人用故事，有直用其事者，有反其意而用之者。（王）元之〈謫守黃岡謝表〉云：「宣室鬼神之問，豈望生還？茂陵封禪之書，惟期死後。」此一聯每為人所稱道。然皆直用賈誼、相如之事耳。李義山詩：「可憐夜半虛前席，不問蒼生問鬼神。」雖說賈誼，然反其意而用之矣。林和靖詩：「茂陵他日求遺稿，猶喜曾無封禪書*。」雖說相如，亦反其意而用之矣。直用其事，人皆能之，反其意而用之，非識學素高，超越尋常拘攣之見，不規規然蹈襲前人陳跡者，何以臻此！（《藝苑雌黃》）

* 《漢書‧司馬相如傳》載司馬相如死後，武帝從他家中取得一卷談封禪之典的文章，內容大抵上是對漢皇歌功頌德，建議舉行封泰山、禪梁父的大典。林逋借古喻今，以遺稿中並無〈封禪書〉這類文字，表明自己絕對不願意像司馬相如那樣阿諛諂媚，希寵求榮，以示人品之高潔。

04 周珽：以賈生而遇文帝，可謂獲主矣。然所問不如其所策，信乎才難，而用才尤難。此後二句詩而史斷也。（《唐詩選脈箋釋會通評林》）

05 屈復：前席之虛，今古盛典。文帝之賢，所問如此，亦有賈生遇而不遇之意歟？（《玉谿生詩意》）

06 陸次雲：詩忌議論，憎其一發無餘耳。此詩議論之外，正多餘味。

（《五朝詩善鳴集》）

07 紀昀：純用議論矣，卻以唱歎出之，不見議論之跡。（《玉谿生
詩說》）

08 宋顧樂：議論風格俱峻。（《萬首唐人絕句選評》）

09 劉永濟：責其「不問蒼生」，則不止好仙為不當，且不恤國事，
不重民生，尤非求賢之意，義更正大！（《唐人絕句精華》）

10 劉學鍇：此託古諷時，借端寓慨之作。……己亦空懷「欲迴天地」
之志，「痛哭流涕」之憂，而沉淪下僚，徒以文墨事人，故於賈
生之虛承前席，乃別有會心。要之，諷漢文實刺時主，慨賈生實
亦自傷；而不以個人榮辱得失衡量遇合，則為全篇思想出發點，
其立意之超卓，胸襟之透脫於此可見。（《李商隱詩歌集解》）

286 為有（七絕）　　　　　李商隱

為有雲屏無限嬌，鳳城寒盡怕春宵。無端嫁得金龜
婿，辜負香衾事早朝。

【詩意】

（我曾經聽到一位達官顯宦說：）儘管他家臥室裡擺設有由雲母
石片鑲嵌裝飾的華麗屏風，又有無限嬌媚美麗的妻子讓人難分難捨，
他卻在京城寒冬將盡之時，最怕兩情繾綣、恩愛甜蜜的春夜良宵。因
為他那位嬌媚美豔的年輕妻子會半怒全嗔地對他埋怨說：「真是好沒
道理呀！我幹嘛要嫁給一個顯貴的夫婿呀！在我最最想要被疼惜、被
寵愛的時候，你竟然忍心辜負柔情似水而又熱情如火的我，捨得掀開
又香又暖的鴛鴦衾被，連忙穿戴起金龜佩飾就匆匆上朝而去！……甚
麼跟甚麼嘛！」

【注釋】

① 詩旨—本詩可能是記錄一位朝廷要員向年輕僚友炫耀嬌妻美妾對自己百般眷戀愛慕，藉以誇示雄風的戲作；以首二字名篇，性質亦近於無題。

② 「為有」句—為有，殆義近於「儘管有、即使有」。雲屏，以雲母為裝飾的華貴屏風。

③ 鳳城—代指京城長安。相傳秦穆公之女弄玉吹簫，鳳降其城，故稱長安為丹鳳城，簡稱鳳城。

④ 「無端」句—無端，不料、沒來由、好沒道理；此為女子嬌嗔之語，伴有悔不當初之怨。金龜婿，官服上佩飾有金龜袋的丈夫，亦即高官；《舊唐書·輿服志》載武則天久視元年（700）十月規定官服上的配飾「職事三品以上龜袋，宜用金飾，四品用銀飾，五品用銅飾。」

【導讀】

　　這是一首風趣清雋的遊戲之作，內容大概是寫一位達官顯貴向僚友炫耀嬌妻對自己的百般眷戀愛慕，藉以誇示自己的雄風；讀起來像看到一隻參加同學會的孔雀，驕傲地展現牠華麗的尾屏一般，令人莞爾。由詩中流露出的調笑意味來判斷，詩人寫作本詩時應該還有一顆年輕愛玩的心靈；因此筆者推測本詩也許是李商隱剛入仕未久，聽到某位前輩的夸夸之言而觸發靈感，於是以隱其名諱的方式所記下的遊戲之作。

　　「為有雲屏無限嬌，鳳城寒盡怕春宵」兩句，是寫一位館邸富麗堂皇，臥室金碧輝煌，嬌妻無限嫵媚的京城高官向僚友虛矯地訴苦：「我最擔驚受怕的事是：長安城的寒冬已逝，春宵早臨！」這當然引發僚友的好奇，想要一探究竟。按理說，他能在米珠薪桂的京城裡安享富貴，坐擁豪宅，又能金屋藏嬌，春宵繾綣，正是多少男人夢寐難

償的夙願；人生至此，夫復何求？可是這種人生勝利組的美事，竟然成為他擔驚受怕的原因，這就不能不使初登仕途而仍孑然一身的僚友，對他「得了便宜還賣乖」的惺惺作態感到氣結而質疑天理何在；同時也實在啟人疑竇：這麼幸福美滿的人生，他為什麼反而煩惱呢？妙的是詩人留在後半才藉著少婦的口吻來揭示這位「該殺千刀的魯男子」真正懼怕的情事為何，可謂賣足了關子。

「為有」二字，兼攝「雲屏」和「無限嬌」，表示既有華貴的擺飾，使臥室顯得富麗堂皇，旖旎浪漫，又有風情萬種，無限嫵媚的嬌妻令人眷戀與疼惜；則深閨春濃，纏綿恩愛的情狀，已經意在言外了。再加上「鳳城」是最繁華的長安，「寒盡」又是春風送暖，使人情靈蕩漾的時節；詩筆層層渲染至此，的確溫馨浪漫而撩人遐思了。可是就在你有了綺麗的情思時，那個該殺千刀的傢伙卻說他「怕春宵」！於是詩情頓起波瀾而令人狐疑困惑。在吊足了胃口之後，那傢伙才嗲聲嗲氣地模仿嬌妻埋怨的口吻來說出關鍵的原因是：「無端嫁得金龜婿，辜負香衾事早朝」！原來他的嬌妻會半怒全嗔地埋怨自己命苦，只因為沒由來地嫁給達官顯宦，就得忍受丈夫推開活色生香的她，跳出暖烘烘的鴛鴦被窩，匆忙上朝而去！

「辜負香衾」四字，寫出她既深且濃的一腔幽怨，「無端」兩字，則加重了自哀自憐的口吻；兩相結合之後，便把一位活潑熱情而又新婚未久的少婦那種眷戀纏綿溫存的愛嬌情狀，表現得氣韻如生，既惹人愛憐，又令人難以招架。設想：當丈夫正要起身離去時，突然聽到這兩句春閨獨臥之怨、枕畔溫存之嗔時，只怕即使鐵石心腸也要化為似水柔情了！所謂「英雄難過美人關」「最難辜負美人恩」，當輕擁著香衾的嬌妻幽怨地吐露出如此纏綿的情思，想要細密地網住即將上班的丈夫時，昂藏七尺的男子能不天人交戰而心疼腿軟者，幾希！而當此千鈞一髮、生死關頭之際，男子竟能手揮慧劍，奪門而逃者，非人也！

至於這位以閨房私昵之言來向後進誇耀自己幸福美滿的三品大員，不論是棄甲投降或是奪門而逃，都只能算是一隻驕傲而矯情的孔雀而已！他那虛情假意地訴說心中苦惱的模樣，以及模仿嬌妻嗔怨的口吻，都自然而然地流露出他對於自己的春風得意感到躊躇滿志，沾沾自喜；讀來頗覺唱作俱佳，聲口如聞，趣味盎然，足可解頤。

【商榷】

何焯認為本詩與王昌齡的「悔教夫婿覓封侯」都是閨怨之作，而「用意則較尖刻。」（《李義山詩集輯評》）筆者以為此說太過嚴肅，實在無須如此拘謹；反而是紀昀「弄筆戲作」之說較近情理。馮浩則只在箋注中批了「言外有刺」四字，並未明言所刺為何，令人費解；屈復《玉谿生詩意》就說得比較明白：「玉谿以絕世香艷之才，終老幕職，晨入昏出，簿書無暇；與嫁貴婿、負香衾者何異？其怨也宜。」

只不過筆者以為這個說法似是而非。因為如果依照這個邏輯來推衍，則詩人便是自比為「嫁與貴婿」的嬌妻；而金龜婿則指天子或某位府主（節度使）了！可是千萬別忘了：上朝任事的絕對不是「嬌妻」而是「金龜婿」！換言之，照屈復的說法，則李商隱就變成了一會兒是在被翻紅浪的錦榻上嗔怨的嬌妻，一會兒又是匆匆奔赴早朝的金龜婿了！這樣一來，顯然有了邏輯上的謬誤，是以並不可從。

【評解】

01 何焯：此與「悔教夫婿覓封侯」同意，而用意較尖刻。（《李義
　　山詩集輯評》引）

02 姚培謙：此作細意體貼之詞。「無端」二字下得妙，其不言之意
　　應如此。（《李義山詩集箋注》）

03 紀昀：弄筆戲作，不足為佳。（《玉谿生詩說》卷下）

287 涼思（五律） 李商隱

客去波平檻，蟬休露滿枝。永懷當此節，倚立自移時。北斗兼春遠，南陵寓使遲。天涯占夢數，疑誤有新知。

【詩意】

　　替我送信的朋友浮舟而去之後，我獨自目送他的歸帆漸行漸遠⋯⋯；不知何時起，水波已經上漲到渡口的平臺邊了，我的心中頓時也瀰漫著濃得化不開的思歸之情。此時原本淒切的蟬鳴聲逐漸衰歇而岑寂下來，我才察覺到岸邊的樹枝上已經綴滿了初秋的露珠，心中突然莫名感傷起來⋯⋯。就在這已涼未寒的清秋黃昏，我憑欄而立，完全沉浸在思念家園的綿長情愫裡，渾然不覺時間暗自流逝⋯⋯。自從春天離家以來，京城的家園就像天邊的北斗星那麼遙遠，令我思之黯然；而出使南陵之後又遲遲無法託人傳送家書，也常使我牽掛難安。難怪遠在天涯的愛妻會在信上說：她在朝思慕念、魂牽夢縈之餘，只能頻頻藉著夢中的情境來預卜吉凶禍福，甚至還屢次在夢中驚疑地誤會我有了新歡而遺忘她，所以才滯留不歸⋯⋯。

【注釋】

① 詩題──涼思，秋涼時節思妻憶家之意。本詩大約是義山收到遠在長安的妻室來函，似有猜疑或調侃詩人另結新歡，以致遲遲未歸，而又久無家書之怨；詩人理解此乃戲言，故即修書託人送返京城。詩人於水邊送別信使之後，一時感慨系之而賦吟此事；換言之，本詩可能就是修書後追加補記的「寄內」之作。

② 「客去」二句──客，殆指妻子王氏所派來傳遞訊息的信使，詩人

可能也請託他帶信回去。檻，水邊亭、閣、臺、榭等建築的平臺、窗臺或欄軒的泛稱。波平檻，指秋水上漲到與渡頭的平臺相齊。蟬休，既暗示秋風漸涼，也表示時值黃昏，故蟬唱哀歇。露滿枝，點出清秋涼露綴滿枝頭的景象，補足「秋涼」之意。

③「永懷」二句——永，長也；永懷，悠長的思念情懷。當此節，面對此清秋黃昏時節。倚立，憑倚水邊欄軒而立。自移時，渾然不覺時間暗自流逝之久。此聯扣準詩題「思」字。

④「北斗」二句——謂離家至今，歷時甚久，覺長安與春天同其遙不可及。北斗，既表示夜幕已臨，亦代表京城長安；蓋此際詩人可能家居長安。兼，復也、共也、與也；兼春遠，與春天同其遙遠，表示離家之久與距離之遙。

⑤「南陵」句——謂出使南陵以來，家書又遲遲無法託人送達。南陵，唐時屬宣州（今安徽省南陵縣）。寓，託付也。寓使遲，可能指遲遲無法託人傳送家書；或雖已託人，卻始終未曾送達而使嬌妻有所誤解與猜疑；也可能指奉命出使以來，遲遲無法返家團圓。

⑥「天涯」二句——天涯，指遠在長安的愛妻而言；由地圖上推算，南陵與長安相隔達九百公里，以古代交通狀況及雙方的心理而言，兩地實無異於天涯。占，卜問吉凶；占夢，以夢境預卜心中所想之事是吉是凶也。數，音ㄕㄨㄛˋ，頻頻、屢次也。疑誤，因猜疑而誤會。有新知，另結新歡而遺棄髮妻也。

【導讀】

　　由於詩中的人、事、時、地等背景資料都難以斷定，因此筆者只能暫時根據紀昀對本詩的理解：「結句承『寓使遲』來，言家在天涯，不知留滯之故，幾疑別有新知也。」（沈厚塽《李義山詩集輯評》引），並參考劉學楷、余恕誠在《李商隱詩歌集解》中的看法，解讀本詩的內涵如下：

　　首句「客去波平檻」，點出作者是在渡頭或水榭送別傳遞書信的友人浮舟而去。「波平檻」三字，除了實寫秋江浩渺的景象以外，也可能象徵當時詩人的心中湧現無邊的惆悵。「蟬休」二字，既點出時當入秋，又表示佇望友人的船影消失之後，詩人仍然懷著寥落的意緒，徘徊在渡口岸邊或躑躅在亭榭之間，直到蟬聲銷歇的黃昏以後，可見詩人心中頗有難以排遣的思念家室之情。「露滿枝」三字，除了實寫水邊林梢綴滿清露，使人頓覺冷清之外，也藉著環境之冷清幽靜來烘托心境的孤獨寂寞。

　　「永懷」二字，就是思念深切而情意綿長之意。「當此節」是面對清秋時節之景物的意思，正是直承「蟬休露滿枝」的涼秋之景和「客去」的惆悵之感而發的。「倚立」二字，表示憑欄而立，是側寫自己心神恍惚，若有所思的神態；「自移時」三字，則表示時間暗自流逝甚久。如此層層寫來，既可以見出詩人對於天涯家園的憶念之深，又暗藏著時間的遞嬗之跡，同時更自然地帶出夜晚時仰望北斗星遙，彌增思慕的景象。承轉之間，極為流暢自然。

　　「北斗兼春遠，南陵寓使遲」這兩句，是承接頷聯的詩義，進一步說明所思所懷的具體內容，表現出詩人目注北斗，心馳遠天，對於室家的遙相思慕。這兩句涵義相當豐富，值得深入解析：

＊首先，是以地名的「南」字對星宿之名的「北」字，屬對極具巧思。

＊其次，是選詞煉字時講究包蘊豐富的意涵：「兼」字含有「復、再加上」和「共、與」的多重意思，因此讓詩人感到遙遠疏離的，就不僅是「北斗」而已，還包括「春」所代表的一切美好情事。而「寓使」二字，可以是自己接受府主的付託而出使，也可以是自己託付他人傳遞家書，還可以是妻子所託付的信差；因此「寓使遲」三字，就既可以指自己出使至南陵以來，妻子和自己都遲遲無法託人傳送家書，也可以指奉命出使以來，遲遲無法返家團

圓。

＊第三，就時間和情感的脈絡而言，詩人是以「北斗」二字表示自己由送別的黃昏淹留到星光明燦的夜晚，既可以補足「倚立自移時」之久，又暗示自己在水邊送別之後，憑欄倚立時冷清寂寥之感極其深濃而難以排遣。

＊第四，就空間佈置而言，詩人還同時以「北斗」代指妻子所在的長安，來和自己所在的「南陵」形成地南天北，兩處睽隔的對比，藉以表示彼此相距之遙與相思之切。

＊第五，就心理層面而言，「北斗」既是妻子所在的地方，又是政治的中心，而「春」又往往帶有美好與希望的象徵意義，於是遠離京華而屈居幕下，就既表示失去了家庭與夫妻生活的溫暖與幸福，同時也失去了在政治中心圖謀發展的良機，實非己之所願。再加上「春」字可能還實寫應聘離京的季節，因此詩人才會感到此行彷彿失去了一切美好幸福的情事，不禁在追憶春天遠離家園而思歸情切之際，感慨良深地地說出「北斗兼春遠」了。

＊第六，正由於詩人能夠以簡潔凝鍊的五個字，兼含空間阻隔之遙與離家時間之久，同時還能銜接頷聯的倚立徘徊之久與永懷的情愫之長，詩意極為綿邈豐富，心思也極為細密曲折，相當耐人玩味，因此紀昀才說：「五句在可解不可解之間，然其妙可思。」（沈厚塽《李義山詩集輯評》引）

＊第七，在以「南陵」二字點出自己宦遊之地距離長安甚遠（從地圖上觀察，兩地的直線距離達九百公里以上）之後，便能自然埋下尾聯的「天涯」之感了。「寓使遲」三字，則除了表示書信往返甚久，流露出自己遲遲未歸的感慨之外，又自然下啟愛妻「占夢數」之舉。由此可見全詩的條理清晰、針線綿密之一斑。

「天涯占夢數，疑誤有新知」兩句，是說愛妻的來信中提到她只能從夢中的情境來預卜吉凶禍福，甚至還常常在夢中驚疑作者是否因

為另結新歡而樂不思歸，甚至懷疑詩人有意冷落髮妻，所以才會音書全無。筆者推測這兩句可能是騾栝愛妻來函中的調侃之語，藉以抒發作者對她的疼惜之意；亦即表面上是寫嬌妻的嗔怨，其實是寫嬌妻的深情與自己的思念。因為詩人明白那是愛妻表達思慕眷戀方式，所以不僅不以為忤，反而還倍覺溫馨與欣慰，因此才會在剛剛送走信使之後，又立刻情難自已地賦吟此詩來和嬌妻千里傳心。換言之，尾聯是以極其委婉的曲折筆法，從對面著墨來進一步拓深自己的「思」念，既寫足「涼思」的題旨，而且側重在表現夫妻雙方的思念之情。

以上的詩意擬測，不敢自謂能撥雲見日，使疑義盡消，不過力求詩意清暢可讀，不致有自相矛盾的解說而已。白居易〈讀禪經〉詩云：「言下忘言一時了，夢中說夢兩重虛。」筆者既自知夢中說夢，讀者亦不妨言下忘言。

【評點】

01 何焯：起聯寫水亭秋夜，讀之亦覺涼氣侵肌。（《義門讀書記》）
　　○（「倚立」句）「思」字入神。　○落句襯出「思」字意足。
　　（《李義山詩集輯評》引）

＊　編按：何氏以為「客去波平檻，蟬休露滿枝」是「寫水亭秋夜」，顯然值得商榷。蓋首聯明寫秋「涼」而暗藏「思」念情意，入夜；頷聯「永懷當此節，倚立自移時」則進一步明寫「思」念之綿長與惆悵之濃重，並以「此節」二字暗藏「涼」意。經過「倚立」和「移時」之流程後，時間大概已經從黃昏轉為暮色漸濃，直到提出「北斗」二字，才算是秋夜所見。

02 紀昀：前四句一氣湧出，氣格殊高。五句在可解不可解之間，然其妙可思。　○結句承「寓使遲」來，言家在天涯，不知留滯之故，幾疑別有新知也。（《李義山詩集輯評》引）

03 馮浩：或宣州別有機緣，故寓使而希遇合也。當與〈懷求古翁〉

同參。(《玉谿生詩詳注》)

288 無題二首 其一（七律）　　　　　　　李商隱

昨夜星辰昨夜風，畫樓西畔桂堂東。身無彩鳳雙飛翼，心有靈犀一點通。隔座送鉤春酒暖，分曹射覆蠟燈紅。嗟余聽鼓應官去，走馬蘭臺類轉蓬。

【詩意】

　　忘不了昨夜的星空是那麼明燦迷人，也忘不了昨夜的清風是那麼溫和醉人，就在畫樓西畔、桂堂東側之間的一場盛筵中和她偶然相識，這將是我心湖裡永遠美麗的漣漪……。雖然我並沒有彩鳳般華麗的翅膀可以飛到她的身旁一親芳澤，但是卻可以感應到冰雪聰明的她和我是靈犀相通的。在那場愉快的聚會裡，儘管我們隔著幾個座位，玩著傳遞玉鉤的遊戲，又被分在不同的組別相互出題猜謎，但是我們兩人似乎有特殊的心電感應，總是能夠很快地猜出對方的謎底與心意，這真是令人又驚又喜的神祕經驗啊！在她殷勤勸飲之下，當時的春酒真是又香又暖，如同她的丰采般使人陶醉；蠟燈又紅又豔，映襯著她嫵媚的容顏，更顯得風情萬種，令人著迷。可惜這通宵達旦的華宴雖然使人留戀，但是聽到京官上朝的鼓聲，我也只好像秋天枯乾的蓬草隨風而轉一般立刻離席起身，趕往蘭臺去上班，結束這一次美麗的邂逅。

【注釋】

① 詩題—本詩殆為詩人任職秘書省期間，追憶先前參與某豪門設於庭園中的盛筵，驚艷席間美女的懷想之作。然由詩中情境推敲，

此次偶然相識，僅止於留下美好印象，並無證據顯示有何艷情；換言之，本詩係記錄發乎情、止乎禮的一段美麗邂逅。

② 「昨夜」二句──追憶先前一段美麗邂逅所發生的時間、地點。畫樓，彩繪華麗的樓臺。桂堂，以芳香的木材構築的廳堂。畫樓桂堂，點出富貴宅第。

③ 「身無」句──意謂雙方並未比鄰而坐，絕無肌膚之親，故五句云「隔座」；蓋因行酒令遊戲時二人分在不同組別也。

④ 「心有」句──與第六句呼應，意謂彼此所製作的謎題，對方均能猜中，彷彿心靈相通也。靈犀，古人把有紅白紋路貫通犀牛角兩端者稱為「通天犀」，視為靈異之物[1]，故義山藉此賦予它心靈奇妙感應的形象，從而創造出瑰麗華美而生動傳神的千古名句。

⑤ 「隔座」句──隔座，意謂與心儀的女子隔開座位而坐。送鉤，指分組玩藏玉鉤之戲以侑酒助興。相傳漢昭帝之母鉤弋夫人，幼時手蜷曲不展，眾人無能擘開；漢武帝巡狩時親觸其手即行展開而掉出玉鉤，故世傳送鉤之戲[2]。

⑥ 「分曹」句──分曹，分組。射，猜度也。射覆，原指漢武帝一時興起將壁虎覆蓋在器物之下命東方朔猜測的遊戲[3]；然此處可泛指酒席間用來助興的各種猜謎遊戲，蓋此類文字遊戲往往隱藏其意旨，令人別有會心以解謎底，有類射覆。

⑦ 「嗟余」句──聽鼓，聽到天明報時的街鼓聲[4]。應官，當官，猶云上班。

⑧ 「走馬」句──走馬，馳馬前去任事。蘭臺，指秘書省[5]。轉蓬，謂己聽晨鼓振響，必須起身離席前去秘書省，猶蓬草秋後乾枯，被風吹離根部，隨風遠颺。

【補註】

01 《漢書‧西域傳‧贊》：「通犀、翠羽之珍，盈於後宮。」如淳

注曰：「通犀，中央色白，通兩頭。」《抱朴子・內篇・卷十七・登涉・登山佩帶符》：「得真通天犀角三寸以上，刻以為魚，而銜之以入水，水常為人開，方三尺，可得氣息水中。又通天犀角有一赤理如綖，有自本徹末，以角盛米置群雞中，雞欲啄之，未至數寸，即驚卻退。故南人或名通天犀為駭雞犀。以此犀角著穀積上，百鳥不敢集。大霧重露之夜，以置中庭，終不沾濡也。」

02 《荊楚歲時記》曰：「按《漢武故事》云：上巡狩河間，見青光自地屬天，望氣者云：『下有貴子。』上求之，見一女子在空室中，姿色殊絕，兩手皆拳，數百人擘之莫舒。上自披即舒，號拳夫人。善素女術，大有寵，即鉤弋夫人也。《辛氏三秦記》曰：漢昭帝母鉤弋夫人，手拳有國色，世人藏鉤起於此。」

03 《漢書・東方朔傳》：「上嘗使諸數家射覆，置守宮盂下，射之，皆不能中。朔自贊曰：『臣嘗受《易》，請射之。』乃別著布卦而對曰：『臣以為龍又無角，謂之為蛇又有足，跂跂脈脈善緣壁，是非守宮即蜥蜴。』上曰：『善。』賜帛十匹。復使射他物，連中，輒賜帛。」

04 《新唐書・百官志・宮門局》：「宮門郎……掌宮門管鑰。凡夜漏盡，擊漏鼓而開；夜漏上水一刻，擊漏鼓而閉。」不過，此乃宮鼓，義山在宮外飲宴，未必聽得清楚；可能他所聽到的是《新唐書・百官志・左右金吾衛》中所載的街鼓聲：「日暮，鼓八百聲而門閉；……五更二點，鼓自內發，諸街鼓承振，坊市門皆啟，鼓三千撾，辨色而止。」

05 《舊唐書・職官志一》：「龍朔二年二月甲子，改……秘書省為蘭臺。……垂拱元年二月，改……秘書省為麟臺。」

【導讀】

　　本詩大概是詩人任職秘書省期間，追憶先前某夜所參與的一場庭

園盛筵，對席間所邂逅的某位美女有驚艷之感的懷想之作。不過，從詩中的情境來看，這短暫的偶然相識，應該僅止於在詩人心中留下美好的印象，盪漾出清淺而美麗的漣漪而已，並沒有任何證據顯示還有進一步的艷情可言。

「昨夜星辰昨夜風，畫樓西畔桂堂東」兩句，交代了華筵歡會的時間和地點；重複詠嘆「昨夜」，則表示追憶美好經驗時的懷念與難忘。而既可以看見星辰，又有好風襲來，地點應該是在戶外；再加上「畫樓西畔桂堂東」所表示的建築之美與庭園之大，都是意在點染良辰佳時，襯托賞心樂事。這兩句是以重出的句法和蟬聯直貫的詩意，形成輕盈流美、唱嘆有致的節奏感，既烘托出浪漫旖旎的歡會氣氛，又遙引腹聯飛觴送鉤、射覆侑酒的嬉戲場面，同時也藉著華麗的詞藻，悅耳的旋律，流露出對於昨夜美好邂逅的憶念之情；的確寫得詞華意美，語淺情深，撩人遐思。

「身無彩鳳雙飛翼」七字，表明雙方並無肌膚之親，未效于飛之樂，而且表示詩人和所歌詠的佳人「隔座」而不曾相鄰；只不過詞藻華美，容易引人遐想罷了。「心有靈犀一點通」七字，可能只是詩人浪漫的幻想，以為兩人相互欣賞對方言談舉止之間所表現出的聰明才智與風流文雅；不過必須特別強調的是，這也只是逢場作戲時對一位風姿綽約、艷麗動人的女子，產生發乎情、止乎禮的短暫綺思而已，不必硬說是雙方在席間已經有所謂目成心許，眉眼傳情之事，更不必由此進而想入非非地以為首聯紀錄了兩人銷魂繾綣的時辰與地點。

由於「身無彩鳳雙飛翼，心有靈犀一點通」儘管華麗迷人，畢竟略嫌抽象，因此詩人藉著腹聯所寫的宴會情景來進一步落實其意涵。「隔座送鉤春酒暖」七字，正是回應「身無彩鳳雙飛翼」而來，表示二人之間頗有距離，詩人只能遙望對方在蠟燈的映照下所呈現的隱約朦朧之美，油然而生悅慕之情；同時也由於這一段距離，使詩人從旁觀賞佳人時不至於有凝眸直視的唐突與冒昧，更可以避免輕薄好色之

譏。送鉤，是指在筵席間猜測玉鉤藏於誰人手中以助酒興的遊戲。「春酒暖」三字，則是以物襯人，暗示佳人殷勤勸酒的溫馨可人，使人倍覺春酒之香醇迷人；氣氛之熱絡歡樂，使人心曠神怡，渾然忘我。

第六句「分曹射覆蠟燈紅」（分曹，分組之意；射覆，猜謎之意）則正好呼應第四句「心有靈犀一點通」而來，表示在玩分組猜謎遊戲時，兩人比旁人更有靈感、也更有默契地能猜出對方的謎底；一方面表現出詩人對佳人秀外慧中、冰雪聰明而又善解人意的欣賞，一方面也表示自己因而贏得佳人的垂青注目，甚至當眾的誇獎稱譽，因此詩人才略顯自負地拈出此事來落實「心有靈犀一點通」的意涵。「蠟燈紅」三字，也是以外物襯托席間觥籌交錯時場面的熱鬧歡暢，並側寫佳人醉顏酡紅時的嫵媚情態，更使詩人情靈搖漾，幾乎要意亂神迷起來。

胡以梅《唐詩貫珠》說：「五之勝情，六之勝境，皆為佳人著色。且隔座分曹，申明三之意；送鉤春暖，方見四之實。」他指出了頷聯和腹聯之間的承轉關係，也點出了以燈紅酒暖烘襯美人綽約風姿的手法，的確慧眼獨具；屈復《玉谿生詩意》說：「五六承三四言，藏鉤送酒，其如隔座；分曹射覆，惟礙燈紅。」雖然也點出章法圓融之妙，只不過他卻似乎認為詩人以隔座燭明不能一親芳澤為憾，就有些輕薄的聯想了，還是懸崖勒馬才好。

「嗟余聽鼓應官去，走馬蘭臺類轉蓬」兩句，是說自己儘管陶醉在盛筵華席、酒暖燈紅的歡暢愉快中，卻不得不在聽到街鼓聲時立即起身離去，趕往秘書省去任職，以致不能和佳人多所盤桓；既表示昨夜之宴會何等令人留戀，又襯托出佳人難以形容的美好形象何等令自己心儀。這種高明的旁襯手法，和〈天平公座中呈令狐令公[1]〉詩中借僧人欲破戒敗道和御史擬休官伴美，來襯托席間美人之奇艷的手法是一致的。有些注本以為尾聯有身世沉淪的孤子不遇之感，這是由於既誤解此聯是感慨自己即將離京他往，又未能體會出詩人在旁襯筆法

中流露出良會苦短、好夢易醒的惋惜之意——因此他才癡迷眷戀地作詩追憶。其實，只要略作反向思考，就能了解前人對此詩的誤解了：詩人在自己也感到歡樂的筵席中，突然感慨自己官職卑微、身世飄零或者校書乏味等（請參考【商榷】），究竟有何意義呢？

這是一首詞藻穠麗，氣氛溫馨，情調浪漫，音節流宕，譬喻深美的七律，儘管前人常有繁瑣糾纏（甚至穿鑿附會、捕風捉影）的背景說明，頗令人畏懼其苛細，也有些人對本詩有雲雨巫山（甚或過於斜狹輕佻）的香豔聯想，也令人厭惡其儇薄，但是仍然掩不去本詩浪漫溫柔的情韻，和使人情靈搖蕩、心神陶醉的迷人風華，因此成為膾炙人口的第一流情詩。賞讀李商隱被扭曲醜詆為纖豔輕薄的愛情詩時，如果能先掌握到他深情而不濫情、風流而不下流的愛情觀，應該就能避免想入非非甚至跡近意淫的幻想，直接根據文字本身以意逆志，即詩生情，大概也比較能夠傾聽到詩人幽微婉約的心聲。

【補註】

01　〈天平公座中呈令狐令公〉是十八九歲的詩人寫他參與筵席時所見一位還俗的女道士之艷麗照人：「罷執霓旌上醮壇，慢妝嬌樹水晶盤。更深欲訴蛾眉斂，衣薄臨醒玉豔寒。白足禪僧思敗道，青袍御史擬休官。雖然同是將軍客，不敢公然子（通「仔」字）細看。」

【商榷】

本詩雖然膾炙人口，卻始終有兩個棘手的問題須要解決，第一是寫作年代和詩人的官職，第二是詩中的情事問題。

首先，就寫作年代而言，詩末的「走馬蘭臺」四字，正好透露出詩人當時是秘書省的官員。李商隱一生有三次任職於秘書省，第一次是在文宗開成四年（839）釋褐擔任秘書省校書郎，不久後出為弘農

縣尉；第二次在武宗會昌二年（842）再度制科及第，擔任秘書省正字官；不久因母喪而返家。第三次在會昌六年母喪期滿後重任正字官。由於還沒有進一步的資料，很難確認本詩的寫作年代，因此詩評家都僅止於臆測，馮浩以為是開成四年所作，張采田以為是會昌二年；至少都還認定是任職於秘書省時。

可是馮班卻以為詩末「走馬蘭臺類轉蓬」七字，是感慨自己失意京華，必須遠赴諸侯幕府；程夢星和汪辟疆則以為是離開秘書省而調尉弘農時所作。這兩種說法既疏忽了「走馬」是赴職上任而非離職之意，又疏忽了「聽鼓應官」是京官上朝任事的意思。試想：如果當時李商隱是要離開京城前往東邊的弘農縣，則上朝的晨鼓聲和他就沒有什麼直接的關聯了，他何必急著離席而去呢？如果主人還沒有送客之意，他應該可以繼續流連尋歡，直到散席離去後再細數行程，好整以暇地選擇吉日良辰才出發，何必聽晨鼓而吁嗟離席呢？因此，所謂失意京華、蹉跎幕府之說，顯然都和「走馬蘭臺」四字扞格難通。

其次，就詩中情事而言，筆者以為不過是對席間邂逅的某位女子有驚艷的美好印象，而在詩人心中蕩漾出美麗的漣漪而已，還不至於如某些詩評家所幻想的「妓席狹邪」（紀昀）、「在王茂元（李商隱的岳父）家竊睹其閨女」（趙臣瑗）、「窺見後房姬妾」（馮浩）等情事那麼曖昧與刺激，更沒有近來學者所設想的一夜銷魂、兩情繾綣那麼香豔：

＊劉學鍇：抒寫對昨夜一度春風，旋成間隔的意中人深切的懷想。（《唐詩鑑賞辭典》頁 1158）

＊黃世中：第一聯說昨天晚上，在畫樓西畔、桂堂東面和她甜蜜的幽會。「昨夜」複疊，強調這是難得的相會時刻，是令人消魂的時刻。（《唐宋詩詞評析詞典》頁 564）

＊劉永翔：首聯所言必是幽會之地，星空之下，夜風之中，……因為只有在「夜半無人私語時」，燦爛的星空和吹拂的夜風才會給

幽會的情人留下這樣深刻的印象。　○本詩共有二首，第二首云：
「聞道閶門萼綠華，昔年相望抵天涯；豈知一夜秦樓客，偷看吳
王苑內花。」如果此詩與第一首所敘為一事，那麼我們由此可知，
義山早就慕彼之名，本以為無緣相見，豈知一夜竟得諧夙願，甚
至過其所望。（《古詩海》頁 1003）

＊趙昌平：詩人與此貴家姬妾相戀，夜間密約幽會於「畫樓西畔桂
堂東」。不久，無可奈何地分離，故云「身無彩鳳雙飛翼，心有
靈犀一點通」。佳人去後又參加了此貴家的宴樂，與眾人「隔座
送鉤」「分曹射覆」──既然阻隔，這當並非是偷窺實見，而多
半是想像中事。（《唐詩三百首新譯》頁 426）

筆者以為劉說的「一夜春風」四字，已經容易引起男歡女愛、顛
鸞倒鳳的聯想了；黃說的「消魂時刻」，和諸人共用的「幽會」一詞，
就更容易引起寬衣解帶的幻想了。筆者猜測：以為有一夜春風的香豔
銷魂者，大概是忽略了「身無彩鳳雙飛翼」這一句詩的涵義；試問：
既無雙飛之翼，何來肌膚之親、于飛之樂？可見以為有魚水之歡或共
赴雲雨巫山之說，根本只是非非之想罷了！

至於在許多古人的評注中以為是偷窺姬妾或閨女者，大概是被這
組無題詩的第二首所誤導：

＊聞道閶門萼綠華，昔年相望抵天涯。豈知一夜秦樓客，偷看吳王
苑內花。

其實，這首七絕的大意是說：「早年就曾聽說過有一位美如天仙的女
子，頗有西施之奇艷，卻始終只能心儀其人而無緣相見；誰知道在此
次豪門的奢華夜筵之中，竟能有幸親見其人之風采，令人畢生難忘。」
詩中的「偷看」二字，正是引起誤會的根源；然而它的意思其實是說
女子之艷光照人，使人心旌搖蕩，不敢肆無忌憚地公然注視，以免唐
突佳人罷了。這種不敢公然凝視美女的情形，和作者在〈天平公座中
呈令狐令公〉詩中流露出的心態是一樣的。在那首詩中，詩人描寫一

位貌可閉月羞花、沉魚落雁的歌妓,其嬌嬈之情態能使座中高僧幾乎
要破戒敗道,令席間御史想要休官伴美,詩人也說自己和他們「雖然
同是將軍客」,可是他卻「不敢公然子(通「仔」字)細看」。換言
之,詩人意在表示對方有勾魂奪魄之美,使自己不敢孟浪直視而唐突
佳人罷了,與所謂帷房暱褻、窺人姬妾之說,實在是風馬牛不相及。

　　因此,我們頂多可以說詩人對於出現詩中的「萼綠華」其人,也
許有過短暫的傾心與美麗的綺思,卻不能在毫無實證的情況下,就憑
空傅會詩人有偷窺姬妾的香豔輕佻之舉,以免流於含沙射影而厚誣古
人。

【評點】

01 馮舒:妙在首二句。次連襯貼,流麗圓美,西崑一世所效。然義
　　山高處不在此。(《瀛奎律髓匯評》卷七)(馮浩箋注引)

02 胡以梅:此詩是席上有遇,追憶之作。……疊言昨夜,是追思不
　　置。……隱然有一人影在內,不須道破,令人猜想自得;然猶在
　　幽暗之中,得三四鋪雲襯月,頓覺七寶放光,透出上文。身遠心
　　通,儼然相對一堂之中。五之勝情,六之勝境,皆為佳人著色。
　　且隔座分曹,申明三之意;送鉤春暖,方見四之實。(《唐詩貫
　　珠》卷三十)

03 屈復說:五六承三四言,藏鉤送酒,其如隔座;分曹射覆,惟磣
　　燈紅。(《玉谿生詩意》)

04 徐德泓:一起超忽,尤爭上乘處也。(《李商隱詩歌集解》引)

05 紀昀:觀此首末二句,實是妓席之作,不得以寓意曲解。義山風
　　懷詩,注家皆以寓言君臣為說,殊多穿鑿。(《瀛奎律髓匯評》)

06 黃叔燦:詩意平常,而煉句設色,字字不同。(《唐詩箋注》)

289 寄令狐郎中（七絕）　　　　李商隱

嵩雲秦樹久離居，雙鯉迢迢一紙書。休問梁園舊賓客，茂陵秋雨病相如。

【詩意】

　　閒居洛陽的我，時常在遙望白雲繚繞的嵩山時，不自覺地遠眺煙樹蒼莽的秦中而神馳故人，感覺上和您離居暌隔的時日已經相當長久了……。今天能收到您從千里迢迢的京城所寄來的問候信，真使我既感念情義綿長，又感慨世事滄桑。請您不要再詢問舊日梁園中的賓客近況如何，我就像漢朝的司馬相如在臥病茂陵地區時愁聽秋雨，嚐盡抑鬱落寞的滋味，真是愧對故人的關心了！

【注釋】

① 詩題──本詩大約作於會昌五年秋，令狐綯任右司郎中。商隱曾於會昌五年春應從叔李舍人褒之招而前往鄭州，歸居洛陽後，骨肉之間，相繼病歿。當時牛黨的令狐綯顧念曾經同窗共硯的舊誼，禮貌性地修書問候，詩人亦感念舊日恩義而寄詩作答。

② 「嵩雲」句──化用杜甫〈春日憶李白〉：「渭北春天樹，江東日暮雲」之句意，表示暌隔兩地而思慕遙深。嵩，原指河南省登封市北的中嶽嵩山，此處則代指詩人所居之洛陽。秦，古地名，位於今陝西省長安以西至甘肅東部一帶，此則代指京城長安而言。

③ 「雙鯉」句──雙鯉，書信的代稱；古樂府〈飲馬長城窟行〉：「客從遠方來，遺我雙鯉魚；呼兒烹鯉魚，中有尺素書。」蓋古人寄送的書信，或以尺素結成雙鯉形狀後交付使者，或以雕成鯉魚形狀的兩片木匣盛裝，故云。

④ 「休問」句——休問，不必再問。梁園，漢景帝時梁孝王劉武所築的園苑，故址在今河南開封東南；司馬相如曾在其中與一批文士優游數年之久¹。舊賓客，義山十七歲即受知於令狐楚，在其幕下任事，直至二十六歲仍得到令狐父子的獎譽而登進士第，是以心念舊恩，終身不忘而以舊賓客自稱。

⑤ 「茂陵」句——茂陵，地名，在今陝西省興平市東北，以漢武帝之陵墓而得名。按：梁孝王薨，相如歸蜀。武帝讀其〈子虛賦〉大為嘆賞，後因狗監楊得意的引薦而召見，入仕為郎官；然相如不慕官爵，後稱病閒居於茂陵。義山頗以相如自居而自負其才，故此處以「病相如」自況其窮愁潦倒。

【補註】

01 《史記·司馬相如列傳第五十七》載：「司馬相如者，蜀郡成都人也，……事孝景帝，為武騎常侍，非其好也。會景帝不好辭賦，是時梁孝王來朝，從遊說之士齊人鄒陽、淮陰枚乘、吳莊忌夫子之徒，相如見而說之。因病免，客游梁。梁孝王令與諸生同舍，相如得與諸生游士居數歲，乃著〈子虛〉之賦。」

【導讀】

　　李商隱自少年時期就深受牛黨重要成員令狐楚的愛護與栽培，不料進士及第後竟成為李黨色彩較濃厚的王茂元之幕僚，還進而成為他的女婿；從此，牛黨中人大多認定他投機取巧、忘恩負義而拒絕往來，士林中人也視之為輕薄詭詐的小人，不齒與之同列。這種情況下，自然就註定了他在黨爭傾軋中成為政治邊緣人的命運，因此仕途坎坷，屢受排擠。他在窮愁潦倒之餘，曾經有不少寄贈恩師之子令狐綯的詩文，其中一部分流露出陳情哀告、求援望薦之意，被譏為詞卑志苦，搖尾乞憐。然本詩卻只有心念舊恩之情，而無低首下心之態；雖有感

慨身世之悲，卻無怨悱不平之氣，因此比較得到前人的肯定。紀昀以為「一唱三嘆，格韻俱高。」（《李義山詩集輯評》）俞陛雲說：「得來書而卻寄以詩，不作乞憐語，亦不涉觖望語[1]。鬢絲病榻，猶回首前塵，得詩人溫柔怨悱之旨。」（《詩境淺說‧續編》）

「嵩雲秦樹」四字，是化用杜甫「春樹暮雲[2]」的詩意，先畫出雲山蒼蒼、煙樹茫茫的圖景，表現出睽隔迢遠，目注神馳，不勝遙慕故人之意；恰如其分地流露出對於往日連輿接席、筆硯相親的感念之情，因此郭濬評首句說：「以死事為活事，妙！妙！」（《增訂評注唐詩正聲》）「久離居」則是圖像之外的旁白或題款，表現出拜別令狐門下以來，自己離群索居，游幕漂泊的諸多感慨，並寄寓了彼此疏於音問的感傷；因此當次句「雙鯉迢迢一紙書」承此而來，便自然有了故交不念舊惡而致書慰問，使詩人油然而生親切溫馨之感的意思。尤其是這一段疏離的時間裡，自己除了仕途偃蹇之外，又經歷了丁憂居喪之痛、恩師與岳父仙逝之悲，以及裴氏姊凋零、徐氏姊夫物化等人事的艱難，此際又值家人相繼病恙，自己賦閒潦倒，因而對於故友的來函，便有根觸百端的悲涼了。可是詩人又不願意訴苦乞援，因此他只以「雙鯉迢迢」和「一紙書」的對比來凸顯睽隔兩地而情牽一線的值得珍惜眷戀，並形象地展現出紙短情長之意。

在展閱來函之後，詩人頓時覺得往事千般，縈繞心頭；偏偏審視舊日之恩深義重，回首今日便更覺不堪，因此無限感慨地說：「休問梁園舊賓客」了！詩人雖然把湧上心頭的滄桑沉淪之感，硬是藉著「休問」兩字給壓了下去，可是他的心中卻又始終難忘舊時的情誼，因此自然又從「梁園舊賓客」五字透露出心念舊恩的意思來。此外，這七個字同時也點出來信殷勤問候的情意，還暗藏著自己多年來馬齒徒增，宦情冷淡，深覺愧對故人的慚恧之狀；可謂一筆數到，極為悲婉沉鬱。

「茂陵秋雨病相如」七字，則是承蒙對方來信存問所作的答復。由於司馬相如乃梁園賓客，一如自己是令狐門生，而且兩人都曾臥病

閒居，因此詩人以「病相如」自況，可謂運典入化，相當穩健妥貼；再加上「秋雨」兩字的渲染，便能形象地涵蘊著自己處境之困窘、心情之落寞、際遇之偃蹇，以及前塵如夢，不堪回首，徒有秋雨蕭蕭，亂耳搔心的淒涼悵嘆了。

　　整首詩在起承轉合之際，條理分明；運典用事方面，渾融入化；而在抒情寫意之時，則一唱三嘆，寄慨良深。詩中不僅沒有怨天尤人、憤世嫉俗之語，而且絕無搖尾乞憐、卑諂奉承之態；有的只是情誼長存，舊恩難忘之意，因此稱得上是一首語淡情深的佳作。宋顧樂《萬首唐人絕句選評》評為「布置工妙，神味雋永，絕句之正鵠也。」可謂恰如其分。

【補註】

01　觖，音ㄐㄩㄝ，挑剔、不滿也；望，責備、埋怨。

02　杜甫〈春日憶李白〉：「白也詩無敵，飄然思不群；清新庾開府，俊逸鮑參軍。渭北春天樹，江東日暮雲。何時一樽酒，重與細論文。」作者〈及第東歸次灞上卻寄同年〉詩亦用此句法云：「芳桂當年各一枝，行期未分壓春期。江魚朔雁長相憶，秦樹嵩雲自不知。下苑經過勞想像，東門送餞又差池。灞陵柳色無離恨，莫枉長條贈所思。」

【評點】

01　周珽：義山才華傾世，初見重於時相，每以梁園賓客自負。後因被斥，所向不如其志，故此托臥病茂陵以致慨，意謂秦、梁修阻，所憑通信，惟有一書。今已抱病退居若相如矣，雖有書可寄，不必重問昔時之行藏也。（《唐詩選脈會通評林》）

02　陸鳴皋：李係令狐楚舊客，故云。冀望之情，寫得雅致。（《李義山詩疏》）

03 楊守智：其詞甚悲，意在修好。（馮浩《玉谿生詩詳注》引）

04 紀昀：一唱三歎，格韻俱高。（《玉谿生詩說》）

05 宋顧樂：布置工妙，神味雋永，絕句之正鵠也。（《萬首唐人絕句選評》）

06 葉蔥奇：情韻深遠，低徊不盡。（《李商隱詩集疏注》）

290 瑤池（七絕）　　　　　　　　　李商隱

瑤池阿母綺窗開，黃竹歌聲動地哀。八駿日行三萬里，穆王何事不重來？

【詩意】

　　瑤池仙宮裡的西王母娘娘推開華麗的窗戶，向東方眺望，好像有所期待；只聽到情調哀傷的〈黃竹〉歌謠傳遍中原大地……。長久苦候之餘，西王母娘娘不禁感到疑惑：周穆王是被甚麼事情耽擱了呢？他有八匹翻蹄如飛的神駒替他駕車，可以一日奔馳三萬里路；那為什麼遲至今日還沒有依照上次宴請他時的約定前來重聚呢？

【注釋】

① 詩題──瑤池，神話傳說中西王母所居之仙境[1]。本詩旨在諷刺帝王迷信神仙、祈求長生的愚妄，學者以為乃感慨唐武宗駕崩而作，故繫於會昌六年。

② 瑤池阿母──又稱玄都阿母、西王母；《山海經‧西山經》：「西王母其狀如人，豹尾虎齒而善嘯，蓬髮戴勝（按：戴花型髮飾），是司天之厲及五殘。」

③ 「黃竹」句──黃竹，神話傳說中的地名；《穆天子傳》載：穆天

子前往黃竹地區，時北風嚴寒，雨雪紛紛，見百姓挨餓受凍，於是憫然作詩三章以哀之。黃竹歌聲，指百姓懷念穆天子而唱的歌謠。動地哀，指調苦聲哀的〈黃竹〉歌謠，驚天動地傳至西王母的瑤池；實即暗示穆王已死。

④ 「八駿」句——八駿，傳說周穆王有八匹駿馬，可日行三萬里；《穆天子傳》載其名為：「赤驥、盜驪、白義、踰輪、山子、渠黃、華騮、綠耳。」晉人王嘉《拾遺記‧周穆王》曰：「王馭八龍之駿：一名絕地，足不踐土；二名翻羽，行越飛禽；三名奔霄，夜行萬里；四名超影，逐日而行；五名逾輝，毛色炳耀；六名超光，一形十影；七名騰霧，乘雲而奔；八名挾翼，身有肉翅。遞而駕焉，按轡徐行，以匝天地之域。」

⑤ 「穆王」句——相傳周穆王曾經作客瑤池，得到西王母長生不死的祝福，並期待穆王重返瑤池相聚；穆王與之相約回歸中土，治平萬民，三年內必來再訪。事見《穆天子傳》卷3。

【補註】

01 《太平廣記‧卷五十六‧女仙一》載西王母「所居宮闕在龜山春山西那之都，崑崙之圃，閬風之苑。有城千里，玉樓十二，瓊華之闕，光碧之堂，九層玄室，紫翠丹房；左帶瑤池，右環翠水。其山之下，弱水九重，洪濤萬丈，非飆車羽輪，不可到也。」《山海經‧西山經》說她住在玉山。

【導讀】

本詩旨在諷刺帝王迷信神仙、祈求長生的愚妄。不論是明主或昏君，也不論是服藥或煉丹，更不論是否如晚唐的穆宗、武宗、宣宗皆因服食方士的金丹而薨，只要是執著於長生之術的狂熱之君，均不妨納入本詩深刻犀利的批判之列。

　　李商隱和杜牧的詠史七絕，幾乎都等於一篇二十八字的史論。他
們往往能從陳舊的典實中見人之所未見，而後別出新意地言人之所不
能言，因此往往有翻案的奇峭新警而格外耐人尋味，例如杜牧〈赤壁〉
詩：「東風不與周郎便，銅雀春深鎖二喬」的另闢蹊徑，義山〈賈生〉
詩：「可憐夜半虛前席，不問蒼生問鬼神」的鞭辟入裡，和〈嫦娥〉
詩：「嫦娥應悔偷靈藥，碧海青天夜夜心」的細膩入微，都是膾炙人
口的警策之作。本詩比起前引三首名作的批判手法更為含蓄蘊藉，因
此也就諷諭得更為沉痛入骨，更須用心領會才能體貼騷心之細密幽微。
大抵而言，前引六句全都議論深刻，奇氣橫溢；而本詩卻只是虛擬一
段情節，加上一段獨白，就能寄深刻的諷諭於敘述之中，達到「不著
一字，盡得風流」的境界，因此得到很高的評價。

　　本詩之所以高妙，關鍵在於詩人能把自己融入西王母的腳色中去
揣摩她的心理，而後讓西王母親口說出心中的困惑不解，藉以暗示：
「連西王母這樣的神仙都無法參透、掌握穆王不能重來的原因，也無
法護祐她所虔誠祝福並盛情邀約的穆王，讓他長命不死；則所謂長生
求仙之說，豈非荒唐可笑」的旨趣，故而特別啟人深思。許多詩人往
往在末二句中不經意地跳進詩中的情境，去以詩人的腳色與立場現身
說教，因此儘管他們的批判、諷諭和議論相當尖刻犀利，口氣就難免
顯得直率淺露；可是在本詩中，作者卻始終隱身在幕後，只讓西王母
出場表演憑窗等候的期盼與聽聞哀歌的困惑，然後加上一段她百思不
解的心靈獨白就落幕了。由於借助西王母的心理活動來取代自己犀利
的批判和激切的斥責，因此語氣更形委婉含蓄而耐人尋繹，詩義也就
更為蘊藉深厚而發人深省了；因此楊億稱李商隱的詩「包蘊密緻，演
繹平暢；味無窮而炙愈出，鑽彌堅而酌不竭。」（葛立方《韻語陽秋》
引）的確很有道理。

　　至於本詩炙而愈出的情味和酌而不竭的深義為何呢？試分析如
下：

＊首先，由〈黃竹〉歌謠創造的成因，可知穆王是一位能悲憫民窮
的仁君。

＊其次，穆王仁民愛物的美德得到西王母的認同，因此他才能應邀
到神仙住處赴宴。

＊第三，他不僅與神仙飲宴，可能還吃過延年益壽的蟠桃，喝過名
為流霞的仙酒，不僅培元固本而已，甚且已經脫胎換骨，還贏得
神仙的再度盛情邀約，可見頗具仙家的靈性。

＊第四，他不僅贏得將來重聚的預約而已，甚至還贏得神仙對他「將
（按：請求、祝福）子無死，尚能復來」的祝福（見《穆天子傳》
卷 3），則他應該長生有望矣。

＊第五，連這樣一位可以稱得上是「準神仙候選人」的仁王聖君，
最後都不免死亡，則其他未曾得到神仙面試進而認證過的君王，
又憑什麼期待自己將來能夠成仙呢？

＊第六，如果連神仙都無法保證她所福祐的仁君能長生不死，則世
間的昏君服食金丹、修築神臺、奉祀天尊的種種作為，究竟又有
什麼成仙的指望呢？

＊第七，如果連神仙都還會有「穆王何事不重來」的茫然不解，則
如此神仙又有何神通可言？如果神仙的智能終究與蒙昧無知的
孩童無異，那麼神仙又有什麼值得羨慕嚮往的呢？

　　以上不過略舉其犖犖大端，就已經有七層越轉越深的翻疊詩義，
如果心細之人再加以條分縷析，其情味又將如何深遠呢？換言之，詩
人的絃外之音往往比他的言下之意還要豐富細密得多，因此敖陶孫
《詩評》稱讚李商隱的詩藝說：「如百寶流蘇，千絲鐵網，綺密瑰妍。」
葉燮《原詩》評價義山的七絕說：「寄托深而措詞婉，可空百代無其
匹也。」方南堂《輟鍛錄》也說本詩後半：「語圓意足，信手拈來，
無非妙趣。可知詩之天地，廣大含宏，包羅萬有；持一論以說詩，皆
井蛙之見也。」

【商榷】

　　由於本詩寫得相當蘊藉含蓄，因此有些評註者對於本詩的主旨就難免會有些值得商榷的看法，茲評述如下：

　　＊唐汝詢：此譏古史之誣。夫八駿之行疾矣，穆王何以不踐三年之
　　　約乎？（《唐詩解》）

筆者以為這是完全誤解主題而又不合邏輯的看法；因為如果是為了辯證古史之誣妄，詩人又何必自行設計出西王母憑窗佇望的情節呢？以無中生有的情節來作為辯誣的基礎，只怕更是誣妄之舉。

　　＊程夢星：武宗好仙，又好遊獵，又寵王才人，此詩鎔鑄其事而出
　　　之；只周穆王一事足概武宗三端，用思最深，措辭最巧。（《李
　　　義山詩集箋注》）

筆者以為他是把商隱詩集中的〈漢宮〉和〈華嶽下題西王母廟〉兩詩所寫既希求長生，又迷戀女色的旨趣錯移到本詩來，才會有這種過度膨脹的聯想[1]；事實上，本詩中何嘗有貪戀美色和醉心遊獵的涵義呢？因此劉學鍇、余恕誠《李商隱詩歌集解》說：「詩專諷求仙之愚妄，未正面涉及佚遊，更無論色荒，不得因穆王行事有此數端遂加傅會。」這種靈心慧見，真足以斬斷橫生的枝節，廓清前人解詩時的迷誤。

　　＊趙昌平：按穆王在周代歷史上是有為之君，唐武宗雖然求仙佞道，
　　　但也多建樹；史臣稱他「而能雄謀勇斷，振已去之威權；運策精
　　　勵，拔非常之俊傑。」如果詩人確以穆比武，則其意似在為武宗
　　　一生論斷。意謂其求仙之事雖妄，但振拔之志可頌；然而回天乏
　　　力，匆匆謝世，及今惟餘哀民之歌一章，足以動地感天。痛悼之
　　　意，溢於言表。（《唐詩三百首新譯》）

筆者以為這個說法也值得商榷。因為如果詩人真有歌頌稱揚之意，大可以像他的〈昭肅皇帝挽歌詞三首〉一樣標明詩題而給武宗蓋棺論定的評價，何必既避諱其題而托之於「瑤池」，又閃爍其詞而出之於婉曲之筆？何況詩中又絕無任何褒善貶惡之意，豈能憑空穿鑿？筆者以

為這種說法，也是把三首〈昭肅皇帝挽歌詞〉的內容移花接木到本詩來才有的誤解，同樣不可取。

【補註】

01 〈漢宮〉詩云：「通靈夜醮達清晨，承露盤晞甲帳春；王母不來方朔去，更須重見李夫人。」意在諷刺漢武帝情緣未斷，何能求仙？並辛辣地譏刺其求仙終妄，難免愧對被他厭棄的舊寵。〈華嶽下題西王母廟〉詩云：「神仙有分豈關情？八馬虛追落日行。莫恨名姬中夜沒，君王猶自不長生。」意在諷刺歷代君王情緣難斷，仙緣難求。兩首詩均與貪戀女色有關；然本詩中則無此意，不應憑空傅會。

【評點】

01 桂天祥：風格散逸，此盛唐絕調中有所不及者，一讀心為之快之。（《批點唐詩正聲》卷二十二）

02 何焯：此首及〈王母祠〉〈王母廟〉兩篇皆刺武宗也。（《義門讀書記》） ○詩云：「將子無死，尚能復來」（編按：《穆天子傳》中西王母對周穆王「長生不死，期盼再聚」的祝福語），不來則死矣，譏求仙之無益也。（《李義山詩集輯評》引）

03 葉矯然：「八駿日行三萬里，穆王何事不重來」之句，皆就古事傅會處翻出新意，令人解頤。（《龍性堂詩話》）

04 賀裳：詩又有以無理而妙者。如李益「早知潮有信，嫁與弄潮兒」，此可以理求乎？然自是妙語。至如義山「八駿日行三萬里，穆王何事不重來」，則又無理之理，更進一塵。總之，詩不可以執一而論。（《載酒園詩話》卷一）

05 紀昀：盡言盡意矣，而以詰問之詞吞吐出之，故盡而不盡。（《玉谿生詩說》）

291 蟬（五律）　　　　　　　　　　　李商隱

本以高難飽，徒勞恨費聲。五更疏欲斷，一樹碧無情。薄宦梗猶泛，故園蕪已平。煩君最相警，我亦舉家清。

【詩意】

　　你既然選擇了棲身高枝之上，過著吸風飲露，不食人間煙火的生活，原本就註定了難得飽餐的命運，那麼又何必一再徒勞無益地吐露一腔的幽恨，抱著枝葉哀切地鳴叫呢？你淒苦地悲吟到五更時分，已經聲嘶力竭，即將腸斷無聲了，可是那一樹的濃蔭卻冷漠無情地只管讓自己更加蒼翠碧綠而已。看著你棲枝抱梗的處境，不禁讓我感慨自己也因為不肯改變孤高幽潔的本性，只能棲身於各處幕府，有如《戰國策》裡所說的桃梗木偶，在滄海橫流裡身不由己地顛沛漂泊。你長期藏身的樹下洞穴，已經被一大片雜草掩沒而回不去了；想來我故園的荒草應該也一樣高大雜亂，而我也還滯留異鄉，不得賦歸……。勞煩你特別用哀切的苦吟來警惕我（潔身自愛會陷入困窘的處境），其實我也和你一樣家世清寒，志節堅貞！

【注釋】

① 詩旨──本詩以蟬之棲高飲露，悲鳴欲絕自喻，寄託其孤高清貞的性情，流露出漂泊沉淪、悲憤無告的淒苦心聲。

② 「本以」二句──意謂蟬棲止於高樹而食不果腹，實因品格高潔，不食人間煙火之故；則雖終日哀鳴以寄其悲恨，亦屬徒勞。「高」字雙關，明寫棲止高枝，暗含品格高潔的寓意。難飽，古人誤以為蟬餐風吸露，乃高潔之物，譽之為羽族的隱士；不知蟬實吸食

樹汁維生，故《吳越春秋‧夫差內傳‧十四年》曰：「夫秋蟬登高樹，飲清露，隨風撝撓，長吟悲鳴，自以為安……。」恨費聲，一再地吟唱出幽恨的心聲。費，頻數、屢次、頻頻也；恨費，一再地表露幽恨[1]。

③「五更」二句——承「恨費聲」而來，謂蟬終日悲吟之後，繼之以徹夜哀鳴，至五更時已聲嘶力竭，稀疏沙啞，即將腸斷無聲，奈何綠樹油然自碧，似對蟬之悲恨漠然無動於衷。五更，古人將一夜分為五更，每過一個時辰則敲更鼓以報時，大約由現今晚上七時起算，每兩小時左右為一更；故五更約為清晨五時左右。「一樹句」似渾然融入環境冷酷、人情冷暖的感慨。

④「薄宦」句——由蟬之寄跡高枝，聯想自己孤高自負，以致遊幕四方，暫棲一枝，與蟬無別，故亦有滿腹牢騷，一腔怨憤，而竟無人能解也。薄宦，猶微官。梗泛，喻漂流四方；《戰國策‧齊策三》載蘇秦以東國的桃梗遇大雨即漂流無所歸為喻，勸孟嘗君勿入虎狼之秦[2]；北周庾信〈和張侍中述懷〉云：「漂流從木梗，風卷隨秋籜。」也表達出淪落異鄉，思念故園之意。

⑤「故園」句——蕪已平，謂故園中的荒草已叢雜凌亂地連接成一大片矣。此句暗用陶潛〈歸去來辭〉「田園將蕪胡不歸」及盧思道〈聽鳴蟬〉篇「故鄉已迢忽，空庭正蕪沒」之意，表示蟬已無法重回荒草掩沒的樹下洞穴中，詩人也離家甚久，空勞思鄉懷歸之意。

⑥「煩君」句——煩君，勞煩你。君，指蟬而言。最，獨、特也。相警，警惕、提醒我。相，前置代名詞，代指動詞下所省略的代名詞。

⑦「我亦」句——意謂自己寧可繼續堅持清貞志節，選擇清貧生活。舉家，全家也。清，兼有清白與清貧二義：就清白言，頗有王昌齡〈芙蓉樓送辛漸〉中「一片冰心在玉壺」的自負；就清貧言，

則有〈上尚書范陽公啟〉中「去年遠從桂海，來返玉京，無文通半頃之田，乏元亮數間之屋」的悲涼。

【補註】

01 如將「費聲」二字連讀，意謂枉費傳達心聲；則「恨費聲」三字，意謂枉費自己一腔憂憤的心聲，竟無人能解，故悵恨難已。然如此解釋，則「費」字與「徒勞」二字意義重複，似較不妥。

02 《戰國策·齊策三》載：孟嘗君將入秦，止者千數而弗聽。蘇秦欲止之，孟嘗曰：「人事者，吾已盡知之矣；吾所未聞者，獨鬼事耳。」蘇秦曰：「臣之來也，固不敢言人事也，固且以鬼事見君。」孟嘗君見之。謂孟嘗君曰：「今者臣來，過於淄上，有土偶人與桃梗相與語。桃梗謂土偶人曰：『子，西岸之土也，埏（音ㄕㄢ，以水和土捏製也）子以為人，至歲八月，降雨下，淄水至，則汝殘矣。』土偶曰：『不然。吾西岸之土也，吾殘，則復西岸耳。今子，東國之桃梗也，刻削子以為人，降雨下，淄水至，流子而去，則子漂漂者將何如耳？』今秦四塞之國，譬若虎口，而君入之，則臣不知君所出矣。」孟嘗君乃止。又，《戰國策·趙策一》載蘇秦說李兌亦有類似之言。

【導讀】

　　《玉谿生詩集》裡除了浪漫纏綿、淒婉欲絕的愛情詩，以及冷峻犀利、諷諭尖刻的詠史詩外，還有大量興寄遙深、神理俱足的詠物詩[1]。名家詠物，往往並不重視盡態極妍地摹形寫貌，而重在超相入理、傳其神韻，因物見人、渾融無隔，才稱得上是出色之作。換言之，就是詩人先把自己的情感完全貼近甚至融入他所要描寫的對象中，去同其呼吸、同其脈動、同其悲歡，達到物我交融、渾然一體的境界；而後再出乎其外地運用比興的手法，去刻畫令他鏤骨銘心的細膩體驗，

寄託他難於言傳的幽情遠意，使詩境中的客觀物象，無不曲折宛轉地投射出作者的精神性靈和人格特質，達到即物即我、無別無隔的意境。正由於義山本詩能略貌取神，自寫懷抱，符合詠物的高標，因此范大士《歷代詩發》稱許說：「爐錘極妙，此題更無敵手。」朱彝尊則譽之為「詠物之最上乘也。」（《李義山詩集輯評》）

「本以高難飽，徒勞恨費聲」兩句，斬截明快地點出鳴蟬的精神內涵與遭遇的現實困境，再加上以兩組意味深長的虛詞「本以」和「徒勞」冠於句首，自然給人蒼涼沉痛的感受，因此紀昀說：「起二句斗入有力，所謂意在筆先。」（《玉谿生詩說》）李商隱有不少詩篇大概都秉持著老杜「語不驚人死不休」的主張，精心覃思，千回百折，因此往往有先聲奪人的氣勢，例如〈落花〉的「高閣客竟去，小園花亂飛」、〈籌筆驛〉的「猿鳥猶疑畏簡書，風雲常為護儲胥」、〈無題四首〉其一的「來是空言去絕蹤，月斜樓上五更鐘」、〈馬嵬〉的「海外徒聞更九州，他生未卜此生休」……都是使人驚詫注目的開筆，因此贏得很高的評價。正由於詩人在落筆之前，已經先融入了個人的生命情境和身世際遇，因此在本詩中能以過來人親身體驗後的沉痛口吻，無限同情地勸慰孤棲於高樹之上，堅持餐風吸露的鳴蟬：「不必再為自己食不果腹而不斷地抱恨長吟了，因為這個冷酷無情的世間，對於所有高潔自守的人物都是極盡排擠打壓之能事的；所有淒厲的控訴和悲苦的哀告，終究徒勞罷了！」光是這生硬峭折的兩句，就已經涵蘊了以下六句所有感情和寄託的內涵，因此紀昀說「意在筆先」。

就詩歌的意脈而言，「本以」兩字勾連出「徒勞」之嘆，表示抉擇操之在己，無須怨尤；在寬解對方的口吻中，流露出自己抑鬱難平的悲憤，就顯得更加耐人尋味了。「高難飽」表示孤芳自守的高潔之士，必然陷入窮愁潦倒的困境之中。在這三個字裡，已經先造成「高」與「飽」的對立；再加上「本以」兩字的沉痛和「難」字的論斷，因而顯得一唱三嘆，扣人心弦。「恨費聲」是說一再怨恨地哀鳴出滿腹

的牢愁。從這三個字的生硬拗折，不難想見詩人鬱憤之深重與愁腸之糾結；再加上「徒勞」二字的感慨，自然飽藏著對鳴蟬的悲憫同情與自己難於言宣的辛酸血淚了。換言之，這兩句與其說詩人是在勸勉鳴蟬，不如說是自我解嘲；因此鍾惺《唐詩歸》說起首五字不啻是一首「名士贊」，黃周星《唐詩快》也評論首句說：「說得有品有操，竟似蟲中夷、齊。」

　　「五更疏欲斷，一樹碧無情」兩句，出句是直承「恨費聲」而來，極寫其怨恨之綿長，竟由白晝哀吟延續到徹夜悲啼，已經到了聲疏欲斷的地步仍不肯罷休！對句又由「徒勞」而發，是以碧樹的冷漠以對，映襯出蟬鳴激切淒苦之怨恨終究無法消解。就寄託遙深而言，這兩句是以幽峭冷峻的筆墨寫出青雲路斷、赴愬無門的淒絕。況周頤《蕙風詞話》卷 5 說：「詞貴有寄託，所貴者流露於不自知，觸發於弗克自已。身世之感，通於性靈；即性靈，即寄託，非二物相比附也。」換言之，詩人在觸物感興而創作的過程中，可能會在自覺或不自覺之下，有意或無意之間，由於生平際遇和身世之感紛至沓來，自然奔赴筆端，於是作品中難免便融入別有懷抱的絃外之音。不過，讀者在靈心慧眼的關照之下，即使偶爾窺見其中的奧妙，也不須要把詩中的感受侷限於一人一事、一時一地，以免流於穿鑿附會。就以這一聯而論，「疏欲斷」和「碧無情」的聲色對比，已極為淒清，再加上碧樹之生機益然又和鳴蟬的衰竭危苦，形成強烈對比；因此當鳴蟬已經嘔心瀝血地吟唱出生命最後的哀歌時，碧樹卻油然自綠，冷漠以對，根本無動於衷，自然會使人黯然神傷。而這一幅由疏者自疏的淒苦，和碧者自碧的冷酷所構成的影音圖卷，其中蘊含的深情遠意，比前人所謂詩人感慨「屢次陳情而不得回應[2]」還要豐富深刻得多；即使不明白義山身世際遇，光是反復玩味詩人營造出的特殊情境，就已經讓人意奪神駭、心折骨驚了！又何必拘泥於是否與向令狐綯陳情有關呢？

　　在「五更疏欲斷」寫得如怨如慕、如泣如訴，已使人有入耳增悲，

不忍卒聽之感時，詩人突然拈出「一樹碧無情」來，硬是把一切期望中的溫情橫空截斷，使讀者的心情頓時跌入寒凍已極的冰窖之中，實在是出人意表、無理而妙的追魂奪魄之筆[3]；因此鍾惺《唐詩歸》嘆美「碧無情」三字說：「冷極！幻極！」錢良擇《唐音審體》說：「神句！非復思議可通，所謂不宜釋者是也。」朱彝尊說：「第四句更奇，令人思路斷絕。」（《李義山詩集輯評》）

「薄宦梗猶泛，故園蕪已平」兩句，轉筆兼寫蟬和自己的境遇，卻又同時暗點「高難飽」之意，既曲傳鳴蟬孤棲於高樹之上，哀吟於枝葉之間，再也無法回到樹下的地洞中安身之無奈，也表示自己也因為孤高修潔而位卑俸薄，只能寄人籬下，飽嚐為人作嫁的艱苦。「薄宦」是遙承「難飽」而來，專言自己的卑微，等於現身說法來引起對方的共鳴。「梗」字用得極為深刻：首先，是以鳴蟬息影於枝梗之上，借喻自己棲身於幕府之中；其次，是結合「薄宦」二字，暗含老杜〈宿府〉詩所謂「強移棲息一枝安」的窮愁潦倒之嘆。第三，是結合「泛」字來看，暗用《戰國策‧齊策三》中桃梗漂流的命運，表示自己長期游幕四方；第四，甚至還含有盧思道〈聽蟬鳴〉篇「詎念漂姚嗟木梗」的漂泊流離之悲。「猶」字流露出淹留日久，仍不得賦歸的無奈。「泛」字表示在滔滔濁世中，只能萍飄梗逐，身不由己的辛酸；並由此逗出對句的思鄉懷歸之意。換言之，第五句由鳴蟬過渡到詩人本身的際遇，並引出第六句思歸之意時，顯得自然而然，絕無突筋露骨的強轉硬折之感，因此紀昀《玉谿生詩說》說：「前半寫蟬，即自寓；後半自寫，仍歸到蟬。隱顯分合，章法可玩。」

在第五句以「梗」字雙關蟬之寄跡枝梗與自己棲身幕府之無奈之後，自然會有不如歸去的念頭，因此第六句的「故園蕪已平」便顯得水到渠成，唱嘆情深了。就脈絡而言，第六句儘管融合了陶潛〈歸去來辭〉：「田園將蕪胡不歸」與盧思道〈聽鳴蟬〉篇：「故鄉已超忽，空庭正蕪沒」的思鄉懷歸之意；但是詩人似乎並未立即辭官歸隱，顯

然他有不得已的苦衷。換言之，在「故園蕪已平」的深刻慨歎裡，還含有無名氏〈雜詩〉中「等是有家歸不得，杜鵑休向耳邊啼」的無奈，因此自然逗出尾聯「煩君最相警，我亦舉家清」的結句來向鳴蟬表白；因此顧安《唐律消夏錄》說：「五、六先作『清』字地步，然後借『煩君』二字，析出結句來；筆法高老，中晚唐一人也。」無怪乎楊億《詩法家數》說李商隱詩「包蘊密緻，演繹平暢。」敖陶孫《臞翁詩評》說商隱詩「如千絲鐵網，綺密瑰妍。」都指出義山詩律精密、構思細膩的特點，的確很有見地。

「煩君最相警，我亦舉家清」兩句，明白地將蟬我關合作收。詩人先是把夏蟬風露難飽而五更哀吟的憤恨心聲，理解為有意警勉自己應該堅持孤芳自賞、幽潔自修的品格，因此便以「煩君」二字表達感激對方惕勵的涵義，語氣極為誠懇平和而又溫柔敦厚；而後再以「我亦」兩字來表達笙磬同音、吾道不孤的驕傲與欣慰，應該可以讓那隻善解人意的鳴蟬感到溫馨；最後再以「舉家清」的自豪自負，凸顯出冰心玉壺般的清貞自守之志，為這一段人蟬之間的對話畫上完美的句點。

通讀全詩，再三沉吟之後，可以發覺：首聯「本以高難飽，徒勞恨費聲」劈空而來，以下六句就沿著這個主軸，如珠聯玉串般一氣貫注而下；又如蕉心綻露一般，次地開展而出。直到終篇「煩君最相警」五字，都還是由「疏欲斷」的「恨費聲」勾起的聯想，表現出知音有人，怨豈「徒勞」的寬解安慰之情義；而「舉家清」三字，不僅近接「薄宦梗泛」與「故園蕪平」之意，也遙應「高難飽」的意涵，表達了惕勵節義、清貞自勉的決心。不論是章法的圓融或針線的細密，都有足供取法之處；而且情味溫婉淳厚，氣韻生動傳神，構思清逸超妙，極盡唱嘆遙深之能事，因此贏得錢良擇「傳神空際，超超元著（按：意同「玄著」，玄妙之言也）」的絕唱之譽（馮浩《玉谿生詩詳注》引）。

施補華《峴傭說詩》說：「《三百篇》比興為多，唐人猶得此意。同一詠蟬，虞世南『居高聲自遠，端不藉秋風』，是清華人語；駱賓王『露重飛難盡，風多響易沉』，是患難人語；李商隱的『本以高難飽，徒勞恨費聲』，是牢騷人語。」拿這三首詠蟬詩比對合觀，可以發覺它們各領風騷、各擅勝場的關鍵，都是在獨抒性靈，自寫懷抱時能移情於物，所以細膩入微，傳神生動；也都能物我雙涵，所以風神搖曳，情韻淵永；而且語語發自肺腑，字字出於胸臆，所以唱嘆遙深，扣人心弦。俞陛雲《詩境淺說》云：「學作詩者，讀駱賓王〈詠蟬〉，當驚為絕調；及見玉谿詩，則異曲同工。可見同此一題，尚有餘義；若以他題詠物，深思善體，不患無著手處也。」一方面析論前人作品之妙，一方面勗勉後人另闢蹊徑；不僅語帶激勵，又能指點塗轍，真是藹然長者之言，很值得所有解詩評詩的學者效法。

【補註】

01 光是以一字命名的詠物詩就有十七首之多，包括：風、燈、月、雨、蝶（四首）、蜂、蟬、鳳、菊、柳（二首）、腸、淚、襪；如果再加上兩字以上的詩題，如流鶯、落花、垂柳、賦得雞、牡丹、野菊等，更可以看出詩人足為詠物之大家。

02 馮浩《玉谿生詩集詳註》以為詩人意在表達令狐綯對於自己「屢啟陳情而不之省」的沉痛；張采田《李義山詩辨正》也認同此說，並嘆為「有神無跡，真絕唱也，非細心不能味之。」

03 顧安輯《唐律消夏錄》稱此句為「真是追魂取氣之句」，李因培《唐詩觀瀾集》評曰：「追魂之筆，對句更可思而不可言。」

【評點】

01 何焯：老杜之苗裔。（《李義山詩集輯評》引）
02 沈德潛：「五更疏欲斷」，取題之神。（《唐詩別裁集》）

03 紀昀：起二句斗入有力，所謂意在筆先。　○前半寫蟬，即自寓；
　　後半自寫，仍歸到蟬。隱顯分合，章法可玩。（《玉谿生詩說》）

04 宋宗元：（「五更」二句）詠物而揭其神，乃非漫詠。（《網師
　　園唐詩箋》）

292 夜雨寄北（七絕）　　　　　　　李商隱

君問歸期未有期，巴山夜雨漲秋池。何當共剪西窗
燭，卻話巴山夜雨時？

【詩意】

　　您來信詢問我何時能夠北返長安？唉！北歸之日只怕是遙遙無
期，難以預料啊！此時，巴山地區夜雨滂沱，連秋意蕭瑟的池塘都漲
滿了（有如我羈旅異地，不能北返的鬱悶愁煩也漲滿胸臆一般）。何
時我才能重回京城，和您在向西的窗邊挑燈長談，歡聚如舊呢？那時
我再好好向您細說今夜在巴山地區捧讀來函，愁聽秋雨時，我根觸百
端的心情吧！

【注釋】

① 詩題──所謂寄北，是指商隱於大中五年十月至東川節度使柳仲郢
　幕下，接獲長安友人的來函，因此以詩代柬，回應北方友人的詢
　問。

② 「巴山」句──唐人詩中的巴山，大多泛指四川境內的群山而言，
　未必具體指大巴山脈或巴東縣的巴山。義山〈初起〉詩云：「三
　年苦霧巴江水，不為離人照屋梁」，可知詩人這段期間心境的鬱
　苦。

③ 「何當」二句—剪燭，挑去燃燒過的燭芯而使燭光較為明亮，義近於「挑燈」。剪燭西窗，表示久未謀面的親友徹夜談心。卻，再、才也。卻話，再細說、再回味。

【導讀】

李商隱在大中五年十月遠赴東川節度使柳仲郢幕府，至九年十一月隨柳氏返京；就在這段長達四年多的梓州遊幕期間裡寫了本詩。在當時交通不便，訊息傳遞困難的情況下，友人的書信能順利寄達，可見詩人來到梓州已頗有些時日了；對方既會有歸期之問，詩人又有遙遙無期之嘆，則詩人大概來此已有一年了，因此推測本詩可能是大中六七年以後所作。

義山詩風以高華綺麗，興象幽邃著稱，本詩卻顯得樸實無華，有如和老友晤對時交談一般，的確已達元好問〈論詩絕句〉所說的「豪華落盡見真淳」的爐火純青之境，因此馬位《秋窗隨筆》評曰：「全不似玉溪手筆，通人真無所不可也。」這一方面可以看出一位偉大詩人的成就並不限於何種體裁、何種風格，他可以有淡遠清逸的作品，可是卻「味無窮而炙愈出」（《韻語陽秋》引楊億論義山詩之言），也可以有包蘊細密的詩篇，使人有「鑽彌堅而酌不竭」（同前）之感；另一方面，也可以見出詩人和這位朋友之間清淡如水而又醇厚似酒的情誼，故能直抒胸臆，不假雕飾地吐露肺腑之言，因此馮浩《玉谿生詩集詳註》評曰：「語淺情深。」俞陛雲《詩境淺說·續編》評曰：「清空如話，一氣循環，絕句中最為擅勝。詩本寄友人，如聞娓娓清談，深情彌見。」

「君問歸期」四字，是友人關切地詢問何時可以重逢京師，則兩人昔日過從甚密，今日魚雁往來，以及殷切盼望來日歡聚的深厚情誼已曲曲傳出了。「未有期」則是詩人的回答，而作者捧讀來函時不能立即飛回長安的鬱悶與遺憾之情，也不言可喻了。一問一答之間，已

表現出詢問之關切與回答之悵惘；而兩個「期」字的重出，則使得期望和失望形成衝突。如此安排，不僅詩情有了頓挫轉折的波瀾，音調也有回環反復、錯落跌宕之美，同時還委婉地流露出久滯異鄉、思歸不得的苦悶與無奈；則詩人展閱信件時愁懷難遣之情狀，也不難想見。

「巴山夜雨漲秋池」七字，不僅是寫眼前景，也象徵心中情：詩人羈旅思歸之愁緒，恰如秋夜淒清而綿密的雨絲，剪不斷、理還亂；不僅觸目生悲，而且入耳亂心，此其一。尤其是展讀故人情義可感的書信時，窗外幽暗的山巒影影綽綽，已使人有坐困愁城的孤獨無助之感；滂沱的夜雨，淅淅瀝瀝，又使人有瀰天漫地，無所遁逃的冷清蕭瑟之感；再加上故人的情誼又撩起心中對於京城的眷戀之情，和對於友人的思念之意，更使詩人思歸不得的苦悶橫梗心中而漲滿胸臆了，此其二。這種景中藏情的手法，和王昌齡〈芙蓉樓送辛漸〉的「寒雨連江夜入吳，平明送客楚山孤」、柳宗元〈登柳州城樓寄漳汀封連四州刺史〉的「城上高樓接大荒，海天愁思正茫茫；驚風亂颭芙蓉水，密雨斜侵薜荔牆」，以及杜牧〈清明〉的「清明時節雨紛紛，路上行人欲斷魂」等名句，機杼同源，都是藉風雨淒其的景象來傳寫紛亂的心緒。如此寫法，既能使詩人情懷紛擾，思潮起伏與難於自處的愁煩，有了具體可想的畫面來刺激讀者的感官，又能把詩人在秋雨蕭蕭時徘徊斗室，輾轉難眠的形象，和抑鬱苦悶，長吁短嘆的情狀，寫得如聞如見，深婉動人；因此屈復特別稱賞本詩說：「即景見情，清空微妙，玉谿集中第一流也。」（《玉谿生詩意》）

「何當共剪西窗燭」是針對「未有期」三字而發，既回應了對方詢問的深情，又表現出自己思慕的真切，同時還婉轉地傳達了此刻此地、面對此情此景時詩人內心的苦悶。因為此時此地內心愈是苦悶，對於異日異地重逢歡聚的期望也就愈加殷切。換言之，第三句雖然是「轉」而以示現的手法憑空勾勒出一幅剪燭西窗，促膝長談的溫馨圖

畫，流露出詩人對於來日晤對談心的無限憧憬，卻同時又自然地「承」接了前兩句中羈旅思歸的愁懷，更開啟了末句「卻話巴山夜雨時」的情境；因此何焯借李商隱〈贈歌妓二首〉其一的「水精如意玉連環」（見沈厚塽《李義山詩集輯評》）來評賞本詩。水精和玉，是嘆賞其語言明淨，意象瑩澈，情誼溫潤；如意和連環，則指出意脈句句相銜，層層遞轉，而又首尾呼應，圓融無跡。紀昀也說：「此詩含蓄不露，卻只似一氣說完，故為高唱。」（《玉谿生詩說》）

　　作者在前半以「巴山夜雨漲秋池」來象徵自己無所遁逃的愁煩，和無法宣洩的抑悶之後，便盪開筆勢，以懸想的手法另闢蹊徑，營造出翦燭西窗的溫馨畫面，來和次句冷清孤寂的場景作鮮明的對比；如此一來，既使眼前情境更形苦悶難捱，也使日後歡聚更令人憧憬期待，同時在一苦一樂反面襯托之下，自然流露出深沉的感傷。

　　仔細玩味勝義迭出、妙趣紛陳的後半兩句，可以發覺其中至少有八層意蘊可言：

* 就映襯對顯的修辭技巧而論，由剪燭共話之溫馨，適足以反顯此時殘燭孤燈，無人共話的寂寞，以及聞雨增悲，深夜難寐的苦悶，此其一。

* 而今日孤獨寂寞的愁懷，與念友思歸的情誼，又將成為日後挑燈夜話時的材料，可以增加相聚時助談佐歡的情趣，此其二。因此桂馥《札樸》說：「眼前景反作日後懷想，意更深。」

* 就迂迴轉折的時空安排而言，作者的詩魂先行由巴山飛到西窗下，又由西窗下翻回巴山；既勾畫出空間的往復轉折，也表現出思歸念友的綿長情意，此其三。

* 作者的騷心又從今日思歸之苦，料想來日重逢之樂；再由來日重逢之樂，跌入今日坐困山城之愁。這是借時間的逆溯追述，流露出剪燭共話的衷心嚮往，最有耐人尋繹不盡的情味，因此黃叔燦《唐詩箋注》說：「滯跡巴山，又當夜雨，卻思剪燭西窗，將此

夜之愁細訴，更覺愁緒纏綿，倍為沉摯。」施補華《峴傭說詩》也稱本詩「曲折清轉」「用意沉至」，此其四。

*就心理層面之起伏變化而論，此時困居巴山，愁聽秋雨，是實地實景的感受；至於懸想異日剪燭西窗之樂而悠然神往，雖是虛擬幻境的景況，卻能暫時或忘此際的苦悶而有苦中思樂的慰藉，此其五。

*而在虛擬的幻境中，又進一步想像與故人談心的歡樂，並回味此時的寂寞與思慕；一方面透露出作者「夢中說夢」的癡迷，另一方面又表示詩人在恍惚中似乎嘗到苦澀後的甜美滋味，便能渾忘此時的愁悶，此其六。

*然而這種片時的溫馨終究只是虛妄的幻夢而已，畢竟眼前是秋雨霏霏，耳邊是夜雨蕭蕭，屋外是山谷黯黯，室內是一燈熒熒；當心思再由言笑宴宴的西窗折回對影淒淒的斗室時，迷惘惆悵的意緒，又如綿密秋雨所織成無邊愁網一般，更使詩人無所遁逃而難以為懷了，因此傅庚生《中國文學欣賞舉隅》說後半「虛實顛倒，明縱而暗收。蓋遙企於西窗剪燭之樂，正以見巴山夜雨之苦；若微波之漣漪，往復生姿也。」此其七。

*就字句的重出和音節的複沓而言，詩人不避字面的重複，而以兩個「期」字、兩句「巴山夜雨」的重出互見，構成了章法和音節的回環往復之美；因此范大士《歷代詩發》評曰：「圓轉如銅丸走阪，駿馬注坡。」正是稱賞重出迭見的句法，造成音節的迭宕流轉之美。如此精心鍛鑄的句法，既貼切地傳達出心理、空間、時間和詩境的錯綜復雜，層疊曲折，又彷彿了詩人寒窗獨語，神馳北天的孤子形象，此其八。

由於以上種種匠心獨運的經營，和象徵示現等技巧的搭配，才使本詩既呈現出虛實相涵、時空交錯、情景相生的詩境，也表現出跌宕頓挫、搖曳生姿、唱嘆有致的情味；因此，儘管本詩所寫並非夫妻異

地相思的纏綿，而是朋友異苔同岑的深契，依然由於情真語摯，神韻淵永，成為騰播人口，流傳廣遠的名篇。

【評點】

01 范晞文：唐人絕句，有意相襲者，有句相襲者。……〈渡桑乾〉云：「客舍并州已十霜，歸心日夜憶咸陽。無端更渡桑乾水，卻望并州是故鄉。」李商隱〈夜雨寄人〉云：「君問歸期未有期……。」此皆襲其句而意別者。若定優劣、品高下，則亦昭然矣。（《對床夜語》）

02 李夢陽：唐詩如貴介公子，風流閒雅，觀此信然。（《唐詩選脈會通評林》引）

03 周珽：以今夜雨中愁思，冀為他日相逢話頭，意調俱新。第三句應轉首句，次句生下落句，有情思。蓋歸未有期，復為夜雨所苦，則此夕之寂寞，惟自知之耳。得與共話此苦於剪燭之下，始一腔幽衷，或可相慰也。「何當」「卻話」四字妙，犁犁雲樹之思可想。（《唐詩選脈會通評林》引）

04 何焯：水精如意玉連環，荊公屢仿此。（《李義山詩集輯評》引）

05 姚培謙：「料得家中夜深坐，多應說著遠行人」，是魂飛到家裡去，此詩則又預飛歸家後也，奇絕。（《李義山詩集箋注》）

06 屈復：即景見情，清空微妙，玉谿集中第一流也。（《玉谿生詩意》）

07 徐德泓：翻從他日而話今宵，則此際羈情不寫而自深矣。（《李商隱詩歌集解》引）

08 紀昀：探過一步作結，不言當下云何，而當下意境可想。作不盡語，每不免有做作態。此詩含蓄不露，卻只似一氣說完，故為高唱。（《玉谿生詩說》）

09 葉蔥奇：集中七絕用此格者很多，均極宛轉雋永之致。這首尤含

茹深遠，客愁旅況，傳神語外。（《李商隱詩集疏注》）

10 傅庚生：（後半）虛實顛倒，明縱而暗收。蓋遙企於西窗剪燭之
樂，正以見巴山夜雨之苦；若微波之漣漪，往復生姿也。（《中
國文學欣賞舉隅》）

11 郝世峰：在一句中寫了巴山、夜、雨、秋、池等六種物象，而用
一個動詞「漲」聯絡、貫通於其間，為它們灌注靈魂，構成一幅
生動的圖畫；這幅圖畫充溢著迷濛的愁悶氣氛，於表現環境特徵
的同時，映現著詩人淹沒於愁情的心境。……這裡的「巴山夜雨
漲秋池」，使愁懷借景物而顯現，即可視為感情的外在形態。……
詩人因不耐今夜的寂寞而嚮往異日的快慰，而這嚮往中的莫大快
慰就是回味今夕的寂寞。這一曲折入微的嚮往，感情是複雜微妙
的，它雖然浸潤著追求的興奮與滿足，卻也融匯著對現實空虛落
寞的感受；在給人以快慰的形式中，使人更深刻地感受詩人的今
夕苦況，即「巴山夜雨漲秋池」的寂寞。（〈李商隱夜雨寄北賞
析〉）

293 籌筆驛（七律） 李商隱

猿鳥猶疑畏簡書，風雲長為護儲胥。徒令上將揮神
筆，終見降王走傳車。管樂有才真不忝，關張無命
欲何如？他年錦里經祠廟，梁父吟成恨有餘。

【詩意】

籌筆驛一帶的山猿和飛鳥，至今依然敬畏諸葛亮生前森嚴的軍令
和教誡，小心翼翼地隱藏身形，收斂行跡，不敢在此地從容出沒，隨
意造次；放眼望去，這裡隨時都會有山風襲來，密雲湧現，形成環抱

圍繞的態勢，彷彿要永久掩蔽護衛著座落在其中的壁壘和軍營。令人感嘆的是：枉費料敵如神的武侯，曾經在此胸有成竹地籌劃軍事，後主終究還是不免在投降之後，坐著驛車被遣送向洛陽而去！儘管武侯的確不愧是管仲、樂毅那樣才智超群的政治家和軍事家，奈何關羽和張飛卻有才無命，英年早逝，使他失去輔翼的虎將，他又如何能獨自挽回艱危的局勢而扭轉乾坤呢？當年我到成都的錦里去瞻仰武侯的祠廟，即使曾經吟成弔古傷今的詩篇〈武侯廟古柏〉來抒寫懷抱，仍然感到餘恨難盡；今日親臨他籌劃軍務的遺跡所在，就更是感慨良深而餘恨悠悠啊……。

【注釋】

① 詩題—籌筆驛，舊址在今四川省廣元市城北約四五十公里處嘉陵江東岸，相傳諸葛亮出師嘗駐軍於此。本篇當為詩人於大中九年（855）底或十年初隨柳仲郢返京時經過其地而作。

② 「猿鳥」二句—言籌筆驛一帶，山勢高峻，至今猿鳥藏形斂跡，似仍敬畏武侯森嚴的軍令而不敢造次；且風雲屯集，似乎有感於武侯的忠義而長護其壁壘，使之堅固如昔。猿鳥，既可能是實寫的賦筆，也可能是用典借喻陣亡將士的英魂；《藝文類聚》卷90引晉葛洪《抱朴子》：「周穆王南征，一軍盡化，君子為猿為鶴，小人為蟲為沙。」後因以「猿鶴沙蟲」指陣亡將士或死於戰亂的百姓。簡書，古人在竹簡上寫字，稱為簡書，此指諸葛亮的軍令文書。儲，儲備；胥，須也，有所防備等候。儲胥，把尖銳的木條與槍矛綑綁後斜刺向前，堆疊環繞在軍營外圍，以防備敵人侵襲的藩籬壁壘；見揚雄〈長楊賦〉顏師古注。

③ 「徒令」二句—惋惜雖武侯料敵如神，善於運籌帷幄，奈何劉禪終為亡國之人。上將，猶主將，指諸葛亮。揮神筆，揮筆籌劃，有如神助。降王，指降魏的後主劉禪。傳車，古時驛站備用的運

載車輛，謂之傳車。走傳車，謂被遣送魏都洛陽。

④「管樂」二句——言武侯無愧於出將入相的自許與自負，奈何失其虎將後孤掌難鳴，亦僅能徒呼奈何；《三國志・蜀書・諸葛亮傳》：「諸葛亮自比於管仲、樂毅，時人莫之許也。」不忝，無愧、不遜色。無命，沒有成就偉業的運命而中途敗亡殞落。

⑤「他年」二句——謂大中五年（851）冬曾至西川推獄而謁武侯廟於成都，雖寫成弔古傷今之詩篇〈武侯廟古柏〉，猶感餘恨悠悠；言下之意，殆謂今日親臨其籌劃軍務的遺跡所在，感慨更深。他年，當年、往年。錦里，即錦城、錦官城，為成都之別名。祠廟，指在先主廟側從祀的武侯祠。梁父吟，本屬古樂府中的挽歌，情調悲涼慷慨；此處則以〈梁父吟〉代指〈武侯廟古柏〉詩。恨有餘，謂當年詩雖成而餘恨未盡，今日登臨古跡更是餘恨難窮。

【導讀】

這一首懷古詠史詩，寫景形勢險峻，敘事氣韻靈動，議論縱橫跌宕，抒情慷慨蒼涼，再加上主題是英雄無力回天、志士功業未成的悲劇，風格便顯得特別沉鬱頓挫，因此被拿來和老杜的〈蜀相〉：「出師未捷身先死，長使英雄淚滿襟」及〈詠懷古跡〉：「運移漢祚終難復，志決身殲軍務勞」相較，以為獨得老杜嫡傳心法，可見本詩評價之高。

「猿鳥猶疑畏簡書，風雲長為護儲胥」兩句，寫武侯治軍嚴明，故猿鳥至今猶畏懼驚疑而不敢造次；而武侯之浩氣長存，英烈千秋，亦使風雲至今猶敬重懾服而環擁護衛其軍壘。起筆兩句，不過寫詩人途經籌筆驛古蹟之所見所感，卻能駕馭猿鳥，驅策風雲，既渲染出莊嚴蕭穆的氛圍，也暗示了此地崇山峻嶺的險惡地勢，使人如見武侯教戒嚴明，軍令如山的神威，與運籌帷幄。制敵機先的妙算。詩人由武侯的英風偉烈至今猶能感神懾物落筆，自然流露出無限景慕追念之情，

也使武侯氣韻如生，神采如見，的確是山嶽突起、風雨驟至的奇筆；既使人有驚心動魄、胸臆震盪之感，也為以下六句的議論抒情醞釀了鬱勃悲壯的氣勢，因此胡以梅《唐詩貫珠》說：「起得凌空突兀。」屈復《玉谿生詩意》說：「一、二壯麗稱題，意亦超脫。」

仔細推敲古人之所以對首聯稱許有加，大概有幾個原因：

*第一，由於作者能以濃彩重墨渲染出蕭穆莊嚴的氣氛，並貫注著詩人景從攀慕的欽敬之情，自然容易扣人心絃。

*第二，由於詩人能筆落眼前而思騁千古，自然增添了歷史給人的神秘與沉重之感。

*第三，由於詩人能設想奇逸，以猿鳥風雲來烘托武侯生前教令之嚴明，死後神靈之英烈，便使武侯感神動物的浩然之氣顯得剛正堅毅而充塞天地；因此讀來彷彿有險峻的山勢逼人眼目，又有磅礡的氣勢盪人胸臆。

*第四，這十四個字中，既有擬人化的浪漫，又有神格化的蕭穆，更有精誠忠義的肝膽所能激盪出的悲壯情懷，因此審美的密度高，涵蘊的詩意廣，寄藏的感慨深，自然使人被它雄渾蒼涼的氣勢所震懾而大受感動。

「徒令上將揮神筆，終見降王走傳車」兩句，是感嘆枉費武侯具有料敵如神的胸蘊與學養，而且鞠躬盡瘁地運籌帷幄，終究還是扶不起意志脆弱而妄自菲薄的阿斗，也無法力挽狂瀾，避免蜀漢敗亡的宿命；用意與〈詠懷古跡五首〉之五的「三分割據紆籌策」「運移漢祚終難復」相同，都寄託了詩人深痛的惋惜之情。其中「揮神筆」三字直承「簡書」而來，扣準詩題「籌筆」二字；「走傳車」三字則暗點詩題的「驛」字；可見詩人擒題多方，精切不移。

「管樂有才真不忝，關張無命欲何如」兩句，是肯定孔明的文韜武略真足以出將入相，不愧臥龍之志；然而獨木難支，天意難違，終於齎志以歿！出句近似於杜甫〈詠懷古跡〉中的「伯仲之間見伊呂，

指揮若定失蕭曹」的意涵，而且以孔明生平深自期許的管仲和樂毅來
肯定他，既符合武侯的志趣，也比老杜的評價來得平實而親切，不致
有稱譽過當之虞。對句則暗合老杜〈蜀相〉的「出師未捷身先死，長
使英雄淚滿襟」之義，而且強調他失去輔翼之後，客觀形勢（天意）
不利於他實踐主觀意志、發揮個人才幹，的確極有見識；因此馮舒強
調「荊州失、翼德死，蜀事終矣！第六句是巨眼。」（《瀛奎律髓匯
評》）方東樹《昭昧詹言》也引用其先人的看法說：「關張句尤有識
力。」這兩句凸顯出作者在〈有感〉詩中感嘆「古來才命兩相妨」的
悲劇宿命，自然令有志之士讀來扼腕不已；因此方回《瀛奎律髓》說：
「五、六痛恨至矣！」

　　仔細探討起來，前六句還另有幾個值得玩味的細膩之處，說明如
下：

　　＊首先，就意脈而言，「有才真不忝」是由「上將揮神筆」而來，
　　　「無命欲何如」則是「降王走傳車」之主因；不僅針線細密，條
　　　理井然，而且中間四句如鉤鎖連環，又都脈注綺交於詩末的「恨
　　　有餘」，使全詩一氣呵成而悲恨滿紙，自然使人深受感染。

　　＊其次，就詞氣而言，首聯實字多，因此顯得詞義繁密，語氣凝重；
　　　頷聯則以「徒令」「終見」兩組虛詞冠首而形成流水對，因此顯
　　　得詞義寬泛，氣勢清暢。如此虛實變換的手法，不僅衝破了首聯
　　　中雲封霧鎖、鳥斂猿藏的鬱結而又閉塞的局面，也為中間兩聯拓
　　　展了議論空間，讓詩人能揮灑自如地俯仰古今，臧否人物，並藉
　　　以澆平塊壘，抒寫懷抱；因此何焯《義門讀書記》說：「破題來
　　　勢極重，妙在次聯接得矯健，不覺其板。」

　　＊第三，就句法而言，頷聯「徒令上將揮神筆，終見降王走傳車」
　　　是上二下五的句式，論斷在前兩字，顯得頓挫有力；腹聯「管樂
　　　有才真不忝，關張無命欲何如」是上四下三的句式，論斷在後三
　　　字，顯得欷愴良深；再加上「徒令」和「終見」的遙相呼應、一

「有」一「無」的擒縱句法、「真」和「欲」的強調語氣,以及「有才」和「無命」的巨大落差,都使中間兩聯開闔有法而唱嘆有致,語氣蒼涼而寄慨遙深。

＊第四,就議論而言,詩人擅用一抑一揚的交互手法來穿插議論:猿鳥猶疑、風雲長護,極力一揚而高唱入雲;「徒令」二字即陡然一落而凌空直下。「上將揮神筆」五字,轉筆拔高而異峰突起;「降王走傳車」五字,則頓挫遏抑而跌落千丈。「管樂有才」四字,再馳騁其揚升的讚嘆;「關張無命」四字,更顯露其低抑的惋惜。「真不忝」,揚而又揚,翻騰極高;「欲何如」,抑而又抑,縱落至深;兩相結合,頓時凸顯出大勢已去,無力回天的沉痛!如此層層翻騰,步步跌宕,大開大闔,即擒即縱,自然波瀾迭起,氣勢遒勁,最富唱嘆的風神;因此何焯說:「議論固高,尤當觀其抑揚頓挫處,使人一唱三歎,轉有餘味。」(《義門讀書記》)又說:「起二句本意已盡,下而無可措手矣;三、四忽作開筆,五、六收轉,而兩意相承,字字頓挫。」(《李義山詩集輯評》)紀昀也說:「起二句斗然抬起,三、四句斗然抹倒,然後以五句解首聯,六句解次聯,此真殺活在手之本領,筆筆有龍跳虎臥之勢。」(《瀛奎律髓匯評》)又說:「起手抬得甚高,三、四忽然駁倒;四句之中,幾於自相矛盾。蓋由意中先有五、六一解,故敢下此離奇之筆;見是橫絕,其實穩絕。……若但取議論而無抑揚頓挫之妙,則胡曾之詠史矣。須知神韻筋節皆自抑揚頓挫中來。」(《玉谿生詩說》)

由以上說明可見:中間兩聯儘管詩義較為寬泛淺白,但是詩律卻極為細密繁複,純是老杜正宗心法。

「他年錦里經祠廟,梁父吟成恨有餘」兩句,是追述自己四年前在成都拜謁武侯廟時,就已經為孔明空負絕世幹才,卻遭遇亂世庸主,以致志業未成、社稷淪亡而抱恨不已,因而寫下了〈武侯廟古柏〉以

寄慨；絃外之音則是四年以來晚唐國事日益衰微，局面日益騷亂，而自己更登臨孔明駐軍的地方來瞻仰遺跡，弔古傷今，心中所懷抱的傷痛和憂恨，自然更為深重而難以撫平，無法紓解了！特別須要提醒讀者的是：「他年」是「當年」之意，是「追憶」四年前在成都時的作為，並非「預告」將來的打算。

　　就詩法而言，中間四句已經寫得筆酣墨飽，堅確不移，而且議論縱橫，擲地有聲，因此尾聯便折筆跳脫議論的格局，另拓抒情的新境；如此安排，既符合懷古詠史的旨趣，也能宕出遠神而有回味不盡的餘味。因此紀昀說：「前六句夭矯奇絕，不可方物，就勢直結，必為強弩之末，故提筆掉轉前日之經祠廟吟〈梁父〉而恨有餘，則今日撫其故跡，恨可知矣。一篇淋漓盡致，結處猶能作掉開不盡之筆，圓滿之極。」（《玉谿生詩說》）由此可見義山才高力雄，連尾聯都能明收前六句中潛氣暗轉的恨意，寫得餘波蕩漾；又能以撫今追昔、不勝其悲的語法暗藏其憂國傷時的感恨，使全篇更顯得沉鬱頓挫，情味深厚。義山之於老杜，誠可謂登堂入室，襲其貌而得其神了！

【評點】

01 范溫：文章貴眾中傑出，如同賦一事，工拙尤易見。余行蜀道，過籌筆驛，如石曼卿詩云：「意中流水遠，愁外舊山青」，膾炙天下矣，然有山水便可用，不必籌筆驛也。殷潛之（按：杜牧同時之人）與小杜詩甚健麗，亦無高意。惟義山詩云：「魚鳥猶疑畏簡書，風雲長為護儲胥」，簡書，蓋軍中法令約束，言號令嚴明，雖千百年之後，魚鳥猶畏之也。儲胥，蓋軍中藩籬，言忠誼貫神明，風雲猶為護其壁壘也。誦此二句，使人凜然復見孔明風烈。至於「管樂有才真不忝，關張無命欲何如」，屬對親切，又自有議論，他人亦不及也。（郭紹虞《宋詩話輯佚》）

02 方回：起句十四字壯哉！五六句痛恨至矣！（《瀛奎律髓匯評》

卷三）

03 周珽：此追憶武侯而深致感傷之意。謂其法度忠誠，本足感天人，
　　垂後世；然籌畫雖工，而漢祚難移，蓋才高而命不在也。他年（按：
　　實為先前詩人自己）而經武侯祠廟，而恨功之徒勞，與武侯賦〈梁
　　父吟〉所以恨三良更有餘也。（《唐詩選脈會通評林》）

＊ 編按：尾聯解讀有誤，後引之評家趙氏、錢氏皆同此誤，不獨周
　　氏；第13則紀昀對尾聯之評點極確，值得參考。

04 黃周星：少陵之嘆武侯「諸葛大名」一首，正可與此詩相表裡。
　　（《唐詩快》）

05 沈德潛：瓣香在老杜，故能神完氣足，邊幅不窘。（《唐詩別裁》）

06 胡以梅：起得凌空突兀。……猿鳥無知，用「疑」；風雲神物，
　　直用「長為」矣，有分寸。「徒令」與「神」字皆承上文，而轉
　　出題面，下則發議論。五申明三四，六則言第四。……（《唐詩
　　貫珠》）

07 趙臣瑗：魚鳥風雲，寫得武侯奕奕有生氣。「徒令」一轉，不禁
　　使人嗒焉欲喪。鄭莊公有云：「天而既厭周德矣，吾其能與許爭
　　乎？」由此言之，漢祚之衰，固非武侯之力所可得而挽回也。自
　　古英雄有才無命，關、張虎臣，先後凋落，即大事可知矣。然武
　　侯之志未申，武侯之心不死，後（按：實為先前詩人自己）之過
　　其地而弔之者，其能無餘恨耶？此詩一二擒題，三四感事。五承
　　一二，六承三四，七八總收，以致其惓惓之意焉。（《山滿樓箋
　　注唐詩七言律》）

08 錢謙益：此追憶武侯之事而傷之也。首言武侯曾駐師於此，其軍
　　法嚴明，至今魚鳥猶敬畏之。且忠感天地，故風雲長護其壁壘而
　　不毀也。所惜者武侯筆畫籌策，指揮若神，而終見後主璧櫬詣降
　　之事，則當日出師之事，亦屬徒勞而已也。夫亮以管、樂自比，
　　固無所忝；而關、張無命，漢祚終移，其奈之何！今於此驛既不

能無所感，若他年經成都而拜祠廟，讀〈梁父〉之吟，以先生之惜三人者惜武侯，悲傷又寧有既哉！（《唐詩鼓吹評注》）

09 何焯：議論固高，尤當觀其抑揚頓挫處，使人一唱三歎，轉有餘味。……破題來勢極重，妙在次聯接得矯健，不覺其板。（《義門讀書記》）　○起二句本意已盡，下而無可措手矣；三、四忽作開筆，五、六收轉，而兩意相承，字字頓挫；七、八振開作結。與少陵「丞相祠堂」作不可妄置優劣也。起二句即目所見，覺武侯英靈奕奕如在。通首用意沉鬱頓挫，絕似少陵。（《李義山詩集輯評》引）

10 陸崑曾：直是一篇史論，而於「籌筆驛」三字又未嘗拋荒。從來作此題者，摹寫風景，多涉游移；鋪敘事功，苦無生氣，惟此最稱傑出。首云「簡書」，指「籌筆」也；次云「儲胥」，指「驛」也。妙在襯貼「猿鳥」「風雲」等字，又妙在虛下「猶疑」「長為」等字，見得當時約束嚴明，藩籬堅固，至今照耀耳目也。國家得將才如此，何功不成？而生前之畫地濡毫，不能禁身後之銜璧輿櫬*，豈非有臣無君，而大廈之傾，一木莫支耶？觀於關、張無命，而知蜀之不振，天實為之，非公才之有忝管、樂也。過祠廟而吟〈梁父〉，為公抱餘恨者，不獨今日為然矣。（《李義山詩解》）

* 銜璧，古代投降時以璧玉為見面禮，因雙手反綁，故以口含之。輿櫬，由官員抬著棺木出城，以示必死決心，或有罪當誅。

11 屈復：一二壯麗稱題，意亦超脫。下四句是武侯論，非籌筆驛詩。七八猶有餘意。（《玉谿生詩意》）

12 楊守智：沉鬱頓挫，絕似少陵。（馮浩《玉谿生詩詳注》引）

13 紀昀：起二句斗然抬起，三四句斗然抹倒，然後以五句解首聯，六句解次聯，此真殺活在手之本領，筆筆有龍跳虎臥之勢。　○他年乃當年之謂，言他時經過其祠，恨尚有餘，況今日親見行兵

之地乎？亦加一倍法，通篇無一鈍置語。（《瀛奎律髓刊誤》）　○

起手抬得甚高，三四忽然駁倒，四句之中幾於自相矛盾，蓋由意

中先有五六一解，故敢下此離奇之筆，見是橫絕，其實穩絕。前

六句夭矯奇絕，不可方物，就勢直結，必為強弩之末，故提筆掉

轉前日之經祠廟吟〈梁父〉而恨有餘，則今日撫其故跡，恨可知

矣。一篇淋漓盡致，結處猶能作掉開不盡之筆，圓滿之極。……

香泉曰：「議論固高，尤難其抑揚頓挫處一唱三嘆，轉有餘味。」

此最是詩家三昧語，若但取議論而無抑揚頓挫之妙，則胡曾之詠

史矣。須知神韻筋節皆自抑揚頓挫中來。（《玉谿生詩說》）

14 施補華：義山七律得於少陵者深，故穠麗之中，時帶沉鬱，如〈重

有感〉〈籌筆驛〉等篇，氣足神完，直登其堂、入其室矣。（《峴

傭說詩》）

15 許印芳：沉鬱頓挫，意境寬然有餘。義山學杜，此真得其骨髓矣。

（《瀛奎律髓匯評》）

16 方東樹：義山此等詩，語意浩然，作用神魄，真不愧杜公。前人

推為一大家，豈虛也哉！（《昭昧詹言》卷 19）

294 樂遊原（五絕）　　　　　　　　李商隱

向晚意不適，驅車登古原。夕陽無限好，只是近黃

昏。

【詩意】

　　傍晚時，覺得情緒低落消沉，於是驅車出遊，登上有九百年歷史

的樂遊原上眺望風光，借以排遣內心的鬱悶。當時輝映大地的夕陽，

讓我的眼前展現出無限美好的風情：就在夕陽的光芒映照得部分天空

由輝煌的黃金色調，逐漸幻化融合為橙黃橘紅、蒼黛靛紫的晚霞時，最為絢麗燦爛，既讓人心神搖蕩，渾然忘我，也令人驚豔迷醉，樂遊忘返⋯⋯。

【注釋】

① 詩題──樂遊原，長安東南的遊覽名勝，漢宣帝神爵三年（59 B.C.）所築，居於京城的制高點，四望寬敞，禁城之內，如指諸掌；又有樂遊苑、樂遊園等名。它包括了荷花滿塘、菰米環池的曲江，以及池東的芙蓉園，西邊之杏園、大慈恩寺等風景區；每當中和（二月初一）、上巳（三月初三）、重陽三節，文人雅士、淑女名媛、達官顯貴、富商巨賈等，皆登臨遊宴。時則帷幄雲布，車馬填塞，虹彩映日，馨香滿路；詞人墨客賦詩吟詠之作，翌日即傳遍朝市，可見繁華熱鬧的景況。

② 意不適──意緒寥落，心境苦悶。

③ 「夕陽」二句──只是，正是、就是在某一特定時間點之意；與「此情可待成追憶，只是當時已惘然」的用法相同。近黃昏，指夕陽所輝映的雲霞與大地之美，就在由輝煌的黃金色調逐變幻融和為橙黃橘紅蒼黛藍紫時，最為絢麗燦爛，也最令人目眩神迷[1]。

【補註】

01 對於「只是」二字的注釋，筆者採取周汝昌先生的說法。周先生釋末句之意為：「這種美，是以將近黃昏這一時刻尤為令人驚嘆和陶醉。」余光中先生在《聽聽那冷雨·山盟》中描寫的西天彩霞之美，頗有助於理解「近黃昏」的動態景象，故迻錄以供參考：「日輪半陷在半紅的灰燼裡，越沉越深。山口外，猶有殿後的霞光在抗拒四周的夜色，橫陳在地平線上的，依次是驚紅駭黃悵青惘綠和深不可泳的詭藍漸漸沉溺於蒼黛。怔望中，反托在空際的

林影全黑了下來。」

【導讀】

　　這首文字淺淡而詩情濃郁的五絕，幾乎可以稱得上是所有華人在成長蛻變的過程中面對著落日霞光時都會不自覺吟誦的夕陽之歌了。正由於在精簡凝鍊、渾淪涵括的語言中似乎蘊藏著深沉的人生哲理，使人在吟詠玩味時，能各自依照自己的人生經驗來觀照自己的生命內涵，傾聽自己的心絃所發出的共鳴，從而抒發某種心境，或得到某些啟示；因此何焯說：「遲暮之感、沉淪之痛，觸緒紛來，悲涼無限。」（《李義山詩集輯評》）屈復《玉谿生詩意》說：「時事、遇合，俱在個中，抑揚盡致。」管世銘《讀雪山房唐詩鈔序例》說：「消息甚大，為絕句中所未有。」紀昀《玉谿生詩說》也說：「百感茫茫，一時交集。謂之悲身世，可；謂之憂時事，亦可。」換言之，這首小詩像夜空的銀河般璀璨，有的詩家指點我們去仰望織女，有的評者指點我們去搜尋牛郎，有的遙引璇璣，有的注目北辰……不一而足；但是，不論前人如何指點解說，似乎永遠也數不清她明滅閃爍的光華中究竟有多少顆既令人困惑又使人迷醉的星鑽？

　　「向晚意不適，驅車登古原」兩句，意在交代登上樂遊原前的落寞鬱悶，以作為後兩句中得到心靈滿足的襯墊，無須別求深意。也許值得留意的是：首句「向晚意不適」連用五個仄聲字，造成逼促緊迫的聲情，似乎有意藉此表現出詩人消沉低落的心緒；次句「驅車登古原」的第三字則以平換仄而造成四平一仄的聲調，則似乎流露出驅車郊原、遠離紅塵的過程中，詩人逐漸紓解愁悶，敞開心胸的輕快感。有了次句流暢寫意的聲情，似乎有助於呈現出欣賞落日之美的安適自在之感，便能自然而然地融入「夕陽無限好，只是近黃昏」的畫面之中，沉醉在眼前最瑰麗燦爛的美景之中了。

　　「夕陽無限好」五字，流露出對於當時橙紅色的落日映照得彩霞

滿天、大地金黃的禮讚；「只是近黃昏」則捕捉遠方的霞天由藍而青而橙而紅而赭而黃的神祕變幻，以及有些天空或靛藍或蒼黛，也有些晚霞或彤紅或爐紫⋯⋯等顏色交互融合成令人心絃震顫，也令人性靈迷醉的絢麗畫卷！詩人雖然並沒有說明他此時的心境如何，但是可想而知，他原本無端的愁煩抑悶之感，已經被天邊的萬道霞光和千百種色澤之美給蒸融、驅散一空了。換言之，不僅他原本陰霾黯淡的心境頓時清爽明朗起來，消沉低落的意緒隨之輕快飛揚起來，連他原本惆悵莫名的心靈，也滿載著眼前令人驚豔的無限風情而喜悅愉快起來；因此詩人才以無比眷戀陶醉的心境吟詠此詩，藉以記錄令人難忘的審美經驗，並指出夕陽西下時最美麗、最迷人的景象，就在她的容光輝映得霞天由橙紅與靛藍，逐漸變化為赭黃而蒼黛，甚至形成更為神祕的彤紅及爐紫的黃昏時分⋯⋯。

【商榷】

除了前面的導讀之外，末句的「只是」二字也可以理解為「可惜的是」，則詩人心中除了審美的驚豔之感外，似乎也湧生了好景不長的感慨。這樣的理解，倒也和另一首同題之作中「羲和自趁虞泉宿，不放斜陽更向東[1]」的惜光景、傷日暮之意相似。

不過，即使如此解釋，詩人心中應該僅止於流光易逝、繁華難久的惆悵與失落而已，並不能就把它擴大渲染成《唐詩三百首鑑賞》所說的：「從首句不適起，到結句更愁止，適巧使意義迴環成一個圓」這種「遣愁更愁[2]」的悲哀。因為：

＊第一，從另外兩首〈樂遊原〉的季節來看，一是春初，一是清秋，顯然並非同時所作，心境應該有所不同；另兩首中的「無悰託詩遣，吟罷更無悰」兩句，雖有「遣愁更愁」之意，而「不放斜陽更向東」也有感逝波、傷流光之意，但並不表示這一首傳達的就是相同的感慨。

＊第二，「無悰託詩遣，吟罷更無悰」那一首，起筆就交代了「春
夢亂不記」，說明了抑悶的心情來自於一場難以追憶的凌亂夢境，
結筆又清楚地表達了吟詩遣懷，卻益增愁悶的意思；本詩則並未
說明愁煩因何而來，散愁遣悶的方式也不相同，更未點出見夕陽
而益增愁悶之意，則把所謂「遣愁更愁」之說套在本詩中，便顯
得過於勉強。

至於有些詩評家以為本詩頗有諷諭時事的寄託，筆者以為相當值
得商榷，茲舉例如下，並略加析論：

＊楊萬里：此詩憂唐祚將衰也。（《誠齋詩話》）

＊朱彝尊：言值唐家衰晚也。（《李義山詩集輯評》）

＊何焯：嘆時無宣帝可致中興，唐祚將淪也。（《李義山詩集輯評》）

＊程夢星：此詩當作於會昌四、五年間……蓋為武宗憂也。武宗英
敏特達，略似漢宣；其任德裕、克澤潞、取太原，在唐季世，可
謂有為，故曰「夕陽無限好」也；內寵王才人，外築望仙臺，封
道士劉玄靜為學士，用其術以致身病不復自惜。識者知其不永，
故義山憂之，以為「近黃昏」也。（《李義山詩集箋注》）

＊李鍈：以末句收足「向晚意」，言外有身世、遲暮之感。（《詩
法易簡錄》）

＊施補華：嘆老之意極矣。然只說夕陽，並不說自己，所以為妙。
（《峴傭說詩》）

以上種種說法，都暴露出一個難以自圓其說的困境：「無限好」
三字，可以用來形容國勢衰頹、黨爭傾軋、藩帥跋扈、身世淒涼、命
途多舛、殘生迫促等艱危的、殘酷的、混亂的、黯淡的、坎坷的……
種種令人不快的人事現象嗎？不論是憂國傷時、嘆老嗟卑的情懷，有
哪一樣是可以用「好」字來表達感受的？甚至還要加上「無限」來強
化修飾而流露出衷心讚嘆、無盡嚮往之情呢？義山的確有不少詩篇關
涉到這些傷痛，但是其中何嘗有過類似「無限好」三字所流露出的迷

戀與沉醉之情呢？尤其是憂念唐室之衰的說法最不可取，因為當時的亂象豈是可以用「無限好」三字來描述形容的？再說，義山又豈敢大逆不道地詛咒李唐國運已經是日薄西山的「夕陽」殘照呢？

　　同樣的道理，前人對本詩有所謂「遲暮之感、沉淪之痛，觸緒紛來，悲涼無限」「時事、遇合，俱在箇中」「百感茫茫，一時交集」等理解，也都有所偏差；因為這些感傷同樣都不適合以「無限好」三字來修飾。

【補註】

01 李商隱還有另外兩首名為「樂遊原」的詩篇，作於春初的是：「春夢亂不記，春原登已重。青門弄煙柳，紫閣舞雲松。拂硯輕冰散，開尊綠酎濃。無悰託詩遣，吟罷更無悰。」作於清秋的是：「萬樹鳴蟬隔斷虹，樂遊原上有秋風；羲和自趁虞泉宿，不放斜陽更向東。」兩首的情感、意境和本詩都不相同，由此可見詩人常遊覽此地。

02 見《唐詩三百首鑑賞》頁 753。筆者推測這種看法可能來自於宋宗元《網師園唐詩箋》對末二句的解說：「愛惜光陰，仍收到不適。」

【後記】

　　筆者以為解讀這類以賦筆白描手法來抒情寫意的小詩，可以從性格特徵與審美情趣這兩個角度切入。

一、性格特徵

　　義山本來就有悲劇性格中特有的執著癡迷，以及遷客騷人常有的多愁善感，因此當他面對美好的人、事、景、物時，常會有執迷不悟的眷戀和深情無悔的追求，同時又會感受到好景不常，因而有疼惜的憂苦和淒美的哀傷。這種感情上對於美好情事的執著，和理智上認知到終將幻滅的憂傷，往往在他的心中彼此糾纏、揉搓、絞合成一條綿

長而淒苦的燈芯，使他情不自禁地傾注所有的心血去滋潤它，並以熱情撞擊出火花去點燃它；然後他心甘情願地忍受煎熬、燃燒寂寞，甚至享受著這種煎熬，滿足於這種寂寞。

這種傾向於擁抱幻滅的淒美性格，在他的愛情詩中表現得特別深婉，也特別迷人。正由於他有這種「春蠶到死絲方盡，蠟炬成灰淚始乾」的悲劇性格和幻滅傾向，因此當面對使他鍾情癡迷的情境時，他的潛意識中就會有一朵孤獨而幽絕的詩魂，悄悄地展開它淒美的心瓣，散發出縹緲隱約、迷離惝恍的異香，瀰漫在他如夢似幻的詩境之中，既使人沉醉，又使人心碎；既讓人驚艷，又讓人傷嘆。也正由於他擁有這種與生俱來的感傷情懷和揮之不去的悲劇意識[1]，因此當他情不自禁地讚嘆「夕陽無限好」時，「只是近黃昏」的淡淡哀愁可能已經襲上心頭，使他不由自主地有了幻滅成空的惋惜與憂傷。

儘管如此，筆者還是必須特別強調：詩人所流露出的也「僅止於淡淡的哀愁和感傷」而已，絕不能蓄意擴大、挖深這種情緒，使它承載著太過沉重的傷痛與幽怨，甚至把這首小品當成波瀾壯闊、氣勢磅礡的史詩，說它含有怨身世、痛沉淪、憂國祚、傷時事、感遲暮種種複雜而深沉的情感。因為義山如果有深悲極痛之感，他從來不吝於選用更強烈的字眼來表達，例如：

  ＊〈憶梅〉：「寒梅最堪恨，長作去年花。」
  ＊〈無題四首〉其一：「劉郎已恨蓬山遠，更隔蓬山一萬重。」
  ＊〈無題四首〉其二：「春心莫共花爭發，一寸相思一寸灰。」
  ＊〈籌筆驛〉：「他年錦里經祠廟，梁父吟成恨有餘。」
  ＊〈曲江〉：「天荒地變心雖折，若比傷春意未多。」

這些詩句，無一不是痛徹心扉的血淚之言！換言之，如果詩人真有身世、家國之憂，他大可以把末句寫成「獨恨近黃昏」或「怎奈近黃昏」來強調他心折骨驚的傷痛，使讀者更容易感受到他的斑斑血淚和綿綿幽恨。

二、審美情趣

　　義山的確有一顆比其他騷人更為纖細敏銳的心靈，因此他傷春悲秋的意緒，也就更為深婉幽微。然而義山也有心中的陰霾消散一空，而胸懷澄淨清爽，心情輕鬆寫意的時候，例如：〈二月二日〉的「花鬚柳眼各無賴，紫蝶黃蜂俱有情」，誰說他只是一味沉湎於傷春的寥落情懷中呢？再看〈宿駱氏亭寄懷崔雍崔袞〉的「秋陰不散霜飛晚，留得枯荷聽雨聲」，誰說他只是一味耽溺於悲秋的索寞意緒中呢？當他身閒而心寧時，他一樣能有昂揚樂觀的審美情趣，因此〈花下醉〉詩說：「尋芳不覺醉流霞，倚樹沉眠日已斜；客散酒醒深夜後，更持紅竹賞殘花。」豈非日斜而無憂，花殘而不傷嗎？他也在〈晚晴〉詩中曾經吟出「春去夏猶清」，豈非春去亦無愁，夏來也欣然嗎？此外，〈晚晴〉詩中「天意憐幽草，人間重晚晴」兩句，流露出對雨後斜陽的珍惜眷愛；「越鳥巢乾後，歸飛體更輕」兩句，又流露出看見夕陽歸鳥時的歡愉喜悅。以上所引的詩句都透露出一個重要的訊息：義山除了憂國傷時、嘆老嗟卑的沉痛情懷之外，另有一方開朗而寧靜的心湖，可以讓天光雲影，容與徘徊；山容水意，清儁可愛；花態柳情，親切有味；鳶飛魚躍，各具生機。

　　因此，筆者斷定「夕陽無限好，只是近黃昏」兩句，旨在說明夕陽斜暉的瑰麗奇詭，尤其是以將近黃昏的這一刻最令人驚嘆迷醉。換言之，詩人是在向讀者展示他珍藏的集錦相簿中取景的奧秘，而不是在翻檢他沉痛的行囊裡裝載的傷痕[2]。

【補註】

01 〈暮秋獨遊曲江〉詩：「荷葉生時春恨生，荷葉枯時秋葉成；深知身在情長在，悵望江頭江水聲。」似乎就呈現出這種感傷情懷和悲劇意識。

02 關於義山的性格特徵和審美情趣，筆者另有〈枯荷聽雨的審美情

趣〉一文發表於《國文天地雜誌》179 期，有助於闡述本文的觀點，請自行參考。

【餘波】

儘管我們的確可以從不同的角度切入賞讀，而對本詩的旨趣有不同的領悟，包括憂國事、感沉淪、悲身世、哀遲暮等，甚至還可以有青春易逝、紅顏難駐，歡樂易散、好景不常等體認；但是詩人觸景生情時恐怕並沒有那麼複雜的心理波動。正如王國維在《人間詞話》中說：「古今成大事業、大學問者，必經過三種境界：『昨夜西風凋碧樹，獨上高樓，望盡天涯路。』此第一境也。『衣帶漸寬終不悔，為伊消得人憔悴。』此第二境也。『眾裡尋他千百度，回頭驀見，那人正在，燈火闌珊處。』此第三境也。此等語皆非大詞人不能道。」能夠以這種靈心慧眼領略作品中的妙悟別趣，可以稱得上是善於觸類旁通、左右逢源地「讀」詞，卻不能說是善於直探騷心地「解」詞；因為在晏殊的〈鵲踏枝〉、柳永的〈鳳棲梧〉和辛棄疾的〈青玉案〉中，絕對沒有闡釋人生奮進境界的義涵在內。事實上，連王國維本人都很擔心別人把「讀」詞誤會為「解」詞，因此他又接著特別說明：「然遽以此意解釋諸詞，恐晏、歐諸公所不許也。」（按：王氏誤以為「衣帶漸寬」云云是歐陽修〈蝶戀花〉之名句）這是多麼豁達自由的「讀」詞手眼，又是多麼嚴謹審慎的「解」詞態度，很值得我們深思其中的差異所在。

譚獻在《復堂詞錄・序》中說得好：「作者之用心未必然，而讀者之用心何必不然？」的確，讀者在欣賞時可以在「夕陽無限好，只是近黃昏」中領略到許多不同角度的人生哲理，甚至也可以自由自在、無拘無束地妙想聯翩，自創一說；但是在「解讀」時仍然必須冷靜而客觀地以「作者的用心未必然」這句話來檢驗自己的說法，才不至於有捕風捉影，求深反謬的現象。

【評點】

01 魏慶之：誠齋之論五七字絕句，最少而難工。雖作者亦難得四句全好者。晚唐人與介甫最工於此。如李義山憂唐之衰，云：「夕陽無限好，其奈近黃昏。」……皆佳句也。（《詩人玉屑》卷12）

02 楊守智：遲暮之感，沉淪之痛，觸緒紛來。（馮浩《玉谿生詩詳注》引）

03 姚培謙：銷魂之語，不堪多誦。（《李義山詩集箋注》）

04 屈復：時事遇合，俱在箇中，抑揚盡致。（《玉谿生詩意》）

05 紀昀：百感茫然，一時交集，謂之悲身世可，謂之憂時事亦可。（《玉谿生詩說》）

06 管世銘：李義山〈樂游原〉詩，消息甚大，為絕句中所未有。（《讀雪山房唐詩序例》）

07 劉永濟：作者因晚登古原，見夕陽雖好而黃昏將至，遂有美景不常之感。此美景不常之感，久蘊積於詩人意中，今外境適與相合，故雖未明指所感，而所感之事即在其中。（《唐人絕句精華》）

295 隋宮（七絕）　　　　　　李商隱

乘興南遊不戒嚴，九重誰省諫書函？春風舉國裁宮錦，半作障泥半作帆。

【詩意】

　　不過是乘著一時的遊興大發，隋煬帝完全不顧慮當時天下的抗暴起義正風起雲湧地展開，的確有嚴加戒備防護的必要，就率性地決定要第三度南遊揚州了。高居九重雲天之上的他，完全不理會群臣的勸諫，還狂暴地誅殺了幾位極力阻止他的官員；這樣一來，還有誰敢再

冒險上呈諫諍的書函呢？就在春風宜人的時候，全國百姓竟然全部荒廢本業，只是竭盡心力地趕著裁製華貴的宮廷錦緞；因為這些錦緞一半要鋪在（南遊時岸上）數萬騎兵的馬鞍下，用來遮蔽馬蹄揚起的塵泥，另一半則要作為船帆，掛在綿延二百餘里的巨型龍舟上！

【注釋】

① 詩題—隋宮，泛指隋煬帝楊廣（569－618）為遊江南所建造數十座奢華行宮¹。本詩與同題之七律，皆為大中十一年（857）商隱任鹽鐵推官游江東時作，旨在揭出煬帝肆意享樂，不恤民力的昏庸與暴虐。

② 「乘興」句—謂隋煬帝驕橫狂妄，自恃擁有天下而隨興南遊，不加警戒。乘興，只因一時興起。南遊，煬帝曾三遊江都：大業元年（605）八月、六年三月及十二年七月；最後一次長住江都至十四年三月為宇文化及所殺。此外，又曾數度盤游各地，總計在位十四年中，居京時日不及一年。戒嚴，為維護帝王出巡的安全所採取特別嚴密的警戒措施。不戒嚴，意謂不顧形勢的險峻而嚴密戒備。

③ 「九重」句—謂煬帝剛愎殘暴，不僅不聽勸阻，又狂暴地怒殺敢諫者²。九重，喻皇帝居住的深宮，此代指煬帝而言。省，理會、省視、省察。諫書函，以書函密封的諫書。

④ 「春風」二句—寫煬帝南遊船隊及護衛的壯麗，以見其窮奢極慾、勞民傷財之一斑。舉國，全國。宮錦，按照宮廷制定的規格與式樣而織造，由各地進貢以供皇家使用的高級錦緞。障泥，又稱馬韀，是墊在馬鞍下垂落至馬身兩旁以擋蔽塵泥的編織品；《晉書·王濟傳》載王濟「善解馬性。嘗乘一馬，著連乾障泥，前有水，終不肯渡。濟云：『此必是惜障泥。』使人解去，便渡。」詩人暗用此典，表示連馬皆知珍惜物品而不肯玷污，以反顯煬帝之不

恤民力、暴殄天物。

【補註】

01 隋煬帝大業元年（605）開鑿了通濟渠段的大運河之後，由洛陽的西苑可以乘船直下江都（今江蘇省揚州市），沿岸修築離宮四十餘所，江都宮尤其壯麗，宮內有五大建築，即朝堂、寢殿、成象殿、水精殿和流珠堂，宮外還有所謂「蜀崗十宮」，極盡奢華；見《太平御覽‧卷173‧居處部一》引《壽春圖經》。

02 《資治通鑑‧卷183‧煬皇帝大業十二年》載：「江都新作龍舟成，送東都；宇文述勸幸江都，帝從之。右候衛大將軍酒泉趙才諫曰：『今百姓疲勞，府藏空竭，盜賊蜂起，禁令不行，願陛下還京師，安兆庶。』帝大怒……意甚堅，無敢諫者。建節尉任宗上書極諫，即日於朝堂杖殺之。……奉信郎崔民象以盜賊充斥，於建國門上表諫；帝大怒，先解其頤，然後斬之。……至汜水，奉信郎王愛仁復上表請還西京，帝斬之而行。至梁郡，郡人邀車駕上書曰：『陛下若遂幸江都，天下非陛下之有！』又斬之。」

【導讀】

宋顧樂《萬首唐人絕句選評》曾經綜論李商隱的七絕說：「義山七言絕句，意必極工，調必極響，語必極艷，味必極永，有美皆臻，無微不備；真晚唐之獨出，即一代亦無多也。」可謂推崇備至矣。

在義山總計兩百零五首的七絕中，詠史之作就有四十八首之多，足以反映出詩人除了憧憬於純潔真摯的愛情而寫了大量綺艷的詩篇之外，他還極度關心政治，因此才會議論歷代的興衰成敗之跡，寄託自己難以施展的抱負。如果說愛情詩燃盡了義山的膏血，輝映出義山九死而無悔的心魂；那麼詠史詩便貫注著義山的熱誠，展現出精闢而又超卓的識見。唯有把握義山詩作中這兩大主題，才能對詩人的性靈

和志趣有一個比較完整的認識。

「乘興南遊不戒嚴」七字，是寫隋煬帝貪圖享樂，不恤民命，及驕橫任性，行險僥倖的荒淫與昏庸。煬帝晚年時，農民起義抗暴的事變頻傳，兼又盜賊蜂起，干戈擾攘，使他深覺東都洛陽頗有安全之虞；再加上窮奢極侈，縱慾尋歡，以及為所欲為的個性使然，於是便在大業十二年七月第三次南遊江都。所謂「乘興南遊」者，正是指上述的心理背景和驕奢淫佚的行為而言。「不戒嚴」三字，則指他又有過於自信的矛盾與毛病，以為自己貴為天子，自有鬼神庇祐，百姓無不畏威懷德，俯首聽命；草莽之民又豈能撼動帝王基業？因此便不顧形勢的嚴峻，一意孤行地三遊江都去也。

「九重誰省諫書函」七字，是直承「乘興」二字而來，極寫他專斷獨裁，狠愎拒諫，誅殺忠良而自掘墳墓的愚蠢行徑。「九重」二字，極顯其峻極於天的獨夫形象；「誰省諫書函」，則寫他怒斬膽敢諫阻他冶遊的任宗、崔民象、王愛仁之後，人人自危，以致連賢良也噤若寒蟬的恐怖氣氛。簡單的幾個詞語，便把煬帝剛悍殘酷的性情表露無遺了；尤其是以反詰語氣來質疑，彷彿是出自煬帝狂妄、威嚇之口吻，更顯示出他冥頑不靈的昏庸與暴虐。

「春風舉國裁宮錦」七字，一改前半兩句的樸質與激切，而以清詞麗句來表現煬帝以百姓為芻狗的虐民行徑。「春風」二字的點染，暗示為了滿足煬帝南遊的雅興，即使是在春疇種作之事繁忙的時節，百姓仍然得被迫荒廢農務，全心全力替荒淫的天子裁製宮廷所用的錦緞！試想：舉國民眾於春暖花開時節就能開始裁製宮錦，則在此之前又須要耗費多少心力才能完成種桑、養蠶、繅絲、紡織等繁複的工序？又得耗費多少民力才能搜刮到雲屯山積的錦緞，足以應付舉國裁製時之所需呢？而當舉國投入裁製宮錦的行列時，又得耽誤多少農時，造成日後多少百姓挨餓受凍呢？則煬帝對百姓的戕摩剝削之嚴重，與視民如草芥之可惡，也就不言可喻了；因此劉拜山《唐人絕句評注》說：

「不惜傾天下國家，以供一己之淫慾；獨夫行徑，刻劃無餘，抵得許多議論。」

而這些盈倉溢庫、堆積如山的皇家宮錦，最後作了什麼用途呢？原來是「半作障泥半作帆」！《晉書‧王濟傳》載王濟善解馬性，「嘗乘一馬，著連乾障泥，前有水，終不肯渡。濟云：『此必是惜障泥。』使人解去，便渡。」詩人暗用此典，表示連馬都知道珍惜物品而不肯涉水以免玷污，煬帝卻以之為侍衛騎兵的障泥和龍舟的風帆，則煬帝之不恤民力，暴殄天物，也就意在言外了。尤其是連風帆和障泥都講究最高級、最珍貴的宮錦，則他的龍舟之富麗，皇后的翔螭舟、嬪妃的浮景舟，及貴人、美人、十六院妃子的漾彩舟，和隨行的千艘大船之堂皇，再加上兩岸翊衛的二十萬騎兵與所有隨從人員的衣食、器用耗費之鉅大，也就不言可喻了。試想：當煬帝的龍舟已經從洛陽西苑出發五十天之後，還有隨從的船隻才剛剛駛離岸邊；則浩浩蕩蕩綿延二百里旌旗蔽空的景象，豈不令人有漪歟盛哉之嘆？而這批人長時期行船所須的山珍海味、錦衣玉食，又將造成多少百姓節衣縮食至不成人形的模樣？因此何焯《義門讀書記》說：「『春風』二句，借錦帆事點化，得水陸繹騷，民不堪命之狀，如在目前。」姚培謙《李義山詩集箋注》甚至更進一步說：「用意在『舉國』二字。『半作障泥半作帆』，寸絲不掛者可勝道耶？」

這首批判煬帝奢侈盤遊的七絕，以「乘興」見其驕縱無度，以「誰省」見其剛愎狠戾；以「春風舉國」流露出詩人的感慨，以「障泥錦帆」寄寓詩人的沉痛。讀來只覺措辭委婉，託諷幽深，和義山其他犀利而尖刻的詠史之作頗有不同；可見沈德潛《唐詩別裁》所謂「義山長於諷諭，工於徵引，唐人中另闢一境。顧其中譏刺太深，往往失之輕薄」的說法，仍有偏頗之處，反而不如管世銘《讀雪山房唐詩抄》「用意深微，使事穩愜」的評價以及施補華《峴傭說詩》「義山七絕以議論驅駕書卷而神韻不乏，卓然有以自立；此體於詠史最宜」的看

法來得持平公允。

【評點】

01　屈復：寫舉國皆狂，煬帝不說自見。（《玉谿生詩意》）

02　紀昀：後二句微有風調，前二句詞直意盡。（《玉谿生詩說》）

03　劉學鍇：「錦帆」事見諸史篇，「障泥」事則出之想像，一實一虛，概括反映南遊所耗費之巨大人力物力。「舉隅見煩費」，正緣所舉之隅具有典型性。二句運筆亦迭宕多姿，對比鮮明，於風華流美之格調中寓深沉思想。（《李商隱詩歌集解》）

296 隋宮（七律）　　　　　　　　　　李商隱

紫泉宮殿鎖煙霞，欲取蕪城作帝家。玉璽不緣歸日角，錦帆應是到天涯。於今腐草無螢火，終古垂楊有暮鴉。地下若逢陳後主，豈宜重問後庭花？

【詩意】

　　隋煬帝閒置了長安紫泉水南邊的宮殿，讓它們深鎖在縹緲的煙霞之中，另外在洛陽到揚州的運河邊修築了幾十座繁華富麗的離宮來玩樂；到了晚年，更打算遷都到風光明媚的揚州，頗有偏安東南的意圖。如果不是因為傳國的玉璽落入額角寬廣、天庭飽滿得有如太陽的本朝高祖皇帝手中，想必他還要從揚州乘坐著華麗的大龍舟，掛滿由錦緞所製成的風帆，玩遍天涯海角吧！如今，巍峨的隋朝宮殿早已被衰颯腐爛的叢草所湮沒，再也沒有盈千累萬的螢火蟲可以替他把山谷照耀得如同白晝的盛況了；從他敗亡以後，隋堤綠影千里的垂楊岸邊，始終都只有烏鴉在黃昏時聒噪著哀傷淒涼的腔調了（再也看不到錦帆成

林、旌旗蔽空的盛況了）！隋煬帝遊覽到九泉之下，如果遇到和他同樣以荒淫亡國的陳後主時，哪裡還合適請張麗華表演曼妙醉人的〈玉樹後庭花〉舞曲呢？

【注釋】

① 「紫泉」二句──謂煬帝竟欲放棄自古帝王宅京的金城長安，反欲長駐於兵災不斷的揚州而大起宮殿。紫泉，原名紫淵，是長安北邊的河水名，因避唐高祖李淵的名諱而改稱；此處代指隋朝京都長安的宮殿。鎖煙霞，籠罩在朝煙暮霞之中，乃狀其冷清寂落；蓋煬帝在位十四年中僅有一年左右待在長安，故云「鎖煙霞」。蕪城，即隋之江都（今江蘇省揚州市）。江都舊名廣陵，因鮑照以〈蕪城賦〉哀悼廣陵故城在飽經烽火後殘破荒涼的景象，故後人以「蕪城」代指廣陵。作帝家，作為國都。

② 「玉璽」句──意謂所幸政權為唐高祖所得，否則難以想像其勞民傷財的佚遊將何時終止。玉璽，代表帝王政權的印璽。緣，因也；不緣，不因、若不是由於。日角，指人的額骨隆起飽滿如日狀，舊時謂有帝王之相，此以日角代指李淵；《舊唐書·高祖紀》載隋恭帝義寧二年（618）遜位，遣使持節奉皇帝璽綬於高祖。

③ 「錦帆」句──錦帆，朱鶴齡注引《開河記》曰：「煬帝御龍舟幸江都，舳艫相繼，自大堤至淮口，聯綿不絕；錦帆過處，香聞十里。」到天涯，雖出於作者揣測，然亦有其合理性[1]。

④ 「於今」句──謂原本金碧輝煌的隋宮，久已殘破，惟餘荒園腐草，不復見閃爍明滅的螢火[2]；《隋書·煬帝紀》載大業十二年壬午，「上於景華宮徵求螢火，得數斛，夜出遊山，放之，光遍巖谷。」舊注引《廣陵志》載揚州舊城七八里外有煬帝放螢苑，今揚州古跡亦有隋螢苑之名。

⑤ 「終古」句──謂早已冷落的隋堤，亦惟聞棲息柳蔭的暮鴉聒噪，

不再有當年錦帆成林、旌旗蔽空的氣派了。終古，永久、永遠。垂楊，煬帝繼位前曾久任揚州總管，長期駐紮江都，非常嚮往六朝繁華，故即位後便徵調百萬餘民夫開鑿長達二千里的運河；其中河面寬四十步，兩岸築成大道，栽以楊樹、柳樹³的一段，號曰隋堤。

⑥「地下」二句—以想像的畫面申述煬帝終將有地府之遊，並譏諷楊廣為太子時假意鄙夷陳後主的荒淫享樂，登基為帝後反欲一睹張麗華〈玉樹後庭花〉舞姿之曼妙⁴，實非所宜。陳後主、後庭花，見杜牧〈泊秦淮〉詩注③。

【補註】

01 蓋大業元年煬帝詔令營造東都洛陽時，即下令開鑿大運河。首先是通濟渠，由洛陽的西苑東至淮河邊上之山陽（今江蘇淮安市），溝通了洛水、黃河、淮河；又接通夫差所開通的邗溝，通向長江。大業四年（608），大運河向北延伸，開永濟渠，引沁水南到黃河，北至涿郡（今河北省涿州市）；六年，又向南延伸，由京口（今江蘇省鎮江市）引江水到餘杭（今浙江省杭州市）八百里，寬十餘丈，有南遊會稽（今浙江省紹興市）之志，只是未及實現壯遊心願而已。

02 螢火蟲產卵於水濱草根，幼蟲伏於土中；翌年春，再由蛹化為成蟲而熠耀發光，古人卻誤以為乃腐草所化，故《禮記·月令》曰：「腐草為螢。」

03 高步瀛注引《開河記》曰：「時恐盛暑，翰林學士虞世基獻計，請用垂柳栽於汴渠兩堤上。一則樹根四散，鞠護河堤；二乃牽舟之人護其陰；三則牽舟之羊食其葉。上大喜，詔民間有柳一株，賞一縑。百姓競獻之。又令親種，帝自種一株，群臣次第種，方及百姓。時有謠言曰：『天子先栽（按：取其諧音「災」）。』

栽畢，帝御筆寫賜垂柳姓楊，曰『楊柳』也。」

04 舊注引《隋遺錄》曰：「煬帝在江都，昏湎滋深。嘗遊吳公宅雞臺，（睡夢）恍惚間與陳後主相遇，尚喚帝為殿下（按：後主死前楊廣尚為太子，故以殿下稱呼）。後主舞女數十許，羅侍左右，中一女迥美。帝屢目之，後主云：『殿下不識此人耶？即麗華也。』俄以綠文測海蠡（按：酒杯名）酌紅粱新釀勸帝，帝飲之甚歡。因請麗華舞〈玉樹後庭花〉。麗華……乃徐起，終一曲。後主問帝：『蕭妃（按：疑指煬帝之蕭皇后）何如此人？』帝曰：『春蘭秋菊，各一時之秀也。』……後主問帝：『龍舟之遊樂乎？始謂殿下致治在堯舜之上，今日復此逸遊。大抵人生各圖快樂，曩時何見罪之深邪？』帝忽悟（按：醒轉），叱之云：『何今日尚目（按：稱呼）我為殿下，復以往事譏我邪？』隨叱聲，恍然不見。」

【導讀】

老杜在〈江上值水如海勢聊短述〉詩中自言：「為人性僻耽佳句，語不驚人死不休。」拿這兩句詩來看李商隱的詠史諸作，就可以發覺到義山的確是老杜的傳人；因為他往往能夠鎔裁典實，運古入化，而且意想出奇，獨抒己見，使人對他議論的警策嘆賞不置之餘，不能不對他的高才卓識傾心不已，無怪乎王安石說：「唐人知學老杜而得其藩籬者，惟義山一人而已。」（《蔡寬夫詩話》引）我們仔細吟賞義山的詠史名句，如〈馬嵬〉：「海外徒聞更九州，他生未卜此生休」、〈籌筆驛〉：「猿鳥猶疑畏簡書，風雲長為護儲胥；徒令上將揮神筆，終見降王走傳車」、〈曲江〉：「天荒地變心雖折，若比傷春意未多」、〈北齊〉：「一笑相傾國便亡，何勞荊棘始堪傷？小憐玉體橫陳夜，已報周師入晉陽」、〈詠史〉：「三百年間同曉夢，鍾山何處有龍蟠」、〈南朝〉：「休誇此地分天下，只得徐妃半面妝」、〈龍池〉：「夜

半宴歸宮漏永，薛王沉醉壽王醒」等，便可以發覺議論縱橫，奇趣橫生；而且鞭辟入裡，爽利無匹，簡直令人拍案叫絕。可見義山豈止得老杜藩籬而已？其沉鬱頓挫及雄健遒勁之處，已可登堂而入室矣！本詩正屬於這類傳承老杜風骨而得其神髓的名作。

隋煬帝是歷史上有名的好大喜功而又驕奢淫逸的亡國之君，即位之初就徵調民夫二百萬人營建東都，並徵調三百餘萬人修築通濟渠，以便能由洛陽西苑乘船直抵二千里外的江都。沿途廣設驛站，每兩驛即建一座離宮，總計四十餘處；又在揚州築江都宮，壯麗非凡，過著紙醉金迷的生活。他先後三次南遊江都，龍舟所經之處及其鄰近州縣均得供奉山珍海味，佳餚美饌。地方長官為了滿足長達二十餘里的鐵騎儀衛所須之花用，更是橫徵暴斂，窮搜極刮，以致民不聊生，怨聲載道。大業三年起，由河北諸郡徵調數十萬民夫開鑿太行山以達并州，後又修築由榆林（今內蒙古托克托西南）到薊州（今河北省薊州區）長達三千里，寬約百步的御道，並徵調百萬民夫修築長城。大業八年起，三次遠征高麗，發兵逾百萬，死傷無數。種種窮奢極慾、好大喜功的作為，導致農業凋敝，生靈塗炭，以致群雄抗暴起義，如風起雲湧；終於在大業十四年為叛將宇文化及所縊殺，葬於江都城西的吳公臺下。

李商隱熟讀歷史之餘，深感歷朝的亡國之君，往往荼毒生靈，貽害天下，令人痛心疾首；因此形諸詩篇，期能借古諷今，作為千秋萬世的殷鑑。本詩正是這類作品中的傑作，因此佳評如潮。楊逢春《唐詩繹》說：「此詩全以議論驅駕事實，而復出以嵌空玲瓏之筆，運以縱橫排宕之氣；無一筆呆寫，無一句實砌，斯為詠史懷古之極。」范大士《歷代詩發》說：「風華典雅，真可謂百寶流蘇，千絲鐵網。」

「紫泉宮殿鎖煙霞」七字，是寫煬帝在位的十四年間，貪圖冶遊享樂，以致閒置長安巍峨壯麗的宮殿，空讓千門萬戶封鎖在朝煙暮霞之中，反而耽溺於洛陽宮殿的瓊樓玉宇，奇峰曲水。後來因為北方抗

暴起義之舉越演越烈，他深感洛陽也有安全顧慮，再加上長久以來無法忘情煙花明媚的揚州，於是在大業十二年七月又決定南幸江都，頗有偏安東南，樂不思蜀之意，因此詩人接著說：「欲取蕪城作帝家」。首句以字面華麗的「紫泉」和「煙霞」熠耀生輝，相映成趣；詩人只在其間用一個「鎖」字稍加點染，便頓時化瑰麗的畫面為陰沉的情境，可謂筆力千鈞，託寓深遠。次句又取「蕪城」字面的荒涼殘破之義，來和首句秀媚華麗的色彩形成鮮明對比，暗示煬帝捨棄崤山、函谷關的天險及歷代帝王龍興之地的不智，並凸顯出他竟然選擇荒蕪之區而自取敗亡之兆的愚蠢。何況揚州不過是風月繁華之區，豈若長安之固若金湯？煬帝竟只為了滿足個人的驕奢淫逸，竟膽敢違反天意，勞民傷財，先後為了營建洛陽的宮殿與開鑿運河，徵調民伕數百萬人，終因百姓死傷枕藉而民怨沸騰，以致禍起蕭牆，基業動搖。因此，頷聯便進一步發揮想像力，深入煬帝的靈魂之中去揣摩他的性格，設想若非李淵順天應人，弔民伐罪，取而代之，則煬帝之盤樂冶遊，將不知止於何時何處？而蒼生顛沛流離、轉填溝壑的慘禍，又將不知何日方休矣！

「玉璽不緣歸日角」七字，暗承首句棄置關中的脈絡而來，顯示出國祚的轉移，殆有天命；以及煬帝之智短慮淺，倒行逆施，終將敗亡之意。「錦帆應是到天涯」七字，又承次句遊幸江都之意而發，更見驕縱狂野之心，早已放蕩迷失而不知返；則其盤遊之結果，必然拱手讓出江山的寓意，也就呼之欲出了。按照因果關係來看，應該是先有「欲取蕪城作帝家」之因，才會有「紫泉宮殿鎖煙霞」之果；先有「錦帆到天涯」之因，才會有「玉璽歸日角」之果。可是詩人在這兩句中卻故意錯綜因果、交蹉語序來發揮想像與推理能力，因而顯得脈理綿密，章法嚴謹，又能運典入化，翻空出奇；再加上命意精警，託諷遙深，因此備受詩家推崇。金聖嘆《貫華堂選批唐才子書》說：「寫淫暴天子，流連荒亡，無有底極，最為條暢盡事。」何焯《義門讀書

記》說：「無句不佳，三、四尤得杜家骨髓。」紀昀《玉谿生詩說》說：「『不緣』『應是』四字，跌宕生動之極。無限逸遊，如何鋪敘？三、四句只作推算語，便連未有之事，一併託出，不但包括十三年中事也；此非常敏妙之筆。」

大抵而言，首句發唱高挺，便有無限惋惜之意；次句銜接自然，暗藏許多感慨。三、四設想雖出人意料之外，而推論又在情理之中。尤其是前四句中，除批判獨夫荒淫無度於字句之外，又融入詩人悲天憫人的胸懷於筆墨之中，最見作者憂國傷時的情懷，的確不愧是老杜的嫡傳心法；再加上因果之倒置、句式之錯綜、對偶之奇巧、運典之渾融、寄慨之遙深等，與老杜的名作相比，果然形神逼肖，風調相仿。何焯以為深得詩聖骨髓，的確眼光獨到。

「於今腐草無螢火，終古垂楊有暮鴉」兩句，是由頷聯的虛擬之筆所拓開出的遼闊景象，轉筆折回現實情境，並採用今昔對比的形式，描繪出兩幅蕭颯荒涼的畫面，藉以凸顯出物是人非的滄桑之感。詩人化用煬帝夜遊放螢，輝耀山谷的典實，並轉換柳映隋堤，牽風引浪的畫面，卻能顯得揮灑自如，游刃有餘，的確功力深厚，令人折服；因此方東樹《昭昧詹言》說：「先君云：寓議論於敘事，無使事之跡，無論斷之跡，妙極！妙極！」詩人只是在舊有的典實中加上「於今無」「終古有」六字，來作虛實的點染和對比，便把黍離麥秀之悲、華屋丘墟之痛，寫得空廓迷茫，蒼涼沉鬱，而又狀溢目前，因此吳師道《吳禮部詩話》稱賞中間兩聯虛詞和實字的靈活搭配說：「日角、錦帆、螢火、垂楊是實事，卻以他字面交蹉對之，融化自稱，亦其用意深處，真佳句也。」方東樹也說：「純以虛字作用。五、六句興在象外，活極！妙極！可謂絕作。」這是因為時間副詞用得峭折蒼勁，形成強烈的今昔對比；而且一有一無，虛實相涵，既寓有委婉的諷刺，又流露深沉的喟嘆，因此顯得跌宕頓挫，風神搖曳。再者，這兩句似乎又把隋朝國祚之飄搖微弱，寫得如同螢火之閃爍不定，而又終與之俱滅；

同時又借昏鴉之聒噪，反襯昔日錦帆成林之繁華成空，鐘鼓絲竹之喧
闐銷歇，自然使人觸目傷神，入耳驚心，油然而生逸豫喪身、驕奢亡
國之感慨。

「地下若逢陳後主，豈宜重問後庭花」兩句，是從冷清寥落的場
景中盪開筆勢，憑空翻騰出使人驚心動魄的一問。由於陳叔寶和楊廣
生前都以荒淫豪奢而著名，死後又同享諡號「煬」字，因此詩人斥責
楊廣：既步上陳叔寶之後塵而重蹈亡國之覆轍，則地下相逢，豈可毫
無愧色地苛責後主之昏庸誤國？這兩句冷嘲熱諷，極為峻切嚴厲，而
又辛辣犀利；真足以振聾發聵，快人心目！其中「地下」二字，既承
接前面的敗亡之象，又順筆帶出後庭花與張麗華，以見楊廣之荒淫遠
勝後主，更是搜玄入冥，意想奇警的妙句，值得嘆賞；因此張采田《李
義山詩辨正》說：「結以冷刺作收，含蓄不盡，斂覺味美於回。律詩
寓比興之意，玉谿慣法也。」

【評解】

01 范晞文：詩家病使事太多，蓋皆取其與題合者類之，如此乃編事，
雖工何益？……〈隋宮〉詩云：「玉璽不緣歸日角，錦帆應是到
天涯。」又〈籌筆驛〉云：「管樂有才真不忝，關張無命欲何如。」
則融化斡旋，如自己出，精粗頓異也。（《對床夜語》）

02 吳師道：日角、錦帆、螢火、垂楊是實事，卻以他字面交蹉對之，
融化自稱，亦其用意深處，真佳句也。（《吳禮部詩話》）

03 周珽倫：通篇以虛意挑剔譏意，即結語不曰難面陰靈於文帝，而
曰豈宜問淫曲於後主，見殷鑒不遠，致覆成業於前車，可笑可哭
之甚，殊有深思。（《唐詩選脈箋釋會通評林》）

04 陸次雲：五六是他人結語，用在詩腹，別以新奇之意作結，機杼
另出，義山當日所以獨步於開成、會昌之間。（《唐詩善鳴集》）

05 胡以梅：按詩情乃憑弔淒涼之事，而用事取物卻一片華潤。本來

西崑出筆不宜淡薄，加以煬帝始終以風流淫蕩滅亡，非關時危運盡之故，即以誚之耳，最為稱題。（《唐詩貫珠》）

06 沈德潛：言天命若不歸唐，游幸豈止江都而已？用筆靈活。後人只鋪敘故實，所以板滯也。末言亡國之禍，甚於後主，他時魂魄相遇，豈應重以〈後庭花〉為問乎？（《唐詩別裁》）

07 楊逢春：此詩全以議論驅駕事實，而復出以嵌空玲瓏之筆，運以縱橫排宕之氣，無一筆呆寫，無一句實砌，斯為詠史懷古之極。（《唐詩繹》）

08 查慎行：前四句中轉折如意。三四有議論，但「錦帆」事實，「玉璽」事湊。（《瀛奎律髓匯評》引）

09 趙臣瑗：寫淫暴之主，縱心敗度，至於無有窮極，真不費半點筆墨。「不緣」「應是」，當句呼應，起伏自然，迥非恒調。「日角」「天涯」，對法尤奇。五六節舉二事，言繁華過去，單剩悽涼，為古今煬帝一輩人痛下針砭。末聯運實於虛，一半譏彈，一半嘲笑。（《山滿樓箋注唐詩七言律》）

10 何焯：無句不佳，三四尤得杜家骨髓。前半拓展得開，後半發揮得足，真大手筆。發端先言其虛關中以授他人，便已呼起第三句。（《義門讀書記》卷 57） ○著此一聯，直說出狂王抵死不悟，方見江都之禍，非出於偶然不幸，後半諷刺更覺有力。（《義門讀書記》）

11 陸崑曾：與〈南朝〉一篇，同刺荒淫覆國。彼用諧語（按：指「只得徐妃半面妝」），讀者或易忽略；此則莊以出之，自能令人驚心動魄，怵然知戒也。……迄今景華腐草，螢火無光；板渚垂楊，暮鴉空噪；憑弔其間，有不堪回首者。（《李義山詩解》）

12 姚培謙：……獨怪其吳公臺遇鬼之時，猶以〈後庭花〉為問，是不惟欲到天涯，且欲窮地下矣。痴人無心肝至是哉！（《李義山詩集箋注》）

13 紀昀：一氣流走，無復排偶之跡。首二句一起一落，上句頓，下
　　句轉，緊呼三四句。「不緣」「應是」四字，跌宕生動之極。無
　　限逸遊，如何鋪敘？三四句只做推算語，便連未有之事，一併託
　　出，不但包括十三年中事也，此非常敏妙之筆。（《玉谿生詩說》）

14 方南堂：所謂「語不驚人死不休」者，非奇顯怪誕之謂也，或至
　　理名言，或真情實景，應手稱心，得未曾有，便可震驚一世。……
　　李商隱之「於今腐草無螢火，終古垂楊有暮鴉」，不過寫景句耳，
　　而生前侈縱，死後荒涼，一一託出，又復光彩動人，非驚人語乎？
　　（《方南堂先生輟鍛錄》）

15 黃叔燦：五十六字中以議論運實事，翻空排宕，與〈南朝〉詩同
　　一筆意。（《唐詩箋注》卷六）

16 俞陛雲：玉谿之〈馬嵬〉〈隋宮〉二詩，運古入化，最宜取法。
　　（《詩境淺說·續編》）

297 風雨（五律）　　　　　　　　　　李商隱

淒涼寶劍篇，羈泊欲窮年。黃葉仍風雨，青樓自管
絃。新知遭薄俗，舊好隔良緣。心斷新豐酒，消愁
斗幾千？

【詩意】

　　我也有本朝前期名將郭震（在還沒有得到賞識提拔之前）高詠〈寶
劍篇〉的奇文異采和雄心壯志，奈何卻沒有他時來運轉，終於得到明
君召見垂詢而施展抱負的際遇，只能年復一年地寄跡幕府，無休無止
地羈旅漂泊，飽嚐悽涼心酸的滋味；如今，已經陷入日暮途窮、潦倒
落拓的窘境了！回首生平，體弱多病的我，猶如枝頭枯槁的黃葉隨時

都會飄墜一般，已經夠令人思之黯然了；何況又遭到命運的風雨無情
的摧殘，就更令人念之神傷了。因此，我只好在青樓酒館中自顧聽歌
買醉，消散牢愁，以求一時的逃避和短暫的解脫！多年來，新交的知
己，遭受到澆薄世俗惡意地詆毀，我也因而備受排擠和打壓；而舊時
的好友，良緣早已阻隔，情誼早已斷絕，使我更是進退狼狽，左右為
難。太宗時期，馬周曾經落拓失志，獨自在新豐旅舍悠然暢飲美酒，
後來也蒙受召見和垂詢的恩寵而青雲得志；可是我遠離京華，只能斷
絕這種被破格拔擢的癡心妄想了……。能夠澆平我鬱積的塊壘，或者
能夠撫慰我內心傷痛的新豐美酒，一斗要價幾千呢？儘管拿來吧！

【注釋】

① 詩題—本詩殆為義山羈泊異鄉，偶登酒樓，正值淒風苦雨之時，
　　不覺回首前塵，感慨萬千，遂以「風雨」象徵飄搖的時勢、坎壈
　　的際遇、偃蹇的仕途、冷酷的宦海及悲苦的生平，述志抒懷，藉
　　宣鬱憤之作。本詩大約作於四十六歲擔任鹽鐵推官之時，距詩人
　　辭世僅一年耳。

② 「淒涼」二句—以郭震（字元振， 656－713）蒙內召而拔擢之事，
　　反襯自己平生失路漂泊，懷才不遇的心酸淒涼。「淒涼」二字，
　　並非修飾〈寶劍篇〉的定語，而是全詩主旨所在，籠罩全篇，直
　　貫末句。〈寶劍篇〉，初唐郭震落拓未遇時曾以龍泉寶劍自比而
　　作詠物抒懷的古詩，詩末云：「非直結交遊俠子，亦曾親近英雄
　　人。何言中路遭棄捐？零落飄淪古獄邊。雖復塵埋無所用，猶能
　　夜夜氣沖天。」顯然是借古劍的沉埋，寄寓英雄失路、志士沉淪
　　的悲憤與孤傲之氣，在慷慨激宕的悲歌中展現出積極用世的熱情。
　　按：郭震十八歲擢進士第，授梓州通泉尉。後則天聞其名，於驛
　　站召見，上〈古劍篇〉，武后嘉嘆之餘，又令抄寫數十本，遍賜
　　學士李嶠、閻朝隱等，郭震因而青雲得路，遂展平生志負；其事

跡參見《新唐書・列傳第四十七》。羈泊，羈縻於卑微的幕職而漂泊四方；庾信〈哀江南賦〉：「下亭飄泊，高橋羈旅。」欲，即將。窮年，終其一生。

③ 「黃葉」二句——見黃葉更遭風雨摧殘而觸物興感，遂慨歎身世飄零，淪落不偶，只好獨登青樓飲酒，聽歌強歡。黃葉，象喻飄零的身世與衰朽的殘生。仍，更兼也；仍風雨，更兼命途多舛，際遇坎坷。青樓，常借指富貴人家[1]，然此處殆指青旗招展的酒樓。自，自顧也，有沉湎不反之意。管絃，指徵歌選聲，尋歡作樂而言。自管弦，獨自聆曲聽歌以散愁遣悶。

④ 「新知」二句——謂新近相識者，頗遭澆薄世俗的詆毀；而舊日友好者，又良緣阻隔而日漸疏遠。新知，難以確指，時恩公令狐楚與岳父王茂元均已過世；由「新」字及「遭薄俗」一語觀察，可能指宣宗即位後，因朋黨傾軋而失勢的諸友而言[2]。

⑤ 「心斷」句——謂絕望於馬周窮而後達的機緣，因此僅能買醉消愁而不吝於酒價的昂貴。心斷，灰心絕望。新豐，在今陝西省臨潼區東北，以產美酒而著名。按：此處暗用馬周（601－648）典故，《舊唐書・列傳二十四・馬周傳》載馬周客遊時屢不得志，乃前往長安，宿於新豐逆旅，主人只對諸商販殷勤而不招待周，遂命酒一斗八升，悠然獨酌，主人深異之。至京師，舍於中郎將常何（586－653）家。貞觀五年，太宗令百僚上書言得失，馬周乃為常何條陳二十餘事以奏，太宗即日召見馬周，相談甚悅，令直門下省。六年，授監察御史。太宗嘗曰：「我於馬周，暫不見則便思之。」後人常以馬周之事為窮而後達的顯例。消愁斗幾千，謂但能消愁，不惜酒價之高昂。

【補註】

01 「青樓」句，一般的解說以為：青樓，喻豪貴之家；自，卻也。

亦即詩人以自己之潦倒落拓，對比權貴之笙歌達旦，抒發其悲憤不平之氣。然筆者以為唐人不以流連聲色，沉湎風月為恥，反而視為年少豪邁，風流倜儻之表現，或者將青樓作為可以寄託失意悲憤，也可以消愁釋恨的溫柔鄉；況且詩中似無借窮通榮枯之對比，來譏諷豪貴驕奢淫逸之必要，是以不取此說，而將本句解釋為借酒澆愁之無奈。

02 舊注多謂「新知」指王茂元，其時王茂元既已過世多年（按：卒於會昌三年，距作詩時已十四年矣），似難謂之「新知」；因此不妨以「新知」代指應聘為王茂元幕僚之後所交往的對象（多為傾向李黨之人），以及大中元年以後，牛黨得勢而遭傾軋排擠的長官與朋友。又，舊注多謂「舊好」指令狐綯而言，大抵上無誤。蓋義山少年時曾得綯父令狐楚之提攜栽培，親授駢文，並令子弟與義山筆硯相親，同遊共處；又納為幕客，多所沾溉。然義山自締婚王氏之後就蒙上「放利偷合」「詭薄無行」之惡名，並無端被捲入朋黨之爭的漩渦中；尤其是牛黨得勢後，他更是沉淪下僚，不得奧援。

【導讀】

本詩大約是詩人長年羈旅外州，萍飄梗逐之餘的深沉慨歎。依照詩義推測，可能是詩人在風雨之夕獨登酒樓，打算買醉澆愁；奈何酒入愁腸之際，管絃之撩亂與風雨之淒其，更勾惹詩人滿腹之牢騷與悵恨。百無聊賴之餘，不免細思往事，追念前賢，感慨身世坎坷，壯志沉埋，於是以磊落頓挫之詞，抒發鬱勃激盪之氣，而有本詩之作。全篇讀來，有如一代奇士在風燭殘年時高唱的身世哀歌，自有無限滄桑之感；屈復《玉谿生詩意》說：「當淒涼羈泊時，風雨之夕，聽青樓管絃，因感新知舊好，而思斗酒銷愁，情甚難堪。」可謂深得騷心之言。

　　「淒涼寶劍篇，羈泊欲窮年」兩句，是感慨自己也有寫作〈寶劍篇〉的郭震那般英雄的意氣、遠大的抱負和超卓的才調；奈何卻始終青雲路斷而沉淪下僚，不得如郭震時來運轉而壯志凌霄，因此只能把無人識拔，懷才不遇的牢騷，和金劍沉埋，英雄遲暮的悲憤，貫注於筆墨，發唱為詩篇，而自覺淒涼與辛酸而已！「淒涼」兩字，冠於篇首而通貫全詩，流露出自哀自憐的濃厚感傷；以下各句之意，全不脫此二字的籠罩，等於是詩人一生潦倒困窘的寫照，讀來特別沉重。〈寶劍篇〉，是唐初郭震所作的一首意氣豪邁，慷慨激昂的古詩，內容是借古劍之沉埋，寄寓英雄失路、志士沉淪的悲憤與孤傲之氣，同時也展現出積極用世的熱情。詩人化用郭震以龍泉劍自比而得到提拔的典故，除了寄託歆羨之情，暗藏悲憤之意以外，還以「寶劍」兩字代指自己積極用世的志願、卓絕的才識和宏偉的抱負，流露出孤傲自負的神態；但是在「淒涼」兩字的點染下，就又寄託著儘管自己具有龍泉和太阿這等神兵利器的光芒，卻始終未能及鋒而試，只能淪落沉埋的淒涼心聲，因此便顯得語苦意悲，令人感慨了。「羈泊」兩字，寫出輾轉漂泊，只能寄人籬下的辛酸；「欲窮年」見出日暮途窮，歲不我與的沉痛之懷，讀來悲涼滿紙，使人不勝唏噓。

　　「黃葉仍風雨」中的「黃葉」兩字，既象喻自己年老體衰，也代表飄零的身世、憔悴的心境、枯槁的形貌和黯淡的前程；再加上「仍風雨」三字更進一層的渲染，便使現實的冷酷無情、際遇的坎坷艱苦、命運的橫暴肆虐、生命的危苦脆弱、宦途的漂泊不定，都有了鮮明的形象，使人目擊心驚。面對如此險惡詭譎的淒風苦雨，詩人也只能獨登青樓，尋歡買醉，以求一時的麻痺與逃避了，因此說：「青樓自管絃」。奈何屋外風雨，令人戚然興悲，而舉杯澆愁，愁腸彌痛；偏又管絃沸揚，更加亂人心神，因此詩人只能無可奈何地遁入思往憶舊的情懷之中了。

　　紀昀《玉谿生詩說》曰：「『仍』字、『自』字，多少悲涼。」

這是因為「仍」字是「更兼」之義，是在原有的愁苦之上，再翻疊出一層深痛；而「自」字是「自顧」之義，其中含有「無可如何，只好如此」以及「捨此無以銷愁釋恨」的無奈之意。兩個虛詞自相扣合，彼此勾連，便有流水對的一氣呵成之勢，也有就此耽溺沉淪，一往不復的深悲極痛；因此薛雪《一瓢詩話》說：「老杜善用『自』字……。李義山『青樓自管絃』……之類，未始非無窮感慨之情，所以直登老杜之堂，亦有由矣。」可見一個「自」字竟能有沉鬱頓挫的萬鈞之力！詩人那種「哀莫大於心死」的絕望之意，已經隱隱透出，而又直貫詩末的「心斷」二字；無怪乎孫洙也特別拈出「仍」字、「自」字為讀者宜加留意的詩眼所在。

　　「新知遭薄俗，舊好隔良緣」兩句，是詩人在舉杯更愁之際，噴薄而出的心靈吶喊，可見其傷痛之深。原來詩人半生際遇之困厄與仕途之冷淡，全肇因於他先得到隸屬牛僧孺集團的前宰相令狐楚之栽培，後來竟娶了親近敵對陣營（李德裕集團）的節度使王茂元之女，從此被牛黨中人視為投機取巧的「放利偷合」之輩。正式進入仕途後，又曾供職於李黨健將鄭亞的桂管幕下，更觸犯了朋黨傾軋時的禁忌，又有背義忘恩、詭薄無行之譏，而為牛黨中人與恩師之子令狐綯所不齒。因此他在思前想後，撫今追昔之際，不免感慨冷酷的政治風雨，已經無情地侵襲友誼的領域，以致使他備受誣枉，既累及新知，又負盡舊好，從此陷入了進退失據、孤立無援的困境，只能空憶良緣，徒喚奈何了！詩人那種愧對新知的刺心之痛，和錯失良緣的悔恨交加之情，便相互衝突激盪成悲憤莫名的狂濤，幾乎淹沒他的心靈，澆熄他的意志，因此他才又以消沉頹廢至極的口吻，說出「心斷新豐酒」的絕望！

　　詩人在自斟自飲之際，想到曾在新豐客舍遭到冷落而怡然自得地獨酌美酒的馬周，終究能否極泰來，承蒙太宗眷寵而榮任御史；自己卻只能羈泊遠州，獨飲悶酒，備嚐沉淪落魄之苦，因此不免感傷地吟出「銷愁斗幾千」的疑問來。尾聯兩句既表現出不惜傾盡所有，千金

買醉的痛苦，也表現出縱有新豐美酒，亦難消萬古牢愁的悲恨；同時又以疑問作結，流露出苦悶難遣，愁恨難消的無奈，以及不知何去何從的茫然與黯然！

　　儘管紀昀《玉谿生詩說》稱本詩為「神力完足」之作，可是他又認為腹聯「新知遭薄俗，舊好隔良緣」兩句有太過露骨的瑕疵（《李義山詩集輯評》）；如此相互矛盾的看法，不免令人困惑。因此張采田《李義山詩辨正》說：「『新知』『舊好』句法，老杜及名家集中多有之，此乃一篇之主意；而謂之疵纇露骨，誠非末學所曉。」畢竟義山半生薄宦羈旅之痛，儘管淒涼百端，但是歸根究柢，仍在締婚王氏而絕令狐之親，以致不僅誤入黨爭洪流而不自知，又無力避開如此巨大的殺傷力，才使他抑鬱沉淪，不得壯飛。因此，腹聯既然是全詩所要表達的椎心之痛，就不妨筆墨淋漓，氣勢酣暢，毋須一味講求含蓄蘊藉。何況，義山自嘆「新知遭薄俗」而深感連累無辜之歉疚，又自愧「舊好隔良緣」而仍對令狐心念舊恩，無時或忘；這正是儒家所謂「躬自厚而薄責於人」的表現，符合溫柔敦厚的詩教；可見紀昀之言，正所謂求全之毀，置之可也。

【評點】

01 姚培謙：淒涼羈泊，以得意人相形，愈益難堪。風雨自風雨，管絃自管弦，宜愁人之腸斷也。夫新知既日薄，而舊好且終睽，此時雖十千買酒，也消此愁不得，遑論新豐價值哉！（《李義山詩集箋注》）

02 屈復：當淒涼羈泊時，風雨之夕，聽青樓管絃，因感新知舊好，而思斗酒銷愁，情甚難堪。（《玉谿生詩意》）

03 薛雪：老杜善用「自」字。……李義山「青樓自管絃」「秋池不自冷」「不識寒郊自轉蓬」之類，未始非無窮感慨之情，所以直登老杜之堂，亦有由矣。（《一瓢詩話》）

04 張采田：不能久居京師，翻使羈泊窮年。自斷此生已無郭震、馬周之奇遇，詩之所以嘆也。味其意致，似在遊江東時矣。《玉谿生年譜會箋》

05 劉學鍇：雖自傷身世，而字裡行間，仍見勃鬱不平之氣。首尾用事，貼切自然，畫出才士書劍飄零、英俊沉淪風貌，末聯尤不露痕跡。（《李商隱詩歌集解》）

298 韓碑 (七古) 　　　　　　　　　李商隱

元和天子神武姿，彼何人哉軒與羲。誓將上雪列聖恥，坐法宮中朝四夷。

淮西有賊五十載，封狼生貙貙生羆。不據山河據平地，長戈利矛日可麾。

帝得聖相相曰度，賊斫不死神扶持。腰懸相印作都統，陰風慘澹天王旗。愬武古通作牙爪，儀曹外郎載筆隨。行軍司馬智且勇，十四萬眾猶虎貔。入蔡縛賊獻太廟，功無與讓恩不訾。

帝曰汝度功第一，汝從事愈宜為辭。愈拜稽首蹈且舞：金石刻畫臣能為。古者世稱大手筆，此事不繫於職司。當仁自古有不讓，言訖屢頷天子頤。

公退齋戒坐小閣，濡染大筆何淋漓；點竄堯典舜典字，塗改清廟生民詩。文成破體書在紙，清晨再拜鋪丹墀。表曰臣愈昧死上，詠神聖功書之碑。

碑高三丈字如斗，負以靈鼇蟠以螭。句奇語重喻者少，讒之天子言其私。長繩百尺拽碑倒，麤砂大石相磨治。公子斯文若元氣，先時已入人肝脾。湯盤孔鼎有述作，今無其器存其辭。

嗚呼聖王及聖相，相與烜赫流淳熙。公之斯文不示後，曷與三五相攀追？願書萬本頌萬過，口角流沫右手胝。傳之七十有二代，以為封禪玉檢明堂基！

【詩意】

年號元和的天子有著神聖威武的稟賦，他期望自己是何許人呢？他想要像軒轅黃帝和伏羲氏那麼英明偉大，所以他立誓要洗刷列祖列宗以來藩鎮割據的恥辱，並且端坐在莊嚴的正殿之中，讓四方蠻夷都來朝拜覲見。

淮西地區被亂臣賊子割據了五十年之久，他們就像巨狼生下了大貙（按：五趾虎），大貙又生下了熊羆一樣，一代比一代還要殘暴，一個比一個還要猖獗；他們不去盤踞在荒山野水之間，反而盤踞著百姓居住的平地。他們兵強馬壯，以為只要揮舞著長戈利矛，連太陽都得聽他們的吆喝指揮！

所幸君王得到了著名的大臣裴度的輔助，儘管叛賊派刺客去暗殺裴相公，但他憑藉著神明的保佑而大難不死。君王認為這是上天的旨意，於是讓他佩帶相印，兼任征討叛軍的統領元帥；當大軍由通化門出征時，森嚴肅穆的強風吹得天子的旗幟獵獵作響。李愬、韓公武、李道古和李文通，全都是聽從裴元帥調度的猛將；禮部員外郎李宗閔擔任判官書記，也攜帶了筆墨，從軍遠征。再加上機智勇敢的行軍司馬韓愈，以及像猛虎、貔貅那麼驍勇善戰的十四萬大軍，便一舉攻下

蔡州，生擒賊酋吳元濟，把他押解到太廟去祭拜列祖列宗。裴度的功勳無人能及，天子給他的賞賜也難以估計。

天子說：「裴愛卿！你的功勞第一；你的部屬韓愈應該撰文述功，以便勒石立碑。」韓愈連連叩首拜舞之後，恭謹地稟告：「撰述記功的碑文，微臣可以勝任。古時記載軍國大事的傳世之作，都會特別鄭重，並不交付給文學侍從之臣去處理。當仁不讓，古有明訓；因此微臣敬謹接受使命。」天子聽了他的話之後，連連點頭表示稱許。

韓公退朝之後，就開始齋戒沐浴，然後端坐在小室之中，揮灑著飽蘸墨汁的如椽大筆；敘事的部分模仿〈堯典〉〈舜典〉古雅的筆法，頌讚的部分又有〈清廟〉〈生民〉詩篇的風格。碑文是用破除駢偶體裁的古文寫好在大紙上，清晨上朝時再三跪拜之後，鋪在殿前的紅色臺階上讓君王御覽。他在進呈碑文的奏表上說：「微臣韓愈恭謹地呈上這篇歌頌聖朝功業的碑文。」

豎立起來的石碑高達三丈，字大如斗；碑下有靈龜馱負著，碑上則有螭龍盤繞著。由於文句奇特，語法典重，能理解碑文深意的人很少，因此有人在天子面前進讒言，說韓愈撰碑文時頗有私心。於是天子下令用百尺長繩把石碑拉倒，又用粗糙的砂石把碑上的文字磨掉。但是韓公的碑文正如天地間浩大的元氣，早已浸透了人們的肝脾；就像湯盤和孔鼎上有古代聖賢著述的文字一樣，儘管寶器早已失傳，但是銘文卻會萬古流傳。

啊！聖明的君王和宰相，他們顯赫的功業可以相互輝映，他們淳厚的德澤和恩惠早已流佈於天下。韓公的碑文如果不流傳給後人拜讀，聖朝的功業又怎能和三皇五帝相媲美呢？我願意把〈韓碑〉抄寫一萬卷，朗讀一萬遍，哪怕口角流出涎沫，右手長出厚繭也不在乎。我要讓韓愈的碑文成為第七十三代封禪書的玉檢，並讓它作為天子宣明政教的明堂能屹立萬代而不移的基石！

【注釋】

① 詩題──本詩旨在肯定韓愈奉詔所作的〈平淮西碑[1]〉稱揚宰相裴度居首功的識見卓偉，並推崇韓〈碑〉堂廡正大，氣勢渾灝，足可光照日月，驚動鬼神，護持國基而昭炯來茲。

② 「元和」二句──謂憲宗立志追慕軒轅與伏羲的功業。元和，唐憲宗李純的年號（806－820）。彼何人哉，隱含仰慕效法之意；《孟子‧滕文公》：「舜何？人也；予何？人也。有為者亦若是。」軒，指軒轅氏，相傳姓公孫，係中原民族的共同始祖，號為黃帝。羲，指伏羲氏，又名庖犧氏，風姓，傳說中教民漁獵畜牧的領袖，以其德象日月之明，又稱太昊。此處以軒與羲代指三皇五帝而言。

③ 「誓將」二句──列聖恥，指玄宗、蕭宗、代宗，德宗、順宗歷任君王因藩鎮之禍而出奔蒙塵之事；如安史之亂而玄宗出奔成都，朱泚之亂而德宗蒙塵奉天，以及多次平叛戰役的失利等。雪恥，殆謂憲宗即位後，平定劉闢、李錡、吳元濟等叛亂事。法宮，古代君王處理政事的正殿，如大明宮的宣政殿。朝四夷，使四方邊遠之族皆來朝覲。

④ 「淮西」二句──由蕭宗寶應元年（762）李忠臣鎮蔡州（今河南省汝南縣）起，中經李希烈、陳仙奇、吳少誠、吳少陽、吳元濟等，皆僭越中央職權而自繼節度使，共盤據五十餘年；且歷任藩鎮節度使的殘暴，代代相傳，甚且愈加猖獗。淮西，今河南東南部一帶；唐置彰義軍節度使，轄申、光、蔡三州。封，大也；封狼，大狼也。貙，音ㄔㄨ，或謂似狸而大，能捕獸；或謂五趾之虎也。羆，音ㄆㄧˊ，似熊而長頭高腳，猛憨多力，黃白紋；柳宗元〈羆說〉：「鹿畏貙，貙畏虎，虎畏羆。」

⑤ 「不據」二句──謂藩鎮自恃兵力強盛，驕悍跋扈，無所顧忌，敢與朝廷對抗，進而反叛作亂。麾，通「揮」；日可麾，《淮南子‧覽冥訓》：「魯陽公與韓構難。戰酣，日暮；援戈而揮之，日為

之反三舍。」

⑥「帝得」二句——裴度（765－839），字中立，河東聞喜（今山西屬縣）人，貞元進士，時任御史中丞，力主削平藩鎮。當時成德、淄青兩鎮節度使王承宗、李師道請赦吳元濟，又派人刺殺力主用兵的宰相武元衡，並襲擊裴度；裴身中三刀，跌入溝中，傷骨未死，刺客以為已卒而亡去。憲宗怒曰：「度得全，天也。」三日後拜裴度為中書侍郎平章事；時為元和十年六月。

⑦「懸腰」二句——都統，元帥之意。前句謂裴度請求親赴淮西督戰，故以宰相之職兼彰義軍節度使、淮西宣慰處置使，實行都統（元帥）之事。陰風慘澹，形容出征時肅穆森嚴的氣氛。天王旗，指天子旗幟。

⑧「愬武」二句——愬，指李愬，元和十一年十二月任唐、鄧、隨節度使，帥兵討吳元濟。武，指韓弘之子韓公武，以兵萬三千會於蔡州外。古，指李道古，元和十一年任鄂、岳觀察使；通，指李文通，元和十年二月為壽州團練使。牙爪，喻輔助的武將。儀曹，魏、晉以後祠部所屬有儀曹之官，掌吉凶禮制，後世因稱禮部郎官為儀曹；當時由禮部員外郎李宗閔兼侍御（按：為判官書記），從軍出征。

⑨「行軍」二句——當時韓愈以太子右庶子兼御史中丞，充行軍司馬（按：掌輔弼戎政，參與軍事計畫）。此役前，韓愈先行至汴州遊說韓弘協力出兵，又曾向裴度建議自提五千兵由小路偷襲蔡州，裴未許之；後李愬用其計略而破文城入蔡，三軍為韓嘆恨，故曰「智且勇」。虎貔，喻勇猛的將士；貔，音ㄆㄧˊ，傳說中的猛獸，又名貔貅；一說似虎，一說似熊，一說即獅子。

⑩「入蔡」二句——前句謂元和十二年十月十五日，李愬用所得之賊將，雪夜進襲蔡州；十七日擒吳元濟，送回長安。憲宗於興安門受俘後，獻於太廟，而後斬首。太廟，皇家的祠堂，國有大事則

祭告太廟。次句謂裴度運籌帷幄，整肅軍紀，提振士氣，指揮調
度，主持大事等功勳，無與倫比，故於元和十三年二月，以平淮
西之功，加金紫光祿大夫、弘文館大學士，賜勳上柱國，封晉國
公。訾，通「貲」，估量也；恩不訾，謂所得的榮寵恩典，難以
估算也。

⑪「帝曰」二句──以《尚書》的語法提示憲宗嘉許裴度應居首功，
並命韓愈作碑文之事，以見韓愈撰文述功，乃奉承帝命，絕無私
心，並暗示後來推碑磨文的錯誤。何焯曰：「二語勾清平淮西功，
引起作碑，是全篇關鍵。」從事，漢時州郡長官皆自舉僚屬，多
以從事為名；韓愈之任行軍司馬，乃由裴度奏請提名，故云。

⑫「愈拜」二句──稽首，古人九拜禮中的最敬禮，乃跪拜叩首時前
額貼地片時之後才起身的行禮方式。蹈且舞，形容拜謝時的儀節。
金石刻畫，原指在鐘鼎碑碣上鐫刻文字，記述功德；此指撰〈平
淮西碑〉文以歌功頌德。

⑬「古者」二句──謂自古以來記述國家大事的宏文偉構，往往並非
由文學侍從之臣擔綱。大手筆，指朝廷詔令文書而言；《晉書·
卷65·王珣傳》：「珣夢人以大筆如椽與之，既覺，語人云：『此
當有大手筆事。』俄而帝崩，哀冊諡議，皆珣所草。」《陳書·
徐陵傳》：「世祖、高宗之世，國家有大手筆，皆陵草之。」後
常以大手筆稱人筆力雄健，或用以美稱著名作家。繫，關聯牽涉。
職司，指專司撰述的文學侍從之臣，如翰林學士[2]。

⑭「當仁」二句──前句謂韓愈以撰碑文為神聖的使命而樂於承命。
當仁，以行仁之事為己任也；《論語·衛靈公》：「當仁不讓於
師。」頷頤，點頭稱善也。頷，下巴；頤，鼻子下面腮頰部分。
頷頤，點頭之意。

＊ 編按：以上八句實為本篇之波瀾頓挫處，以見韓愈之撰碑實敬奉
帝命而為，乃名正言順之大手筆，何能以為私心而毀文仆碑？

⑮「公退」二句—齋戒，謂素食沐浴，清心潔身，以示莊敬。閤，通「閣」，小樓、小室。濡染，以筆蘸墨也。何淋漓，謂筆墨酣暢，文氣充盛，盡情揮灑。

⑯「點竄」二句—謂〈韓碑〉追摹經籍中〈典〉〈誥〉〈雅〉〈頌〉之體，以歌頌君臣建功立業之美，而其文體的典雅，態度的莊重，可見一斑；由此暗示〈韓碑〉之不可妄改 [3]。點，減少。竄，增添。點竄，修改潤飾以求脫化原有的面貌。〈堯典〉〈舜典〉，《尚書》之篇名。〈清廟〉〈生民〉，《詩經》之篇名，分屬〈周頌〉及〈大雅〉。

⑰「文成」二句—破體，改變當時文章的體式，蓋當時講究駢體文，如段文昌所撰之〈平淮西碑〉文；而韓愈則取古文筆法為之 [4]，時人不解其意，故下文云「句奇語重喻者少」。後句謂寫成的文卷鋪在殿前紅色台階上以便君王觀覽，故拜而又拜，以示隆重。丹墀，紅色台階。

⑱「表曰」二句—昧死，冒死也；古時臣下上書多用此語以表敬畏，如韓愈〈進撰平淮西碑表〉云：「強顏為之，以塞詔責，罪當誅死。」次句謂此篇歌詠聖朝功業之文，可勒石立碑以傳久遠。

⑲「碑高」二句—三丈，或本作「二丈」。如斗，或作「如手」，皆指字之粗大。靈鼇，神龜，又名贔屭（音ㄅㄧˋ ㄒㄧˋ），古時常將碑下的石座雕成贔屭，取其通靈而力大，能馱負重物也。螭，音ㄔ，傳說中無角之龍；蟠以螭，謂背上有螭龍蟠繞的雕飾。

⑳「句奇」二句—前句意謂句法奇特，語氣鄭重而涵義深刻，故明白文義之人有限。喻，理解、明白。讒之者，指李愬之妻，為德宗孫女、憲宗表妹。由於韓愈在文中特別推崇裴度見識卓偉，調度有方、指揮若定，應居首功，並未凸顯李愬應居首功的貢獻，引起李愬之妻不滿，遂向憲宗陳訴碑辭不實，憲宗乃命推倒此碑，磨去碑文，並令翰林學士段文昌重撰碑文，以李愬首功而勒之於

石。

* 編按：義山此作，顯然既贊同韓愈凸出宰相決策統帥首功之觀點，又有意淡化李愬之貢獻，因此只把他列為裴度麾下「愬武古通」四將之一。這種作法，如在裴度、李愬生前，恐怕更將引起李妻之抗議。因為韓愈文中並未抹煞李愬之功，反而凸顯其智勇之事跡，遠在其他諸將之上，就已遭致仆碑磨字之羞辱；如將李愬與諸將平列，必然引起更大風暴。

㉑「長繩」二句——拽，音ㄓㄨㄞˋ，用力拉。磨治，磨平碑文。

㉒「公之」二句——斯文，指〈韓碑〉而言。若元氣，言其淳正浩大而不可磨滅。入人肝脾，謂其觀點早已深獲人心的認同。

㉓「湯盤」二句——謂韓碑雖毀，然其文章深入人心，千載不滅。湯盤，相傳為商湯沐浴之盤，上有銘文曰：「苟日新，日日新，又日新。」孔鼎，《左傳・昭公十年》載有孔子祖先正考父之鼎銘。

㉔「相與」句——炬赫，形容名聲或威勢很盛；相與炬赫，謂君相的功德可以相互輝映。淳熙，正大光明貌；流淳熙，謂流佈其淳厚的德澤與盛大的恩惠。

㉕「曷與」句——曷，通「何」。三五，謂三皇五帝。追攀，追隨而並美。

㉖「願書」二句——書，寫也。過，一遍或十遍皆可謂之過。胝，音ㄓ，厚繭。

㉗「傳之」句——《史記・封禪書》云：「古者封泰山、禪梁父者七十二家。」七十三代，或作「七十二代」，不及七十三代為佳；蓋此處是合韓愈此文作為封禪之用而言，則可以流傳後世不朽之的鉅製計得七十三。

㉘「以為」句——謂韓碑可以作為承載封禪玉牒之用[5]，並可以作為天子明堂的奠基石；亦即言其碑之正大淳厚，可以敬告神明、祭祀天地祖先而昭示後世，流傳萬代。封禪，古時君王易姓即位時，

為宣揚德業，必有封禪的祭儀。封，謂登泰山築土為壇以祭天。禪，謂於泰山下之梁父山闢基除地以祭地。封禪時必有祭告天地的文書曰封禪書。玉檢，盛裝封禪書的玉製封套。明堂，古時天子宣明政教之處，凡朝會、祭祀、慶賀、選士、養老、教學等大典均於其中舉行。又，泰山下亦建有明堂，乃周天子東巡狩時諸侯朝見之所。

【補註】

01 憲宗元和十二年，命宰相裴度為淮西宣慰處置使、彰義軍節度使，討伐淮西節度使吳元濟之叛軍。由於大將李愬善於審度形勢，撫養士卒，選擇接戰時機，又對降將李祐等推誠相待，遂能用其謀而於隆冬雪夜潛師偷襲，破蔡州而擒吳元濟，解送京師斬首示眾。次年韓愈奉詔撰〈平淮西碑〉文以記其功。

02 當時段文昌任翰林學士，撰碑正其職事；可是義山卻說「不繫於職司」，表示不必與段文昌必然相關，則義山殆有意暗示段文昌之改撰不及韓之原文。又，韓愈〈近撰平淮西碑文表〉云：「茲事至大，不可以輕屬人。」義山正用其意。

03 韓作中之碑文乃散體，似《尚書》；銘文乃韻體，似《詩經》。韓愈能襲其風格而詞必己出，故有此二句。

04 關於「破體」，錢鍾書以為應指改變當時儷花鬥葉的駢體文而寫成古文。葉蔥奇《李商隱詩集疏注》以為破，成也；文成破體，即「文成體就」。不過，筆者以為如欲將「破」字作完成解，則文句應作「文成體破」才合乎語法，是以筆者仍有所保留。

05 封禪書刻於玉板之上，曰玉牒；又以玉製函套作為護藏之用，稱為玉檢。《後漢書·祭祀志》：「牒厚五寸，長尺三寸，廣五寸；有玉檢，檢用金縷五周，以水銀和金為泥。」

【導讀】

本詩旨在肯定韓愈在〈平淮西碑〉中稱揚宰相裴度高居討平叛將吳元濟之首功的識見卓偉，並推崇〈韓碑〉堂廡正大，氣勢渾灝，足可光照日月，驚動鬼神，護持國基而昭炯來茲。

由於義山的詠史之作，常有鑑古慨今的寄託，因此本詩或許也寄慨於李德裕等賢相功臣竟遭貶斥之事。李德裕於武宗會昌年間高居相位，力主削弱藩鎮，集權中央，並曾親自部署作戰方案，討平擅自襲任澤潞節度使的劉稹，這和憲宗專任裴度統率兵馬，擒獲跋扈專橫的吳元濟以重振朝廷威望之事相似，因此詩人曾在代鄭亞所作的〈太尉衛公會昌一品集序〉中稱譽李德裕為「萬古之良相，一代之高士」，以為他討平藩鎮應「居第一功」。然而宣宗即位之後，李黨中人相繼貶黜，李德裕甚至謫降為潮州司馬、崖州司戶而卒；義山可能由於敬慕李德裕之人品事功，為其侘傺失意深抱不平，因此以本詩寄慨於往昔而託諷於當今。假設此說成立，則本詩當作於宣宗大中初李黨失勢之後[1]。

本詩雖然被馮浩稱為「煌煌巨篇，實當弁冕全集」而編為《玉谿生詩集評注》之首篇，但是筆者卻建議本詩應該刪除於《唐詩三百首》之外，理由有二：

＊第一，本詩的內容是探究〈韓碑〉與〈段碑〉的優劣存廢，既與詩歌的審美本質有極大區別，又牽涉到繁瑣的歷史真相之考察，實在使人望而卻步。

＊第二，有違孫洙編選《唐詩三百首》時所標榜的「俾童而習之，白首亦莫能廢」的期望，顯得既難理解，也難記誦。

事實上，就詩歌特有的搖蕩性靈、感動情思的審美情趣而言，本詩實非值得欣賞的佳作；道理極其簡單：以詩歌的形式來處理碑碣及其文字當傳或當廢的題材，甚至還涉及到政治利益的衝突，基本上就是作者選錯了議論的體裁。這種情況，類似於讓聲樂家帕伐洛帝去演

唱〈五子哭墓〉，讓鄧麗君去演唱〈滿江紅〉，讓身高五尺左右的前
阿根廷足球巨星馬拉度納去 NBA 打中鋒，讓李清照去填一闋〈摔跤令〉
或〈相撲慢〉一樣不倫不類，暴殄天物！這類議論是非的題材，如果
選用長短皆宜而剛柔並美的散文來表達，豈非更能鞭辟入裡而酣暢淋
漓？何苦把抒情為主的詩歌寫得又古又拙、既長且怪呢？閱讀起來之
乏味，有如觀賞鴕鳥開屏、聆聽孔雀高歌一樣，足以令人倒盡胃口！
儘管前人對本詩推崇有加[2]，筆者卻以為這些不過是人云亦云的皮相
之談罷了，實在不足為訓。因為選擇詩歌作為如此重大政治議題的辯
證工具，其實和航空母艦與潛水艇選擇木槳作為推進的工具是同樣的
荒謬！試想：張大千的水墨畫居然能贏得巴黎油畫大賽的首獎？郎靜
山的集錦攝影居然能贏得諾貝爾文學獎？雲門舞集居然贏得世界皮
影戲表演賽的冠軍盃？這真是豈有此理！我們不妨試讀本詩的「帝曰
汝度功第一，汝從事愈宜為辭」「當仁自古有不讓，言訖屢頷天子頤」
「表曰臣愈昧死上，詠神聖功書之碑」等句，究竟有何詩情畫意可以
品賞？有何意境情趣值得揣摩？可是有些人仍然嘆賞本詩頗有《尚書》
樸茂古拙的風格，實在令人難以苟同！既然喜愛《尚書》的風格，何
不乾脆去閱讀《尚書》呢？把詩寫得像《尚書》，如果還稱得上是一
首好詩，那麼麥克喬丹也可以稱得上是人類有史以來最偉大的「桌」
球選手了！

　　儘管如此，仍略述本篇各段大意，以及章法上值得參考之處於
後。

　　「元和天子神武姿」至「坐法宮中朝四夷」四句為首段，極力頌
揚憲宗的英明果毅，志負不凡；「淮西有賊五十載」至「長戈利矛日
可麾」四句為次段，掉筆描寫藩鎮日益跋扈猖獗的情狀，以見其罪惡
之當誅，與唐軍師出之有名。這兩段先說要為列聖雪恥，重振威望，
寫得鄭重神聖異常；再說吳元濟之凶殘橫暴、根深柢固。一邊是氣壯
山河，一邊是氣焰熏天，便自然凸顯出雙方劍拔弩張的逼迫氣勢和衝

突情狀；同時既襯托出平淮西之功的壯偉非凡，也暗示出平淮西之役的無比價值，因此究竟誰應居首功，確實有明辨的必要。如此兵分兩路的起筆，便使開篇顯得堂廡恢宏，為後面的議論留下了寬綽的揮灑空間；因此紀昀引蘅齋之評曰：「首四句敘平淮西之由，莊重得體；亦即從〈韓碑〉首段化來。『誓將上雪列聖恥』句，說得爾許關係，已為平淮西高占地步。」又說：「入手八句兩段，字字爭先，不是尋常鋪敘之法。」（《玉谿生詩說》）有了這兩段一正一邪的對比，不僅凸顯出衝突的勢所難免，也表現出義山擁護國家統一，反對藩鎮割據的堅定立場。

「帝得聖相相曰度」至「功無與讓恩不訾」十句為三段，簡筆交代討伐的始末。首句先接續首段，表現出聖君賢相同心協力的壯舉；次句以下則刻意凸顯出裴度乃天意所屬的不二人選，及其以宰相之尊親臨前線督戰的神勇威武。至於李愬雪夜破城擒敵之軍功，則屬於戰術執行層面，而非戰略決策性質，難以和裴度之堅毅睿智相提並論；因此予以淡化處理，只讓他和其餘三位虎將平列而已。不過，這一方面並未抹煞李愬擒獲賊首的功勞，符合韓愈原作的態度；一方面表現出大功得以告成，乃群策群力、上下一心的結果，同時也為了「尊題」的緣故。因為詩題是詠〈韓碑〉而非詠戰役，因此涉及戰事的僅有「十四萬眾」「入蔡縛賊」兩句而已，其餘筆墨（包括以後各段）全部針對〈韓碑〉而大力鋪寫，慷慨議論；可謂賓主分明，剪裁有法，不枝不蔓，詳略得宜。

再者，詩人由於和段文昌之子段成式交好，故不便顯言韓、段二碑之優劣高下。然而詩中極力褒揚韓愈「智且勇」，強調「十四萬眾猶虎貔」，一方面沖淡了李愬居首功的可能，另一方面韓之見識高於段的觀點之心意，也就不言可喻了；可謂含蓄婉轉，溫和敦厚了。尤其是末句「功無與讓」四字，等於是平均分配給本段中前後出現的賢相、神策軍、李愬、韓公武、李道古、李文通、李宗閔、韓愈及將士，

而又隱然以裴度為首功（因此佔了四句之多），更是委婉曲折之至；
同時更反顯出論功行賞時判斷之為難，因此第四段便跳接到天子的褒
獎，以表示論功行賞定於至尊，確然不移。

「帝曰汝度功第一」至「言訖屢頷天子頤」八句為第四段，說明
韓愈以裴度高居首功，實乃憲宗之本意，絕無私心，已遙逗六段「讒
之天子言其私」之意，並強調韓愈受命於君，當仁不讓地撰述碑文的
正當性與合理性，同時也表現出韓愈恢弘坦蕩的胸襟氣度。詩人以「屢
頷天子頤」再度暗示「此等大手筆並非以舞文弄墨為職司的翰林學士
所能勝任」的看法，不僅揚韓抑段之意呼之欲出，而且也以婉中有直
的筆墨，清楚地表達了自己肯定〈韓碑〉的正統性，並頌揚有加的根
本立場；可謂一筆兩到，辭簡意足，極為老練。何焯稱首二句「勾清
平淮西功，引起作碑，是全篇關鍵。」（馮浩注引）袁彪稱本段「皆
波瀾頓挫處，不爾，便是直布口袋。」（馮浩注引）換言之，詩人雖
僅敘事，然已暗藏議論的張本矣：暗示韓愈作碑乃名正言順、義所當
然的大手筆，豈容以私心誣之而欲仆碑毀文？因此紀昀說：「層層寫
下，至『帝曰』二句，一筆定母，眼目分明；前路總為此二句。」

「公退齋戒坐小閣」至「詠神聖功書之碑」八句為第五段，寫韓
愈撰碑的態度之鄭重、筆勢之縱橫、墨氣之淋漓，及其風格之典雅古
樸，既上承「古者世稱大手筆」之句意，又下啟「公之斯文若元氣」
的頌揚讚嘆之意。「點竄堯典舜典字，塗改清廟生民詩」兩句，稱賞
韓文能鎔裁經史而辭必己出，故而既有《尚書》的典重渾厚，又有《詩
經》的優美雅潔，確乎是不可妄加改易的精金美玉；一方面回應「金
石刻畫臣能為」的句意，一方面見出韓文原非徒事藻翰的段文所能望
其項背[3]，同時又為「湯盤孔鼎」之器亡而辭存二句預拓思路。佈局
之呼應圓合，有嶺迴路繞，不離主峰之妙。尤其是以〈堯典〉〈舜典〉
扣準韓愈的散體碑文，又以〈清廟〉〈生民〉針對韓愈的韻體銘文，
更是把〈韓碑〉之體格正大，典雅醇厚，稱揚得可與《六經》並垂不

朽；皆可見出義山思慮縝密，筆力雄傑之一斑。因此曾季貍《艇齋詩話》稱「點竄堯典舜典字，塗改清廟生民詩」兩句與「帝得聖相相曰度，賊斫不死神扶持」兩句都相當雄健，鍾惺認為這兩句是全詩的「大主意」，李因培《唐詩觀瀾集》以為「點竄」兩句「句奇而法韓公」，已經得到韓愈詩文的神髓了。

　　「碑高三丈字如斗」至「今無其器存其辭」十句為第六段，以對比手法呈現鐫文立碑之莊重，與仆碑磨文之草率，流露出無比惋惜感慨之意；並以為〈韓碑〉之價值，必將與上古盤鼎之銘文同其不朽。「碑高」二句寫出憲宗對於裴度勳業的重視，和對於〈韓碑〉文采識見的肯定，故而鄭重其事地刻之於碑，既關照到首段所稱憲宗之志負不凡，暗示他終能如願雪恥的快慰滿足，又符合金石刻畫的大手筆應有的氣派，更給予「公之斯文若元氣」一句，極為具體生動的形象：碑高字大、龜趺螭盤。「句奇語重喻者少」中前四句仍是極力稱揚韓文之古奧奇崛，典重渾厚，但已埋下後三字的感慨之意，同時既引出天子聽信讒言的句意，又逗出「斯文若元氣」的頌讚之義。「長繩百尺拽碑倒，麤砂大石相磨治」兩句，既寫出當日仆碑時風雲變色的景象，又對比出「龜趺螭盤」那種靈物護持而鬼神震懼的氣勢，並順勢接以「公之斯文若元氣，先時已入人肝脾」兩句，正式轉入議論，表示文正而氣盛，是非自有公論；因此鍾惺評曰：「文章定價，說得帝王無權。」（《唐詩歸》）姚培謙《李義山詩集箋注》則說：「『句奇語重』以下，又言此碑一出，乃天地元氣流行之文；而碑之存與不存，殊不足為此文損益。後雖改刻段文昌，至宋，州守陳珦磨去段作，仍刻韓文；義山此詩，早已卜之。」這是嘆賞義山見識之超卓[3]；李因培說：「『句奇語重』四字，盡〈韓碑〉之妙。『公之斯文』二句，與東坡水在地中之喻同妙[4]。」至於舉「湯盤孔鼎」之例說明〈韓碑〉之與山河並峙，更是妙想出奇的神來之筆；既呼應金石刻畫的大手筆之義，又具體指陳〈韓碑〉永不磨滅的偉大價值，的確是畫龍點睛，

空際傳神的奇筆。因此紀昀（《玉谿生詩意》）說：「『公之斯文』四句，真撐得起，非此堅柱，如何撐柱一段大文。凡大篇須有幾處精神團聚，方不平衍散緩。」

就文勢的跌宕開闔而言，「句奇語重」四句，氣勢層層下挫；「公之斯文」四句，則又層層上揚；既使文氣有波瀾起伏的激盪，又為末段連下八句頌讚之詞開啟契機，最具異峰突起而勢郊嶺表的精神，因此紀昀又說：「收處只將聖皇聖相高占地步，而碑文之發揚壯烈，不可磨滅自見；此一篇之主峰，結處標明。有一起，合有一結；必如此，章法乃精。」

「嗚呼聖皇及聖相」以下為第七段，縱筆頌讚〈韓碑〉之價值，極力推尊其正大浩博，以為可與天地並壽；不僅足以表彰本朝的聖君賢相，能與三皇五帝時期的英主能臣先後輝映，又可以記功於以往、垂戒於將來，還能護持國祚、宣揚國威於永遠。這八句中，除了「願書萬本誦萬過」兩句是剖心抒誠，對〈韓碑〉表示頂禮膜拜之意以外，其餘六句全在傳達聖君賢相之相得益彰，足可照耀寰宇，輝映古今，永世流傳等涵義。

最後，我們檢視全詩中提及君王或宰相的三個地方：「元和天子神武姿，彼何人哉軒與羲；誓將上雪列聖恥，坐法宮中朝四夷」「帝得聖相相曰度」「帝曰汝度功第一」，再回顧末段開頭「嗚呼聖皇及聖相，相與烜赫流淳熙」這兩句，可以發現：詩人期望君相遇合，同心協力共創澤世之功的苦心，的確是再四致意；這或許表示詩中真有為唐宣宗即位後貶黜武宗朝的賢良大臣（如李德裕等人）而慨恨良深的寄託在內。

【補註】

01 參見劉學鍇、余恕誠《李商隱詩歌集解》頁 844。

02 除了導讀中所引各家的好評以外，陸時雍《唐詩鏡》說：「宏達

典雅，其品不在〈淮西碑〉下。」何焯《義門讀書記》說：「可繼〈石鼓歌〉。字字古茂，句句典雅，頌美之體，諷刺之遺也。」紀昀說：「筆筆挺拔，步步頓挫，不肯作一流易語。」（《李義山詩集輯評》引）

03 因此姚培謙《李義山詩集箋注》以為段作雖存，然與〈韓碑〉相較，不啻魚目之與夜光珠。

04 蘇軾〈潮州韓文公廟碑〉謂韓愈之神靈在天地之間，猶如水之在地中，無所不在也。

【後記】

筆者推測孫洙選錄此詩有兩種可能的原因：

第一，認為七言古詩以韓愈為正變，因此選錄四首韓詩，數量之多，即老杜亦所不及；而義山乃終唐之世唯一能繼承韓愈七古家數者，故收錄本詩以觀察由老杜而韓愈而義山一脈的軌跡之遞變。前人對此，都相當留心：

＊賀裳：義山綺才豔骨，作古詩乃學少陵，……頗能質樸。……〈韓碑〉詩亦甚肖韓，彷彿〈石鼓歌〉氣概，造語更勝之。（《載酒園詩話‧又編》）

＊王士禎：杜七言千古標準，自錢、劉、元、白以來無能步趨者。貞元、元和間，學杜者唯韓文公一人耳。……李義山〈韓碑〉一篇，直追昌黎。（《古詩選‧七言詩凡例》）

＊何焯：〈韓碑〉三百六十六字，〈石鼓歌〉四百六十二字；與韓〈石鼓歌〉氣調魄力，旗鼓相當。（《李義山詩集輯評》引）

＊田雯：〈韓碑〉一首，媲杜凌韓，音聲節奏之妙，令人含咀不盡。（《古歡堂集雜著》）

＊屈復：生硬中饒有古意，甚似昌黎，而清新過之。（《玉谿生詩意》）

＊管世銘：〈韓碑〉句奇語重，追步退之。（《讀雪山房唐詩抄序例》）

第二，可能有意藉此呈現出義山低回要眇、細密瑰妍的風格之外的另一種奇峭拗折、渾樸古拙的面貌；前人對此相當也相當注意：

＊曾季貍：李義山詩雕鐫，唯詠〈平淮西碑〉一篇，詩極雄健，不類常日作。（《艇齊詩話》）

＊鍾惺：一篇〈典〉〈謨〉〈雅〉〈頌〉大文字，出自纖麗手中，尤為不測。（《唐詩歸》）

＊錢良擇：義山詩多以好句見長，此獨渾然元氣，絕去雕飾，集中更無第二首，神物善變如此！（《唐音審體》）

＊沈德潛：晚唐人古詩穠鮮柔媚，近詩餘矣；即義山七古，亦以辭勝。獨此篇意則堂堂正正，辭則鷹揚鳳翩（編按：譬喻雄健英武），在爾時如景星慶雲（編按：喻稀少而吉祥），偶而一現。（《唐詩別裁》）

＊李因培：玉谿詩以鮮麗勝，此獨古質，純以氣行；而字奇語重，直欲上步〈韓碑〉，乃全集中第一等作。（《唐詩觀瀾集》）

＊周咏堂：星心月口，忽變為偉調雄文，才人固不可測。（《唐賢小三昧集續集》）

＊姚薑塢說：「此詩瑰麗磅礴，亦昌黎所歆。」（吳贄甫評《古詩鈔》引）

簡言之，選本詩入《三百首》中，大概正有意讓學者一窺義山詩風之全貌，又能略知七古遞嬗傳承之軌跡。如此而已。

沈德潛《說詩晬語》說：「七字每平仄相間，而義山〈韓碑〉一篇中『封狼生貙貙生羆』，七字平也；『帝得聖相相曰度』，七字仄也。氣盛則言之短長與聲之高下皆宜。」這是由平仄拗律的角度論李義山七古中自有雄奇渾灝、元氣淋漓的神韻；其實本詩中七字皆仄之例還有「入蔡縛賊獻太廟」「愈拜稽首蹈且舞」兩句，都自有頓挫跌

宕的力道，因此李鍈《詩法易簡錄》也說：「以文筆為詩，其中七平七仄之句，不必拘守長調，而有大氣以運之；句法筆力，兼能入古，音節轉見雅健，直追昌黎。當與〈石鼓歌〉並讀。」這種注重音調之諧於脣吻，悅於口耳，以便朗讀時可以有氣勢如奔雷，音聲若振玉的感受，倒也是賞讀古詩時可以仔細體會的特色之一。李白、杜甫的七言古體之所以元氣淋漓，一片神行，韓愈七古之所以奇峭排奡，思沉力雄，可能都與此有關；李義山本詩，也不妨由這個角度來體認。

至於韓愈和段文昌碑文的優劣，前人頗有揚韓抑段的傾向，茲舉二說以供參考：

＊葛立方：裴度平淮西，絕世之功也。韓愈〈平淮西碑〉，絕世之文也。非度之功，不足以當愈之文；非愈之文，不足以發度之功。碑成，李愬之子乃謂沒父之功，訟之於朝。憲宗使段文昌別作；此與捨周鼎而寶康瓠 [1] 何異哉？……東坡先生謫官過舊驛，壁間見有人題一詩云：「淮西功業冠吾唐，吏部文章日月光。千古斷碑人膾炙，世間誰數段文昌？」坡喜而錄之。（《韻語陽秋》）

＊沈德潛：段文昌改作亦自明順，然較之〈韓碑〉，不啻蟲吟草間矣。宋代陳珦磨去段文，仍立〈韓碑〉，大是快事。（《唐詩別裁》）

【補註】

01 康瓠，指破瓦壺、空壺；《史記・卷 84 屈原賈生列傳》：「斡棄周鼎兮，而寶康瓠。」

299 錦瑟（七律）　　　　　　　　　　李商隱

錦瑟無端五十絃，一絃一柱思華年。莊生曉夢迷蝴
蝶，望帝春心託杜鵑。滄海月明珠有淚，藍田日暖
玉生煙。此情可待成追憶，只是當時已惘然。

【詩意】

　　尋常的瑟音已經足以撩人情懷，使人惆悵不已了，這把珍美無比
的錦瑟（按：既可以借喻作者沉博絕麗的詩魂，也可以象喻詩人珍美
罕有的稟賦）為何還要負荷繁重的五十根琴絃（按：可能借喻詩人身
世飄零、仕途坎坷、志業無成之種種挫折打擊），以至於註定要撥弄
出更悽涼、更深沉的幽音怨調，因而讓人心緒百感、根觸萬端呢？我
輕輕地撫摸著每一根琴絃、每一支絃柱（按：既可以借喻作者在每一
首詩中寄興遙深的騷心，也可以象喻詩人生命歷程中每一個不同的階
段），彷彿可以傾聽出它幽微窈眇的心聲，不禁回想起自己似水年華
中的點點前塵、片片舊夢……。曾經讓我耽溺沉湎的美好往事，早已
杳如雲煙，令人思之黯然；正如莊周在清曉前短暫的夢境中化為翩翩
飛舞的蝴蝶一般，儘管美麗絢爛，卻那麼容易驚醒，讓人迷惘它是幻
是真？而曾經讓我眷戀執著的深情蜜愛，也早已恍如隔世；但是我仍
然願意像上古時期蜀國的望帝一般，把心魂化為啼聲淒苦的杜鵑，寧
可生生世世、年年歲歲，無怨無悔地啼唱出纏綿的幽情……。多少個
傷心寂寥的夜晚，我只能像是滄海上的鮫人在明月的清輝下泣淚成珠
一般，嘔心瀝血地把命途多艱、懷才不遇的悲嘆飲泣，孕育成珍珠般
晶瑩璀璨的詩句；而我窈眇隱微的深心，正像蘊藏在藍田山中的美玉，
儘管無人發掘賞識，仍然在和煦的晴陽之下，蒸騰出溫潤芳潔的煙靄
與靈氣……。所有煙塵往事中，令人留戀迷醉、使人感傷心碎的夢幻

情懷，和令人失意沮喪、憂憤莫名的坎坷際遇，哪裡須要等到今日對著自己的詩篇沉吟追憶時才使人黯然魂銷，悽愴欲絕呢？即使是當年身歷其境時，也早就深陷在悲愁迷惘之中而惆悵不已啊！

【注釋】

① 詩旨——本篇殆為義山編輯詩集時檢視生平、回首前塵與傷嘆往事的「自剖詩」；就用心而言，也可以視為作者為詩集中朦朧縹緲而又瑰麗幽峭的情境所寫的「自序詩」，藉以向讀者闡釋詩人寄興遙深的騷心與清潤瑩澈的詩魂。

② 「錦瑟」句——錦瑟，《周禮・樂器圖》：「雅瑟二十三絃，頌瑟二十五絃；飾以寶玉者曰寶瑟，繪文如錦者曰錦瑟。」然在本詩中可能象喻作者絕麗的詩魂與珍異的稟賦。無端，沒由來地、無緣無故，含有「非人力所能為、竟然如此、無可奈何」等涵義揉合而成的驚訝與嗟嘆之意。五十絃，《史記・五帝本紀》云：「泰帝使素女鼓五十弦瑟，悲，帝禁不止，故破其瑟為二十五弦。」然在此可能借指詩人幽深複雜的心曲與沉重的生命負荷。

③ 「一絃」句——柱，用來架起絃索，可以前後移動以調音的支柱；按：琴與瑟都由兩根支柱架起一根絃。一絃一柱，可實指絃柱間所奏出的繁富音節，也可象喻詩人每一首寄興遙深的詩篇，或每一生命階段中的遭遇與歷練。華年，美好的青春歲月。

④ 「莊生」句——意謂曾讓詩人耽溺沉湎的美好往事，儘管如夢似幻，卻早已杳如雲煙，令人思之黯然。《莊子・齊物論》：「昔者莊周夢為蝴蝶，栩栩然蝴蝶也，自喻適志與，不知周也；俄然覺，則蘧蘧然周也。不知周之夢為蝴蝶與？蝴蝶之夢為周與？」後常以「莊周夢蝶」象喻生命的虛幻、命運的無常。曉夢，破曉前的殘夢。

⑤ 「望帝」句——意謂曾讓詩人眷戀執著的深情蜜愛，亦早已恍如隔

世；然而作者仍然願意像望帝般把心魂化為淒苦的杜鵑，生生世世、年年歲歲，無怨無悔地啼唱出繾綣的幽情。望帝，據《蜀王本紀》記載，杜宇自天而降，自立為蜀王，號曰望帝。命丞相鱉靈鑿玉壘山治水時，竟私通鱉靈之妻。後杜宇自慚德薄能鮮，遂傳位鱉靈遠去。離去時，子歸鳴，故蜀人聞子歸悲鳴而思念望帝。而《華陽國志》則謂周朝綱紀不振，蜀侯蠶叢稱王。傳至杜宇時教民務農，進號望帝。後禪位於治水有功的丞相開明；時適二月，子鵑鳥鳴，故蜀人聞之而悲。又《成都紀》載望帝死後，魂化為鳥，名為杜鵑，又名子規。春心，芳春時節感受外物而波動的美好心靈，通常指悅慕歡愛的芳心。

⑥ 「滄海」句—意謂無數傷心寂寥的夜晚，詩人有如滄海鮫人在明月清輝下泣淚成珠般[1]，嘔心瀝血地將懷才不遇的悲嘆飲泣，孕育成珍珠般晶瑩璀璨的詩句。滄海月明，古人以為月滿則珠全，月虧則珠缺[2]；故詩人以月明時的珍珠格外圓美瑩潤，表示自己在深夜苦心創作出許多珠圓玉潤的佳句名篇。珠有淚，一則表示詩中凝聚許多辛酸悲淚，再則可能也表示詩人頗有滄海遺珠之憾[3]。

⑦ 「藍田」句—意謂作者窈眇隱微的心靈與詩魂，正如蘊藏在藍田山中的美玉，儘管無人發掘賞識，仍在和煦晴陽之下蒸騰出溫潤芳潔的煙靄與靈氣。藍田，山名，在今陝西省藍田縣東南，為著名藍田玉的產地，又名玉山。暖玉生煙，相傳在晴暖陽光的映射下，蘊藏山中的玉氣即蒸騰為溫潤迷濛的煙靄而冉冉上升，遠觀如在，近察則無；陸機〈文賦〉：「石韞玉而山輝，水懷珠而川媚。」王應麟《困學紀聞・評詩》載唐司空圖在〈與極浦談詩〉中曾引戴叔倫之言說：「詩家之景，如藍田日暖，良玉生煙，可望而不可置於眉睫之前也。」

⑧ 「此情」二句—此情，泛指中間兩聯所涵括種種淒婉深美的情事。可，通「何」字。可待，豈待、哪待，何須等到某時之意。只是，

正是、就是；與作者〈樂遊原〉詩：「夕陽無限好，只是近黃昏」
的用法相通，都是針對某一個特定時刻或時期而言。當時，指身
歷其境之時。

【補註】

01 張華《博物志·異人》云：「南海外有鮫人，水居如魚，不廢織
績，其眼能泣珠。」左思《吳都賦》曰：「泉室潛織而卷綃，淵
客慷慨而泣珠。」注曰：「俗傳鮫人從水中出，曾寄寓人家，積
日賣綃，……鮫人臨去，從主人索器，泣而出珠滿盤，以與主人。」
朱鶴齡注引郭憲《別國洞冥記》曰：「味勒國在日南，其人乘象
入海底取寶，宿於鮫人之宮，得淚珠；則鮫人所泣之珠也，亦曰
泣珠。」

02 《呂氏春秋·季秋紀第九·精通》云：「月也者，群陰之本也。月
望則蚌蛤實，群陰盈；月晦則蚌蛤虛，群陰虧。」《大戴禮記·
易本命》：「蜯、蛤、龜珠，與月盛虛。」左思《吳都賦》：「蚌
蛤珠胎，與月虧全。」又朱鶴齡注引《文選注》曰：「月滿則珠
全，月虧則珠闕。」

03 《新唐書·狄仁傑傳》載：「（狄仁傑）舉明經，調汴州參軍，
為吏誣訴。黜陟使閻立本召訊，異其才，謝曰：『仲尼稱觀過知
仁，君可謂滄海遺珠矣。』」

【導讀】

相傳李商隱在編纂自己的詩集時，原本把〈錦瑟〉詩冠於卷首，
頗有檢視舊作的自序之意 [1]，而本詩又大抵作於宣宗大中十二年詩人
逝世前不久；如果這兩個認知無誤的話，那麼〈錦瑟〉詩就內容而言，
可能正是詩人檢視生平、回首前塵與傷嘆往事的一篇「自剖詩」。就
用心而言，也可能是他為詩集中朦朧縹緲而又瑰麗幽峭的情境，所寫

的一篇「自序詩」，藉以指引讀者了解他寄興遙深的騷心，和清潤瑩澈的詩魂。因此，筆者將捨棄悼亡、詠瑟、艷情等風影瓜蔓的看法[2]，由「回首生平」「深情憶往」和「自序詩集」這三個殊途同歸的角度來理解這位熬盡心血，泣淚成珠，卻依然迷夢不寤，託鵑傳情的悲吟詩人在辭世前不久的絕唱，期望能為還原〈錦瑟〉詩謎的浩大工程，提供一小片有用的拼圖。

為使眉目清楚，以下分成九個章節串解詩中的奧義：

甲、錦瑟無端五十絃

如果純粹從賦筆的角度來看，「錦瑟無端五十絃」七字是說尋常之瑟音，來自或五絃，或十五絃，或二十三絃、二十五絃，至多三十五絃之演奏[3]，已足以賞心悅耳，怡情養性，甚至撩人情懷，逗人清怨了；而眼前彩飾華美的錦瑟，竟然安上五十絃之多，讓它毫無由來地承受過多沉痛的哀傷，流露出滿腹的辛酸，因此詩人特別以「無端」二字來強調錦瑟無可如何，偏又無從逃避悲劇宿命的悵嘆！

如果從比興手法來看，首句還可以有另外兩層涵義：

＊首先，以「自序詩集」的角度來理解，意在表示詩人具有深美絕倫的稟賦（按：此即所謂「錦瑟」），竟然無可如何地必須承受過多悲歡離合的痛苦（按：此即所謂「無端五十絃」），以至於不得不吟出許多沉哀入骨的悽愴詩篇一般。

＊其次，從「回首生平」「深情憶往」的角度來領會，是說錦心繡口、綺才豔骨的義山，既有清靈妙逸的文思，又有凌雲直上的志氣，更有欲回天地的襟抱（按：此即所謂「錦瑟」），奈何竟然時運不濟而仕途多舛，以至於既無經國幹世的良機，讓他建立旋乾轉坤的奇功，又飽嚐黨爭傾軋的禍端，歷盡沉淪漂泊的痛苦（按：此即所謂「無端五十絃」）！正因為造化弄人，莫可奈何，詩人

只能承受這可驚亦可痛、可歎復可悲的宿命，因此不得不以「無端」二字訴其怊悵悽惻之懷。

換言之，首句是以感情沉痛的「無端」二字，關合人與瑟的共同命運：人因瑟而悲，瑟因人而靈；瑟借繁絃以傳清怨之音，人借詩篇而寄幽婉之情。如此命筆，所謂「錦瑟」，就成了義山詩魂的象徵；而所謂「無端」，則是詩人深心的喟嘆；「五十絃」，就是前述詩人的各種際遇了！至於拈出「五十」之數，有人以為大概是約取詩人四十七歲的年齡之數[4]，因此也可以把首句七字理解為義山悲愴宿命的象徵。

乙、一絃一柱思華年

如果純粹就賦筆而言，「一絃一柱思華年」七字，是說撫弄著每一根瑟絃和絃柱（或傾聽絃柱間演奏的繁音縟節）時，引起詩人無限的追憶之思，遂不知不覺進入回想綺年舊夢的情境，從而逗出中間四句的情事來。

如果就比興手法而言，也還有另外兩層涵義：

＊首先，從「自序詩集」的角度來理解，「錦瑟」既可視為義山詩魂的象徵，則「一絃一柱」就代表詩人每一首、每一組寄興遙深的詩篇；「思華年」則是指詩人檢視舊作時，不由自主地跌入追憶起年輕歲月裡種種悲歡憂戚的迷戀與執著之中。

＊其次，從「回首生平」「深情憶往」的角度來領會，首句既可以視為義山悲愴宿命的象徵，則「一絃一柱」就代表詩人每一段生命歷程裡種種刻骨銘心的烙印；「思華年」則是他在撫今追昔時，多愁善感的心靈中自然湧生情腸九曲、往事千重的莫名惆悵，同時也不由自主地懷想起流逝而去的錦繡年華裡的點點前塵、片片舊夢而根觸百端。

其實，不論是自序詩集或者回首生平，所思憶之「華年」，都應該包括他的〈無題〉詩中「身無彩鳳雙飛翼，心有靈犀一點通」那種一時目迷神搖之情，與「春蠶到死絲方盡，蠟炬成灰淚始乾」那種一世山盟海誓之愛，以及〈房中曲〉「憶得前年春，未語含悲辛；歸來已不見，錦瑟長於人」那種和髮妻天人永隔的無盡悼念之痛；因此錢鍾書說：「首二句言景光雖逝，篇什猶留；畢生心力、平生歡戚，『清和適怨』，開卷歷歷[5]。」換言之，當年近半百的詩人撫視自己嘔心瀝血的舊作時，讀到的是平生或適志或悵怨的際遇和騷心，則他將會如何感慨系之，其實不難想像。中間四句即直承「思華年」三字而生，脈絡相當分明。

丙、莊生曉夢迷蝴蝶

「莊生曉夢迷蝴蝶」七字，是說過往所有的綺情豔事，本就令人迷戀陶醉；即使是夢醒成空的如今，追憶時仍然讓人不自覺地陷入沉醉迷戀、心神恍惚的情境之中。「曉夢」是破曉前短暫的淺夢，這就隱含著好夢易醒的惆悵；再加上莊周化蝶的典故中本來就含有真幻莫辨、人蝶難分與夢醒成空的迷惘，自然就賦予詩境如夢似幻、迷離惝恍的氣氛，以及悠悠夢斷時淒愴感傷的情調。再者，「蝴蝶」本來就含有美麗、貞潔與浪漫的多重意象，而蝴蝶穿花採蜜時，又有癡迷眷戀的深情，與蹁躚閃動的姿影；把這幾重豐富的意象和莊周夢蝶的典故疊加之後，便能傳達出作者對於美麗的綺夢和貞潔的情愛，所曾有過的殷勤尋覓與癡迷眷戀之情，以及美夢成空、春心成灰時幻滅的痛苦。因此，當詩人選用「迷」字來點化舊有的典故時，就不僅描繪出當年熱切追求與深心眷戀時耽溺癡迷的情態，同時也烘染出此際沉吟低迴時無限留戀迷惘的神情了。

丁、望帝春心託杜鵑

「望帝春心託杜鵑」七字，則是在回首前塵，低回往事之餘，堅定地表示自己長情無悔，春心不死，寄望來生仍能執著地追求愛情，堅持理想。

相傳蜀王望帝禪位丞相之後，精魂化為杜鵑，藉以寄託他永生永世不忘故國的事典，本來就是一則哀感頑豔的浪漫傳奇，足以使人心折骨驚；而杜鵑淒厲的鳴聲，又能令人聞之黯然；再加上相傳杜鵑往往悲啼至血染胸腹，仍然不肯罷休，這就更讓人為牠的執著深深感動了。「春心」是一種縹緲隱約、難於捉摸的悅愛心緒，其中包藏著對美好愛情的憧憬與嚮往，渴慕與期待，同時又含有潛滋暗長，既關鎖不住，也阻攔不了的特質；因此作者在〈無題四首〉其一中說：「颯颯東風細雨來，芙蓉塘外有輕雷；金蟾齧鏁燒香入，玉虎牽絲汲井迴。」而且，它有時如春蠶吐絲之綿長無盡，似乎剪不斷，理還亂；有時則如蠟燭燃燒之豔紅熾烈，不惜熬盡膏油，滴盡清淚；因此作者在另一首〈無題〉中又說：「春蠶到死絲方盡，蠟炬成灰淚始乾。」換言之，它是一顆既溫柔浪漫，又纏綿繾綣，充滿旖旎情思，而又熱情奔放的美好心靈，也是詩人浪漫性靈的具體表徵。因此，當詩人以「託」字為句眼，綰合望帝的深情、杜鵑的悲啼和自己纏綿的春心時，自然便使得這七個字中蘊涵了許多綺麗神祕，而又淒豔哀傷的動人故事，所以讀來特別撩人情思。

儘管我們無法確實指出「望帝」句所寫的是詩人那一段刻骨銘心的戀情，卻可以清楚地感受到他選用望帝化鵑的典型詩境時，還刻意融入「春心」二字來豐富詩境的用心；以及選用「託」字所要傳達的執著堅定，無怨無悔，心魂不滅，至死不休的精神。因此，在玩味本句的情境時，不僅能像「莊生曉夢迷蝴蝶」一樣，在讀者的腦海裡浮現出一幅淒豔動人的圖畫，同時也讓人感受到在奪人心魂的執著堅毅中，自有令人蕩氣迴腸的幽怨哀傷，與令人銷魂蝕骨的纏綿悱惻深藏

其中。換言之,望帝那一種直到海枯石爛也永不銷蝕褪色的深情託付,
其實無異於作者天荒地老也永不摧折磨滅的春心!

「春蠶到死絲方盡,蠟炬成灰淚始乾」的至死方休,已經足以使
人驚嘆不置了;望帝那種跨越生死的界限,把魂魄化為異物而精靈長
存的執著堅毅,豈不是更令人動容不已?相對於「望帝春心託杜鵑」
的心魂不滅而言,「春心莫共花爭發,一寸相思一寸灰」兩句,可能
只是愛情失意時,脆弱心靈裡短期間悲痛難當的憤恨;「春蠶到死絲
方盡,蠟炬成灰淚始乾」兩句,也可能只是戀人分離時山盟海誓的激
情火花──它們可能都是年輕的生命剛剛遭遇挫折時,正在燃燒的激
情烈焰和灼熱火光所升騰而出的瞬間幻象。然而「望帝春心託杜鵑」,
則是在告別了滿是綺情幻夢,並且恣意揮霍青春的狂飆年歲後,詩人
大約又飽嘗了生離死別的憂難,歷盡了世態炎涼的冷酷,走遍了窮山
惡水的坎坷,原本的激情烈焰,已經逐漸冷卻為淡漠的幽光之際,詩
人再回首前塵,並預約來世時堅定的抉擇。換言之,「春蠶到死」和
「春心莫共」兩聯所寫的,仍屬身歷其境時的夢中說夢;而「望帝春
心託杜鵑」,則是時過境遷後的痛定思痛了!比之如光,前者是橫過
夜空的流星,璀璨一時;後者是高懸天際的北斗,熠耀千古!擬之為
水,前者是湍急飛濺的瀑布,表現出縱身騰越,不惜粉身碎骨的豪情;
後者則是澄澈潺湲的清泉,展現出細水長流,必將涓滴成海的深情。

由莊生曉夢的飄忽,到望帝春心的淒美,從迷蝴蝶的痴戀,到託
杜鵑的執著,儘管作者似乎並未明言愛情,但是由華詞麗藻和神秘傳
說所揉合成的縹緲意境,其實已經隱約暗示了腸斷心碎,舊情難了的
無窮憾恨,以及刻骨銘心,精魂不滅的無比堅持。俗話說:「愛過方
知情深,醉過方知酒濃。」如果不是曾經吐盡情絲,熬盡心血的純情
至性之人,絕不能有如此感人肺腑,絞人肝腸的沉摯之語;因此義山
〈暮秋獨遊曲江〉詩說:「深知身在情長在,悵望江頭江水聲。」這
豈是未經一番寒徹骨的狂蜂浪蝶所能虛擬得來的詩句?何況他還更

進一步要在形軀已朽之後，留取心魂，託付杜鵑？這種「問世間、情是何物？直教生死相許」（元好問〈摸魚兒〉詞）的椎心泣血之言，又豈是浮豔僄薄的玉臺、香奩體詩人所能表現的真心與深情？因此，把義山的愛情詩視為詭薄無行的浪蕩詞客之作，只怕是對義山最無情也最無知的褻瀆[6]！

以上是就「傷嘆往事」的角度而論。如就「自編詩集」的角度而言，則頷聯是象喻錦繡華年中的美好情事，只能盡付於亦莊亦蝶、莊蝶難辨那種縹緲而又朦朧的詩境之中，並且把精魂化為杜鵑去吟唱他如怨如慕、如泣如訴的春心，寄託他永世不滅的執著與癡迷。

戊、滄海月明珠有淚

「滄海月明珠有淚」七字，是審視自己珠聯玉串的詩篇時，自陳泣淚成珠的心路歷程，並抒發懷才不遇，竟成滄海遺珠的憾恨。由於詩人在這七個字中注入了驚人的才思，融入了迷人的詩魂，精心營造出極為窈眇清幽的情景，孕育出極為深邃豐美的意象，因此散發出特別能魅惑人心的神祕韻致而令人回味無窮。

歷來注家大致上都引用以下的資料來為這七個字作注：

＊《大戴禮記·易本命》：蚌蛤龜珠，與月盛虛。

＊《呂氏春秋·精通》：月望則蚌蛤實，月晦則蚌蛤虛。

＊左思〈吳都賦〉：蚌蛤珠胎，與月虧全。

＊朱鶴齡引《文選注》：月滿則珠全，月虧則珠闕。

再參照各評注家對本句的解析後，發現這七個字可能有九種豐富的涵義，試申論如下：

＊第一，古人以為珍珠的光華，是由千萬年的明月清輝朗照滄海之後，才能逐漸孕育凝聚成它的圓潤；這可能象喻義山稀世罕有的才華，原本就是造化鍾靈毓秀而成的奇珍異寶。

＊第二，在月明之夜，渾圓勻潤的珍珠正散發出奇光異彩，該是如何被珍惜寶愛的靈物？奈何它竟然有被冷落棄置的遺憾，所以才會泛湧出晶瑩的淚珠，在月臨滄海時閃爍著孤寂而清冷的幽光；這就可能象喻義山懷有滄海遺珠的憂傷、沉痛與淒涼之感。

＊第三，由《博物志》所載鮫人不廢織績、泣淚成珠的傳說（詳見注釋）來看，詩人何嘗不是勤勉不倦地以心魂編織出錦繡文章，並且以血淚孕育出珠圓玉潤的詩篇呢？

＊第四，鮫人泣淚成珠，是心有所感、情有所動的結果，則他泣淚之時心靈是何等誠摯幽潔？化成的珍珠又是何等珍異華美？這就可能象喻詩人創作時的心路歷程，以及賦就沉吟之際的自負自珍。

＊第五，就詩歌的意象而言，「珠有淚」三字，如果是說渾圓飽滿的珍珠，原本就像晶瑩剔透的淚光在閃爍，則詩人所要傳達的是哀傷的心境；如果是說光潤的珍珠，原本就是鮫人感動的淚珠所凝聚而成，則是詩人有意創造出神祕幻化的意象，來啟發讀者的靈心慧眼，從而逗出幽微奧妙的聯想：珍珠泛淚，究竟有何深痛？淚化為珠，究竟有何幽情？圓潤的珍珠，何以竟有如許傷痛的清淚？哀傷的清淚，何以竟能化為珍異的明珠？換言之，詩人以「珠有淚」這清潤哀淒的意象，深藏他難以言明的寄託，留給讀者玩索不盡的幽情。

＊第六，尤其是前引各種傳說所營造出神祕而又浪漫的意境，在清冷月華的映射和遼闊滄海的襯托下，更是散發出迷離惝恍、縹緲朦朧的氣氛，流盪著清幽冷峻、悽愴婉麗的情調，從而孕育出使人哀傷惆悵、心絃震顫卻又莫名所以的藝術魅力；似乎誰都能感受到在淒清寂寥、浩淼空明的詩境中，自有一種蒼涼的沉痛和淒美的哀傷，可是卻又如鏡花水月般只可意會而難以言傳，如深谷幽蘭般只能憧憬嚮往而難以採擷入懷。

＊第七，綜合鮫人泣淚、滄海遺珠、月滿珠圓這三種典實，再加上淚影、珠光、月華、滄波的交相輝映，義山所要傳達的訊息可能是：自己正是一顆稀世難逢的明珠，奈何竟遭遺棄滄海之陬，以至於只能在孤獨淒清的月明之夜，嘔心瀝血地把滿腔的幽情幻化為珠聯玉串的詩篇而孤芳自賞，顧影自憐；因此他曾經借著〈流鶯〉唱出這一段辛酸：「巧囀豈能無本意？良辰未必有佳期」，也曾經寄情於〈蟬〉吟出這一段幽怨：「五更疏欲斷，一樹碧無情」，更藉著〈謝先輩防記念拙詩甚多異日偶有此寄〉這首長詩來剖示詩歌創作的甘苦及心靈寄託的深意：「曉用雲添句，寒將雪命篇，良辰多自感，作者豈皆然[7]？」

＊第八，尤其當我們把〈錦瑟〉視為義山自編詩集的回顧之作時，不僅詩人那種回首前塵，不勝唏噓，和審視珠玉，不勝慨歎的幽眇詩心，宛然可遇；甚至連他當時眼角泛漾的閃閃淚光，也都似乎狀溢目前。換言之，《玉谿生詩集》正是無數光華晶潤而又淚光清冷的滄海明珠所凝結幻化而成的曠世奇珍。

＊第九，珠而能泛淚，既見通靈之寶，又見溫熱之情，更含有辛酸之痛，因此錢鍾書解釋此句說：「不曰『珠是淚』，而曰『珠有淚』，以見雖凝珠圓，仍含熱淚；已成珍飾，尚帶酸辛，具寶質而不失人氣[8]。」如此解讀，詩人的騷心也就顯得更為深沉幽潔了。

己、藍田日暖玉生煙

「藍田日暖玉生煙」七字，可能意在象喻自己芳潔的騷心正如藍田美玉，將永遠蒸騰出溫潤的靈氣。古人常以美玉之溫潤，象徵君子芳潔的品德，而唐人又以珠玉比喻珍美的才華，所以曾經替李白蒐集詩文的魏萬在〈金陵酬李翰林謫仙子〉一詩裡說：「君抱碧海珠，我懷藍田玉，各稱希代賢，萬里遙相燭。」這四句詩既表現出同聲相應，

同氣相求的契合，也流露出相互推服，彼此愛重的自負。義山似乎有意在魏詩的基礎上，以腹聯把珠玉的光華和溫潤集於一身，並融入自己的際遇，藉以象喻自己徒具希代珍異的才華，奈何在追求理想的過程中卻侘傺困塞，難覓知音。如果再結合出句的滄海遺珠之憾來看，則詩人那種自負孤芳而又自嘆失意的深悲幽恨，儘管表現得極為曲折婉轉，卻不難心領神會。

王應麟《困學紀聞》引用戴叔倫的話說：「詩家之景，如藍田日暖，良玉生煙，可望而不可置於眉睫之前。」這段話正可以用來理解義山的詩境之神奇美妙：義山在把飽含幽情的心血，幻化為珠圓玉潤的詩句時，由於其中頗有難以言宣的隱衷，和悵惘莫名的感觸，所以只好藉著瑰麗奇奧的比興、象徵與暗示等委婉含蓄的手法，為詩中情境敷設了層層疊疊的輕煙薄紗，於是整體意象變得縹緲朦朧，彷彿可觸可感而不可捉摸，只能遠望而若有所悟，卻不能置於眉睫之前，析入毫芒地細密觀察。因此，唯有至情至性、有血有淚，而又能善解人意、妙悟詩心的人，才能感受到在滄海月明、珠淚清瑩的意象中所蘊藏的幽怨遺恨；也唯有天機淳和而又靈臺清明的人，才能慧眼獨具地察覺到在藍田日暖、良玉生煙的情景中升騰而出的象外餘韻。換言之，義山既有滄海遺珠的悲愴，又有藍田良玉的自負；而這兩種絕世奇珍的稟賦，又使他難免會有曲高和寡的孤憤，因此他不惜把春心託付杜鵑，歷劫不已地哀啼，直至泣血成碧，凝淚為珠。而且，儘管他備受冷落，飽嚐孤寂，仍然深情無悔地執著於純粹的理想和崇高的志節，不惜讓自己芳潔的心魂永無休止地在寂寞中燃燒，從而升騰出溫潤而清窈的煙靄……。

綜合地說，腹聯還可以如此理解：自己的詩句儘管精雕細琢，美如珠玉，然而卻春心深藏，詩魂暗寄；其中自有真情流露的熱淚和溫潤的人品所散發而出的芳煙。詩人特別選用「有」淚、「生」煙這兩個詞語，正表示詩中自有至情至性的春心，和無止無休的詩魂，因此

錢鍾書說：「暖玉生煙，此物此志，言不同常玉之堅冷。蓋喻己詩雖琢鍊精瑩而真情流露，生機蓬勃，異於雕繪奪情，工巧傷氣之作。若後世所謂『昆體』，非不珠光玉色，而淚枯湮滅矣！珠淚玉煙，亦以『形象』體示抽象之詩品也[9]。」事實上腹聯所體現的，何嘗只是詩品而已？義山的心魂早已幻化為詩集中晶瑩澄澈的珠玉，而又昇華為詩壇中氤氳蒸騰的芳煙了。

庚、此情可待成追憶　只是當時已惘然

「此情可待成追憶？只是當時已惘然」兩句，是總收中間兩聯所描繪的四種如夢似幻、含煙帶淚的迷離情境，而以不勝昔日之悵惘，更難堪今日之追憶作結；它們類似於整部詩集的跋語，也宛如是義山自題墓誌時最後的誄辭。

須要特別說明的是：「可待」，並非「可以等到」之意，而是「何須留待」之意；「只是」，並非「但是、只不過」之意，而是「正是、就是」之意，是強調某一確定的時間點。「當時」，則是指詩中所有情事在身歷其境的當下。

高步瀛在《唐宋詩舉要》中說：「綜義山一生所遇，皆失意之事，故不待今日追憶惘然自失，即在當時已如此也。」這段話表面上看似平合情入理，頗能傳達出不勝今昔感慨之意，其實缺少了詩人面對舊作追思往事時「重吟細把真無奈，已落猶開未放愁」（〈即日〉）那種低回迷醉而又無可救贖、難以挽回的沉痛分量；尤其是疏忽了「蝴蝶」「春心」「明珠」「玉煙」，以及「錦瑟」「華年」等詞語所渲染出絢爛瑰奇、美好浪漫的情調，所以他才誤以為「義山一生所遇皆失意之事」；反倒是韓愈在〈祭柳子厚文〉中所說的「當其夢時，有樂有悲；及其夢覺，豈足追維？」這四句話，能更貼切地傳達義山內心的真實感受。

因此，尾聯的涵義大概是：種種前塵舊夢，煙雲往事，豈待今日展讀舊作而追憶生平時才覺得低回哀傷？就是在身歷其境的當時，早已不勝惆悵而無可如何了！換言之，當年銷魂蝕骨的迷戀追求，和刻骨銘心的深悲極痛，在在都令自己如痴如醉，執著難放；而在歷盡滄桑、飽嚐冷暖的今日回顧起來，不僅沒有因為時空的移異而沖淡當年的情懷，反而因為情境如夢似幻，自然更勾起許多回憶而倍覺感慨。

辛、手法繁複　章法圓密

本詩最使人目眩神迷，也最令人玩索不盡的，自然是是中間兩聯的意蘊之豐美。作者精心錘鍊出四幅各自獨立的完整意象，勾勒出聲色動人的優美圖畫，使人在賞心悅目之餘，不由自主地湧生深沉的感傷；可是當它們結合成一個更大的藝術情境時，原本各自獨立的意象反而變得縹緲朦朧，若隱若現，如夢如幻，非煙非霧，使人倍覺神秘玄妙而難於捉摸。換言之，當它們拆卸開來時，意象玲瓏清美而各具神韻，詩意渾厚飽滿而不假外求；可是組合起來時，則又潛氣內轉，蟬聯綿貫，給人羚羊掛角，無跡可求之感。也就是說，這四句儘管意象有別，卻又聲氣相通，因此能夠進而天衣無縫地妙合成一個令人情靈搖蕩的藝術璇宮。

仔細推敲起來，可以發覺全篇的詩意能夠這樣藕斷絲連、款曲暗通，主要是由於詩人能夠在每一聯的兩句之中，注意到「時空變換」的跌宕轉折，同時又能夠以「幻化異物」的神秘意境，巧針密線地織入浪漫的情思，所以才能使每一句都各具特色，卻又有和諧統一的整體藝術之美。

＊先就「幻化異物」以託付情思而言：

首句的「錦瑟」已經是詩魂和騷心的物化形象，可以視為人瑟合璧，渾融難分的象徵手法。次句的「一絃一柱」除了可以實指每一個音符旋律之外，也可以借喻為每一首珠圓玉潤的詩篇，甚至是每一聯

清詞麗句的代稱。中間四句便循著這道軌跡，極盡幻化寄情之能事，展開令人驚心動魄的詭譎情境：第三句先讓自己化身為莊周，又把浪漫而貞潔的愛情幻變為蝴蝶，表達出曉夢易醒的悵嘆，和耽溺沉湎的癡迷。第四句又把自己蛻變為望帝，讓執著無悔的堅毅，化為潛滋暗長的春心，並且讓長情不滅的望帝，又幻化成杜鵑；如此一來，便把三、四兩句中痴迷眷戀的情思，搗練得更為堅韌綿長，表現出不惜幽啼泣血而亡的精誠心魂。

第五句則又雙承託付心魂於異物，與幽啼悲泣的意象而來，轉而描繪血淚凝化為珍珠，幽情啼泣為詩篇的情境；不僅意境清美冷雋，興象深窈寂寥，而且月華、碧波、珠光、淚影與心魂交相疊映，令人目迷情蕩，黯然魂銷。在第五句拈出滄海月明的清虛之境以寄恨之後，第六句便轉而畫出藍田日暖的溫潤之景以明志。良玉氤氳生煙，又是心魂幻化為異物的空靈意象，不僅遙承首句以來幻化託情的脈絡，而且又以迷濛的煙靄，和第三句縹緲的夢思融成一片惝怳迷離的意境，再逗出末句惆悵迷惘的感慨，並且曲折地遙映首句「無端」的沉痛。可以說，整首詩由於中間四句的穿針引線，巧織密縫，所以使得全篇顯得神理細膩而脈絡清晰，章法綿貫而組織嚴謹，首尾圓合而呼應得宜，絕非黃子雲所謂「獺祭偶得工麗屬對，遂……欲以欺後世之人」的讕言臆說所能詆毀其價值、抹殺其成就的。

＊再就「時空變換」的跌宕轉折而言：

首句是當下睹物興悲的沉痛莫名，次句則為思憶舊日滄桑的憂歡錯雜。三句是留戀前塵如夢的癡迷，側重在尋覓過去的時空背景；四句是回顧煙雲往事後的執著，側重在預約未來的生命風調。五句是細審過往境遇留在心靈上的深刻傷痕，而又難忍清淚化為明珠的辛酸淒涼（也就是審視舊時珠圓玉潤的詩篇中隱藏的悲愴傷痛）；六句則是舐舐傷口、撫平創痛後無悔的抉擇，表現出將一生堅持芳潤心魂的志

負。第七句流露出今日心境的悄愴，從而逼出第八句追憶過去心緒的悵惘。

總之，整首詩是在時空錯綜、意識流宕、映象重疊、歡戚不定的複雜情境中，層層開展而又層層轉折，句句相銜而又句句跌宕，於是使得詩境在開闔盡變、抑揚頓挫之間，顯得丰神搖曳而情韻綿邈，包蘊細密而詩心幽眇，讀來別有令人目迷心醉，意奪神駭的特殊魅力；因此錢鍾書說：「〈錦瑟〉一篇，借比興之絕妙好詞，究《風》《騷》之甚深密旨，而一唱三歎，遺音遠籟，亦吾國此體絕群超倫者也。」（《談藝錄》補訂本頁 371）

壬、朱絃一拂遺音在　卻是當年寂寞心

由於義山早在一千二百多年前就擅長使用象徵、隱喻、暗示等含蓄手法，再加上時空交錯、意識流宕、虛實相涵、意象疊映、感官刺激等複雜技巧，並且擁有鎔裁典故而能翻出新意，隳栝舊句而能脫胎換骨，融合神話而能意在言外，以及抒情詠史皆能動人心魂的驚人才思，所以他的許多詩篇，都能煥發出七寶樓臺般金碧輝煌的氣象，渲染出西天彩霞般瑰奇絢麗的色澤，籠罩著蓬萊仙境般縹緲飄忽的雲靄，閃幻著鏡花水月般清虛空靈的幽光，因而具有特別能撥動讀者心弦的神祕魅力。即使我們未必讀得懂他幽眇如謎的騷心，但是在孤燈伴讀下，或是小酌微醺時，在明月軒窗旁，或是午夜夢迴時，不妨披衣而起，緩步微吟，或者掩卷遐思，閉目冥想：

> 珍美的錦瑟演奏出如怨如慕、如泣如訴的幽音古調；縹緲的夢境中有蝴蝶蹁躚的舞姿；哀切的子規聲裡有杜宇悽愴的心魂；碧波蕩漾的滄海上有珍珠晶瑩的淚光；遙遠的藍田山下有美玉溫潤的煙氣；以及明月清輝下詩人憔悴的身影裡飄出惆悵憂傷的嘆息……。

光是這些如夢如幻的聲光意境，就足以使人目迷神搖，恍惚如醉了。它們會在某一個萬籟有聲的靜夜裡悄然湧上心頭，又飄然消逝而去，使你感受到有如白居易〈花非花〉所謂：「花非花，霧非霧，夜半來，天明去。來如春夢幾多時，去如朝雲無覓處」的迷惘而嘆惋，讓你隱約領悟到生命情境中的神祕、淒美、孤獨與蒼涼；也讓你為短暫的人生中沉重的悲劇宿命，和綺麗的意象中涵蘊的哀傷本質，時而困惑徬徨，時而豁然開朗，時而沉醉癡迷，時而惆悵清狂，從而領略到豐富而深刻的審美情趣，並獲得心靈上尋幽訪勝的滿足與喜悅。

　　義山的〈錦瑟〉哀歌，早已帶著他的愛戀、他的癡迷、他的執著、他的追求、他的希望、他的失意、他的幽怨、他的哀傷，連同他「虛負凌雲萬丈才，一生襟抱未曾開」（崔珏〈哭李商隱二首其二〉）的無窮遺恨，隨著藍田玉煙飄逝而去了；但是他永不幻滅的春心，仍然在一千多年的詩壇裡，閃爍著清瑩的淚光，氤氳著芳潔的煙嵐，飛舞著蹁躚的姿影，啼泣著斑斑的碧血，既使人迷戀，也使人沉醉。崔珏在同一首詩裡又感慨說：「鳥啼花落人何在？竹死桐枯鳳不來！」義山真如一匹翩然而逝的彩鳳，一隻從來未曾安穩深眠的孤鶴，只留下清怨絕倫的〈錦瑟〉哀歌，還在人間苦候著能和他靈犀相通的千古知音……。

【補註】

01 何焯《義門讀書記》云：「亡友程湘衡謂此義山自題詩以開集首者，次聯言作詩之旨趣，中聯又自明其匠巧也。」王應奎《柳南隨筆》卷 3 云：「何義門以為此義山自題其詩以開集首者。首聯云云，言平時述作，遂以成集；而一言一諾，俱足追憶生平也。次聯云云，言集中諸詩，或自傷其出處，或託諷於君親；蓋作詩之旨趣，盡於此也。中聯云云，言清詞麗句，珠輝玉潤；而語多激映，又有根柢，則又自明其匠巧也。末聯云云，言詩之所陳，

雖不堪追憶，庶幾後之讀者，知其人而論其世，猶可得其大凡耳。」
筆者以為此說雖未必盡然，實則已經為〈錦瑟〉拼圖的浩大工程，
指出了正確方向，完成了主體圖案。錢鍾書《談藝錄》補訂本也
說：「〈錦瑟〉之冠全集，倘非偶然，則略比自序之開宗明義。……
『錦瑟』喻詩，猶『玉琴』喻詩，如杜少陵〈西閣〉第一首：『朱
紱猶紗帽，新詩近玉琴。』……首兩句（略）言景光雖逝，篇什
猶留，畢生心力、平生歡戚，『清和適怨』，開卷歷歷；……三、
四句（略）言作詩之法也。心之所思，情之所感，寓言假物，譬
喻擬象；如莊生逸興之見形於飛蝶，望帝沉哀之結體為啼鵑，均
詞出比方，無取質言。舉事寄意，故曰『託』；深文隱旨，故曰
『迷』。……五、六（略）言詩成之風格或境界，猶司空表聖之
形容詩品也……。七、八句（略）乃與首二句呼應作結，言前塵
回首，悵觸萬端，顧當年行樂之時，即已覺世事無常，摶沙轉燭
（按：喻聚散虛幻無常，變化遷流迅速），黯然於好夢易醒，盛
筵必散。登場而預有下場之感，熱鬧中早含蕭索矣。」按：原文
甚長，僅摘要節錄如上，詳見該書頁 435 至 438。筆者除大致依其
說解讀本詩之外，也頗受葉嘉瑩教授〈從比較現代的觀點看幾首
中國舊詩〉一文的啟發，詳見《迦陵談詩》頁 270 至 277。

02 關於本詩的各種說解揣測，除劉學鍇、余恕成的《李商隱詩歌集
解》外，還可以參見黃世中《古代詩人情感心態研究》論文集中
〈錦瑟箋釋述評及悼亡說新箋〉一文所作的統計表。

03 《呂氏春秋‧仲夏紀》：「昔古朱襄氏之治天下也，多風而陽氣
畜積，萬物散解，果實不成，故士達作為五弦瑟，以來陰氣，以
定群生。……瞽叟乃拌五弦之瑟，作以為十五弦之瑟。命之曰大
章，以祭上帝。舜立，仰延乃拌瞽叟之所為瑟，益之八弦，以為
二十三弦之瑟。」而司馬貞補《史記‧三皇本紀》也有「太皞庖
犧氏，風姓，代燧人氏繼天而王，……作三十五弦之瑟」的記載。

04 劉學鍇《李商隱詩歌集解》頁 1435 說：因錦瑟而「思華年」，固
　　因其有「五十絃」而觸發華年已逝之悲（「五十」當是作詩時大
　　致年歲），亦緣作者之身世即似此錦瑟也。

05 錢氏的意見曾以未刊稿的形式轉引在周振甫《詩詞例話》中論「形
　　象思維」一節裡，文字稍有異同。至於「清和適怨」四字，則是
　　蘇軾以為本詩四聯所寫的情趣。

06 賀裳《載酒園詩話》謂：「李義山『書被催成墨未濃』『車走雷
　　聲語未通』，始真是浪子宰相、清狂從事。」其實，許多視義山
　　愛情詩篇為艷情淫媟之作，皆屬此類。

07 「曉用雲添句，寒將雪命篇；良辰多自感，作者起皆然」四句的
　　意思是：「我的詩歌中，雖然頗有些是以早晨的雲霞入詠，或是
　　以寒冬的風雪命名，卻並非只是無病呻吟的雕章琢句之作，而是
　　面對良辰好景時，敏銳的心靈有了深刻的感觸，才借景抒懷的；
　　但是世間的作者哪裡都像我一樣，是因為心靈深受刺激與真誠感
　　動之後，才以詩歌吟詠性情的呢？」

08 錢鍾書《談藝錄》補訂本頁 435 至 438，亦見周振甫《詩詞例話》
　　中論「形象思維」一節。

09 見周振甫《詩詞例話》中論「形象思維」一節。

【後記】

　　元好問〈論詩絕句〉說：「望帝春心託杜鵑，佳人〈錦瑟〉怨華
年。詩家總愛西崑好，獨恨無人作鄭《箋》。」這說明了義山的篇什，
雖然古今驚豔，卻又鮮有達詁的窘況。王士禎〈戲仿元遺山論詩絕句〉
也說：「獺祭曾驚博奧殫，一篇〈錦瑟〉解人難。」除了嘆服義山驚
人的博學強識之外，同樣為本詩的晦澀艱深感到困惑不已。這是由於
詩人常用象徵、暗示、隱喻等含蓄委婉的手法，營造出許多瑰麗豐美
而又交互疊映的意象，形成迷離惝恍而又意識流宕的特殊風格，因此

使他的許多詩篇，全都蒙上了縹緲飄忽的神祕霧紗，有如海外仙山之遠望如在，使人心神嚮往而情靈搖蕩，卻終究難以循蹤躡跡地去窺其堂奧而探驪得珠。

尤其是本詩，不僅使歷來的箋注、評賞之作出現大量歧異的見解，黃子雲的《野鴻詩的》甚至還惡意地攻擊說：「詩固有引類以自喻者，物與我自有相通之義。若『錦瑟無端五十絃，一絃一柱思華年』，物我均無是理；『莊生曉夢』四語，更又不知何所指。必當日獺祭之時，偶因屬對工麗，遂強題之曰『錦瑟無端』；原其意亦不自解，而反弁之卷首者，欲以欺後世之人：『知我之篇章興寄，未易度量也。』子瞻亦墮其術中，猶斤斤解之以『適、怨、清、和』，惑矣！」

筆者以為這種先揣測詩人有意故弄玄虛、欺人惑世的讀詩與解詩態度，頗有以小人之心度君子之腹的味道，很不值得取法；因為即使我們未必能夠完全掌握騷心，了悟詩趣，至少也應該有梁啟超在〈中國韻文內所表現的情感〉一文中的坦率與虛心：「義山的〈錦瑟〉〈碧城〉〈聖女祠〉等詩，講的什麼事，我理會不著；拆開一句一句叫我解釋，我連文義也解不出來。但我覺得它美，讀起來令我精神上得一種新鮮的愉快。須知美是多方面的，美是含有神祕性的。我們若還承認美的價值，對於此種文字，便不容輕輕抹去。」畢竟對於文學藝術的解讀，儘管難免有賞析難公而毫釐易失的缺憾，但也不能由於它穠麗瑰奇、詭譎晦澀，就因噎廢食，甚至出現以詩廢人或以人廢詩的詆毀之論。

【評點】

01 元好問：望帝春心託杜鵑，佳人錦瑟怨華年；詩家總愛西崑好，獨恨無人作鄭箋。（〈論詩絕句〉）

02 王世貞：李義山〈錦瑟〉中二聯是麗語，作「適、怨、清、和」解甚通。然不解則涉無謂，既解則意味都盡，以此知詩之難也。

（《藝苑卮言》卷四）

03 陸次雲：義山晚唐佳手，佳莫佳於此矣。意致迷離，在可解不可解之間，於初盛諸家中得未曾有。三楚精神，筆端獨得。（《唐詩善鳴集》卷上）

04 何焯：此悼亡之詩也。首特借素女鼓五十絃之瑟而悲，泰帝禁不可止以發端，言悲思之情有不可得而止者。次聯則悲其遽化為異物。腹聯又悲其不能復起之九原也。曰「思華年」，曰「追憶」，指趣曉然，何事紛紛附會乎？錢飲光亦以為悼亡之詩，與吾意合。「莊生」句，取意於鼓盆也，但云「生平不喜義山詩，意為詞掩」，卻所未喻。（《義門讀書記》卷 57）

05 何焯：此篇乃自傷之詞，騷人所謂美人遲暮也。「莊生」句言付之夢寐；「望帝」句言待之來世；「滄海」「藍田」，言埋而不得自見；「月明」「日暖」，則清時而獨為不遇之人，尤可悲也。○感華年之易邁，借錦瑟以發端。「思華年」三字，一篇之骨。三四賦「思」也，五六賦「華年」也，末仍結歸「思」字。　○「莊生」句，言其情歷亂；「望帝」句，訴其情哀苦。「珠淚」「玉煙」，以自喻其文采。（《李義山詩集輯評》引朱筆批；然與何氏《讀書記》之說法不同，疑非何氏所評）

06 錢良擇：義山詩獨有千古，以其力之厚、思之深、氣之雄、神之遠、情之摯；若其句之鍊、色之艷，乃餘事也。西崑以堆金砌玉做義山，是畫花繡花，豈復有真花香色？梨園撱摣之誚*，未足以盡之也。（以上《李義山詩集箋注》眉批）　○此悼亡詩也。〈房中曲〉云：「歸來已不見，錦瑟長於人。」即以義山詩注義山詩，豈非明證？錦瑟當是亡者平日所御，故睹物思人，因而託物起興也。集中悼亡詩甚多，所悼者疑即王茂元女。舊解紛紛，殊無意義。（以上《李義山詩集箋注》題下批）

* 宋人劉攽《貢父詩話》載楊億等西崑體詩人喜愛摘取李商隱詩句

融入己作，某回宴席中，有優伶扮演李商隱，衣服敗敝，對人說曰：「吾為諸館職撏撦至此（意謂：楊億等館閣學者把我好端端的衣服扯破成這樣）。」

07 傅庚生：此詩首兩句言見錦瑟之絃與柱而觸動年華似水，追惟往事之情，第三句云浮生若夢，第四句云宿怨無窮。五六兩句意較晦，藍田之玉似以自況，滄海之珠似詠所懷，亦謂彼我之同戚戚耳。七八兩句則意甚顯，云此情不必待今日追憶時始痛人腸，在當時固已令人惘然悲憫矣。如此只覺其頸聯之意少難捉摸耳。(《中國文學欣賞舉隅》）

六四、馬戴詩歌選讀

【事略】

　　馬戴（？－869），字虞臣，《唐才子傳》謂華州（今陝西漢中市洋縣華陽鎮）人；梁超然《唐才子傳校釋》推測為兗海（按：唐兗海節度觀察使領兗、海、沂、密四州，兗州治所在今山東曲阜市附近；海州治所在今江蘇連雲港市一帶）人；而楊軍等《馬戴詩注》以為定州曲陽（今江蘇省海啟行署區）人。

　　文宗大和（827－835）初曾在太原任河東節度使掌書記，武宗會昌四年（844）與項斯、趙嘏同榜進士。宣宗大中初，曾因直言忤上貶朗州龍陽縣（今湖南省漢壽縣）尉，又曾往淮南任舒州懷寧縣（今安徽省潛山市）令。此外，似曾入同州觀察使幕，又曾入幕隴州（治所在今陝西省隴縣），官終於國子博士。

　　與賈島、姚合、顧非熊、殷堯藩、李廓、僧無可等均有酬唱贈答之作。

　　《全唐詩》存其詩 3 卷。

【詩評】

01 張為《詩人主客圖》列名於「清奇雅正之主」李益之下的「入室」
　　七人之中。

02 辛文房：戴詩壯麗，居晚唐諸公之上。優遊不迫，沉著痛快，兩
　　不相傷，佳作也。（《唐才子傳》）

03 楊慎：嚴羽卿云馬戴之詩為晚唐之冠，信哉。其〈薊門懷古〉云：
　　「荊卿西去不復返，易水東流無盡時。日暮蕭條薊城北，黃沙白

草任風吹。」雅有古調。至如「猿啼洞庭樹，人在木蘭舟」，雖柳吳興無以過也。　○馬戴、李益不墜盛唐風格，不可以晚唐目之。（《升庵詩話》卷 7）

04 鍾惺、譚元春：晚唐詩有極妙而與盛唐遠者，有不必妙而氣脈神韻與盛唐近者。「不必妙」三字甚難到，亦難言，妙不足以擬之矣。惟馬戴猶存此意，然皆近體耳。（《唐詩歸》卷 34 ）

05 王士禛：余嘗謂唐末詩人馬戴為冠，其行誼亦不可及。（《帶經堂詩話》卷 15 ）

06 賀裳：晚唐詩，今昔咸推馬戴。……其詩惟寫景為工，如「返照開嵐翠」「殘日半帆紅」「宿鳥排花動」，皆佳句也。至如「虹霓侵棧道，風雨雜江聲」，「猿啼洞庭樹，人在木蘭舟」，每讀此語，便真若身游楚、蜀。　○〈宿無可上人房〉曰：「風傳林磬久，月掩草堂遲」，此聯上句一意貫串，下句「月」字下又有一轉折。大率體澀而思苦，致極清幽，亦近於島也。　○〈征婦歎〉一詩，最有諷諭，……哀傷慘惻，殊勝平日溪山雲月之作。（《載酒園詩話》）

07 杜詔、杜庭珠：晚唐以五律擅長者，斷推馬虞臣，其神采、聲律迥非許用渾、李德新輩所能彷彿也。（《中晚唐詩叩彈集》）

08 葉矯然：晚唐之馬戴，盛唐之摩詰也。（《龍性堂詩話初集》）

09 翁方綱：（五律）直可與盛唐諸賢儕伍，不當以晚唐論矣。（《石洲詩話》）

10 紀昀：晚唐詩人，馬戴骨格最高。（《瀛奎律髓刊誤》）

11 李懷民：虞臣詩，今昔咸推為晚唐之最。馬與姚、賈同時，其稱晚唐，亦猶錢、劉之稱中唐也。詩亦近體多於古體，短律富於長律。筆格視賈氏稍開展，而體澀思苦，致極幽清，誠賈門之高弟也，斷為升堂第一。（《重訂中晚唐詩主客圖》）

300 灞上秋居 （五律）　　　　　　　　　馬戴

灞原風雨定，晚見雁行頻。落葉他鄉樹，寒燈獨夜人。空園白露滴，孤壁野僧鄰。寄臥郊扉久，何年致此身？

【詩意】

　　灞陵高原上使人愁思滿懷的淒風苦雨終於平靜下來，卻又見到暮色蒼茫中一行行鴻雁頻頻掠過天空，飛向南方，不禁撩起我對故鄉的深深思念。羈留他鄉，眼見落葉紛紛飄零，真是有說不出的惆悵（落葉都還知道回歸泥土，而我卻漂泊異地）；而在輾轉難眠，獨守孤燈的夜晚，真是有訴不盡的淒涼。我往往只能夠靜靜地傾聽空寂的庭園裡露水滴落的聲響，捱過漫長無聊的夜晚；除了映照在牆壁上的孤獨身影陪伴自己之外，也只有閒雲野鶴般的僧人與我為鄰了。長久寄居在郊野外簡陋的蝸居裡，何年何月才能一償心願，為國效命呢？

【注釋】

① 詩題─灞上，古地名，因其地有灞水流過，故稱灞上；又因漢文帝的皇陵在此，故改名灞陵。本詩殆為會昌四年（844）以前，詩人在京城參加科考失利後[1]，寓居郊村山寺附近，準備來年再試時的徬徨苦悶之作。

② 灞原─故址在今陝西西安市東，因地處灞水西邊高原而得名。

③ 「寄臥」二句─郊扉，指郊野外簡陋的住所。扉，門片。致身，盡力為國效命；《論語·學而》：「事君能致其身。」

【補註】

01 姚合曾於作者落第時以詩贈慰，作者答以〈酬刑部姚郎中〉詩云：
「路歧人不見，尚得記心中。月憶瀟湘渚，春生蘭杜叢。鳥啼花
半落，人散爵方空。所贈誠難答，泠然一榻風。」表現出失意時
對故人相知之情的感念。

【導讀】

　　本詩是寫羈旅京畿，功名未就，見秋雁南迴，落葉翻飛，遂感慨
系之，不勝鄉愁之悲。這種題材，在古典詩詞中屢見不鮮，要能寫得
動人，往往須借助於聲色動靜的襯托，描寫耳聞目見的感受，烘染出
景中藏情的氣氛，才能愁思滿紙，悽涼滿眼，而有搖人性靈的佳作。
本詩正是如此，因此評價不低[1]。

　　「灞原風雨定，晚見雁行頻」兩句，透露出作者寄居視野空曠的
灞原一帶，遇到清秋時節，本來就已經頗覺寂寥冷清；再加上淒風苦
雨的飄搖，自然使困居異鄉而心願不遂的遊子，見連綿秋雨而愁悶，
聞淒急秋風而意亂。好不容易才因為風雨初定，心緒稍微平靜下來，
偏偏又聞長空嘹唳；入耳驚心之餘，不免引頸仰望，只見沉沉暮靄中
群雁南翔，自然更撥撥起雁歸而人未歸的鄉愁了。何況，風雨灞原的
光景又是如此蕭瑟，暮空雁行的色調又是如許黯淡，則科考失利，無
顏返鄉的遊子心緒之消沉灰暗，也就不難想像了。

　　「落葉他鄉樹，寒燈獨夜人」兩句，繼續著重於陰沉色調的層層
渲染，以使淒哀的意象更加浮顯。枯黃的樹葉，在風雨侵襲之餘，飄
然旋落，自然引起「樹高千丈，葉落歸根」的聯想，因此拈出「他鄉」
二字來補足這層意涵；於是蕭瑟的秋意和落寞的鄉愁相結合，便使詩
人的心緒更形紛亂，愁懷也更形濃郁了。寒燈搖曳，魅影幢幢，又是
昏昧而漸趨黯淡的色調，心中的愁緒已層層加深增濃；偏偏又獨坐斗
室，舉目無親，自然倍增悽涼感傷；何況又是秋夜漫長，難以成眠的

時刻？由於本聯的實字密集，因此意象豐富，彼此交互疊映之餘，又使意境層折深遠，耐人咀嚼；因此孫洙以為兩句之中自有十層遙情遠韻與深長意味可玩，並且擬之為崔塗〈巴山道中除夜書懷〉的「亂山殘雪夜，孤燭異鄉人」，以為都是意境曲折深刻，景中有情的名聯[2]。

「空園白露滴」五字，雙承頷聯的落葉飄墜與獨坐不寐之意而來。詩人藉著長宵枯坐無聊，竟連露滴之輕響亦聲聲入耳亂心的意象，使落寞抑鬱之感更形綿長不盡；這種以聲襯靜的手法，更凸顯出庭園之空寂、長夜之漫漫、心境之空虛及意緒之紛亂。「孤壁野僧鄰」五字，則承寒燈獨夜的意象而來。唯有遠離塵囂的茅庵毗鄰，以及閒雲野鶴般的僧侶為伴，更襯出詩人郊居之荒僻、處境之孤獨以及孑然一身之可悲；甚至還暗示了遠離京華，軒車不到之意，則不知何時才能榮身仕途之悲，也就隱寓其中了。如此便能自然拈出尾聯中「寄臥郊扉久」的荒僻冷淡之意，和「何年致此身」的蹉跎焦慮之感作結而不覺突兀了。

總體而言，本詩之所以動人，主要是於由作者擅於剪裁能觸發聯想的景物意象，經過匠心安排之後，便能有景因情設而觸景生情的效果。尤其是重重景物的色彩疊見層出之後，無形中就渲染出足以搖蕩性靈的氣氛，使人反覆吟誦之際，便不自覺地陷進綿密的景網之中，產生豐富的情感聯想。因此，即使作者在詩中並沒有強烈得足以震撼人心的感情詞句，卻自然有鮮明得足以扣人心弦的形象語言，因此才使讀者敏銳的心靈也多愁善感到足以領略作者的言外之意。劉勰《文心雕龍‧物色篇》說：「是以詩人感物，聯類不窮；流連萬象之際，沉吟視聽之區。」又說：「寫氣圖貌，既隨物而宛轉；屬采附聲，亦與心而徘徊。」馬戴正是擅於以聯類無窮的聲色之語與形象之言來圖寫物貌，寄託情志的高手；因此他先以飽藏情思的景物構成意境豐富的畫面，而後才抒情述志，從而使畫意與詩情有了和諧的統一，增添了感人的效果。

【補註】

01 許學夷《詩源辯體》說本詩「語出賈島」,范大士《歷代詩發》譽之為「秀潔」,李懷民《重訂中晚唐主客圖》說:「意興孤僻,純是賈想。」高步瀛《唐宋詩舉要》說:「紀昀謂晚唐詩人馬虞臣骨格獨高,信然。」

02 除了孫洙評此聯有十層意涵之外,高步瀛《唐宋詩舉要》以為崔塗兩句可與馬戴此聯媲美;而俞陛雲《詩境淺說》解之曰:「此詩純寫閉門寥落之感。首句即言灞原風雨,秋氣可悲;迨雨過而見雁行不斷。唯其無聊,久望長天,故雁飛頻見;明人詩所謂『不是關山萬里客,那識此聲能斷腸』也。三、四言葉落而在他鄉,寒燈而在獨夜,愈見淒寂之況;與『亂山殘雪夜,孤燭異鄉人』之句相似。凡用兩層夾寫,則氣厚而力透,不僅用之寫客感也。五句言露滴似聞微響,以見其園之空寂;六句言為鄰僅有野僧,以見其壁之孤峙。末句言士不遇可意,嘆期望之虛懸;豈詩人例合窮耶?」

301 楚江懷古 (五律)　　　　馬戴

露氣寒光集,微陽下楚丘。猿啼洞庭樹,人在木蘭舟。廣澤生明月,蒼山夾亂流。雲中君不見,竟夕自悲秋。

【詩意】

光線柔和微弱的夕陽向楚山沉沒時,水面的露氣和閃爍的波光便融合成一片,帶來了陣陣的寒意。聽到洞庭湖畔的山林之間傳來猿猴

淒厲的啼嘯聲，使得身在木蘭舟上的我不禁產生莫名的感傷。不久之後，明月東昇，投影在廣闊的湖域中，只見兩岸相互對峙的深蒼色山巒，把江流推擠得奔騰亂竄起來，我的心中不由得蒼茫百端而紛亂動盪起來……。啊！當年被放逐湘江的詩人屈原而今安在？想到自古以來多少謫宦逐臣，都曾經在這一條渢漾著歷史悲劇的江流裡吟詠著感慨悽愴的詩篇，就覺得整夜的秋意更為蕭瑟悽涼了……。

【注釋】

① 詩題—楚江，湖南境內湘、資、沅、澧等重要水流的合稱，此處殆指由沅水下游的龍陽起至注入洞庭湖的一段而言。懷古，殆指詩人因直言被斥而貶赴朗州龍陽尉時，想到屈原、賈誼等遷客騷人行吟澤畔，浮沉江波的許多辛酸詩篇和沉鬱辭賦，而有蕭條異代、同為楚客的悲憤傷痛；再加上晚唐國勢已如日薄西山，作者盪舟江流時又值「嫋嫋兮秋風，洞庭波兮木葉下」的搖落時節，自然容易觸目生悲，故總名之曰「懷古」。作者本題計有五律三首，第三首云：「屈宋魂冥冥，江山思寂寥」，即此二語，其所懷之古可以思過半矣。

② 「露氣」二句—露氣，此指傍晚時逐漸氤氳於江面上的霧氣。寒光，指秋陽斜照時的波光。集，殆指露氣和寒光相融為一。微陽，夕陽也，因光輝熹微，故云。楚丘，泛指楚地群山而言。

③ 「廣澤」二句—廣澤，廣闊的水域，指洞庭湖而言。生明月，謂明月東昇，投影於洞庭湖中；杜甫〈登岳陽樓〉詩云：「吳楚東南坼，乾坤日夜浮。」蒼山，時已暮夜，故山色轉暗而曰蒼山。夾，山巒對峙於水流之兩岸，若夾水而立，故云。亂流，形容水勢奔竄激盪。

④ 「雲中君」二句—雲中君，神話中之雲神，名曰豐隆；然此處指作《楚辭·九歌·雲中君》的屈原而言。不見，或作「不降」。

竟夕，整夜也。

【導讀】

馬戴的五律，往往先緣情布景，借景言情，經過重重渲染景中藏情的氛圍之後，才在尾聯抒情述懷，於是詩情和畫意融合無間，自有蘊藉含蓄，耐人尋繹的豐富意味可玩；前一首〈灞上秋居〉如此，這一首〈楚江懷古〉亦然。劉熙載《藝概》說得好：「『昔我往矣，楊柳依依；今我來思，雨雪霏霏。』深入雅致，正在借景言情；若捨景不言，不過曰『春往冬來』，有何意味？」黃宗羲《南雷文案》卷1〈景州詩集序〉也說：「詩人萃天地之清氣，以月露風雲花鳥為其性情，其景與意，不可分也。」王夫之更是一再強調情景相生之理[1]；馬戴正是深諳個中三昧的名家，因此能夠寫出情景渾融無別而又足以感動人心的佳作，因而擁有高出晚唐諸家之上的美譽。

宣宗大中初年的詩人出仕未久，正擬以勃發之英氣，效致身之忠誠，卻不料因直言被斥而貶謫湖南；在「嫋嫋兮秋風，洞庭波兮木葉下」（《楚辭・湘夫人》）的時節裡，他泛舟洞庭，浮沉湘江，頗有感傷，不由得想起歷史上際遇坎坷的逐客騷人曾經在此淹留徘徊的共同命運。尤其是晚唐衰沒的國勢，直如下山的夕陽，詩人難免有無力回天的隱憂；再加上自己竟因直言被黜，又與忠而見疑、信而被謗的屈大夫「蕭條異代不同時」（杜甫〈詠懷古跡五首〉其二）；因此便在牽愁惹恨的傷心地觸景生情，寫下這首感懷際遇、追慕前賢的弔古傷今之作。

「露氣寒光集，微陽下楚丘」兩句，先點出時地是在水闊山蒼的秋晚。「露氣」是指水面氤氳而起薄霧般的水氣，「寒光」是指秋陽西下前斜映水面的波光；「集」是說在斜陽淡黃的餘暉中波光和水氣融成一片。由於水域遼闊，散熱較快，兼又夕陽光弱，水霧縹緲，因此給人由涼生寒之感。不過，這五個字儘管寫得煙水迷茫，波光滉漾，

寒氣侵人，措詞造語卻頗為生硬僻澀，不易析解；無怪乎賀裳《載酒園詩話・又編》雖稱賞馬戴所寫的景致極為幽清，卻又說他「大率體澀而思苦」，近於賈島。譚元春則說：「『光集』二字妙，承『氣』字尤妙。」（《唐詩歸》）筆者以為他讀斷的方式之奇特難解，似乎又正好印證了本句思苦語澀的窘狀。次句是寫山帶斜陽，暮色由昏黃而黯淡之際；有了山蒼水遙、日薄西山的景致來映襯，頓覺蘭舟渺小，愁思瀰漫，詩人不免湧起了不知何去何從的惆悵與憂傷。

　　「猿啼洞庭樹，人在木蘭舟」兩句，是在首聯訴諸視覺與觸覺的背景上，再加上聽覺效果，於是原本的惆悵之感，就更加擾攘紛亂了。「猿啼」句是承接次句夕陽在山的景象而來：此時薄暮猿啼，在山高水闊間迴盪著淒厲的哀音，足以入耳亂心，益增旅愁。「人在」句是承接首句煙波浩淼而來：失意之人坐在舟中浮盪，本來就有無所依傍的孤獨與惶恐，何況又值暮色蒼茫之際，耳聞清猿悲嘯之聲？其心緒之紛擾不寧，不難想像。由於作者是謫宦逐臣，因此猿猴藏身於影影綽綽的山林之中所發出的厲叫聲，不僅聽來悲淒，甚至透露著詭異，詩人便藉此暗傳自己艱危的處境、騷亂的心神，和憂讒畏譏的不安心理。「木蘭」在古典詩歌中又有貞節堅毅的象徵意涵，詩人似乎有意藉此凸顯出屈原那種忠而被謗的牢愁幽怨，和流放江湖的孤迥風神。大概由於頷聯不僅聲色相襯，情景交融，而且造語天成，意境清曠，再加上象徵與暗示的意涵豐富幽邃，自然特別耐人尋味，因此王世貞《藝苑卮言》說：「權德輿、武元衡、馬戴、劉滄五言，皆鐵中錚錚者。『猿啼洞庭樹，人在木蘭舟』，真不減柳吳興。」黃生《唐詩摘抄》進而分析說：「三、四二語，真膾炙千古。……以景事襯對，句中便含有悲秋意故也。」王士禎《漁洋詩話》說：「嘗見皇甫少玄、百泉兄弟論詩，五言以『猿啼洞庭樹，人在木蘭舟』為極則。」周詠棠《唐賢小三昧續集》說：「次聯十字，令人纏結不盡，皇甫兄弟謂此為五言極則，洵具眼也。」

　　「廣澤生明月，蒼山夾亂流」兩句，仍是山水分寫：明月初升，照見洞庭水域之廣闊與靜謐，更襯出作者之渺小與孤單；蒼山暗影綽綽，江流奔竄洶湧，更增添詩人的惶惑與紛擾之感。以水流之急，象徵心緒之不寧，是古典詩詞中常見的手法，例如孟浩然〈宿桐廬江寄廣陵舊遊〉：「山暝聽猿愁，滄江急夜流」，情調與此神似；而杜甫〈旅夜書懷〉：「星垂平野闊，月湧大江流」，也有心思翻湧難定之意。「夾」字錘鍊功深，表現出逼仄的壓迫感，似有詩人遭受迫害之意存焉。「亂流」二字也形象地凸顯出作者心緒的翻湧奔竄，無法平靜之意。「廣澤」句極寫其夐遠遼闊的靜謐，取景由下而上；「蒼山」句極寫其高峻推擠的動態，取景則由上而下。兩句動靜相襯，高下相形，極具立體的臨場感，讀來頗覺傳神生動，意象豐富。再者，「望月」容易撩起懷人之思，自然便引出尾聯的「雲中君不見」之嘆；而「亂流」易生逝者如斯之感，因此引出末句「竟夕自悲秋」之意。可見後半四句，脈絡相連，針線細密，其高明處未必在頷聯之下。

　　「雲中君不見，竟夕自悲秋」兩句，以「雲中君」代指屈原，以及屈原以下遠謫湘江的孤臣孽子，使詩意融入了歷史的內涵而更形豐富深刻，而又吞吐有致，是相當高明的創新手法。而且代表屈原形象的「雲中君」三字一出，既點明詩題中的「懷古」二字，又使前六句寫景中所寓藏的情意有了鮮明的形象和具體的內容：去國懷鄉、憂讒畏譏、冤抑莫伸、忠懷無訴……，同時還關合到詩人自己坎壈的際遇，實在是蘊藉深厚的精采之筆，值得讚賞。作者又特別把此句寫成「上三下二」的句式，和其他七句的「上二下三」截然不同，讀來別有突兀拗峭之感，既強調了所懷之古人古事的內涵，又似乎有意模擬其人抑鬱悽愴、哽咽冤苦的聲情，也是值得仔細尋繹的用心所在。「竟夕」二字，見其幽思之深長，又把時間的流程由黃昏而暮夜更展延成漫漫長夜，以見其愁懷之不斷。「悲秋」二字，既點出節令之可悲，使前六句的寫景都染上蕭瑟凋殘的氣氛，又象徵心緒之消沉黯淡，悽涼悲

愴，可以說是使通首皆靈的點睛之筆。「自」字又隱然有「前不見古人，後不見來者」的孤獨與悽涼之意；和前面以擴大之景象襯托己身之渺小與無所依止的茫然之感相應，也是值得注意的句眼所在。

【補註】

01 《薑齋詩話》說：「情景雖有在心在物之分，而景生情，情生景，哀樂之觸，榮悴之迎，互藏其宅。」「情景名為二，而實不可離。神於詩者，妙合無垠。巧者則有情中景，景中情。景中情者，如『長安一片月』，自然是孤棲憶遠之情；『影靜千官裡』，自然是喜達行在之情。情中景尤難曲寫，如『詩成珠玉在揮毫』，寫出才人翰墨淋漓，自心欣賞之景。」「夫景以情合，情以景生，初不相離，唯意所適。截分兩橛，則情不足興，而景非其景。」「不能作景語，又何能作情語耶？」「含情而能達，會景而生心，體物而得神，則自有靈通之句，參化工之妙。」

【評點】

01 楊慎：前聯（按：指「猿啼洞庭樹，人在木蘭舟」）雖柳惲不是過也，晚唐有此，亦希聲乎！嚴羽卿稱戴詩為晚唐第一，信非溢美。（《升庵詩話》）

02 王夫之：神情光氣，何殊王子安？ ○又曰：「廣澤生明月」較之「乾坤日夜浮」，孰正孰變？孰雅孰俗？必有知音。 ○又曰：「雲中君不降」五字一直下語，而曲折已盡，可謂筆外有墨氣，奇絕！（《唐詩評選》）

03 吳喬：其詩之高處，不似晚唐人之作。（《圍爐詩話》）

04 俞陛雲：唐人五律，多高華雄厚之作，此詩以清微婉約出之，如仙人乘蓮葉輕舟，凌波而下野。（《詩境淺說》）

六五、鄭畋詩歌選讀

【事略】

鄭畋（約 823－約 885），字臺文，河南滎陽人。父名亞，曾為李商隱之幕主。

武宗會昌二年（842）進士及第，武宗疑其年少，乃親閱所試之文，始信其才情之高妙。曾為汴、宋節度推官，授檢校司徒、太子太保；僖宗乾符年間（874－879）為兵部侍郎、同平章事。卒諡文昭。

其人文學優深，器量弘恕，風儀美好，姿采如玉。為人守正不阿，為姦佞所忌；然待人榮悴如一，能以德報怨。

著有《玉堂集》5 卷，《鳳池稿草》30 卷，《續鳳池稿草》30 卷。高彥休《唐闕史》以為其詩可以糠秕顏、謝，笞撻曹、劉。

《全唐詩》存其詩 16 首。

【詩評】

01 高彥休：公之篇什可以糠秕顏、謝，笞撻曹、劉。（《唐闕史》）

302 馬嵬坡（七絕）　　　　　　　　　鄭畋

玄宗回馬楊妃死，雲雨難忘日月新。終是聖明天子事，景陽宮井又何人？

【詩意】

　　當玄宗從四川返回長安時，楊貴妃賜死在馬嵬坡的慘禍已經是遙遠的往事了！儘管經過了天旋地轉、河山重光的大變動，他對於楊貴妃的深情蜜愛，卻如同日月長新一樣，始終難以忘懷。在軍士譁變，形勢危急時，他能夠毅然決然地割捨兒女私情，犧牲楊妃來換取大唐江山的保全，終究是英明睿智的天子才能有的果斷抉擇啊！想想看，那位在危難時不能割恩斷愛，反而貪生怕死地躲入景陽宮的胭脂井裡，但終究還是亡國受辱，遺臭萬年的人，又是誰呢？

【注釋】

① 詩題—馬嵬坡，又名馬嵬驛，在今陝西省興平市西，是玄宗奔蜀途中，由於軍士譁變而賜死楊玉環處。相傳因晉人馬嵬於此築城而得名。餘參見白居易〈長恨歌〉注。

② 「玄宗」二句—回馬，謂兩京收復，叛亂已定，玄宗由蜀地返回長安。雲雨，見李白〈清平調詞三首〉其二注；此借喻恩愛情深。日月新，既指河山再造，日月重光的氣象，亦兼指玄宗的思慕之情，如日月長新，永遠不變。

③ 「景陽」句—後主陳叔寶聞隋兵將至，攜寵妃張麗華、孔貴嬪出景陽殿，入胭脂井藏匿 [1]；至夜，仍為隋兵所執；見《陳書·本紀六·後主》。井在今南京玄武湖畔，又名辱井。

【補註】

01 《韻語陽秋·卷5》：隋克台城，後主與張（麗華）、孔（貴嬪）坐觀無計，遂俱入井，所謂胭脂井是也。楊炯詩云：「擒虎戈矛滿六宮，春花無樹不秋風。蒼黃益見多情處，同穴甘心赴井中。」李白亦云：「天子龍沉景陽井，誰歌玉樹後庭花！」李商隱亦有〈景陽井〉詩。今胭脂井在金陵之法寶寺（按：今名雞鳴寺，在

江蘇省南京市雞籠山麓），井有石欄，紅痕若胭脂，相傳乃後主與張、孔淚痕所染。紅欄上刻後主事跡，八分書，乃大曆中張著文，又有篆書「戒哉戒哉」數字。其他題刻甚多，往往漫滅不可考。寺即景陽宮故地也，以井在焉，好事者往來不絕，寺僧頗厭苦之。

【導讀】

歷代歌詠此題的篇什，大抵總是傾向嘲諷譏斥玄宗之薄情寡義，同情悲憫貴妃之蒙冤賜死；例如〈長恨歌〉云：「馬嵬坡下泥土中，不見玉顏空死處。」李商隱〈馬嵬二首〉其一云：「海外徒聞更九州，他生未卜此生休。……如何四紀為天子，不及盧家有莫愁？」甚至到了黃巢之亂時，羅隱還在〈帝幸蜀〉詩中為玉環鳴冤：「地下阿瞞（按：此玄宗之小名）應有悟，這回休更怨楊妃。」韋莊〈立春日作〉詩也深抱不平：「今日不關妃妾事，始知辜負馬嵬人。」鄭畋本詩則別開生面地從國家形勢能轉危為安，終於日月重光、河山再造的觀點，來思考玄宗臨難決斷以安軍心、謝天下的睿智，而不再只是侷限於兒女私情恩義的評斷，表現出恢闊的格局和宏觀的視野，流露出寬諒的厚道和正大的氣派，因此不僅前人以為議論得體，翻案合理，頗有宰相之胸襟[1]，連孫洙都特別說明本詩入選《唐詩三百首》的原因是：「唐人馬嵬詩極多，惟此首得溫柔敦厚之意，故錄之。」

「玄宗回馬楊妃死，雲雨難忘日月新[2]」兩句，是以一存一歿、一喜一恨作強烈的對比，暗藏著詩人迴護玄宗的用心，為後半的議論先開拓寬綽的地步。首句意在表示玄宗能顧全大局而捨棄私情，才使唐室得以轉危為安，國祚得以絕而復續，正可以見出他臨危不亂的冷靜及決斷之英明，已遙啟第三句「聖明天子事」之契機。再者，玄宗回鑾與楊妃喪命，相距一年以上，詩人卻將兩件事牽合於一句之中，似乎也有肯定楊妃能識大體而捨小我的貢獻，才使玄宗不至於也御龍

升天的意思。「雲雨難忘」四字，意在表示玄宗是被形勢所逼，才迫於無奈而不得不犧牲楊妃，絕非薄情寡義之人；因此詩人刻意以「雲雨難忘」來強調玄宗從此生活在天人永隔，幽明異路，既悲且恨，又愧更悔的痛苦深淵中，為難以淡忘的昔日恩愛而備受折磨，這正是〈長恨歌〉中「蜀江水碧蜀山青，聖主朝朝暮暮情；行宮見月傷心色，夜雨聞鈴腸斷聲」「夕殿螢飛思悄然，孤燈挑盡未成眠；遲遲鐘鼓初長夜，耿耿星河欲曙天」等名句的扼要概括，清楚地表露出玄宗刻骨銘心，難忘舊恩的深情。「日月新」三字則義涵雙關：一方面深慶王室能有中興再造的新氣象，補足貴妃犧牲的價值，暗點玄宗的睿智；另一方面則表示此恨無窮，歷久彌新，為玄宗遭受的薄倖惡名嚴正地辯護。

「終是聖明天子事」七字，更是以肯定的語氣，稱許玄宗能斷然割捨私愛的堅毅與英明；「景陽宮井又何人」則是以問句作結，讓讀者自行評斷玄宗的功過是非。仔細玩味詩人的意思，一方面是嘉許玄宗能夠挽救岌岌可危的江山，不至於讓自己淪為像陳後主那樣昏庸愚昧的亡國之君而愧對列祖列宗；另一方面也有稱讚他終究未讓玉環步上張麗華、孔貴嬪那種被執受辱的後塵之意。由於問得委婉含蓄，更顯得詩心敦厚，層折有味。尤其值得注意的是：「終是」二字所隱藏的意涵，因為它既隱約地暗示玄宗耽溺美色而誤國，的確有虧為君之道；同時又清楚地表示他在危疑存亡之秋，懂得懸崖勒馬，從善如流地誅殺楊國忠以謝天下，可謂災害控管與危機處理得宜，因此許之以「聖明」二字。由此可見詩人在褒貶時的分寸與苦心。

通讀全篇之後，可以體會到：詩人雖然有意跳脫議論男女恩義的窠臼，另闢蹊徑，由國家安危、歷史功過來彰顯貴妃犧牲的意義，以及玄宗決斷的英明；但是，先以一句「聖明天子」褒揚至極之後，卻又用最為人恥笑的陳後主作為陪襯，顯然是有意婉轉地透露出玄宗固然英明，卻也僅能勝過後主被俘受辱的諷諭之意。由此而論，詩人固

然抱持著肯定貴妃、迴護玄宗的立場創作這首詠史詩,卻能夠暗寓批判的精神,表現出不卑不亢、正大光明的氣度,和不偏不倚、無所隱諱的坦誠,的確相當難能可貴。換言之,詩人一方面體諒玄宗當年處境之不得不然,稱讚他忍私全公的果斷,另一方面又能表現出婉言微諷的警惕之意,不至於招來阿諛諂媚之譏;同時既流露出對玄宗深情長恨的敬重之意,又暗藏對貴妃的肯定之意。如此面面俱到的敦厚態度,以及詩心幽微的《春秋》筆意,應該正是世人以為他有宰輔之器的關鍵所在吧!

【補註】

01 五代人高彥休《唐闕史》云:「馬嵬佛寺,貴妃縊所。邇後才士文人,經過賦詠,以導幽怨者,不可勝紀,莫不以翠翹香鈿,委於塵土,紅淒碧艷,令人悲傷。雖調苦詞清,而無逃此意。獨丞相滎陽公畋為鳳翔從事日,題詩曰:『肅宗回馬楊妃死,雲雨雖亡日月新。終是聖明天子事,景陽宮井又何人?』後人觀者,以為真輔相之句。」《全唐詩話》的文字大同小異。

02 陳寅恪《元白詩箋證稿》說:「吳曾《能改齋漫錄》八『馬嵬』條載臺文此詩,『肅宗』作『明皇』,『聖明』作『聖朝』。計有功《唐詩紀事》五六亦載此詩,惟改『肅』字為『玄』字,又『聖明』作『聖朝』。今通行坊本選錄臺文此詩,則並改『雖亡』為『難忘』,此後人逐漸改易,尚留痕跡者也。蓋肅宗回馬及楊貴妃死,乃啟唐室中興之二大事,自宜大書特書,此所謂史筆卓識也。『雲雨』指貴妃而言,謂貴妃雖死而日月重光,王室再造,其意義本至明顯平易。今世俗習誦之本作『玄宗回馬楊妃死,雲雨難忘日月新』,必受〈長恨歌〉此節及玄宗難忘楊妃,令方士尋覓一節之暗示所致,殊與臺文原詩之本旨絕異。斯不得不為之辯證者也。」

【評點】

01 魏泰：命意似矣，而詞句凡下，比說無狀，不足道也。（《臨漢隱居詩話》）

02 吳幵：蓋取杜詩「不聞夏殷衰，中自誅褒妲」之意。（《優古堂詩話》）

03 陸次雲：得體。當時讀此詩者，以為有宰輔器，許得不錯。（《五朝詩善鳴集》）

04 李鍈：立言得體。「可憐金谷墜樓人」，高一層襯；此低一層襯。（《詩法易簡錄》）

05 周咏棠：論既得體，調亦琅然。（《唐賢小三昧集續集》）

六六、韋莊詩歌選讀

【事略】

　　韋莊（約 836－910），字端己，晚唐京兆杜陵人，天寶末宰相韋見素之後，中唐韋應物之四代孫。

　　韋莊曾因避亂而寓居江浙地區，故曾有〈避地越中作〉〈寄江南諸弟〉等詩篇。僖宗廣明元年（880）入京應舉，已四十五歲，值黃巢犯闕，兵燹交作，陷於賊手，與弟妹失散。中和二年（882）始逃離長安，奔赴洛陽，居洛北鄉間。三年，作〈秦婦吟〉長詩一千六百餘字以寄慨，中有「內庫燒為錦繡灰，天街踏盡公卿骨」之語，號為「秦婦吟秀才」，年已四十八矣。

　　昭宗乾寧元年（894）進士，釋褐為校書郎，已年近六十。三年，李茂貞進逼京師，莊隨駕奔華州。四年，曾奉使入蜀。昭宗天復元年（901）入蜀任王建掌書記，二年至成都，尋得杜甫浣花溪畔故址，雖蕪沒已久，而柱砥猶存，遂誅茅葺堂而居，吟詠自得乎其間。後王建稱帝（907），引為腹心，一切禮制、冊書、詔令，皆出韋莊之手；先以左常侍拜相，後轉門下侍郎、吏部侍郎。武成三年（910）卒，諡曰文靖。

　　韋莊早經寇亂，飽嚐間關頓躓與手足離散之苦。由於舉目有山河之異，故於流離顛沛之際，怳然興悲，多傷時懷舊之作；銜觴賦吟，亦頗能動人心魂。其詩語言樸素自然，善用白描及烘染手法；色澤明淡相襯，音節嘹亮哀婉。

　　其詞則多寫閨情離思及遊樂生涯，與溫庭筠同為花間詞人之領袖，有「溫、韋」之稱；溫詞密麗而韋詞清疏，各具風韻。詞集名《浣花

詞》，今存五十餘首，散見於《花間集》《金奩集》及《全唐詩》中。

韋莊曾選杜甫、王維等一百四十二人詩為《又玄集》以續姚合之《極玄集》。其弟藹編其詩為《浣花集》，今存 10 卷，補遺 1 卷。

《全唐詩》存其詩 6 卷，《全唐詩外編》補詩 2 首。

【詩評】

01 唐汝詢：韋莊於晚唐中最超，律詩雖不甚雄，亦是可諷。（《唐詩選脈會通評林》引）

02 胡震亨：體近雅正，惜出之太易，又乏閎深。（《唐音癸籤》）

03 翁方綱：韋莊在晚唐之末，稍為官樣，雖亦時形淺薄，自是風會使然，勝於「咸通十哲」。（《石洲詩話》）

04 胡壽芝：流麗中感慨頓挫，語關飛動。（《東目館詩見》）

05 宋育仁：其源出於元稹，有排比之能，無溫麗之采。專為律詩，時代所尚。〈章臺〉清怨，秀發遙音。七古開宕，猶存初體。（《三唐詩品》）

06 丁儀：典雅綺麗，風致嫣然；七絕則王建、李益之亞也。（《詩學淵源》）

303 章臺夜思（五律）　　韋莊

清瑟怨遙夜，繞絃風雨哀。孤燈聞楚角，殘月下章臺。芳草已云暮，故人殊未來。鄉書不可寄，秋雁又南迴。

【詩意】

在漫長而靜謐的夜晚，突然傳來淒清而幽怨的瑟音，使得羈旅京城的我思潮起伏，惆悵莫名。仔細諦聽，絃柱之間似乎正縈繞著令人哀傷的淒風苦雨，才會如此撩人情懷而使我難以成眠。獨坐在孤燈之下，感覺長夜寂寥時，又聽到遠處傳來悲涼的號角聲，才發覺天際的殘月即將隱沒在長安城巍峨的宮闕之後了，心中又是百感交集……。芳草已經來到了生命的盡頭，逐漸轉為枯黃了，故鄉的親友卻遲遲盼不到我回去和他們團聚，不知道他們會如何牽掛我這個亂世中的遊子呢？來自南方的家書也不可能寄來此地，稍微安慰我羈旅的愁思；眼看著又是秋雁南飛的季節了，而我卻不如候鳥，依舊漂泊不歸……。

【注釋】

① 詩題—章臺，戰國時秦國之宮臺，藺相如曾奉和氏璧至此見秦昭王，見《史記‧廉頗藺相如列傳》；漢時為長安之宮殿名，又可指長安城中的章臺街。此地自古為繁華冶遊之區，故址在陝西長安縣西南。本詩中的章臺，可代指長安之宮闕與街道。大概作者此時滯留長安而家人避亂居於江浙。

② 「清瑟」二句—清瑟，淒清的瑟音；古時瑟有清、和、適、怨四調，故云。遙夜，漫漫長夜；張九齡〈望月懷遠〉：「海上生明月，天涯共此時；情人怨遙夜，竟夕起相思。」風雨哀，形容瑟音之哀怨悽愴。

③ 「孤燈」二句—楚角，形容號角聲之悲涼，有如楚國悲壯而悽愴之樂調。殘月，破曉前之月亮已褪其光華而淡如輕煙，故曰殘月；又，月圓之後，月相消瘦如娥眉者，也稱為殘月。下章臺，殆指月亮隱沒於宮闕之後；此處的「章臺」二字，似無綺羅香澤的冶遊情味。

④ 「芳草」句—殆用宋玉〈九辯〉：「悲哉秋之為氣也，蕭瑟兮草

木搖落而變衰」之意涵，意謂見草木搖落，而有感秋興悲，思歸不得之慨。

⑤「故人」句——可能化用淮南小山〈招隱士〉中：「王孫游兮不歸，春草生兮萋萋」的意涵，並以家鄉親友的眼光來看待久遊未歸的詩人。故人，指作者而言。殊，絕也，有望斷天涯而不見之義。

⑥「鄉書」二句——前句應指來自江浙，可以稍慰旅思的書信無法寄達；一來可能是因為戰亂，有如老杜所謂「寄書長不達，況乃未休兵」之故，二來也可能是因為秋雁南飛，不能託付北送之信的緣故。編按：作者另有〈寄江南諸弟〉詩云：「萬里逢歸雁，鄉書忍淚封」，大概南寄之信，適可有託雁傳書之想；而北寄之信，則無由託南返之雁也。

【導讀】

本詩是因夜聞清瑟哀角而興起懷歸之思，主旨在抒發羈旅漂泊而不得歸鄉的惆悵。喻守真《唐詩三百首詳析》說：「此詩是懷人思鄉之作，寫出無可如何的恨，使人腸斷。」筆者以為所謂「恨」和「腸斷」都言過其實，因為作者在詩中所表達的感情色彩，並沒有那麼濃烈；也有人以為本詩是「寄興遙深之作」，筆者則以為直接解讀詩句中之情感即可，無須別尋寄託。

「清瑟怨遙夜，繞絃風雨哀」兩句，是以清怨之瑟音起興，勾起羈旅的情緒，致使遊子愁思滿懷，不得成眠，頓覺長夜難捱。「怨」字可以指瑟音本有的幽怨情調，也可以指遊子被勾惹出不得返鄉的愁怨，還兼指遊子怨嘆瑟音之淒清與長夜之漫漫，令自己難以自處；可見詞義相當豐富。「繞」字寫出彈奏時的指法，也表現出旋律之纏綿，同時還可能含有淒風苦雨般的情韻從絃柱間迴旋而出，以及樂音繚繞耳際，縈懷不去的意思；同樣也能帶給人豐富的聯想。筆者料想此瑟音是由城裡不知何處所傳來的，演奏者的身分、背景，以及有何幽怨

情懷，都無法追查。作者只是羈旅的遊子，偶然間夜聞瑟音，頓覺入耳亂心，輾轉難寐，因而引發一段清怨罷了。

「孤燈聞楚角，殘月下章臺」兩句中的「孤燈」，表示臥不成眠，因而枯坐燈下，空思冥想或展卷無心。「聞楚角」，暗示其時烽火未熄，因此破曉前可以聽到悲涼的號角聲，更增旅人愁思。「殘月下章臺」五字，是寫聞楚角而後始知天光欲明，舉目外望時見到殘月正淪沒到宮闕之後。和首聯結合起來觀察，本詩前半是藉助於清怨悲涼的瑟音和淒美靜謐的景色，刺激讀者的感官，引發形象豐富的聯想，從而領略在聲色光影的圖畫中，旅人愁懷不寐的低落情緒。

至於「芳草已云暮」五字，有人以為是以芳草將衰，表達年華已逝的遲暮之感；至於「故人殊未來」的「故人」，則指昔日好友而言。筆者並不認同這種說法，因為：第一，如果出句是感傷遲暮，則看不出與對句的「故人殊未來」有何關聯？第二，詩題中根本看不出詩人與「故人」有任何約定或對故人有任何懷想¹；第三，在詩句中，「故人」二字既前無所承，又後無所續，倏爾而來，又忽爾而去，完全割裂了情感的線索，截斷了詩意的脈絡；因此這種解釋顯然過於突兀生硬，極不合理。其實，「芳草已云暮」是化用宋玉〈九辯〉：「悲哉秋之為氣也，蕭瑟兮草木搖落而變衰。憭慄（按：猶淒愴）兮若在遠行，登山臨水兮送將歸」之意涵，透露出感秋興悲而思歸不得之慨。至於「故人殊未來」五字，則結合了淮南小山〈招隱士〉中：「王孫游兮不歸，春草生兮萋萋」的意涵，寫故鄉之人望穿秋水猶不見己歸的惆悵；由於採用了從對面著筆的手法，所以特別深婉可諷。換言之，「故人」句是寫作者滯留京城未歸，使家鄉中人望斷天涯仍然不見作者這位「故人」歸來；尤其當時很可能不少地區仍在兵荒馬亂之中，甚至是黃巢犯闕（880）之時，則故鄉親友對遊子安危的牽掛懸念，也就不言可喻了。

「鄉書不可寄，秋雁又南迴」兩句，是承接前聯滯久未歸，親友對自己的牽掛焦慮而來。詩人想像故鄉之人應會修書探問近況，卻可嘆無由寄達自己手中；因此詩人特別點出又是秋雁南迴之時，既表明鄉書無法寄達北方的原因，也可能含有鴻雁南翔而自己卻陷在黃巢控制區域中，羈留北方，遠不如鴻雁能自由來去的感嘆。

【補註】

01 例如孟浩然的〈宿業師山房期丁大不至〉〈夏日南亭懷辛大〉這兩首詩的題目，前者的「期」字表示有約定，後者的「懷」字有懷想。

【商榷】

喻守真說：「上半段只就聞見寫出夜景，至頸聯然後寫出『思』字，思些甚麼？韶華已逝可思，故人不來可思，鄉書難寄可思；一個『思』字分作三層寫出，那麼客思的無聊即可想見。結句點出時節是秋，尤其可思。」能把夜思的內涵分成四種層次，固然值得參考；但是，這樣的解讀要能夠成立，則必須解決以下環環相扣、糾結難解的問題：

＊首先，應該說明詩中的「故人」是指誰？他應該不只是一個泛稱，否則作者不必特別在意對方來不來；如果是特別知心的朋友，為何作者卻只輕描淡寫地一語帶過？不是應該有昔日相親相聚的回憶，才能使讀者有所了解、有所依循嗎？為何前無蛛絲可覓，後無馬跡可循呢？

＊其次，必須說明「故人」又為何「殊不來」呢？有何特別的理由嗎？雙方曾經約定過「故人」要前來和詩人相會嗎？同樣寫「故人」，杜甫的〈夢李白二首〉說：「故人入我夢，明我長相憶」，已經在詩題中清楚交代所指稱的對象為誰。同樣有「故人殊未來」

的遺憾，韋應物的〈寄李儋元錫〉不僅在詩題中交代對象，也在篇首說：「去年花裡逢君別，今日花開又一年」，先說出去年情事，隱含親密關係；尾聯又說：「聞道欲來相問訊，西樓望月幾回圓？」可以體會到彼此有所約定或有所期盼。孟浩然〈宿業師山房期丁大不至〉的作法亦然：詩題中既交代人物為丁大，又拈出「期而不至」之意，因此詩末的「之子期宿來，孤琴候蘿徑」，便顯得合情入理，盛情可感。

* 第三，曾國藩〈復陳右銘太守書〉說：「一篇之內，端緒不宜繁多，譬如萬山旁薄，必有主峰；龍袞九章，但挈一領。否則，首尾衡決，陳義蕪雜，茲足戒也。」雖然是針對文章的主題必須統一而言，何嘗不能移作為詩歌主旨必須一貫的原則呢？因此，如果把「夜思」的內涵說成是遲暮之感、羈旅之嘆，卻又在中間穿插一句友朋易散難聚的悲哀，豈不是前後脫榫而主題紛亂嗎？因此，筆者很難認同喻氏之說。

雖然筆者已經在導讀中絞盡腦汁地疏解詩意，也挖空心思地想要進入詩中的情境去體貼騷心，了解作者當時的感觸，但是總覺得頗有隔閡而無法受到感動。究其原因，主要是詩題與詩句中的人、事、時、地、物都相當模糊而不具體，很難給人清晰的輪廓和深刻的印象，因此難免讓人產生浮泛空洞而缺乏特色的感覺，自然也就不易感動人了。茲略述如下：

* 第一，「章臺」二字，究竟是風月之區、冶遊之地，或是代指長安？如果是前者，為何詩人在聆聽清瑟演奏之餘會孤燈獨坐？似乎不合情理；再者，為何在冶遊之際會引起愁緒和鄉情？由於詩中缺乏線索，所以也難以理解。

* 第二，如果「章臺」是指長安，是否表示正值詩人赴長安應舉時遭遇黃巢之亂而陷入賊手，因而有思歸不得之歎？可是就詩句來

看，又似乎缺乏足夠的線索可以印證——為何詩中毫無爭戰或混亂的景象呢？

＊第三，有沒有可能所謂「章臺」是代指王建據蜀稱帝的偽京而言呢？換言之，本詩是否作者晚年輔佐前蜀時，抒發他身在成都，漂泊異鄉的感歎呢？

＊第四，如果「故人殊未來」句是指朋友離散，未能前來團圓，則既有前後詩意截斷之虞，又有主題凌亂之感，以及與這位朋友的關係太過模糊而難以測度的問題。

＊第五，如果把「故人」句解釋為寓居在江浙一帶的親故對於遊子歸來的期盼落空（如前【導讀】所述），詩人的羈旅思歸之情仍然顯得浮泛空洞而難以感人；因為詩中除了「楚角」二字可能暗示戰禍未息之外，實在看不出詩人為何必須羈旅不歸？他究竟有何不得返鄉的苦衷呢？

總之，不論就詩題或內容來看，以上的問題，其實都是詩人應該要交代清楚的。

　　儘管筆者覺得「繞絃風雨哀」五字頗有情味可玩，但筆者並不特別欣賞本詩，以為如果重新評選，不妨將本詩排除在《唐詩三百首》之外。雖然，仍不敢專斷地自以為是，因此摘錄前人之評點於後，以供採擇。

【評點】

01 鍾惺：悲艷動人。　○譚元春：苦調柔情。（《唐詩歸》）

02 邢昉：音韻忽超。（《唐風定》）

03 陸時雍：二句佳，三、四盛唐氣格。（《唐詩鏡》）

04 王士禎：律詩貴工於發端，承接二句尤貴得勢。……「古戍黃葉落，浩然離故關」，下云「高風漢陽渡，初日郢門山」；「錦瑟

怨遙夜，繞絃風雨哀」，下云「孤燈聞楚角，殘月下章臺」；此皆轉石萬仞手也。（《分甘餘話‧卷3‧論律詩》）

05 周咏棠：起得有情，接得有力，所謂萬鈞石在掌上轉也。此詩與飛卿「古戍落黃葉」之作，皆晚唐之絕品也。（《唐賢小三昧集續集》）

06 黃生：句調堅老，晚唐所罕。（《唐詩摘抄》）

07 朱庭珍：起筆得勢，入手即不同人，以下迎刃而解矣。如……溫飛卿之「古戍落黃葉，浩然離故關」，韋端已「清瑟泛遙夜，繞絃風雨哀」，李玉谿之「高閣客竟去，小園花亂飛」……，以上諸聯，或雄厚，或緊遒，或生峭，或恣逸，或高老，或沉著，或飄脫，或秀拔，佳處不一，皆高格響調，起句極有力，最得勢者，可為後學法式。（《筱園詩話》）

08 管世銘：溫庭筠「古戍落黃葉」，劉綺莊「桂楫木蘭舟」，韋莊「清瑟怨遙夜」，便覺開、寶去人不遠，可見文章雖限於時代，豪傑之士終不為風氣所囿也。（《讀雪山房唐詩‧序例》）

09 俞陛雲：五律中有高唱入雲，風華掩映，而見意不多者，韋詩其上選也。前半首借清瑟以寫懷，泠泠二十五弦，每一發聲，若凄風苦雨繞弦雜遝而來。況殘月孤燈，益以角聲悲奏，楚江行客，其何以堪勝！誦此四句，如聞雍門之琴、桓伊之笛也。下半首言草木變衰，所思不見，雁行空過，天遠書沉，與〈夢李白〉之「鴻雁幾時到，江湖秋水多」相似，皆一片空靈，含情無際。初學者宜知此詩之佳處，在前半神韻悠長，後半筆勢老健，如筆力尚弱而強學之，則寬廓無當矣。（《詩境淺說》）

* 編按：所謂「所思不見」，顯然也把「故人」二字誤解為某位親友。

304 臺城（七絕） 韋莊

江雨霏霏江草齊，六朝如夢鳥空啼。無情最是臺城柳，依舊煙籠十里堤。

【詩意】

　　瀰漫江天的綿密雨絲，使江邊繁茂的春草全部都籠罩在迷濛的濕霧中，讓人感到莫名的惆悵。在金陵建都的六個王朝（曾經有過三百年的繁華盛況，和四十位君王的競誇豪奢，以及數不盡的燈紅酒綠、紙醉金迷……），如今卻只像是一場淒迷縹緲而難以追尋的春夢，唯獨有心的鳥雀仍然在早已荒蕪殘破的臺城裡，空自為長逝不返的歲月聲聲啼喚，聽起來哀怨悽涼，令人根觸萬端……。這樣說來，最最無情的就是臺城裡駘蕩的楊柳了（它們全然不管朝代的興衰，也不顧世事變化的滄桑），依舊在煙波浩淼的玄武湖畔迎風搖曳，把十里長堤點綴得柔媚動人，令人眷戀……。

【注釋】

① 詩題──宋人洪邁《容齋續筆・卷5・臺城少城》云：「晉、宋間，謂朝廷禁省為臺，故稱禁城為臺城。」六朝都城建康之故址，在今南京市政府西北角的玄武湖畔。

＊ 編按：《全唐詩》中收本詩及〈金陵圖〉：「誰謂傷心畫不成？畫人心逐世人情；君看六幅南朝事，老木寒雲滿故城。」孫洙編《唐詩三百首》，雖收錄本詩，卻將詩題誤植為「金陵圖」。

② 「江雨」句──霏霏，細雨綿密狀。齊，繁茂貌。

③ 六朝──吳、東晉、宋、齊、梁、陳六代均建都於金陵，合稱六朝。

【導讀】

　　這首弔古傷今的名作，一說寫於僖宗中和三年（883）詩人客居江南後，一說寫於光啟三年（887）詩人渡江北上鳳翔迎駕，遇阻後折返南京之時。由於筆者無法找到可信的資料來印證，只能存而不論。

　　中唐時劉禹錫〈臺城〉詩云：「臺城六代競豪華，結綺臨春事最奢[1]；萬戶千門成野草，只緣一曲後庭花。」當時的臺城，已是蓬蒿滿目的景象，則到了大約晚於劉禹錫六十年的韋莊時，自然更加荒涼蕭瑟；因此，當詩人眼見堤柳無情，依舊含煙弄翠，牽風引浪時，再對比臺城的殘破沒落，自然目擊心傷而感慨萬千了！賀裳《載酒園詩話》曾拿本詩與劉禹錫的〈石頭城[2]〉及杜牧的〈泊秦淮〉相比較說：「三詩雖各詠一事，意調實則相同。」能與中晚唐的七絕大家頡頏並峙，可見本詩之評價了。

　　「江雨霏霏江草齊」七字，作者採用直接訴諸視覺的形象，刻意點染出煙雨江南迷濛如夢的景象，最能勾惹起讀者淒迷悵惘的感受，是極為成功的大筆揮灑。金陵古跡瀕臨長江，臺城又緊接玄武湖南岸，因此詩人先以「江雨」「江草」點出江南風物的清麗柔媚，喚起讀者心神飛馳的遐想，再以「霏霏」來渲染出一幅煙雨迷茫的遠景，烘托出令人悵惘的氛圍，便隱然使畫卷浸透在冷清的色調中。「江草齊」三字，頗有杜甫〈春望〉詩中「城春草木深」的況味，既暗示繁華古城殘破荒涼，也使次句的啼鳥有了藏身之處，和杜甫〈春望〉詩在城春草深之後，承之以「恨別鳥驚心」的構思相似。

　　「六朝如夢」是以極度概括濃縮的手法，一筆兜攬「三百年間同曉夢[3]」的感慨，其中自有繁華飄散、歌舞衰歇的世變滄桑之感，故以「如夢」寄其根觸之懷；陸次雲《五朝詩善鳴集》說：「多少臺城憑弔詩，總被『六朝如夢』四字說盡。」可見本句筆力之雄厚。「鳥空啼」三字，則進一步加上鳥雀淒哀的啼音來增添畫面中的衰颯情調。

因為眼見霏霏雨霧中搖曳的江草，和遠遠矗立的朦朧臺城，已使人產生繁華如煙似夢的迷惘，而有憑弔古蹟，慨歎世變的感傷；又聽到淒哀的鳥啼聲，更使人有入耳動心，春夢乍醒之感。「空」字下得極為沉重，似乎表示：任憑牠如何哀悼六朝，並警惕世人切勿重蹈沉湎聲色而亡國的覆轍，卻依舊喚不回繁華豪奢的舊日風貌，也喚不回世人癡愚頑鈍的迷夢！「鳥空啼」三字和杜甫〈蜀相〉詩中「映階碧草自春色，隔葉黃鸝空好音」的詩心頗有不同，因為老杜詩中的鳥鳴聲欣然自得，間關婉轉，渾不知人世的盛衰成敗與朝代的更迭興廢；而本詩中的鳥雀似乎有情有義，有血有淚，既能悲輓六朝，又欲警惕後人，只可惜徒勞無功，枉自費心罷了！

「無情最是臺城柳，依舊煙籠十里堤」兩句中的「無情」之嘆，是由啼鳥有心和詩人有恨的角度對比映襯出來的感傷。本來在前兩句的聲色渲染，以及「如夢」「空啼」的喟嘆之下，詩人憑弔遺跡，瞻顧舊事的感慨已經表露無遺了，以下似乎難以為繼了；可是詩人卻能由鳥雀空啼的淒愴，聯想到楊柳堆煙的柔媚，又從江雨霏霏的景象，銜接到煙水迷濛的畫面，藉以抒發風物無情的悵恨。這就詩境而言，可謂別開生面，有柳暗花明之趣；就詩心而言，則又顯得曲折幽密，無理而妙。「無情」二字，正足以反襯啼鳥的有情有義，故而既能代詩人哀悼六朝的如夢易醒，又能替詩人警惕世人的冥頑不靈；而且怨嘆堤柳的無知無情，也正足以反顯詩人的有心有恨！

大概詩人身當晚唐衰世，審時度勢之餘，心中早已籠罩著國運傾頹的陰霾，因此他才會在〈憶昔〉詩中感慨：「今日亂離俱是夢，夕陽唯見水東流！」暗示李唐的繁華已如頹波難挽、夕陽難回了；也才會在見到〈金陵圖〉時悵嘆：「誰謂傷心畫不成？畫人心逐世人情！君看六幅南朝事，老木寒雲滿故城！」那種傷悼往事，唯恐「後之視今，亦猶今之視昔[4]」的歷史隱憂，可謂溢於言表。因此，當他見到十里長堤全然不管人事的成敗、歷史的滄桑，依舊楊柳堆煙，柔媚如

昔時，不免怵目驚心地聯想：儘管朝代不斷地更迭，無知無情的煙柳依舊不減她的青翠與柔媚，猶自欣欣然地牽風引浪，搖曳生姿；正如無知的世人依舊不改沉湎聲色的愚妄，猶自競誇豪奢、紙醉金迷！換言之，「無情最是」四字的沉痛，與「依舊」二字的驚心中，寄藏著詩人憂國感時的悲憤與無可奈何；因此謝枋得《唐詩絕句註解》說：「臺城乃梁武餒死之地。國亡主滅，陵谷變遷，人物換世，惟草木無情，只如前日。此柳必梁朝所種，至唐猶存。『無情』『依舊』四字最妙。」李鍈《詩法易簡錄》則指出本詩「寓興亡之感，言外別有寄託。」楊逢春《唐詩偶評》說：「本是臺城荒蕪，卻言楊柳無情，托筆最為曲折。」宋顧樂《唐人萬首絕句選評》說：「詠柳，從無人說『無情』者；一翻用，覺感慨不盡。」

詩人除了以江雨霏霏的迷濛、江草萋萋的蔥蘢，和煙籠長堤的朦朧等視覺形象來渲染繁華如煙易散、前塵如夢易醒的感慨外，又採用對比映襯的手法來凸顯無常無情的滄桑世變：「六朝如夢」是昔是變，「煙籠長堤」「江雨江草」是今是常；「鳥空啼」是有情有義，「臺城柳」是無知無情。這兩種手法交互運用，便使得迷離的景物中滲透著淒惋的憂傷。因此詩人雖未言哀，而哀思滿紙；雖未言恨，而恨意悠悠。由此可見融情入景而借景抒懷的筆法，和對比映襯的暗示，最能有意餘象外而風神搖曳的墨趣，值得細加玩味。

【補註】

01 《南史・后妃列傳下》載至德二年，陳後主「乃於光昭殿前起臨春、結綺、望仙三閣，高數十丈，並數十間。其窗牖、壁帶、縣楣、欄檻之類，皆以沉檀香為之，又飾以金玉，間以珠翠，外施珠簾。內有寶床寶帳，其服玩之屬，瑰麗皆近古未有。每微風暫至，香聞數里；朝日初照，光映後庭。其下積石為山，引水為池，植以奇樹，雜以花藥。後主自居臨春閣，張貴妃居結綺閣，龔、

孔二貴嬪居望仙閣，並複道交相往來。」

02 〈石頭城〉詩云：「山圍故國周遭在，潮打空城寂寞回；淮水東邊舊時月，夜深還過女牆來。」

03 李商隱〈詠史〉詩云：「北湖南埭水漫漫，一片降旗百尺竿。三百年間同曉夢，鍾山何處有龍盤？」

04 見王羲之〈蘭亭集序〉。

【評點】

01 徐充：「依舊」二字，得劉禹錫「舊時」意。（《唐詩選脈會通評林》引）

02 李慈銘：二十八字中，有古往今來，萬千語言不盡之意。（《唐人萬首絕句選批校》）

03 范大士：陵谷變遷之感，人自多情，故覺柳無情耳。（《歷代詩發》）

04 馬時芳：賦淒涼之景，想昔日盛時，無限感慨，都在言外，使人思而得之。嚴滄浪所謂透徹之禪者，此也。詩與太白為近。（《挑燈詩話》）

05 張文蓀：端己聲調宏壯，亦晚唐好手。此詩厚而有味。（《唐賢清雅集》）

06 周詠棠：韻足與杜牧「商女後庭」之作同妙。（《唐賢小三昧集續集》）

六七、張喬詩歌選讀

【事略】

　　張喬，字伯遷，池州青陽（今安徽省青陽縣）人，生卒年不詳。

　　其人有高情遠致，嘗隱於九華山（在青陽南方約二十公里處）、廬山，目不窺園，攻讀甚勤。

　　其詩清俊秀雅，迥少其倫。懿宗咸通中，許裳、張喬、喻坦之、劇燕、任濤、吳罕、張蠙、周繇、鄭谷、李栖遠、溫憲、李昌符計十二人，俱依李頻門下，號為「咸通十哲」，以詩名並馳文苑，均享高名。咸通十一年（870），李頻以京兆參軍主試，張喬作〈月中桂〉詩：「與月轉洪濛，扶疏萬古同。根非生下土，葉不墜秋風。每以圓時足，還隨缺處空。影高群木外，香滿一輪中……。」雖獨擅場屋，然李頻因許裳久困科考，乃以許為首薦，張為次，其餘則依照「十哲」名序為等第而解送（按：凡京兆府首薦解試及格者，次年進士無不捷者，故排名關係至為重大），竟從此困躓名途，僅得李頻一薦，終身未第。

　　落第後，嘗失意北遊至遼陽、塞北，又曾西遊邊境至涼州、沙州以西（按：敦煌、玉門關皆沙州轄地），故有〈遊邊感懷二首〉〈書邊事〉等詩流傳。又曾兩度遊河中，有〈題河中鸛雀樓〉詩云：「十載重來值搖落，天涯歸計欲如何？」

　　僖宗廣明元年（880）九月，黃巢度淮北上，十一月克洛陽，十二月克長安，僖宗幸蜀；張喬以為道既不可行，宜見機而作，遂歸隱九華山，與李昭象、顧雲為方外交。

　　《全唐詩》存其詩 2 卷，《全唐詩外編》補詩 2 首。

【詩評】

01 胡震亨：張喬，咸通騎驢之客，吟價頗高，如〈聽琴〉之幽淡，〈送許裳〉之驚聳，亦集中翹楚。（《唐音癸籤》）

02 賀裳：喬亦有一氣貫注之妙，尤能作景語。如〈華山〉：「樹粘青靄合，崖夾白雲濃。」〈贈敬亭僧〉：「砌木欹臨水，窗峰直倚天。」〈沿漢東歸〉：「絕壁雲銜寺，空江雪灑船。」〈題鄭侍御藍田別業〉：「雲霞朝入鏡，猿鳥夜窺燈。」〈送許棠〉：「夜火山頭市，春江樹杪船。」〈思宜春寄友人〉：「斷虹全嶺雨，斜月半溪煙。」至若「有景終年住，無機是處閒」，則又真率而妙，此殆兼兩派之長。（《載酒園詩話‧又編》）

03 譚宗：喬詩高清突綻，漂忽而來，迥出塵外，讀之令人風生習習。許渾以才情贍邁，雄視晚朝，每一拈題，如泉湧雲蒸，視張、郎輩，幾區區不屑；而不知一種不受煙火之氣，飄蕭遙越，雖百渾身，要不能一得矣。（《近體秋陽》）

04 余成教：張喬〈送許裳下第遊蜀〉詩：「天下猿多處，西南是蜀關。」工於發端。其五、七律起句，俱多挺拔語。（《石園詩話》）

305 書邊事（五律）　　　　　　　　張喬

調角斷清秋，征人倚戍樓。春風對青塚，白日落梁州。大漠無兵阻，窮邊有客遊。蕃情似此水，長願向南流。

【詩意】

　　戍守邊境的士卒，正無所事事地斜靠在他所駐守的城樓上，隨興地吹奏著本來應該相當莊嚴肅穆的軍中號角；邊塞原本荒涼苦寒的清秋景象，似乎被飄揚的號角聲驅散得無影無蹤了。隨著樂音的遠颺，我彷彿可以看到連（東北邊千里之外的）昭君墓上，都變成春風舒徐（而非秋風淒寒），青草搖曳的優美景致⋯⋯；回過神來，才發覺瑰麗橙紅的夕陽正緩緩地向涼州西邊斜落，這景象顯得既靜謐又壯美。此時遼闊的大漠上，已經沒有任何戰亂的阻隔了，因此連昔日最險要的邊地，都可以看到旅客悠閒地觀覽西塞的風光。我衷心期盼吐蕃的心意就如同這條河水一樣，永遠向東南方的長安順勢流去（編按：意指希望吐蕃永遠歸附長安，不再叛變寇邊）。

【注釋】

① 詩題─書邊事，描寫邊塞事物以抒懷之意。作者另有〈再書邊事〉詩云：「萬里沙西寇已平，犬羊群外築空城。分營夜火燒雲遠，校獵秋鵰掠草輕。秦將力隨胡馬竭，蕃河流入漢家清。羌戎不識干戈老，須賀今時聖主明。」所寫情事，與本詩彷彿，殆為詩人落第後遊涼州時的同期之作，約為咸通中至廣明元年之間¹。

② 「調角」二句─調，音ㄊㄧㄠˊ，弄也，有隨興撫弄、吹奏之意。軍中號角原本莊嚴肅穆，而今竟可隨興撫弄，任意吹奏來消遣，則其時邊境綏寧，絕無烽警可知。斷，截、絕、盡也。斷清秋，謂驅盡邊塞清秋時本有的荒僻苦寒之感；然此乃邊地無事而頗覺輕鬆自在的心理作用，並非寫實之筆。征人，駐守邊地之人；雖曰「西線無戰事」，然必有士卒戍守邊地，自古而然。倚，悠閒無事地憑靠；作者不用「守」而用「倚」，亦可見出其時邊關安寧，故防備鬆懈之一斑。戍樓，戍守的城樓。

③ 「春風」二句─「春風」句出於虛想而非實筆，蓋昭君墓在詩人

所在的涼州以東偏北至少八百公里以上，目視絕不可能見到。青
塚，即昭君墓，見杜甫〈詠懷古跡五首〉其三注④。梁州，唐時
之治所在今陝西南鄭縣一帶，並非邊地，此殆指治所在今甘肅武
威市的涼州[2]，曾為吐蕃所據。

④ 「大漠」二句──兵阻，因戰亂而阻隔不通。窮邊，猶云絕塞。二
句極言邊境和平安定，竟至絕無干戈之患而有遊賞之客。

⑤ 「蕃情」二句──蕃，指吐蕃。此水，非特指之水流；可能泛稱黃
河或此地穿流邊塞的諸水。向南流，殆暗指如吐蕃將領尚延心歸
附長安[3]。

【補註】

01 吐蕃於西元 663 年消滅吐谷渾後，實力壯大，成為唐朝在長安以
西最嚴重的邊患，隨時威脅著河西、隴右一帶；因此唐朝特別在
當地設置兩節度使領重兵抵禦吐蕃入侵。然因安史亂起，兩鎮精
兵內調，吐蕃乘虛而襲，陸續攻佔兩鎮所屬州縣，終致河湟一帶
（按：即河西、隴右，今甘肅之河西走廊及隴山以西之地）完全
淪陷。八十餘年之間，雙方征戰不休，西北邊患始終是李唐王室
疲於奔命的嚴重威脅。宣宗大中三年（849），秦州、原州、安樂
州及石門等七關百姓，趁吐蕃內亂，無力控制全部佔領區之際，
主動脫離吐蕃而回歸唐朝。又，大中二年時沙州（今敦煌）人張
義潮趁吐蕃內戰時起義，收復沙州、晉昌；後又陸續收復伊州、
甘州、鄯州、河州、岷州、廓州、蘭州等地。大中五年，張義潮
遣其兄奉沙州、隴右十一州地圖與戶籍入朝，宣宗任義潮為歸義
軍節度使，繼續與吐蕃及回鶻作戰。大中十一年，吐蕃將領尚延
心以河湟降唐；咸通四年（863）三月，義潮又自將蕃、漢兵七千
克復涼州，征戰長達百年的西部邊塞終於安定下來。本詩殆即作
於這段西境太平期間。喻守真《唐詩三百首詳析》說：「後半段

則直抒己見，以為廣大沙漠，無兵卒防守，蕃人自易南侵。『客』
亦係自指，意謂邊疆重地，竟可任人遊歷，意中指摘當局疏於防
禦，所以結句即直說『蕃情似水，長向南流』，即謂蕃人無日不
圖南侵也。」簡單地說，他以為詩人借本詩抒發整頓邊塞的感慨；
可是對照前引〈再書邊事〉「萬里沙西寇已平，犬羊群外築空
城。……羌戎不識干戈老，須賀今時聖主明」等句來看，顯然喻
氏對詩意有極大的誤解。

02 唐時曲名〈涼州〉，又作〈梁州〉，殆有兩名混用的現象。

03 見補註 01。

【導讀】

　　一般的邊塞詩，讀來總有軍威浩蕩，士氣昂揚的英雄氣概，或高
奏凱歌，暢飲美酒的狂歡慶賀與美好期待；否則即是壁壘分明，劍拔
弩張的壓迫感，或者血流成河，白骨成堆的肅殺氣與血腥味等；可是
本詩讀來卻像是悠閒地參觀沙漠國家公園的風光，或壯遊西北邊塞雄
奇壯闊的景致一般，只覺輕鬆自在。主要的關鍵是：由於近百年的外
患暫時解除，西北邊境重鎮安定之故；因此便以欣喜的心情做邊境旅
遊的巡禮，而後以這首情調獨異的〈書邊事〉表達他對蕃漢長久和平
的真誠期盼。

　　本詩雖然沒有一般邊塞詩動人心魄的壯觀場景，卻有細膩入微的
選字措詞，表現詩人不俗的詩藝，茲說明如下：

＊第一，首句「調角斷清秋」的「調」字，寫出漫不經心，隨興玩
　弄的態度，可見戍卒之悠閒自在。不妨設想：原本是「萬里長征
　人未還」的凶險戰地，如今竟成為開放參觀的打卡景點或國家公
　園，可以自由地漫遊；而原本極可能成為「無定河邊骨」的亡魂，
　如今居然搖身一變，成為閒倚著戍樓，吹角取樂的邊城導覽或街
　頭藝人；這些景象怎不令人大為詫異而有不知今世何世之感？

* 第二，首句「調角斷清秋」的「斷」字，足以橫掃荒塞淒寒的秋意，順勢帶出詩人在第三句對昭君墳墓的遙想，表示由於樂曲的美妙，出現了「春風對青塚」的圖像，從而使詩情產生時空變化的奇異幻象。

* 第三，次句「征人倚戍樓」的「倚」字，點染出悠閒懶散的情態，更是示意邊地無事的詩心所在，值得用心體會。

* 第四，「春風對青塚，白日落梁州」兩句，把邊塞景色寫得寧靜優美，而又雄奇壯闊，簡直是一幅邊地觀光的宣傳圖卷，足以引人入勝。

* 第五，頸聯的「無兵阻」和「有客遊」採用對比手法，既節省了許多敘事和議論的筆墨，而又和前半四句閒適寧靜的畫面統一；同時在平淺中又已寄藏著尾聯的祝願深情。

* 第六，尾聯借眼前景寫心中事，象喻自然貼切，筆勢清暢自如，也頗為不俗。

不過，筆者仍然以為本詩稱不上是一首值得流傳與學習的傑作，因為除了「春風對青塚」的季節和「調角斷清秋」相當矛盾，顯得怪異之外，本詩也缺乏獨特而生動的藝術形象，既不易留給讀者的深刻的印象，也無法提供深刻的審美趣味；因此，是否值得入選《唐詩三百首》中，也有商榷的餘地。

儘管俞陛雲《詩境淺說》稱讚說：

* 此詩高視闊步而出，一氣直書，而仍有頓挫，亦高格之一也。前半首言正秋寒絕塞，角聲橫斷之時，登戍樓而憑眺。近望則陰山之麓、明妃香塚，青草依然；遠望則白日西沉、雲天低盡處，約略是甘、梁大野。五、六乃轉筆寫登樓之客，因大漠銷兵，行人無阻，乃能作出塞壯遊。末句願蕃人向化，如水南流；與「不作邊城將，誰知恩遇深」，同一詩人忠愛之思。

　　筆者卻以為儘管他點評的文筆相當優美，卻既沒有解決「秋寒」如何能和「春風」同時並存的矛盾，也沒有說出本詩有何足以令人感動之處，或有何引人入勝的優點。更值得注意的是：如果連俞氏這種大家都弄不清楚明妃青塚遠在涼州八百公里之外，絕不可能目視得到；則其他評家忽視地理位置的種種嘆賞，也都有重新檢討的必要了。基於同樣的考量，本詩是否當得起陶光友在《唐詩鑑賞辭典》中所說的「意境高闊而深遠，氣韻直貫而又有抑揚頓挫，運筆如高山流水，奔騰直下，而又迴旋跌宕」的評價，筆者也持保留態度。

六八、韓偓詩歌選讀

【事略】

韓偓（842－約915），字致堯，一字致光，小名冬郎，自號玉山樵人，晚唐京兆萬年（今陝西省西安市）人。父韓瞻，與李商隱為連襟，宣宗朝曾為虞部郎中，改鳳州刺史；兄韓儀，曾以翰林學士充御史中丞。

韓偓十歲時，能即席賦詩，深得姨丈李商隱讚賞而酬詩曰：「十歲裁詩走馬成，冷灰殘燭動離情。桐花萬里丹山路，雛鳳清於老鳳聲。」可見其早慧之一斑。然久困場屋，遲至昭宗龍紀元年（889）才進士及第，授刑部員外郎；旋因牛黨當權而遭排擠出京，乃入河中幕府充書記。未及一年，召回為左拾遺；未久，超遷左諫議大夫。光化三年（900）為翰林學士。

天復元年（901），與宰相崔胤、中書舍人令狐渙定策誅宦官劉季述，使昭宗復位，論為功臣。是年冬，宦官韓全誨劫持昭宗西幸，韓偓連夜追及，慟哭帝前，可見其忠貞。至鳳翔，遷兵部侍郎，進翰林學士承旨。三年初，護駕自鳳翔返京後，更得昭宗倚重，君臣之間，契如魚水。昭宗數欲授以相職，則一再謙讓，並舉賢自代，時論稱之。

韓偓為官清廉剛正，敢於對抗權貴，頗為朱全忠所嫉恨。全忠竊權時，亦拒不依附，遂於天復三年被貶為濮州（州治在今河南省濮陽市范縣濮城鎮）司馬，昭宗密與執手泣別曰：「我左右無人矣！」天佑元年（904）昭宗抵洛陽時召其復官，然韓偓接獲消息時，昭宗已蒙難。二年，又以翰林承旨召還，然偓恐為朱全忠所害，故未還京。遂於三年秋挈其族人至福州依王審知，後梁開平二年（908）移居汀

州沙縣（今福建屬縣），後寓居泉州南安（今福建南安市）而卒。

其《香奩集》中頗多靡麗輕艷之作，開後世「香奩體」之風；雖常遭詩家鄙夷，然不過少年遊戲之筆，實未可以偏概全，蓋其感時傷亂與憂國思君之作，自有風骨；觀其〈惜花〉〈亂日春後途經野塘〉〈安貧〉〈故都〉〈中秋禁值〉〈苑中〉諸詩，則見其忠悃勃鬱之處，不減〈離騷〉〈招魂〉之沉痛。

《全唐詩》存其詩 4 卷，《全唐詩續拾》補斷句 1 句。

【詩評】

01 沈括：韓偓為詩極清麗，有手寫詩百餘篇，在其四世孫奕處。……慶曆中，予過南安見奕，出其手集，字極淳勁可愛。（《夢溪筆談》）

02 薛季宣：偓為詩有情致，形容能出人意表。……富才情，詞致婉麗。（〈香奩集序〉）

03 胡震亨：韓致堯冶遊情篇，艷奪溫、李，自是少年時筆；翰林及南竄後，轉趨淺率矣。（《唐音癸籤》）

04 許學夷：《香奩集》皆裙裾脂粉之詩。……詩名《香奩》，奚必求骨？但韓詩淺俗者多，艷麗者少，較之溫、李，相去甚遠。（《詩源辯體》）

05 田雯：溫飛卿、韓致光輩，比事聯詞，波屬雲委，學之成一家言，勝於生硬乾酸者遠矣。（《古歡堂集‧論七言律詩》）

06 黃叔燦：韓偓、韋莊，亦宗中唐而砥柱晚唐。（《唐詩箋注》）

07 永瑢、紀昀：其詩雖局於風氣，渾厚不及古人，而忠憤之氣，時時溢於言外。性情既摯，風骨自道；慷慨激昂，迥異當時靡靡之響。其在晚唐，亦可謂文筆之鳴鳳矣。（《四庫全書總目提要》）

08 紀昀：致堯詩格，不能出五代諸人之上，有所寄託，亦多淺露。然當其合處，遂欲上躋玉谿、樊川，而下與江東相倚軋，則以忠

義之氣，發乎情而見乎詞，遂能風骨內生，聲光外溢，足以振其
纖靡耳。然則，詩之原本不從可識哉？（〈書韓致堯翰林集後〉）

09 翁方綱：韓致堯《香奩》之體，溯自《玉臺》。雖風骨不及玉溪
生，然致堯筆力清澈，過於皮、陸遠矣。何遜聯句，瘦盡東陽，
固不應盡以脂粉語擅場也。（《石洲詩話》）

10 管世銘：唐末七言律，韓致堯為第一；去其《香奩》諸作，多出
於愛君憂國，而氣格頓近渾成。（《讀雪山房唐詩·序例》）

11 余成教：富於才情，詞旨靡麗。初喜為閨閣詩，後遭故遠遁，出
語依於節義，得詩人之正。（《石園詩話》）

12 胡壽芝：身遭杌隉，激而去國；託之香奩，具有寄意。即論艷體，
亦是高手。（《東目管詩見》）

13 宋育仁：其源出於李益、盧綸，而專思律體，柔姿婉骨，最工言
情。末遭亂離，故憂愛詞多；雖於詩格少衰，要自情芳可選。（《三
唐詩品》）

14 吳北江：晚唐韓致堯為一大家，其忠亮大節，亡國悲憤，具在篇
章，蓋能於杜公外自樹一幟。（《唐宋詩舉要》引）

15 俞陛雲：致堯少年，喜為香奩詩；其後節操岳然，詩格亦歸雅正。
（《詩境淺說》）

306 已涼（七絕）   韓偓

碧闌干外繡簾垂，猩色屏風畫折枝。八尺龍鬚方錦
褥，已涼天氣未寒時。

【詩意】

從庭園中越過碧綠的欄杆向華麗的深閨內走去時，會先看到彩繡得非常精美的簾幕已經垂放下來了；進入室內，則有一座猩紅色的屏風，上面雕畫著連枝折下的花卉。原本八尺見方的鴛鴦床上鋪著龍鬚草蓆，現在已經覆蓋上錦緞被褥；哦——原來又到了涼意襲人，而天氣還不算寒冷的初秋時節了。

【注釋】

① 詩題—本詩是描寫貴家少婦的綺情閨思。作者另有一首〈天涼〉云：「愁來（按：一作『愁多』）卻訝天涼早，思倦翻嫌夜漏遲。何處山川孤館裡，向燈彎盡一雙眉。」則是抒寫羈旅秋涼之思，與本詩既非聯章之作，詩題亦異。

② 「碧闌」句—本句是詩人由庭園望向屋外迴廊的碧綠欄杆，登上台階後掀起門前低垂的繡簾，而後進入屋內；並非在碧欄干之外還有繡簾低垂。闌，通「欄」。繡簾，指臥室房門上所掛的華麗珠簾。垂，暗示天氣微涼，故垂簾以禦之。

③ 「猩色」句—猩色，猩紅色、血紅色。折枝，花卉畫法中只畫連枝折下的部分而不帶根者。

④ 龍鬚—指龍鬚草，多年生草本植物，莖細長而圓，高約二三尺，可用以織席；此代指清涼的臥蓆。

【導讀】

韓偓的《香奩集》中有許多文詞婉麗，情致旖旎的香艷之作，其中大部分流於儇薄纖巧而遭鄙視，只有少數含蓄婉約，耐人懸想的小詩有較高的評價；〈已涼〉正是其中較為膾炙人口的代表作。

「碧闌干外繡簾垂，猩色屏風畫折枝，八尺龍鬚方錦褥」三句，是經由閨房內外裝飾陳設之華麗來烘托細密曲折的閨思。就詩中取景

的角度而言，是由外而內，由遠而近，移步換形：鏡頭是從詩句裡沒有出現的庭園中開始向屋內逐漸移近而拍攝，先捕捉到室外碧綠的欄杆、當門垂放的繡簾、屋內（或臥室內）遮隔的屏風，以及屏風上雕畫著的折枝花卉；而後轉向臥室內床上的八尺龍鬚蓆、端正的錦緞被，以及錦被上可能有的溫馨美好的圖案……。這樣的佈局，既營造出穿庭踏階，登堂入室時迤邐而來，井然有序的動線，描繪出紆曲深邃的居室，也暗示了女子身分的尊貴，同時還象徵她幽密曲折的情思。除了佈局層次井然之外，吸引讀者注意的是穠艷耀眼的光澤：碧綠、彩繡、猩紅、花色、錦緞……；這些明亮絢爛的光采，自然烘托出富麗堂皇，華貴氣派的臥室氛圍，暗示出少婦心中所渴望的綺旎浪漫的愛情。

就詩句營造出的意象而言，繡簾低垂，可以象徵女子的心事幽秘，心扉深鎖；猩色屏風，可能暗示她對愛情懷有浪漫而熱情的期盼；屏風上雕畫的折枝，則會觸發她「有花堪折直須折，莫待無花空折枝」的喟嘆，從而逗起她青春蹉跎，芳華虛度的憂慮；再加上折枝本身連理並蒂的繪飾，以及錦緞上可能有鴛鴦戲水、鳳凰于飛的圖案，也會撩起她對於愛情的憧憬和嚮往，同時又映襯出她衾冷被寒的孤獨寂寞之感……以上種種氣氛的烘托和情境的暗示，已經令人難以消受了；何況又是已涼未寒的天氣，正是女子靈敏細膩的心思極易觸物興悲的清秋時節，自然更勾起她難以承受的冷清哀傷之感了。

不過，如果從女子情思之蕩漾而言，就應該注意到「已涼」二字，才是關聯全篇的詩眼所在：由於「已涼」，所以才低垂繡簾以抵擋秋意，才鋪上錦褥取其溫暖；也由於「已涼」而未寒的清秋氣息，才勾惹閨中貴婦流光易逝，紅顏難駐的感傷，因而在她的心湖中逗出陣陣的漣漪，逐漸向外漾開，從而交疊出局外人難以窺探底蘊的一簾幽夢……。

　　細味全詩，雖無一字寫人，而其中自有冰肌玉骨、雪膚花貌的貴婦呼之欲出；雖無一語言情，而情思則幽約纏綿，意餘象外。因此，孫洙《唐詩三百首》評本詩曰：「通首布景，不露情思，而情愈深遠。」俞陛雲《詩境淺說・續編》說：「景中有人，麗不傷雅，《香奩集》中雋詠也。」劉永濟《唐人絕句精華》說：「如工筆仕女圖，古今傳誦以此。」

　　本詩的主題雖是閨情綺思，卻不輕佻露骨；色澤儘管穠縟華麗，但無傷大雅，因此耐人回味。周詠堂《唐賢小三昧集續集》說：「中具多少情事，妙在不明說，令人思而得之。」袁枚《隨園詩話》說：「人問：『詩要耐想，如何而耐人想？』余應之曰：『八尺龍鬚方錦褥，已涼天氣未寒時』『狎客淪亡麗華死，他年江令獨來時[1]』……，皆耐想也。」如果把這首以暗示、烘托、象徵手法取勝的小詩，放入《花間集》中，只怕不易分辨和其它小詞在情調與風格上的差異，因此，陸時雍《唐詩鏡》說：「末句香軟，更想意態盈盈，語卻近詞。」

【補註】

01 王渙〈惆悵詩十二首〉其九：「陳宮興廢事難期，三閣空餘綠草基。狎客淪亡麗華死，他年江令獨來時。」

六九、金昌緒詩歌選讀

【事略】

金昌緒，餘杭人，生平事跡不詳。《全唐詩》中僅收本詩而已。

307 春怨（五絕）   金昌緒

打起黃鶯兒，莫教枝上啼。啼時驚妾夢，不得到遼西。

【詩意】

可得把黃鶯給打走，（為什麼要打走牠呢？）因為不許牠在枝頭啼唱；（為什麼不許呢？牠不是唱得很動聽嗎？）因為牠清脆嘹喨的歌聲會驚擾我的美夢，（驚醒你的夢境有什麼要緊呢？不是老早就應該起床了嗎？）因為牠害我不能在夢中到遼西去！（為什麼天早就亮了，你還想要在夢中到遼西去呢……？）（因為我輾轉反側了一夜，好不容易才剛剛入夢，夢見要去遼西和良人相會，牠就鬼叫鬼叫……非打牠不可呢！）

【注釋】

① 詩題──凡題「春怨」「秋怨」「閨思」「閨怨」者，均為婦女思慕所歡之苦的詩篇。本詩一作〈伊州歌〉，乃玄宗時西涼都督蓋嘉運所進之邊地曲調，後譜入樂府。錢大昕《十駕齋養新錄》以

為本詩為金昌緒所作而蓋嘉運所進。

② 黃鶯—《爾雅·釋鳥》疏曰:「陸機云:黃鳥、黃鸝、幽州人謂
之黃鶯。一名倉庚,一名鵹黃;齊人謂之搏黍。」其鳴聲清脆悅
耳,故〈琵琶行〉以喻絃音之清脆柔滑曰:「間關鶯語花底滑」。

③ 遼西—遼河以西,今遼寧省西部;詩中代指良人征戍之地。

【導讀】

　　本詩雖然構思細密曲折,但是文詞平淺流暢,語言生動活潑,感
情率真坦白,很具有民歌質樸而奔放的風格,很得前人的稱賞;黃叔
燦《唐詩箋注》說:「憶遼西而怨思無那,聞鶯語而遷怒相驚,天然
白描文筆,無可移易一字。」宋宗元《網師園唐詩箋》說:「真情發
為天籟,一句一意,仍一首如一句。」徐增《而庵說唐詩》說:「言
閨人欲見良人之難,真使石人下淚。」又說:「此詩婉轉孤淒,似在
琵琶絃上彈出來,若字字斷腸聲也。」可見前人對詩歌能以天然情至
之語抒寫出肺肝真摯之言,都給予極高的評價。

　　本詩最特殊的地方是採用因果倒敘的手法,逐層交代出曲折的心
事。首句「打起黃鶯兒」,劈頭便說非要趕走黃鶯不可,讓人想要知
道何以詩中女子要有這樣的念頭;詩人才在第二句說明原因:「莫教
枝上啼」,原來是不想聽牠在枝頭悅耳的歡唱!儘管已經在第二句說
明了第一句的疑問,偏偏這個說明卻又引出更大的疑問:「黃鶯鳥的
歌聲不是很動聽嗎?為什麼不想聽牠唱歌呢?」這種突如其來的舉動
和反常無理的言詞,有如平地陡起的奇峰,既使人驚愕,又吊人胃口,
想要進一步了解詩中女子何以有此嗔怨的口吻;詩人才又以第三句
「啼時驚妾夢」說明第二句禁絕啼唱的原因。可是這個說明又帶出另
一個更大的疑惑:黃鶯枝頭歡唱的時間遠較雄雞報曉為晚,這時豈不
是也該夢醒起身了嗎?黃鶯以歌聲讓人起身豈不是很體貼、很溫柔、
很美妙的嗎?為什麼還要惱怒地打走牠呢?詩人才在第四句揭開謎

底：「不得到遼西」，原來她期盼能搭上前往遼西的夢幻列車！儘管詩句至此戛然而止，卻又留下一連串的疑問：為何她急欲進入的夢境是遼西而不是河南？遼西有何使她魂牽夢縈的人嗎？那人又何以遠赴絕塞？兩人已經暌隔多久了呢？那人何時可以歸來呢？……以上種種疑問，詩人都無須一一說明，讀者卻可以從「遼西」代表征戍戰守的邊地而會意出來。

　　換言之，本詩的因果關聯，恰如蕉心倒捲，葉中有葉、心中有心；又如筍籜順剝，籜中藏籜，殼中藏殼。它總共不過四句，但每一句中都藏著一個疑問，而下一句又恰好解答了這個疑問，偏又同時衍生出另一個有待解答的新疑問；如此一波未平、一波又起的倒敘之法，可謂極盡波翻浪疊的層折之妙，最後才以含而未露的「不得到遼西」來回應讀者心中的疑問。這種高明的構思，不僅造成峰巒連綿、波瀾迭起的情味，而且在最後點到為止，不再繼續說明時，又給人雲橫嶺斷、仙山縹緲之感，因此顯得意餘言外，耐人回味。楊逢春《唐詩偶評》說得好：「此是一氣旋轉之格：首二句是逆偷下意，劈空起法；下二明其故，卻用反比托醒，字字玲瓏剔透。」已經先行道出了本詩構思的奧妙所在。

　　還值得注意的是：鶯啼春曉，本該是夢醒時分，詩中人偏又一晌貪歡，片時難忘，因此亟欲再續前夢；由此可見征人離家之經久與雙方會面之遙遙無期，因此只能祈願在夢中短暫歡會，聊慰相思之苦了。奈何遼西遠在天邊，頗有路遙夢魂難到之憾恨，而無岑參〈春夢〉詩「枕上片時春夢中，行盡江南數千里」的快慰，因此女子不免嗔怨驚破春夢的黃鶯了。正由於這短短四句之中，含蓄婉轉地表現出女子細密曲折的心事，的確寫得情深語切，神遙韻遠，因此王堯衢《古唐詩合解》說：「寫閨情至此，真使人柔腸欲斷。」劉文蔚《唐詩合選評解》說：「遼西唯一夢往來，托意更苦。」可見在妙手偶得的天然好文章中，仍然含藏著曲折幽密的苦心，值得我們讀詩時仔細參究。

此外，本詩的抒情內容，很可能受到南朝〈吳聲歌曲〉中〈讀曲歌〉：「打殺長鳴雞，彈去烏臼鳥，願得連冥不復曙，一年都一曉¹」的啟發，而設想更為奇妙，包含的亂離爭戰之社會意義也較為深刻；至於語言之樸素流暢、形象之鮮明生動、情意之曲折含蓄，又遠非梁朝徐陵的〈烏棲曲〉：「繡帳羅帷隱燈燭，一夜千年猶不足；惟憎無賴汝南雞，天河未落猶爭啼²」和唐朝令狐楚的〈閨人贈遠〉：「綺席春眠覺，紗窗曉望迷；朦朧殘夢裡，猶自在遼西」所能望其項背。因此沈德潛《說詩晬語》中稱本詩和崔顥的〈長干行〉、王建的〈新嫁娘詞〉、張祐的〈宮詞〉等篇：「雖非專家，亦稱絕調。」俞陛雲《詩境淺說·續編》也說本詩和賀知章〈回鄉偶書〉、王維〈雜詩〉、賈島〈尋隱者不遇〉等詩：「純是天籟，唐詩中不易得也。」

正由於詩人既能吸收民歌豪放質樸的語言風格，又能別出心裁地創造出因果相生、意脈相續的特殊句法，因此雖然不過是採用眼前景和口頭語入詩，卻能蘊藏著絃外音與言外意，讓人有語近情遙、神韻雋永之感；尤其是諷詠起來，不僅詩中女子嬌嗔的神態、口吻，如聞如見，而且句句相銜，環環相扣，蟬聯直貫，一氣呵成，因此《陵陽先生室中語³》云：「大概作詩要從頭至尾，語脈聯屬，有如理詞狀。古詩云：『喚婢打鴉兒，莫教枝上啼。啼時驚妾夢，不得到遼西。』可為標準。」王世貞《藝苑卮言》說：「不惟語意之高妙而已，其篇法圓緊，中間增一字不得，著一意不得；起結極斬絕，而中自舒緩，無餘法而有餘味。」李鍈《詩法易簡錄》說：「此詩有一氣相生之妙，音節清脆可愛。」由前人稱賞之不倦，指點之親切，也可見本詩藝術成就之高明了。

【補註】

01 「願得連冥不復曙，一年都一曉」，即怨嘆「春宵苦短」之意。
烏臼鳥，因喜食烏臼樹之子，故名烏臼鳥，一說即伯勞；又因破

曉前先難而鳴，故又名黎雀。

02 「一夜千年猶不足」亦因貪戀歡愛，故一夜長如千年猶覺不足，
   仍嗔怨良宵苦短。

03 《陵陽先生室中語》，為宋人范季隨所錄韓駒（？－1135）論詩之
   文字，不知卷數，原書久佚，亦不見於諸家著錄。其見解散見於
   《說郛》《詩人玉屑》《苕溪漁隱叢話》等書。此處引自《詩人
   玉屑》卷5「詩要聯屬」條。

【評點】

01 劉辰翁：恨恨無絕。（《唐詩品彙》引）

02 張端義：作詩有句法，意連句圓；「打起黃鶯兒」云云，一句一
   接，未嘗間斷。作詩當參此意，便有神聖工巧。（《貴耳集》）

03 顧璘：此所謂調古者。　○周敬：極真極細，愈淺愈深。　○唐
   汝詢：想頭高，托意更苦。（《唐詩選脈會通評林》引）

04 敖英：此詩淺淺語，提筆便難。前輩教人作詩，令誦「三日入廚
   下」「步出城東門」與此數詩，皆自肺腑流出，無牽強斧鑿痕。
   （《唐詩絕句類選》）

＊ 編按：〈步出城東門〉為書寫客中送客之情的漢代古詩，詩云：
   「步出城東門，遙望江南路。前日風雪中，故人從此去。我欲渡
   河水，河水深無梁。願為雙黃鵠，高飛還故鄉。」

05 邢昉：古歌之絕，太白無以過。（《唐風定》）

06 黃生：閨人夢遠是常意，只是想頭曲折如此，便佳。（《唐詩摘
   抄》）

07 賀裳：金昌緒「打起黃鶯兒，莫教枝上啼。啼時驚妾夢，不得到
   遼西。」令狐楚則曰：「綺席春眠覺，紗窗曉望迷。朦朧殘夢裡，
   猶自在遼西。」張仲素更曰：「嫋嫋城邊柳，青青陌上桑。提籠
   忘采葉，昨夜夢漁陽。」或反語以見奇，或循蹊而別悟；若盡如

此，何病於偷？（《載酒園詩話》）

* 編按：「循蹊而別悟」近似於所謂「脫胎換骨」。

08 沈德潛：語音一何脆！一氣蟬聯而下者，以此為法。（《唐詩別裁》）

09 馬魯：望遼西，情也；欲到遼西，情緊矣。除是夢中可到遼西，又恐鶯兒驚起，使夢不成，須於事先安排，莫教他啼。夫夢中未必便到遼西，鶯兒未必即來驚夢，無聊極思，故至若此；較思歸、望歸者，不深數層乎？（《南苑一知集》）

10 管世銘：司空曙之「知有前期在」，金昌緒之「打起黃鶯兒」，張仲素之「提籠忘採桑」⋯⋯或天真爛漫，或寄意深微，雖使王維、李白為之，未能遠過。（《讀雪山房唐詩・序例》）

11 方南堂：唐人最善於脫胎，變化無跡，讀者惟覺其妙，莫測其深。金昌緒「打起黃鶯兒」云云，岑嘉州脫而為「枕上片時春夢中，行盡江南數千里」。至家三拜先生則又從岑詩翻出：「昨日草枯今日生，羈人又動故鄉情。夜來有夢登歸路，未到桐廬已及明。」或觸景生情，或當機別悟；唐人如此等類，不勝枚舉。（《輟鍛錄》）

* 編按：「三拜先生」指方南堂之先祖唐朝詩人方干而言，其詩題為〈思江南〉。《唐摭言》卷 10：「王大夫廉問浙東，干造之，連跪三拜，因號『方三拜』。」文中之「王大夫」即時任御史大夫的王龜，後又任浙東團練觀察使。事又見《北夢瑣言》卷 6。

12 俞陛雲：雖分四句，實係一事，蟬聯而下，脫口一氣呵成。（《詩境淺說・續編》）

13 李鍈：唯夢中到得遼西，則相見無期可知，言外意須微參。不怨在遼西者不歸，而但怨黃鶯之驚夢，乃深於怨者。（《詩法易簡錄》）

七十、杜荀鶴詩歌選讀

【事略】

　　杜荀鶴（846－907），字彥之，晚唐池州石埭（今安徽黃山區，一說石台縣）人。曾居九華山，因自號九華山人。

　　荀鶴出身寒微（相傳杜牧於會昌末年自齊安移守秋浦時，其妾有孕，出嫁長林鄉正杜筠而生荀鶴；然其事仍有可疑，見《唐才子傳校箋》），嘗隱居廬山十年。雖早得詩名，而連敗文場。相傳曾謁見梁王朱全忠，時無雲而雨，朱以為天泣不祥，命作詩，曰：「同是乾坤事不同，雨絲飛灑日輪中；若教陰朗都相似，爭表梁王造化功？」朱大喜，後遂報其名於禮部，而於昭宗大順二年（891）進士及第；然未授官，乃返鄉閒居。後因進頌德詩三十章以取悅全忠，得其重用，表為翰林學士，遷主客員外郎知制誥。荀鶴頗恃全忠之勢而侮慢縉紳，為文亦多箴刺；眾怒而欲殺之，尋病卒。傳入《舊五代史·梁書》中。

　　為詩專攻近體，又以七律為主；雖自號苦吟，然詩風明白平易，至有譏其鄙俚淺俗者。嘗於〈自敘〉詩云：「詩旨未能忘救物」，故其部分詩篇能反映晚唐亂離景況，譏刺軍閥官吏殘虐聚斂之狀。或謂其宮詞為唐人第一，尤以〈春宮怨〉「風暖鳥聲碎，日高花影重」聯而飲譽詩壇，風格綺麗而興象遙深，確屬佳作。

　　《全唐詩》存其詩 3 卷，《全唐詩續拾》補詩 4 首，斷句 6 句。

【詩評】

01 顧雲：其壯語大言，則決起逸發，可以左攬工部袂，右拍翰林肩。
　　吞賈（島）喻（㒵）八九（人）於胸中，曾不蔕介（按：累積於

心中之芥蒂）。或情發乎中，則極思冥搜，遊泳希夷，形兀枯木。五聲勞於呼吸，萬象悉於抉剔，信詩家之雄傑者也。（〈唐風集序〉）

02 張淏：荀鶴之詩溺於晚唐之習，蓋韓偓、吳融之流，以方李、杜則遠矣；然解道寒苦羈窮之態，往往有孟郊、賈島之風。（《雲谷雜記》）

03 辛文房：荀鶴苦吟，平生所志不遂，晚始成名，況丁亂世，殊多憂惋思慮之語。於一觴一詠，變俗為雅，極事物之精，足丘壑之趣，非易能及者也。（《唐才子傳》）

04 胡震亨：杜彥之俚淺，以衰調寫衰代，事情亦真切。（《唐音癸籤》）

05 宋宗元：彥之詩風神雋雅。（《網師園唐詩箋》）

06 余成教：晚唐詩人有佳句而多俗言者，杜彥之荀鶴是也。「承恩不在貌，教妾若為容」「溪山入城郭，戶口半漁樵」「古宮閒地少，水港小橋多」「九州有路休為客，百歲無愁即是仙」「故園何啻三千里，新雁才聞一兩聲」「高下麥苗新雨後，淺深山色晚晴時」，皆為佳句。「生應無暇日，死是不吟時」「舉世盡從愁裡過，誰人肯向死前休」，雖俗而有意趣。其餘如「世間何事好，最好莫過詩」「爭知百歲不百歲，未合白頭今白頭」之類，未免詩如說話矣。其起結之句，尤多率意。（《石園詩話》）

07 胡壽芝：杜荀鶴近體直抒胸臆，有一唱三嘆之妙。（《東目館詩見》）

08 丁儀：詩思清奇，以大曆為歸。七言氣質尤高，為晚唐之上乘。（《詩學淵源》）

308 春宮怨（五律） 杜荀鶴

早被嬋娟誤，欲妝臨鏡慵。承恩不在貌，教妾若為容？風暖鳥聲碎，日高花影重。年年越溪女，相憶採芙蓉。

【詩意】

當年是因為容貌美麗才被選入宮中，沒想到卻反而因此耽誤了青春，斷送了幸福！所以幾次想要梳妝打扮，對著銅鏡卻又感到心灰意冷，懶得修飾儀容。既然那些承受君王恩寵的女子，並不是由於容貌比我嬌豔的關係，這教我如何會有心思好好裝扮呢？又教我為誰美麗、討誰歡心呢？（索性走出戶外散心吧！）感覺到在春風送暖之際，宮苑中的鳥鳴聲顯得特別凌亂煩碎（這就像有些人專會巧進讒言，阿諛奉承……）；而當麗日高照時，庭園裡的花影也顯得特別重疊濃密（這又像有些人擅於掩袖作態，狐媚爭寵……）。如此明媚的春光，不禁使我想起從前在若耶溪畔採摘芙蓉時，也是這般風和日麗的景況啊……；當年溪邊的女伴，在年復一年採收芙蓉的歡笑聲中，應該也會想起我和她們共同擁有的純真與快樂吧！

【注釋】

① 詩題──這首描寫宮怨的詩篇，有杜荀鶴詩集的「壓卷」之譽，向來騰播詩苑，有口皆碑。

② 「早被」二句──嬋娟，情態美好貌。誤，耽誤青春、幸福。慵，意緒索然，提不起興致。

③ 「教妾」句──若為，如何也；若為容，如何妝扮。一說：若，誰也；若為容，乃「為若容」之倒裝，其句意殆由《詩經‧衛風‧

伯兮》：「豈無膏沐？誰適為容」化出。

④ 「風暖」二句──章燮云：「鳥聲，比宮人；碎，比讒言煩碎也。花影，比宮人豔妝不一也。風，比君恩；日，比君王也。此杜公託宮人以自比也。花、鳥，比宮人，比中之比也。」可備參考。鳥聲碎，既可象喻承恩得意之逢迎諂媚，嬉笑喧鬧，亦可象喻邪佞讒毀，謗議洶洶。

⑤ 「年年」二句──越溪，又名若耶溪，位於今浙江省紹興市東南，相傳西施采蓮於此。越溪女，指昔日浣紗的女伴。相憶，憶我也；「相」字乃前置代名詞之下所省略的你、我、他。芙蓉，荷花與蓮花的別名。

【導讀】

　　本詩有杜荀鶴詩集壓卷之作的美譽，向來得到很高的評價；《苕溪漁隱叢話》卷 23 引《幕府燕閒錄》云：「杜荀鶴詩，鄙俚近俗，惟〈宮詞〉為唐第一」，並說：「諺云：『杜詩三百首，惟在一聯中』」，所特別稱賞的正是「風暖鳥聲碎，日高花影重」這一聯賦兼比興的佳句。賀裳《載酒園詩話・又編》說：「〈春宮怨〉不惟杜集冠首，即在全唐，亦屬佳篇。」這是因為本詩前半揣摩宮女的心思絲絲入扣，模擬宮女的口吻聲情宛然；腹聯又能體物入微，煉字有神；尾聯則能盪出遠神，意餘象外，因此能夠散發出動人的藝術魅力。

　　前半四句是以獨白的語氣傾訴宮女心中的幽怨。「早被嬋娟誤」五字，是怨嘆自己因為年輕貌美而很早就耽誤了青春，葬送了幸福！這是以矛盾衝突的手法，作奇崛逆折的起筆，很能夠在開篇就吸引讀者的注意：嬋娟綽約之美、閉月羞花之貌，原是世人艷羨的稟賦；又怎會反而誤人幸福、害人匪淺呢？這就令人在錯愕中思索良久而有一探究竟的好奇了，是相當成功的入手。「早」字點出她的怨嗟之久，獨居冷宮的時日之長；則她內心累積的鬱憤之深，便不難想像。「嬋

娟」點出她對容貌的自信，也暗示她曾有過旖旎浪漫的幻夢和對幸福美滿的期待；可是一個「誤」字卻衝突頓起，波瀾陡生，表現出無比的灰心沮喪和悲憤不平。在讀者滿腹疑雲時，詩人卻仍然不急於揭露嬋娟誤人青春的謎底為何，反而慢條斯理地轉而描寫她的動作舉止來透露她心思幽微的一面：「欲妝臨鏡慵」，可見詩中女子仍然有修美自好之心，所以幾次打算整飾儀容；奈何當她坐對鸞鏡時卻若有所思而顯得意興闌珊。這兩句雖然先抒發女子內心深長的怨嘆，又以她欲妝還罷的舉止來表露她一腔的幽怨與滿腹的心事，但卻對君王何以竟不寵愛她的關鍵藏而不露，留給讀者更多的疑惑。

　　「承恩不在貌，教妾若為容」兩句，說明她對鏡時不禁念及自己空有沉魚落雁的天生麗質，卻無法獲得君王的寵愛，因此不免怨嘆自己刻意裝扮究竟有何意義？這個念頭一起，當然更令她倍覺落寞悵惘而完全沒有梳妝的興致了！這兩句是以流水對的句法，把胸中長久壓抑的鬱憤噴薄為足以使人聞之色變的千古疑問；其力道之強，直如般若獅吼，足可警醒無知少女想要飛上枝頭變鳳凰的迷夢！如果不是哀莫大於心死，又怎能吐露出類似李商隱〈無題〉詩中「春心莫共花爭發，一寸相思一寸灰」的斷腸之痛！她彷彿是在攬鏡獨照、顧影自憐時，長久遭到冷落的哀怨之情越來越濤翻浪湧，震盪不已，因此才會激切地吶喊出心底的絕望！從她積怨難平的憤慨中，儘管讀者不難體會到白居易〈宮詞〉中「紅顏未老恩先斷」所透露的淒愴欲絕，以及于濆〈宮怨〉詩中「今日在長門，從來不如醜」所表達出的悲恨莫名，但是對於她竟然紅顏薄命，困居冷宮的原因，依舊感到茫然不解；而這也正是本詩最含蓄婉轉，也最耐人尋味的匠心獨運之處。詩人讓前四句環環相扣，一氣直貫：三句「承恩不在貌」是承接首句「早被嬋娟誤」而來，四句「教妾若為容」則由次句的「欲妝臨鏡慵」而生，借以傳達出她糾結鬱憤的情懷，如鉤鎖連環般無法解脫的焦慮急迫；因此章燮《唐詩三百首注疏》說：「四句一氣，文情流麗。讀頸聯更

宜急，一若急如流水，此真流水對法。……『怨』字躍於言外。」由於承恩非貌的關鍵和嬋娟誤人的理由，詩人藏而不露，茹而不吐，更能引發讀者一探究竟的好奇心，從而深入思索後半兩聯所描寫的情境與前半的關聯，然後才恍然領悟第三聯「風暖」二句在整首詩中具有解開疑團，並另闢新境，宕出遠神的關鍵地位。

「風暖鳥聲碎，日高花影重」兩句，則是以濃彩重墨寫她離開臥室，走進庭園之中，設法排遣空虛寂寞的愁懷時，感受到春風駘蕩，聽到鳥啼間關，看到麗日高照，察覺到花影疊亂；如此一來，既寫足了詩題的「春」字，又蘊藏有幾層曲折的深意可玩：

*首先，從映襯對比的角度來看，鳥雀由於春風和暖，啼音自然清亮細嫩，聽起來歡樂而愉悅，恰與失寵宮女寥落消沉的情緒成對比；而晴陽明麗，花木扶疏，呈現出欣欣向榮的蓬勃生機，又恰能映襯出宮女枯寂淒清的心境。

*其次，從象徵譬喻的手法而言，風暖日高，可以象徵君恩正隆；鳥啼花搖，可以象徵他人正在欣然享受寵眷——這正好點出了「欲妝臨鏡慵」的原因是君王移情別戀了。而鳥聲之細碎與花影之重疊，除了可以彷彿別人希旨承歡、獻媚邀寵的種種情態之外，也可以譬喻謠諑之紛紜、謗議之洶洶，同時還撥開「嬋娟何以誤人」的疑雲：原來後宮三千佳麗，必須各懷鬼胎，暗用權謀，才有容身之處；必須工於心計，巧於媚術，才能爭憐取寵，幸沐君恩。有時還得蜚短流長，暗箭傷人；或者含血噴人，羅織罪狀，才能穩住一時的權位。因此，自己在勾心鬥角、爾虞我詐的宮闈之內，儘管修潔自好，風姿絕俗，卻無異於善良的小白兔處在虎狼吼咻、魑魅厲嘯的深山窮谷之中，自然危機四伏，迭遭凶險了。當「掩袖工讒，狐媚偏能惑主」者流充斥後宮時（「碎」「重」二字似乎有多而亂的暗示），她的嬋娟美貌反而是更易遭惹妒恨而飛來橫禍的懷璧之罪了！

* 第三，就承上啟下的佈局而言[2]，由於第三聯既是實寫她走入庭園賞花遣悶的賦筆，又兼有前述象徵的意涵；因此既能補充說明前半四句中其人傷心怨嘆的背景原因；又能開啟尾聯清遠淡雅的畫境，寄藏無限淒婉的回憶與追悔；同時又使前四句稍嫌淺切露骨的怨情，有了較為蘊藉深厚的內涵，很值得細加揣摩。大概她眼前明媚的春色與和煦的春光，甚至包括細碎的啼鳥聲，都宛如她入宮前在溪邊和同伴採蓮時的光景，自然使她觸景傷情，回想起昔日無憂無慮、自由自在的天真快樂而無限嚮往了，於是便心神飛越地划著夢幻的小船，滿載著愉快的回憶盪向若耶溪畔了！

「年年越溪女，相憶採芙蓉」兩句，不直接訴說自己幽居冷宮的無聊苦悶與悽惻傷痛，反而採用背面渲染的手法，拈出昔日女伴在家鄉無拘無束、自由自在的生活，而且還相信那些女伴採摘芙蓉時應該會想念自己；如此易地而處的懸想方式，最能曲折委婉地傳達宮女反被嬋娟所誤，卻無人可以傾訴，也無人能夠了解的辛酸與怨悔：

* 先就辛酸而言，當年西施離開越溪，立即專寵吳宮，其恩遇之隆，無與倫比；而自己卻避居深宮，淪為怨婦，無人共語，難通情愫，此其一。當年女伴，都以為自己入宮之後成為金枝玉葉，備享尊榮華貴；豈知自己竟然千憂百愁、飽嚐辛酸委屈？此其二。

* 再就怨悔而言，詩人並不明白說出「侯門一入深似海」的悔恨，反而轉換描寫的角度說女伴對自己深深憶念，使怨情更為悽愴沉鬱，也更為含藏不露，此其一。詩人從腹聯的宮苑實景，突然掉轉筆勢，另外描繪出一幅悠閒自在而喧鬧嬉笑的少女採蓮圖，既明白流露出她不勝神往的心思，也暗示出她無限悔恨的心意，此其二。

除此之外，由於尾聯兩句既有時間的回溯，又有空間的拓展，從而使詩中的意境宕出悠遠不盡、引人入勝的情韻，也是值得稱道的手法。

【補註】

01 見駱賓王〈討武曌檄〉。

02 儘管方回《瀛奎律髓》能從寄興遙深來領悟詩旨說：「譬之事君
而不遇者，初亦恃才而卒為才所誤，愈欲自衒而愈不見知；蓋寵
不在貌，則難乎其容矣，『女為悅己者容』是也。風景如此，不
思從平生貧賤之交可乎？」可惜並沒有點出第三聯在全詩中承先
啟後的關鍵地位。至於王世貞《藝苑卮言》以為「去後四句作絕，
乃佳。」則是完全否定了後半的佳妙之處，就更令人感到遺憾了。

【評點】

01 陸時雍：三、四善怨，五、六繾綣語。（《唐詩鏡》）

02 鍾惺：（「鳥聲碎」三字）開詩餘思路。（《唐詩歸》）

03 唐汝詢：起道盡悔情，次聯十字怨甚。張次壁謂次聯即「威儀棣
棣，不可選也」；意想雖深，與上二句不洽。結二語無聊，正與
起句相洽。　○周啟琦：細玩五、六，終不及三、四更妙。　○
周珽：魏菊莊以三、四為自然句法，五、六為綺麗句法；不知結
語托意更深，想頭又遠，此詩若無此結，終入尋常套調。　○又
曰：此篇構詞轉折，含情真至。（《唐詩選脈會通評林》引）

＊ 編按：「威儀棣棣，不可選也」兩句，見《詩經‧邶風‧柏舟》，
乃棄婦之怨。詩意是說：我的舉止容貌都有莊重的法度，不能夠
隨便妥協退讓。選，遜也，退讓之意。

04 王夫之：晚唐餖湊，宋人支離，俱令生氣頓絕。「承恩不在貌，
教妾若為容。風暖鳥聲碎，日高花影重」，醫家名為關格，死不
治。（《薑齋詩話》）

＊ 編按：王氏論詩，重在一意貫注全篇，反對堆砌藻飾的語詞，而
使詩旨雜亂，脈理枝蔓；因此他才誤以為頷腹兩聯缺乏內在的聯
繫與針線的呼應，只是繁縟詞藻的拼湊而已。基於同樣的論詩主

張，他又在《古詩評選》中說腹聯「詞相比而事不相屬，斯以為惡詩矣。」（見評劉楨「秋日多悲懷」一首）

05 默庵：其妙在落句，得力在頷聯。（宋邦綏《才調集補注》引）

06 賀裳：〈春宮怨〉，不惟杜集首冠，即在全唐亦屬佳篇。「承恩不在貌，教妾若為容」，此千古透論。衛碩人不見答，非貌寢也；張良娣擅權，非色勝也。陳鴻〈長恨傳〉曰：「非徒殊豔尤態獨能致是，蓋才智明慧，善巧便佞，先意希旨，有不可形容者焉。」即此詩轉語。讀此覺義山之「未央宮裡三千女，但保紅顏莫保恩」，尚非至論。（《載酒園詩話・又編》）

07 王士禛：晚唐人詩「風暖鳥聲碎，日高花影重」「曉來山鳥鬧，雨過杏花稀」……皆佳句也；然總不如右丞「興闌啼鳥緩，坐久落花多」，自然入妙。（《帶經堂詩話》）

08 顧安：三、四臨鏡低徊，有無限意思在。五、六雖佳，與結句卻不合榫。（《唐律消夏錄》）

09 黃瑞榮：負色人難得此透亮語。　○宮怨題，能為律詩，難矣。終首不露「怨」字痕跡，可謂和平。（《唐詩箋要》）

10 譚宗：第三句即第二句所以然之故。不說破更妙，說破便損起聯之氣。晚唐之所以不如初、盛者，識此故也。　○思致清迥，文氣高老。（《近體秋陽》）

11 潘德輿：杜荀鶴以「風暖鳥聲碎」一聯得名，愚按不如「暮天新雁起汀洲，紅蓼花疏水國秋」清豔入骨也。（《養一齋詩話》）

＊ 編按：杜荀鶴〈題新雁〉詩：「暮天新雁起汀洲，紅蓼花疏水國秋；想得故園今夜月，幾人相憶在江樓？」一說羅鄴所作，「花疏」一作「花開」。

12 馮舒：五、六寫出「春宮」，落句不測。　○馮班：全首俱妙，腹聯人所共知也，精極。　○何焯：五、六是「慵」字神味。入宮見妒，豈若與採蓮者之無猜乎？落句怨之甚也。　○紀昀：前

四句微覺太露，然晚唐詩又別作一格論。結句妙，於對面落筆，便有多少微婉。（《瀛奎律髓匯評》）

13 周咏堂：（頷聯）點破春情，鬼當夜哭。（《唐賢小三昧集續集》）

14 俞陛雲：題面純為宮怨而作。首言早擅傾城之貌，自賞翻以自誤，寸心灰盡，臨明鏡而多憮。三、四謂粉黛三千，誰為麗質？而爭憐取寵者，各工其術，則己之膏沐，寧用施耶？五、六賦「春」字。五言天寒鳥聲多嘿，至風暖則細碎而多。六言朝輝夕照之時，花多側影；至日當亭午，則駢枝疊葉，花影重重。用「碎」字、「重」字，固見體物之工，更見宮女無聊，借春光以自遣，故鳥聲花影體會入微。末句憶當年女伴，搴芳水次，何等蕭閒；遙望若耶溪上，如籠鳥之羨翔雲，池魚之思縱壑也。此詩雖為宮人寫怨，哀窈窕時感賢才，作者亦以自況失意文人，望君門如萬里，與寂寞宮花同其幽怨已。（《詩境淺說》）

七一、崔塗詩歌選讀

【事略】

崔塗（約850－？），字禮山，生卒年不詳，僖宗光啟四年（888）進士。

有詩云：「舊業臨秋光，何人在釣磯」「試向富春江畔過，故園猶合有池臺」，故或謂為浙江桐廬、建德一帶之人。《唐才子傳》則謂其家寄江南，窮年羈旅，壯歲上巴蜀（今四川省），老大遊隴山（今西北甘肅一帶，按：詩人有〈隴山逢江南故人〉詩），每多離怨之作。

崔塗工詩而深達義理，頗能動人心志；寫景抒懷，又往往足以陶寫性靈，宣洩憂憤。詩中警句之多，常使詩家嘆服，例如〈夕次洛陽道中〉云：「流年川暗度，往事月空明」；〈巫山廟〉云：「江山非舊主，雲雨是前身」；〈隴上逢江南故人〉云：「三聲戍角邊城暮，萬里歸心塞草春」；尤以〈春夕旅懷〉：「蝴蝶夢中家萬里，杜鵑枝上月三更」一聯更為膾炙人口。

《全唐詩》存其詩1卷。

【詩評】

01 徐獻忠：崔塗律詩音節雖促，而興致頗多；身遭亂梗，意殊淒悵。雖喜用古事，而不見拘束；今人格體，類多似之。殆亦矯翮於林越間，而翛然欲舉者也。（《唐詩品》）

02 陸次雲：禮山懷古詩都落第二層義，然亦不可廢。（《五朝詩善鳴集》）

03 賀裳：崔〈除夜有感〉：「迢遞三巴路，羈危萬里身。亂山殘雪

夜，孤燭異鄉人。漸與骨肉遠，轉於僮僕親。那堪正漂泊，明日歲華新？」讀之如涼雨淒風颯然而至，此所謂真詩，正不得以晚唐概薄之。按崔此詩尚勝戴叔倫作。戴之「一年將盡夜，萬里未歸人。寥落悲前事，支離笑此身」，已自慘然，此尤覺刻肌砭骨。崔長短律皆以一氣斡旋，有若口談，真得張水部之深者，如「并聞寒雨多因夜，不得鄉書又到秋」「正逢搖落仍須別，不待登臨已合悲」，皆本色語之佳者。（《載酒園詩話·又編》）

04 薛雪：崔禮山「自是不歸歸便得，五湖煙景有誰爭」，與「相逢盡道休官去，林下何曾見一人」，同一妙理。（《一瓢詩話》）

05 李懷民：禮山坊本但傳其〈春夕〉篇，所謂「蝴蝶夢中家萬里，杜鵑枝上月三更」也。按此殊未免俗氣。不如「并聞寒雨多因夜，不得鄉書又到秋」「正逢搖落仍須別，不待登臨已合悲」，本色語，乃絕得張水部格韻。今檢其五言律，學水部尤切，但才短意近，不及朱慶餘、項斯諸君。要其格律所承，固為張氏嫡派子孫也。附及門後，以為初學入手。（《重訂中晚唐主客圖》）

309 巴山道中除夜有懷（五律）　　　　崔塗

迢遞三巴路，羈危萬里身。亂山殘雪夜，孤燭異鄉人。漸與骨肉遠，轉於僮僕親。那堪正飄泊？明日歲華新。

【詩意】

　　為了躲避戰亂，我孤身一人跋涉了迢遠的三巴路程，歷盡了艱危險峻的蜀道，羈泊在萬里之外的巴蜀山中。此際，窗外的暗夜裡，仍有殘餘的雪花飄飛在縱橫散亂的山谷中，漆黑闃寂中透露著神秘與荒

涼；屋裡則只有一隻蠟燭散發出微弱的光輝，使得流浪異鄉的遊子心緒黯然。長久以來，離鄉背井，漸漸和骨肉越來越疏遠了，想來可悲；舉目無親的歲月裡，反而和僮僕越來越親近了，說來可嘆！這樣寂寞冷清的除夕夜，對於正漂泊在外的我而言真是情何以堪？明天，又將是一個新年的開始了……，何時才能重返故鄉，骨肉團圓，真正歡度除夕呢？

【注釋】

① 詩題──一作「除夜有懷」。「有」字一本作「書」，或作「抒」；「懷」字一作「作」。崔塗於僖宗中和元年（881）秋為避黃巢之亂而入蜀，滯居至四年離蜀；本詩殆即作於此時。

② 「迢遞」二句──迢遞，遠望懸絕貌。三巴，古時曾將今四川東部劃分為巴郡、巴東、巴西三區，後常以三巴來泛指四川。羈危，流離漂泊於「難於上青天」的蜀道而備嚐艱險。作者家寄江南，故以「萬里」極言離鄉之遠。

③ 轉於──轉，反也；於，與也。

④ 歲華──年華也。

【導讀】

崔塗隸籍江南，壯年時為避黃巢之亂而客居巴蜀，故詩中常有羈旅漂泊的身世之感和思歸念遠的鄉愁；本詩殆即詩人滯留巴蜀而逢除夕，舉目無親時的感懷之作。詩中的旅愁離恨，越轉越濃，也越寫越悲，可謂道盡遊子思歸懷遠的惆悵悽涼；苦調苦語，和戴叔倫的名作〈除夜宿石頭驛〉：「旅館誰相問？寒燈獨可親。一年將盡夜，萬里未歸人。寥落悲往事，支離笑此身。愁顏與衰鬢，明日又逢春。」極為神似。如就內涵、風格與藝術感染力而論，兩詩實可謂工力悉敵，難分軒輊。吟誦「亂山殘雪夜，孤燭異鄉人」之際，似易與司空曙〈喜

外弟盧綸見宿〉的佳句「雨中黃葉樹，燈下白頭人」，以及馬戴〈灞上秋居〉的名聯「落葉他鄉樹，寒燈獨夜人」相亂，使人驚疑大曆以後，由於時代風氣的影響，詩格竟有日漸苦吟蕭瑟的趨勢，以致羈泊之悲，身世之感，竟成為許多詩篇的共同面相。

「迢遞三巴路，羈危萬里身」兩句，是以回首前塵時不勝困頓坎坷之感的口吻，寫出離家萬里，隻身漂泊的苦況，以及在蜀道中涉險翻山越嶺、穿谷渡溪時的艱危情狀。「迢遞」二字，表現出回首遠望江南時懸隔萬里的茫茫之感；「羈危」二字，表現出歷劫餘生，心有餘悸的驚悚畏懼；「萬里」二字，呼應「迢遞三巴」的蜿蜒曲折，遙遠無窮；「身」字透露出老杜〈詠懷古跡五首〉其一「漂泊西南天地間」的孤危渺小之感。換言之，在首聯十字之中，作者已經極力錘鍊筆墨，把自己在窮山惡谷中出生入死、顛沛流離時孤危惶恐的情狀，作不勝其悲的回顧示現，從而流露出蒼茫百端的慨歎；因此讀來自有盤折紆鬱的沉重壓迫感盪胸而來，讓人可以感受到詩人悽涼悲愴的辛酸愁苦。

「亂山殘雪夜，孤燭異鄉人」兩句，是轉而寫眼前屋外及室內景況之蕭瑟冷清，和首聯夐遠遼闊，關山迢遞的意象頗為不同；如此由遠及近、由大而小的佈景安排，更能浮顯出詩人坐困愁城的孤子無奈之感。如果說首聯是千錘百鍊的筆墨所鐫刻出的雄渾之境，頷聯則是以口頭語說眼前景，並自然流露出心中情的思鄉名聯。由於蜀地多山，故曰「亂山」，這是由蜀道的崇山峻嶺、絕巘懸崖綿延而來的地勢，象徵羈旅愁懷的綿亙起伏，迢遞不斷。「雪」字暗點一年將盡的嚴寒節令，「夜」字暗示鄉愁深濃，難以成眠；再加上「亂」字暗示的心緒之煩亂，以及「殘」字形容雪花的零落翻飛之感，自然使屋內的遊子頓覺蕭瑟冷清而悲不自勝。尤其是「燭」字更進一步點明是除夕節慶之時，因此捨棄日常使用的煤油燈或菜油燈，而改燃紅燭以應景尋

歡，就更透露出隻身萬里，舉目無親之人，在燭影搖曳的微光下顧影自憐的煢獨之感，甚至還傳達出心中的孤子之嘆了。

除夕，本是圍爐團圓，充滿喜氣的節日，應該有一室的嬉戲喧鬧和滿屋的溫馨親情；奈何自己避亂巴蜀，只能遠望屋外的殘雪映谷，山影雜亂。想要點一盞紅燭來渲染歡慶的氣氛，溫慰自己的鄉心，偏偏更映照出一室的冷清和孤影的淒涼；既無人能噓寒問暖，也無人能圍爐共語，更沒有和樂融融、言笑宴宴的景象，自然令詩人觸緒紛來，憂思繁亂到輾轉難寐的地步了。因此詩人以「亂」「殘」「孤」「異」等形容詞，堆垛累積，層折翻疊，來和首聯的「迢遞」「羈危」「萬里」交相映襯，便使詩情和意境產生相加相乘的密度與深度，也使鄉愁的濃度無形中稠密到無法化開的地步；因此唐汝詢《唐詩解》極為嘆賞頷聯的渾厚，沈德潛《唐詩別裁》稱賞此聯「名俊」，孫洙《唐詩三百首》也特別指出頷聯涵有十層豐富綿邈的意蘊。

「漸與骨肉遠，轉於僮僕親」兩句，是在前半情景交融的畫面之後，轉而脫化王維〈宿鄭州〉：「他鄉絕儔侶，孤客僮僕親」的詩意，來抒發詩人在年盡路遙，骨肉暌隔的漂泊孤悶之餘，只能與僮僕相依為命，豈料竟日久生情，認疏作親的無奈之感。「漸」字寫出時日既久，備受思鄉情懷煎熬的沉痛；再加上「遠」字的點染，便把漸行漸遠，骨肉難再相會的思念之情、茫然之感及懸隔之悲，表達得既綿長又感傷了。「轉於」二字，是「反而與」的意思；「轉」字表現出違反「血濃於水」的常情之荒謬與無奈。尤其是以「骨肉」親倫與「僮僕」恩義作鮮明的對比，既見出骨肉離散，思念彌篤的切膚之痛，又表現出孤子無侶，唯有僮僕相伴，竟日久情深的溫馨親切；同時還以對比來透露出悲愴悽涼之意，便使本聯在沉痛中有無奈，無奈中有悲涼，悲涼中有安慰，安慰中又有複雜的自嘲與感慨。

楊慎《升庵詩話》以為頷聯脫化於王維「孤客僮僕親」而不如原作之渾含，沈德潛《唐詩別裁》也以為崔詩衍王的「孤客僮僕親」為

十字，便覺繁重而不如王詩簡貴；施補華《峴傭說詩》更以為崔塗將王詩展開為兩句之後，「便覺味淺」。筆者並不完全認同這些看法，因為崔詩除了藉對比凸顯出認疏作親的淒涼詭譎，是王維詩中所沒有的複雜情感之外，還著重在以「漸與」、「轉於」二組虛詞形成一氣呵成、意脈勾連的流水對，強調在久遠的時空懸隔下，寓居亂山之人心理的變化過程；雖然似乎有違人倫之常，卻又仍在情理之中。換言之，這兩組虛詞雖然使詩句的密度稍顯疏散，卻使文氣更形清暢，從而把漫長時間的推移過程所造成的反常心理，刻劃得絲絲入扣，耐人尋味。

「那堪正飄泊」五字，是一筆總收前六句的層層鋪墊，句句渲染，把山行的艱險、山居的冷寂、守歲的淒涼、流離的哀傷和思親的愁苦，全部涵括在不堪回首的漂泊之嘆中；最後再以「明日歲華新」正式點出「除夕」的題意。末句除了能使前三聯中深沉的鬱悶有一個具體的時間點，同時也借「除夕」團圓歡慶的氣氛，映襯出孤苦悲淒的處境，流露出「獨在異鄉為異客，每逢佳節倍思親」的無限慨歎。「明日」似乎是可以告別前此以往所有傷痛之情的一種寄託，其中便暗寓著「悟已往之不諫，知來者之可追」的期許，因此詩人以「新」字透露出心中浮現的新希望：在下一個除夕夜能夠回返故鄉，重享親倫的溫馨！至於「歲華」二字，除了表現出一種對於未必能夠實現的美好幻夢之憧憬外，似乎還寄藏著歲月蹉跎、年華易逝的悵惘之情。仔細玩味，可以發覺詩人彷彿有意在鄉愁的傷口上再多灑幾把鹽，也宛如有意雪上加霜地層層渲染羈泊無歸的牢愁，因此說「那堪正飄泊？明日歲華新」。這種不惜撕裂傷口，挖深瘡痏，甚至嘔出心肝，以求詩境更形曲折深刻，風格更為奇僻澀苦的翻疊手法，似乎正是賈島一派的餘波盪漾。前兩聯本來就有十數層的深意，再加上後半兩聯的鋪墊，詩意更不知又累積了多少層的深痛了；因此周詠裳《唐賢小三昧集續

集》說本詩：「情景淒颯，較勝『一年』『萬里』之句[1]。」范大士《歷代詩發》說：「是閱歷後語，客中除夕，不堪展讀。」

【補註】

01 指戴叔倫的〈除夜宿石頭驛〉：「旅館誰相問？寒燈獨可親。一年將盡夜，萬里未歸人。」

【評點】

01 劉辰翁：平生客中除夕誦此，不復更作。（《唐詩品彙》引）

02 顧璘：絕無字眼，自是工致，一字不可易。（《批點唐音》）

03 劉辰翁：三、四（句）十字，尤捏合；五、六（句）十字，情痛能言。　〇吳山民：次聯慘淡，三聯淒惻；結聯著「除夕」，覺前六句俱有味。　〇周珽：「漸與」「轉於」四字，著意形出「遠」與「親」二字，則崔固晚唐中苦吟者也。「孤燭」句尤渾厚。（《唐詩選脈會通評林》）

04 郭濬：唐（汝詢）云：戴（叔倫）、崔（塗）俱賦此題，首尾足敵。第三聯，崔似勝戴；然切題，戴終勝耳。　〇又曰：（頸聯）苦語實情。（《增訂評注唐詩正聲》）

05 胡應麟：司空曙「乍見翻疑夢，相悲各問年」，戴叔倫「一年將盡夜，萬里未歸人」；一則久別乍逢，一則客中除夜之絕唱也。李益「問姓驚初見，稱名憶舊容」，絕類司空；崔塗「亂山殘雪夜，孤燭異鄉人」，絕類戴作，皆可亞之。（《詩藪》）

06 邢昉：比幼公（按：指戴叔倫）作更盡，更悲。「僮僕」句，右丞有之，後出不妨同妙。（《唐風定》）

07 陸次雲：旅況之真如此，真是至文。（《五朝詩善鳴集》）

08 吳喬：說盡苦情、苦境矣。（《圍爐詩話》）

09 黃生：戴叔倫「一年將盡夜，萬里未歸人」，雖中唐，卻遜此（詩）三、四二句。若韓翃「千峰孤燭外，片雨一更中」，覺又勝此耳。五句全仄，名拗字句。五、六亦是必至之情。（《唐詩摘抄》）

10 賀裳：讀之如涼雨淒風，颯然而至，此所謂真詩，正不得以晚唐概薄之。　○崔此詩尚勝戴叔倫作。戴之「一年將盡夜，萬里未歸人。寥落悲前事，支離笑此身。」已自慘然，此尤覺刻肌砭骨。（《載酒園詩話・又編》）

11 屈復：語意雖本幼公（按：指戴叔倫），而幼公三、四便出題；此三、四寫景，較幼公五、六卻勝。又，結方出題，法變。……自一、二直貫五、六，一氣呵成。三、四景中有情，五、六「迢遞」「羈危」合寫，七總收，八方出「除夜」。覺一篇無非「除夜」，與張睢陽〈聞笛〉同法。（《唐詩成法》）

12 吳昌祺：（頷聯）下句尚未極慘，加上句而困極矣。（《刪訂唐詩解》）

13 徐增：（腹聯）二句寫盡在外真境。（尾聯）轉得好，接得好。（《而庵說唐詩》）

310 孤雁二首 其二（五律）　　　　　　崔塗

幾行歸塞盡，念爾獨何之？暮雨相呼失，寒塘欲下遲。渚雲低暗渡，關月冷相隨。未必逢矰繳，孤飛自可疑。

【詩意】

極目而望，天邊的幾行雁影正朝向塞北的歸途而飛，漸漸地便全數隱沒在視線之外了，這讓我不禁為你憂念不已：孤獨的你竟然還在

此地逗留，究竟打算飛往何處呢？當傍晚的雨勢瀟瀟而來時，你奮力
呼喚著友伴，這才驚覺到自己確實已經成為失群單飛的孤雁了，你那
嘹唳的叫聲聽起來相當驚悸而淒涼；我發覺當你想要在寂寂寒塘落腳
棲息時，又顯得遲疑畏怯而幾度躊躇地盤旋，想來你的心裡該相當惶
恐且焦慮。漸漸地，沙洲上方低厚的烏雲越來越密集了，我看見你黯
淡的身影倉皇地飛掠而過……；想到當你冒險向迢遞的塞北趕路時，
應該只有照臨著關山的明月冷冷清清地伴隨著你，這讓我不禁為你操
心起來：雖然你未必會遭遇到獵人暗箭的傷害，但是想到你萬里孤飛
的身影，便自然令我為你感到疑懼惶恐、惴慄難安……。

【注釋】

① 「幾行」二句──歸塞，一作「歸去」；念爾，一作「片影」。

② 「暮雨」二句──相呼，呼喚雁群；「相」字代指動詞「呼」字下
所省略的雁群。失，感受到離群失侶的驚惶失措。遲，遲疑畏怯。

③ 矰繳──矰，音ㄗㄥ，短箭。繳，音ㄓㄨㄛˊ，繫於箭末的射繩，
可於獵物中箭時循繩而往尋。

【導讀】

崔塗寄家江南，壯年之後，常在巴、蜀、湘、鄂、秦、隴一帶客
遊，因此詩中每多羈旅天涯之悲與流落異鄉之苦，如〈春夕旅懷〉云：
「水流花謝兩無情，送盡東風過楚城。蝴蝶夢中家萬里，杜鵑枝上月
三更。故園書動經年絕，華髮春唯滿鏡生。自是不歸歸便得，五湖煙
景有誰爭？」以及前一首〈除夜有懷〉等，都是膾炙人口的名篇[1]。
本詩雖是詠物之作，卻頗有託物寄興的悽愴之悲，很可能是詩人客寓
流離之際，偶然目睹孤雁失群的景象，因而觸動了自己羈危萬里，漂
泊失侶之感，於是借孤雁驚飛之狀，賦寫自己淹留困滯的辛酸與顧影
無儔的淒涼。

　　「幾行歸塞盡，念爾獨何之」兩句，是寫自己遠眺長空，只見幾行作「人」字形排列的雁影正向北方歸飛遠去，直到隱沒在雲天之外；不知過了多久，突然一隻孤飛的鴻雁闖進詩人的眼中，只見牠在遼闊的穹蒼下毫無頭緒地撲翅高飛，看起來驚恐倉皇，不禁使孤身萬里的詩人為牠的離群失侶而憂慮，同時也觸痛了詩人漂泊羈旅的愁腸。「幾行」，可見正是雁群遷徙的季節；「歸塞」，點出北歸塞外，正在春分之後氣溫回暖之時。「盡」字可見詩人窮盡眼力，目注神馳的時間之久；既流露出對於候鳥歸鄉時的羨慕嚮往之情，也暗示自己滯居無歸的黯然神傷之懷。因此，當他以為雁群已經悉數歸返塞北而惘然若失時，突然闖入眼中的孤影便使他頓感意外而吸引了他全部的注意。當意識到牠已經脫隊落單時，詩人在不知不覺中便因為同是淪落天涯的緣故，對牠的處境與前途憂念不已，因此便渾然忘記人鳥語言的隔閡，從心底沉痛不忍地發問：「念爾獨何之？」不僅關切之情，溢於言表；驚痛之感，流露無遺；詩人多愁善感，顧影自憐的性情，也宛然在目。「幾行」和「獨」的對比，不僅是為了凸顯出孤雁落單的形象之可憫所作的安排而已，還因為就實際聞見的先後來說，詩人應該是先被嘹唳橫空而過的群雁所吸引，因而目斷北天，出神凝想；而後才被遄飛急掠而來的孤影所驚醒，於是在不知不覺間便傾注了自己所有的關注在牠的身上。「念」字的憂慮驚心，「爾」字的親切呼喚，「獨何之」的關懷詢問，在在寓藏著作者孤身漂泊的悲傷；而以問句生情所流露出的關切之意，便自然而然地統攝全詩，融入各聯之中，並直貫篇末了。

　　「暮雨相呼失，寒塘欲下遲」兩句，除了進一步渲染淒寒冷清的氛圍來觸發讀者設身處地的感受之外，並以移情入物的手法，讓自己幻化為孤雁，去體貼牠驚悸疑懼的心理。首聯中的孤雁儘管遠遠地落在群體之後，苦苦地一路尋覓而來，卻也還抱著一絲能夠找到雁群的希望而奮力地鼓翅疾飛；可是「暮雨」飄灑而來，卻使牠的希望幾近

幻滅了！天色茫茫，不僅使牠更不可能望見雁群的蹤影，也迫使牠必須捨棄暗夜飛行的危險，果斷作出棲息寒塘的抉擇。瀟瀟暮雨的陰濕寒冷，既增加了失群孤雁趕路的困難，耗損著牠的體力，衝擊著牠的心理，也使牠感到心餘力絀的疲憊，因此牠幾度焦慮地呼喚著遠去的同伴。牠雖然知道自己早已落單，光是乞憐求援的悲鳴驚啼，根本無濟於事，唯有不眠不休的趕路才有可能追上隊伍；但在力不從心的情況下，牠的本能仍然驅使牠在淒風苦雨、視線模糊的惡劣天候下發出哀苦淒厲的呼救聲！因此詩人以「相呼失」三字來表現牠的焦慮、憂懼、驚悸、畏怯、哀苦與絕望！絕望而無助的牠，似乎已經別無選擇了，只能權且降落在蘆葉蕭蕭的寒塘邊將就一夜吧，等到體力恢復一些，才在天明時繼續艱苦的航程；奈何牠幾度盤旋欲下時，卻見到水塘中獨飛的倒影，反而使孤蹤自怯的牠感到遲疑畏懼，於是便又倉皇地奮力竄起！

　　「暮雨相呼失，寒塘欲下遲」這兩句，既可以看出詩人觀察物象的細膩入微，也可以看出詩人移情入物、化身為雁時的渾融無隔，因此才能把牠遭到暮雨侵襲時的力不從心，呼救無應時的怖懼惶恐與哀苦絕望，以及欲下猶驚的躊躇遲疑、畏怯不安……種種情態，描寫得神韻如生，栩栩欲活，使讀者能充分體貼到孤雁內心的驚悸惴慄之感，而為之擔心受怕，悽惻憂傷，因此俞陛雲《詩境淺說》評曰：「如莊周之以身化蝶，故入情入理；猶詠鴛鴦之『暫分煙島猶回首，只渡寒塘亦並飛[2]』，替鴛鴦著想，皆妙入毫顛也。」紀昀在《瀛奎律髓匯評》中則有褒有貶：「『相呼』則不『孤』矣，三句有病。『寒塘』句不言孤而是孤，不言雁而是雁；此為句外傳神。」儘管對第四句賞譽有加，卻對第三句解讀有誤，因為「相」字可以代指動詞「呼」字下所省略的受詞，也就是指遠去的雁群而言，並非「互相之意」；而「失」字則是指驚慌失措、失魂落魄而言。

　　「渚雲低暗渡」五字，是繼續摹寫牠在幾度遲疑畏怯，欲下猶驚之後，終於下定決心要冒險夜飛的情狀；由此更可以見出頷聯所寫的處境之艱危和環境之冷寂對孤雁所造成的衝擊之強烈了。「渚雲」是凝結在洲渚上方陰鬱愁慘的層雲，「低」字刻劃出層雲低垂對孤雁形成逼近壓迫的沉重感；因此牠更是不堪這種陰森黯淡的詭譎情境，於是便倉皇無狀地奮翅低飛，掠過寒塘，衝破暮色，意圖穿越層雲而起……。這五個字不僅可以看出孤雁在惡劣天候中奮力掙扎，想要脫困而出的努力，也不難體會詩人目不轉瞬地屏息凝望時心緒隨著孤雁的暗影而低昂起伏的情狀。終於，牠在幾度驚疑的盤旋之後，擺脫了洲渚上方低垂的層雲所形成的迷障，找到了正確的方向，朝塞北飛去。此時，近處的暮雨已歇，遠天的冷月乍現，孤雁化為一道黝黑的剪影，馱著清冷的月華，逐漸消失在詩人的視線之外，因此詩人說「關月冷相隨」。在這五個字中，詩人傾注了衷心的掛念與關切，既勾勒出詩人目送孤雁遠翔時所見的遠景，也傳達出詩人對牠的祝福，希望牠獨飛時始終有皎潔的月光照亮牠的歸途；同時還以「冷」字透露出牠獨飛時孤單淒涼的心境，讀來令人惆悵不已。

　　紀昀認為腹聯這兩句「反襯出『孤』字」（同前），這是因為渚雲低垂覆壓，更能凸顯出孤雁在險境中驚慌失措，倉皇無助的危懼和孤獨；而關塞迢遞，唯有冷月相隨，也更能映襯出牠形單影隻，孤飛萬里的艱辛與淒涼。仔細玩味中間兩聯的意象，可以發覺到詩人除了以暮雨、寒塘、渚雲、關月等實物來變換場景，渲染情境之外，還以極其凝鍊的筆墨，刻劃出孤雁「相呼失」「欲下遲」時複雜而微妙的心理，更以「低暗渡」「冷相隨」描繪出孤絕艱辛的處境，同時還貫注了詩人設身處地為孤雁著想的善意，和始終相伴相隨的關心；因此不僅能寫形傳神，入木三分，而且文約義豐，景真情切。無怪乎孫洙以為中間二十個字有二十層意蘊。梅聖俞所謂「狀難寫之景，如在目前；含不盡之意，見於言外」者，本詩的確當之無愧。

「未必逢矰繳」五字，是以像送別一位老朋友遠行的叮嚀語氣與寬慰的口吻，表達出要孤雁善加珍重的心意，同時也流露出期望牠能避開獵人的暗箭而平安北歸的僥倖心理。「未必」二字，雖然是安慰驚魂未定的孤雁，其實更像是寬慰憂念不已的詩人自己。說「未必」遭逢不測，其實更透露出遭遇凶險的「可能」！詩人其實也很清楚這種可能性極高，卻又不忍直言其險而使孤雁更加膽裂魂飛，因此便又補上一句：「孤飛自可疑」，表示讓自己疑懼不安的是牠孤飛萬里的淒涼。這種對老朋友才會有的閃爍其詞與欲說還休的體貼，竟然不自覺地貫注在偶然邂逅的孤雁身上，從而營造出感人的深情遠韻，因此紀昀評曰：「結處展過一步，曲折深至，語切境真，寓情無限。」（同前）

正由於詩人能夠體物入微，達到移情化物而雁我合一的妙境，因此筆墨直通心靈，使得全詩情調悽惻而餘韻淵永，可以稱得上是盡得詠物神髓而又意餘象外的傳世之作了！涵詠再三，彷彿詩人漂泊流離的心魂，已經幻化為孤雁遠飛而去了；無怪乎昔人甚至給詩人冠上「崔孤雁」的雅號，由此可見本詩藝術魅力之感人了。劉熙《藝概·詩概》說：「五言無閑字易，有餘味難。」本詩既無閑字，又有餘味，的確是筆參造化，能使孤雁折翼斷腸的沉痛之作！

老杜的〈孤雁〉詩云：「孤雁不飲啄，飛鳴聲念群。誰憐一片影，相失萬重雲。望盡似猶見，哀多如更聞。野鴉無意緒，鳴噪自紛紛。」側重在刻劃其飛鳴念群的哀苦，因此浦起龍《讀杜心解》說：「惟念故飛，望斷矣而飛不止，似猶見其群而逐之者。惟念故鳴，哀多矣而鳴不絕，如更聞其群而呼之者。寫生至此，天雨泣矣！」本詩則側重在呈現牠的驚疑和畏怯，因此讀來令人悵惘感傷。兩首詩略貌取神而又精采紛陳，都是值得再三涵詠的傑作。

【補註】

01 此外，〈蜀春城〉有云：「天涯憔悴身，一望一霑襟；在處有芳草，滿城無故人。懷才皆得路，失計自傷春。清鏡不堪照，鬢毛愁更新。」〈隴上逢江南故人〉亦云：「三聲戍角邊城暮，萬里歸心塞草春。」

02 崔珏〈和友人詠鴛鴦之什〉其一云：「翠鬛紅毛舞夕暉，水禽情似此禽稀。暫分煙島猶回首，只渡寒塘亦並飛。映霧盡迷珠殿瓦，逐梭齊上玉人機。采蓮無限蘭橈女，笑指中流羨爾歸。」

【評點】

01 方回：老杜云：「誰憐一片影，相失萬重雲」，此云：「暮雨相呼失，寒塘欲下遲」，亦有味，而不及老杜之萬鈞力也。為江湖孤客者，當以此尾句觀之。（《瀛奎律髓》）

02 李夢陽：起句即悲，通篇情景相稱，優柔不迫，佳作也。　○徐充：此詠物體，周伯弼所謂「於和易寬緩之中而精切者」。　○周珽：首二語已盡孤雁面目，便含憐憫深心。三、四寫其失群徬徨之景。五、六寫其孤飛索莫（按：通「索漠」，消沉失意也）之態。結用寬語，致相悲相惜之意，以應起聯，何等委婉頓挫！夫一孤雁微物，行止猶攖人念如此；士君子涉世，落落寡合，流離無偶者，何異於是？此詩誠可以觀。（《唐詩選脈會通評林》）

03 許印芳：孤雁乃失偶之雁，而未嘗無群；「相呼」者，呼其群也。曉嵐訾之，非是。（《瀛奎律髓輯要》）

04 李懷民：何嘗有心自況？然寄託處妙甚；顯然唐詩，所以高也。起不作意，而能得其分……。一結真感深情，宛轉無極。（《重訂中晚唐詩主客圖》）

05 俞陛雲：通篇皆實賦孤雁。首二句言雁行歸盡，念此天空獨雁，悵悵何之？以首句襯出次句，乃藉賓定主之法。三、四暮雨蒼茫，

相呼失侶，將欲寒塘投宿，而孤蹤自怯，幾度遲徊；二句皆為雁著想，如莊周之以身化蝶，故入情入理；猶（崔玨）詠鴛鴦之「暫分煙島猶回首，只渡寒塘亦並飛」，替鴛鴦著想，皆妙入毫顛也。五、六言相隨者惟「渚雲」「關月」，見隻影之無依。末句謂未必遽逢弋者，而獨往易生疑懼。客子畏人，詠雁亦以自喻，此詩乃賦而兼比者也。　○又云：三、四即以表面而論，三句言其失群之由，四句言其失群倉惶之態，亦復佳絕。（《詩境淺說》）

06 孫洙：（中）四句二十層，（末二句）十字切雁。（《唐詩三百首》）

07 查慎行：結意更深。（《初白庵詩評》）

08 陸次雲：寫猿縹緲，寫雁悲涼。（《五朝詩善鳴集》）

七二、秦韜玉詩歌選讀

【事略】

　　秦韜玉，字中明，一說京兆人，一說湘中一帶人氏，生卒年不詳。

　　少有詞藻，工歌吟，恬和瀏亮；每成一詠，時人傳誦。《詩話總龜》載其〈瀟湘〉名句云：「女媧羅裙長百尺，搭在湘江作山色」，膾炙人口；又〈長安書懷〉詩云：「嵐收楚岫和空碧，秋染湘江到底清」，號為絕唱。可見其模山範水之作，頗為清麗可誦。

　　相傳韜玉鑽營求進，為人所不齒，故雖屢赴科場，皆為有司斥落；後諂事宦官田令孜（按：任神策軍中尉，恃寵橫暴，左右朝政，僖宗尊之為「阿父」；於戰亂頻仍之時，曾兩度挾持僖宗出奔）而入仕。廣明元年（880）黃巢破長安，曾扈從僖宗入蜀。中和二年（882）敕進士及第，列入當年春榜二十四人之中。曾任工部侍郎、神策軍判官，兼充十軍司馬。

　　《全唐詩》存其詩 1 卷，《全唐詩續拾》補詩 1 首，斷句 2 句。

【詩評】

01 王定保：韜玉有詞藻，亦工長短歌。（《唐摭言》）

02 辛文房：韜玉少有詞藻，工歌吟，恬和瀏亮……每作人必傳誦。
　　（《唐才子傳》）

311 貧女（七律） 秦韜玉

蓬門未識綺羅香，擬託良媒益自傷。誰愛風流高格調？共憐時世儉梳妝。敢將十指誇鍼巧，不把雙眉鬥畫長。苦恨年年壓金線，為他人作嫁衣裳。

【詩意】

生長在窮苦人家的我，從來不認為穿上薰香過的綾羅綢緞有甚麼特別高貴優雅（因此我也從來不羨慕富貴人家衣衫的華麗輕暖）；每當想要託付良媒替我說一門好親事時，我就分外感慨悲傷，（因為我不知道）有誰能夠賞愛我優雅的風韻和不同於流俗的高尚格調呢？現在大家都只喜歡追求時髦、奇異而又險怪的妝扮式樣呀！我敢自信地誇耀自己這一雙巧手的針黹功夫極為高妙出色，卻不願意（隨俗從眾地先剃掉眉毛，再）把眉痕描畫得又細又長，去和別人爭奇鬥艷。最令我感到遺憾的是：（自己的親事始終茫然無望，卻還得）年年替別人用金線在漂亮的嫁衣上刺繡出精美的立體圖案（同時也一再刺痛自己早已遍佈傷痕的心靈）。

【注釋】

① 「蓬門」二句—蓬門，以蓬草編門之寒家，此代指貧女而言。未識，應該是帶有不屑意涵的不認同，或體會不出來的意思，而非辨認不出或不曾穿過；蓋此女既以織錦刺繡為業，豈有不識之理？綺羅，輕細柔美的絲織品之泛稱；香，謂衣上的薰香。綺羅香，代指富貴人家的女子所穿著的華服。

② 「誰愛」句—風流，謂妝飾之自然風雅。高格調，兼指妝扮之高雅與德行之端莊嫻淑而言。

③ 「共憐」句——共，眾也，指世俗之人。憐，慕愛也。時世，謂當時、當代。儉，一作「險」；儉（險）梳妝，指當時流行的奇形怪狀之妝扮樣式。王建〈宮詞〉：「小頭鞋履窄衣裳，青黛點眉眉細長；外人不見見應笑，天寶末年時世妝。」白居易的新樂府詩〈時世妝〉：「時世流行無遠近，顋不施朱面無粉；烏膏注唇唇似泥，雙眉畫作八字低。妍嬡黑白失本態，妝成盡似含悲啼。……元和妝樣君記取，髻椎面赭非華風[1]。」

④ 「敢將」句——自信女紅精巧，針黹功夫出色也。鍼，針也[2]。

⑤ 「苦恨」句——苦，甚、深也；苦恨，深恨、最恨。壓，刺繡手法之一；將金色絲線刺繡在描畫好的圖案上，謂之壓金線。

【補註】

01 《唐會要‧卷31‧雜錄》載文宗大和六年（832）有司奏曰：「婦人高髻險妝，去眉開額，甚乖風俗，頗壞常儀；費用金銀，過為首飾，並請禁斷。其妝梳釵箆等，伏請敕依貞元中舊制。仍請敕下後，諸司及州府榜示，限一月改革。」結合白居易詩和此則資料觀察，當時的審美觀點實與今日大異其趣，故有八字低眉、烏膏泥唇、剃眉開額、赭面悲啼等今日視為怪異的妝樣。

02 「鍼巧」二字，《唐詩品彙》作「纖巧」；《全唐詩》作「偏巧」，並注云「一作『纖』」。筆者以為：依對仗的原則而言，以「鍼巧」對「畫長」較為工整；就全詩的字面觀察，「鍼」字也較能與「綺羅」、「十指」「壓金線」「嫁衣裳」等詞語融成一氣。

【導讀】

　　本詩是假借一位待字閨中的貧女之獨白，抒發良媒難託，愛賞無人，只能為人作嫁而蹉跎青春的悲哀；然而仔細玩味詩意，字裡行間卻又隱藏著有志之士孤芳自傲，舉薦無人的憾恨。由於很能勾起千百

年來為上司捉刀效命，使其春風得意，而自己卻困居下僚、有志難伸者的共鳴，因此前人常由語意雙關和寄慨遙深的角度欣賞本詩；廖文炳《唐詩鼓吹注解》說：「此韜玉傷時未遇，托貧女以自況也。」黃周星《唐詩快》說：「名為詠貧女，實即詠貧士耳。」沈德潛《唐詩別裁》說：「語語為貧士寫照。」趙臣瑗《山滿樓箋注唐詩七言律》說：「此蓋自傷不遇而托言也。貧士、貧女，古今一轍。仕路無媒，何由自拔？所從來遠矣。」俞陛雲《詩境淺說》也說：「實為貧士不遇者寫牢愁抑塞之懷。」可見千古傷心人，所在多有，因此常能別具慧見，妙契騷心，給予我們許多啟示。

　　「蓬門未識綺羅香」七字，是以兩組借代修辭作映襯對比，意象鮮明地凸顯出蓬門篳戶中的貧寒女子，並不欣羨衣上薰香，遍身綺羅的富貴生活。作者以「蓬門」二字給人的簡單素拙，質樸無文之感，和「綺羅香」三字給人的精緻細膩，輕暖華麗之感，作判若雲泥的具體展現，既使人對其差距之懸殊有了極為清晰的概念，無形中也對弱勢的貧女產生同情的心理。必須特別說明的是：「未識綺羅香」五字，是說無法領略極力講求外在妝飾的穠麗鮮豔，究竟有何端莊華貴的風韻可言；細味詩人之意，頗有不以為然的絃外之音存焉。換言之，首句意在表示貧女並不欣羨或愛慕世俗華貴艷麗的裝束，暗示她矜持自負的是婦德之修潔美好；如果誤以為首句是貧女流露出對於綺羅香澤的羨慕，抒發自己簡素寒酸的嗟嘆，將和以下各句所表達的旨趣大相逕庭。

　　正由於她所堅持的婦德、婦工之美好，和世俗崇尚追求的容貌妝扮之奇特詭異頗有差距，因此才使她「擬託良媒益自傷」，而有一肚皮不合時宜的牢騷。「良媒」如果是指善於吹噓拍捧，以三寸不爛之舌誇張渲染姿色之美，而使待嫁女子能夠攀龍附鳳，進而享受榮華富貴的浮薄勢利之人，則自己顯然無法滿足對方在外貌妝扮上的要求而難以成就親事，因此才會一念及此而愈自悲傷。「良媒」如果是指具

有伯樂般的慧眼，能夠認知自己的蕙質蘭心之美，則一來伯樂難求，良媒難託；二來世俗之人都只眩惑於外貌之濃媚，無意認識自己內心的嫻淑，那麼縱遇良媒，又豈能求得善賈而售？因此貧女才會興起「擬託」之念便黯然神傷了！才「擬託」即自傷，表示她深知自己高標絕俗的德行之美，將無法獲得世俗之人的青睞，而自己又不願意枉己徇人地奇裝異彩，自辱其志，因此根本無須正式請託，就知道世無良媒，自己必然求售無門了！

「誰愛風流高格調，共憐時世儉梳妝」兩句，是抒發潔身自愛，孤芳自賞，奈何卻乏人問津的怨嘆；以及對於當時以醜為美，矜奇炫怪的妝扮歪風之不屑。「誰愛」與「共憐」二詞表現出舉世皆醉，竟無清醒之人的悲憤。「風流高格調」是指端莊嫻淑，自然優雅的風韻格調；正和當時赭面泥唇、八字啼眉的怪異妝飾形成強烈的對比。對比的差異性越大，則她內心憤懣難平的抑塞之感也就表現得越強烈。共，眾也，是指世俗之人。憐，慕愛之意。儉（險）梳妝，指當時流行的八字低眉、烏膏泥唇、剃眉開額、赭面悲啼等詭異奇怪的妝扮樣式。正由於這兩句對比鮮明，抒憤強烈，所以成為許多懷才不遇，憤世嫉俗之人藉以抒發飽瓜徒懸，井渫莫食之憾恨的警策。就詩歌脈絡而言，「誰愛」句是落實首句矜持自負的暗示，「共憐」句是具現首句鄙夷俗媚的寄意；兩相映襯，則又緊承次句「自傷」的嘆惋而來，清楚地表達出內心的憤慨。

「敢將十指誇鍼巧，不把雙眉鬥畫長」兩句，是承接鄙棄時俗而來，凸顯出剃眉而畫八字啼妝的荒謬。由於她心中壓抑著長久以來不為人知的委屈，因此才會藉著「敢誇」二字的強調口吻來表現憤慨之意。「不鬥」兩字，更清楚地流露出不願意降低格調，自貶身分的矜持與自傲，以及對於爭奇炫怪，媚俗徇眾的妝扮之鄙棄。就脈理而言，頷、腹兩聯都是雙承首聯芳潔自修及恥於盲從時俗之意而來，只是頷聯針對客觀的形勢與風氣而慨歎，腹聯則側重主觀的意志與堅持而明

志。就句法來說，由於中間兩聯都是極為整飭的工對，因此詩人以「誰愛」的反詰和「共憐」的感慨，形成頓挫的波瀾，又以「敢」「不」兩個虛詞來形成一正一反的跌宕氣勢，從而使這兩聯各自成為前後勾連、一氣貫注的流水對，因此誦讀起來，可以感受到在端凝嚴整的形式中自有清暢流宕的韻調，因而搖曳生姿，唱嘆有味。

「苦恨年年壓金線，為他人作嫁衣裳」兩句，是在前面極力宣洩積鬱已久的抑塞悲苦之餘，感到仍然無法撫平心靈的創傷，於是更進而吐露出最令自己難堪的心事。顯然前六句中採用映襯對比的手法所逐漸激盪出越來越洶湧澎湃的情緒，一時間無法平復，因此她所有自矜自負的傲氣，和自艾自憐的哀傷，便匯聚成難以遏抑的憤慨噴薄而出，因此詩人以「苦恨」二字來傳達她悲愴莫名的感受。「苦恨」者，深恨也；悲憤至極之意。「年年」兩字又寫出芳華虛度，青春蹉跎的無限感傷；尤其是「為他人作嫁衣裳」一語，更是無限哀婉，無限悽涼的心聲，因此成為膾炙人口，千古傳誦的名句。由於詩人設譬奇妙，立意超卓（見首段），因此即使尾聯不過直陳心事，別無特殊的技巧，卻比羅隱的詠蜂之作：「採得百花成蜜後，為誰辛苦位誰甜？」和宋人張俞的〈蠶婦吟〉：「遍身羅綺者，不是養蠶人」等句，還要來得幽微深婉，動人肝腸，因此屈復《唐詩成法》說：「有托而言，通首靈動。結好，遂成故事。」

【商榷】

這首婉轉比附，悒悵情切的作品，儘管騰播已久，雅俗共賞，可是對於腹聯兩句的解釋，卻頗有歧見，令人困惑；尤其是「敢將」「不把」二語的解讀，關係到詩中女子的心態究竟是自負或自怯，因此不可不辯。

＊廖文炳《唐詩鼓吹注解》說：「五句言不敢以工巧誇世，六句言不敢以描畫自驕。」這種看法，似乎是把「敢將」和「不把」視

為互文見義的句法，於是便解讀成「不敢自誇」「不敢鬥長」的
怯懦心理。筆者以為第三句既然已自詡為「風流高格調」了，此
處再說不敢自誇，似有矯情之嫌，是以不取。

＊章燮《唐詩三百首注疏》說：「女工固不敢誇，而縫紉至不苟且。」
　讓人相當困惑，因為「女工」與「縫紉」的意涵豈不是相近甚至
　相等的嗎？而且也很難確定「固不敢誇／至不苟且」放在這裡，
　究竟是自謙或是自負？

＊喻守真《唐詩三百首詳析》說：「頸聯（上句）是不露才華，下
　句是不同流俗。」

　綜合來看，以上三說都似乎把「敢」字解釋為反詰語「豈敢」；
儘管中文的確有這種語法，可以用來表示自謙，但仍與前半四句所流
露出自矜自負的神氣相互齟齬而顯得做作，因此皆所不取。

　筆者對於中間兩聯的注釋，大抵參考施蟄存先生《唐詩百話》頁
669 至 673 的看法，特此說明，以示感佩。但他把腹聯解釋為「當時
是通行畫短眉，或者甚至剃去眉毛的『時世』；那麼，如果有一個姑
娘自以為手指纖巧，偏偏要畫長眉，豈非背時？詩人要描寫貧女不敢
背時，只得從俗，因此說：『我不敢自誇手指纖巧，所以不畫長眉。』」
對於這種說法，基於前段所述貧女自矜自負而不屑盲從流俗的理由，
筆者也持保留的態度。

【評點】

01 何光遠：李山甫有詠〈貧女〉，天下稱奇。秦韜玉之詩，意轉殊
　妙。（《鑑誡錄》）

02 周珽：首聯喻己素貧賤，不託荐以求進。次聯喻有才德者，見棄
　於世。二句一氣讀下，若謂世俱好修容者，誰人能憐取儉飾之士
　也？第五句見不以才誇人，六句見不以德自驕。末傷己少有著述
　措置，徒供藉人作進階耳。（《唐詩選脈會通評林》）

03 賀裳：秦韜玉詩無足言，獨〈貧女〉詩遂為古今口舌。「苦恨年
年壓金線，為他人作嫁衣裳」，讀之則為短氣，不減江州夜月，
商婦琵琶也。（《載酒園詩話‧又編》）

04 馮班：托興可哀。　○何焯：高髻險妝，見《唐書‧車服志》；
此句就他人一面說。　○紀昀：格調太卑。（《瀛奎律髓匯評》）

05 俞陛雲：首二句言生長蓬門，青裙椎髻，從不知綺羅之妍華；以
待字之年，將托良媒以通辭，料無嘉耦，只益傷心。三、四謂自
抱高世之格，甘棄鉛華，不知者翻憐我梳妝之儉陋也。五、六謂
以藝而論，則十指神針，未輸薛女；以色而論，則雙眉遠翠，不
讓文君。而藐姑獨處，從不向采芳女伴夸絕藝而競新妝。末句言
季女斯饑，固自安命薄，所恨者年年辛苦，徒為新嫁娘費金線之
功。人孰無情？誰能遣此耶？（《詩境淺說》）

＊ 編按：「神針薛女」是指魏文帝的宮人薛靈芸，文帝改名薛夜來，
擅長針黹功夫；魏文帝甚至非薛女所織衣裳則不穿，事見東晉王
嘉《拾遺記》。「季女斯饑」語出《詩經‧曹風‧候人》，詩歌
大意是說守邊盡職之人沉淪在下，庸才不勞而獲，尸位素餐；而
「季女斯饑」則是說守邊者的幼女竟然捱餓。

06 傅庚生：秦韜玉詠〈貧女〉云……李山甫詠〈貧女〉云：「平生
不識綺羅裳，閒把金簪亦自傷。鏡裡祇應諳素貌，人間多是重紅
妝。當年未嫁還憂老，終日求媒即道狂。兩意定知無說處，暗垂
珠淚濕蠶筐。」兩詩本相類，而練字度句則相去懸殊矣。第一句
秦詩首藉「蓬門」二字點出「貧」字，與「綺羅」相對稱。香裛
綺羅，而後美人衣之；貧女既無緣御綺羅，故云未識其香也。李
詩則云「平生不識綺羅裳」，豈貧女且目不識綺羅衣裳耶？是「裳」
字在此已不如「香」字遠甚，「平生」又不如「蓬門」之貼切也。
李詩之頷聯（按：「鏡裡」「人間」兩句）差足以與秦詩之頷聯
（按：「誰愛」「共憐」兩句）並武，頸聯及尾聯則僅抵得秦詩

「擬託良媒益自傷」一句；秦詩以頸、尾兩聯寄貧士不遇知音、供人驅使之深慨，為全篇之警策，故所蘊獨多也。另如李詩之用「金簪」「籧筐」，亦均出得突兀，凌亂失序，不若秦詩之「綺羅」「金線」前後自然照應，無著力提挈之形跡。至今「為人作嫁」竟成習用之語彙，而李詩則鮮知者，時代之遷易真成極公平之批評家矣。（《中國文學欣賞舉隅・練字與度句》）

＊ 編按：李詩首聯或本作「平生不識『繡衣』裳，閒把『荊釵』益自傷」，四句作「人間多『自信』紅妝」。

七三、張泌詩歌選讀

【事略】

張泌（842？－914？），字子澄，一說淮南人，一說南陽郡人，曾為前蜀（907－925）舍人。《唐詩紀事》《唐才子傳》均不及張泌，殆誤以為南唐時人之故（見後文）。《花間集》存其詞 27 首，《全唐詩》存其詩 1 卷。

另有一位張佖（一作張「泌」），南唐時（937－975）歷任句容（今江蘇句容市）縣尉、監察御史、考功員外郎、中書舍人、內史舍人。後隨李煜降宋，任職史館。家貧，以菜羹食親故，人稱「菜羹張家」，太宗嘉之，擢郎中。《十國春秋》卷 25 有傳。

【詩評】

01 許學夷：其七言古一篇，乃詩餘之調也。七言律……亦晚唐俊調。（《詩源辯體》）

02 丁儀：為詩清雅絕塵，絕句猶楚楚有致，雖杜牧、許渾不能過也。（《詩學淵源》）

312 寄人二首 其一（七絕）　　　　張泌

別夢依依到謝家，小廊回合曲闌斜。多情只有春庭月，猶為離人照落花。

【詩意】

　　離別經年之後，依然思慕遙深，以至於在昨夜縹緲的夢境中，我的心魂又飄回昔日約會的地方，只見迴環幽謐的小廊、曲折迤邐的欄杆，依稀仍是舊時的景象……。徘徊在人去庭空的春院之中，唯有皎潔的月色，仍舊多情地為滿懷離愁的我映照著凋零的落花……。

【注釋】

① 詩題—這是一首別後夢憶的懷人之作。詩人並未言明寄與何人，也許和李商隱某些有難言之隱的情詩相似，因此只能以詩代柬，遙寄心魂而已。本題其二云：「酷憐風月為多情，還到春時別恨生；倚柱尋思倍惆悵，一場春夢不分明。」內容是寫夢醒追憶時縹緲迷離的惆悵，與本詩應屬聯章之作；準此，則本詩四句皆可視為夢幻情景。

② 「別夢」句—別夢，離別經久後的夢境。依依，既形容夢境的縹緲，亦狀寫夢魂的輕裊，更兼寫淒楚依戀的心神。謝家，殆用東晉王凝之妻謝道韞嫺淑端良，詠絮才高之典實，借指詩人深心愛慕的女子所居之處，也可能指舊日歡會之處[1]。

③ 「小廊」二句—回合，迴環縈紆貌。斜，迤邐延伸貌。

【補註】

01 「謝家」一詞，往往代表所思慕女子的居住之處，至於女子是否姓謝，是否文采斐然，則未必有關；例如溫庭筠〈更漏子〉：「香霧薄，透簾幕，惆悵謝家池閣。」韋莊〈浣溪沙〉：「惆悵夢餘山月斜，孤燈照壁背紅紗，小樓高閣謝娘家。」兩詞中的謝家、謝娘家，都只是所思慕對象而已。

【導讀】

這是一首傷嘆舊情的記夢之作。據清人李良年《詞壇紀事》、徐釚《詞苑叢談》所載，張泌仕南唐為內史舍人，初與鄰女浣衣相善，作〈江神子〉詞：「浣花溪上見卿卿，眼波明，黛眉輕，高綰綠雲，低簇小蜻蜓。好是問她來得麼？和笑道：莫多情。」後經年不復相見，張嘗夜夢之，於是作本詩以寄[1]。如果這份資料正確，那麼詩人是追憶一位曾經令他情懷迷亂，魂牽夢縈的鄰家少女，她有秋水般明亮的眼眸，遠山般輕約的黛眉，烏雲般飄逸的秀髮，銀鈴般輕盈的笑語，和縹緲如夢，似有還無的情意，因此讓詩人在多年以後仍然難以忘懷她的淺笑輕顰，和那一段令他心湖盪漾，性靈迷醉的往事。

「別夢依依到謝家」七字，入手就是一片縹緲而遙遠的夢境，使人既感迷惘，也覺惆悵，彷彿心思也隨著詩人戀戀難捨的夢魂[2]，飄飄蕩蕩地落在一處不知名的地方，一座深邃幽密的宅院裡。「別夢」二字，表現出離別經年而思慕彌深的鍾情，因此才會心魂淒楚依戀地飄回往日歡會之地。「依依」二字，既表示夢中心神的感傷，也形容夢境的迷離隱約，更摹寫詩人夢魂的輕裊有如煙柳。換言之，即使是在多年以後的夢中重臨舊地，詩人黯然神傷的心魂依然感到悽惻哀苦，空虛迷茫，並不因為是在幻夢之中而淡忘那些濃郁得化不開、綿長得剪不斷的離愁與相思；則他日常清醒時每一觸及這段往事，其心情之沉痛與相思之悽楚，也就不言可喻了。

「小廊回合曲闌斜」七字，是寫夢魂飄入庭院之中，尋訪舊時相會的迴廊和依偎的曲欄。只見他細認遊蹤，緬懷舊情，既覺得景物是那麼熟悉，又覺得往事是那麼迷離，他的心中真是百感交集，思潮起伏而難以名狀了，因此只能以昔日儷影成雙的迴環小廊和花好月圓的曲斜欄杆，來寄託物是人非的悵嘆了。這一句既實寫庭院之空闊寂寥，又象徵詩人對她魂牽夢縈、愁腸百迴的深情，同時也暗示了伊人邈遠，芳蹤難覓，舊夢難圓的惆悵。

　　「多情只有春庭月，猶為離人照落花」兩句，是在人去庭空之後，眼見景物冷漠無情，只會惹人傷心，勾人離恨之際，突然尋得一道宣洩感情的出口，和一帖撫慰創痛的良方，藉以自我解嘲，也自我安慰。所謂唯有春庭的娟娟明月多情，其實並沒有暗諷伊人冷酷絕情或埋怨對方狠心離去，以致魚沉雁杳而芳蹤難覓，空教自己流連春庭，撫遍欄杆而悵恨無限的意思。「多情只有春庭月」其實只是和寂寂空庭中所有獻愁供恨的景物之「無情」相對比較後自我調適的手段，也是詩人在沉溺於悽愴哀痛的回憶中，藉以稍事喘息的移情作用罷了。「猶為」兩字，透露出昔日曾在花前月下共度良宵，也許還暗示迴廊斜欄的透迤幽密之處，曾經有過耳鬢廝磨的綺麗情事；奈何如今夢魂重來，明月親切多情如昔，卻只映照出自己孤獨的身影，和凋零滿地的殘瓣，真是情何以堪！「落花」可能象喻著一逝不返的戀情和難以再度追續的前緣；也可能象徵一段褪色的青春、一場黯淡的夢幻，藉以表達詩人憶往念舊時難以言傳的哀傷。

　　初讀本詩時，很容易聯想到李商隱傷情嘆往的〈春雨〉詩：「紅樓隔雨相望冷，珠箔飄燈獨自歸；……玉璫緘札何由達？萬里雲羅一雁飛。」因為伊人邈遠，芳訊難通的情節彼此相彷彿，而詩人語悲情深，眷戀難捨的神態，也同樣令人感動。不過李商隱似乎刻意嘔心瀝血，掏盡肺肝，唯恐描繪得不夠華麗，抒情得不夠深切；張泌則唯恐說破道盡，只以幾個淡雅而無聲的片斷意象，營造出縹緲如煙，飄忽似雲的惝怳迷離之境，而把情感隱藏其中，留給讀者更寬綽的想像餘地。比較起來，李商隱始終心魂不滅，熱情如火；張泌則似乎心魂已老，長情似水。因此這首詩讀起來，便像是聆聽月光下清淺的小溪潺潺地訴說著一段遙遠的煙雲往事，既輕裊如夢，也婉約若詞，自然撩起讀者綿邈的情思。丁儀《詩學淵源》稱張泌「為詩清雅絕塵，絕句猶楚楚有致，雖杜牧、許渾不能過也。」由本詩來看，頗為持平中肯。

【補註】

01 本詩見於後蜀（934－965）時人韋縠所編的《才調集》中，則作者可能為「前蜀（907－925）」張舍人泌（或者與南唐之張佖同名），也是《花間集》中 27 首詞的作者。蓋南唐（937－975）張佖（一作「泌」）入宋後官至諫議大夫，淳化五年（994）尚在人世，其作品收入後蜀時人所編的詩詞集之可能性較低，是以本詩的作者應為前蜀詞手較為合理。話雖如此，導讀部分仍以清人李良年《詞壇紀事》、徐釚《詞苑叢談》所載作者為南唐張泌解之，因為含有浣衣女的淺笑輕顰在內，較能引發浪漫旖旎的聯想。

02 張泌有許多歌詠夢境的詩詞，例如〈寄人二首〉其二云：「倚柱尋思倍惆悵，一場春夢不分明。」〈惆悵吟〉云：「畫夢卻因惆悵得，晚愁多為別離生。」〈春晚謠〉云：「蕭關夢斷無尋處，萬疊春波起南浦。」〈所思〉云：「依依南浦夢猶在，脈脈高唐雲不歸。」〈春夕言懷〉云：「幽窗漫結相思夢，欲化西園蝶未成。」〈經舊游〉云：「暫到高唐曉又還，丁香結夢水潺潺；不知雲雨歸何處？歷歷空留十二山。」〈浣溪紗〉云：「雲雨自從分散後，人間無路到仙家，但憑夢魂訪天涯。」〈南歌子〉云：「數聲蜀魄入簾櫳，驚斷碧窗殘夢，畫屏空。」如果說這些詩詞都是為了同一位女子而作的話，那麼詩人和這位女子應該有過刻骨銘心的柔情蜜愛，也曾有過旖旎浪漫的繾綣纏綿，因此他才會在事隔多年以後仍然難忘伊人倩影，以至於積思成夢，記錄了許多令自己倍覺惆悵的迷離幻夢。

【評點】

01 敖英：末二句無情翻出有情。（《唐詩絕句類選》）

02 周珽：張泌〈寄人〉二詩，俱情痴之語。（《唐詩選脈會通評林》）

03 宋宗元：（後半）蘊藉。（《網師園唐詩箋》）

04 潘德輿：泌有〈寄人〉一絕云：「別夢依依⋯⋯。」比之司空表
　　聖「故國春歸未有涯，小欄高檻別人家；五更惆悵回孤枕，猶自
　　殘燈照落花。」風流略似。（《養一齋詩話》）

七四、佚名氏詩歌選讀三首

313 金縷衣（七絕樂府）　　　　　佚名氏

勸君莫惜金縷衣，勸君須惜少年時；有花堪折直須折，莫待無花空折枝。

【詩意】

　　奉勸您不必珍惜鑲金綴玉的華貴服飾；奉勸您一定要珍惜青春年少，及時行樂啊！當春花正艷時，您務必要立即採摘賞玩；可千萬別蹉跎到花朵凋零後才去攀折空枝啊！

【注釋】

① 詩題──本詩最早見於後蜀韋縠所編選的《才調集》中，稱之為「雜調」，作者為「無名氏」；郭茂倩《樂府詩集》收入〈近代曲辭〉，改題為「金縷衣」，作者為李錡；孫洙《唐詩三百首》則以為「杜秋娘作¹」。

② 「勸君」二句──金縷衣。據黃永武教授的考據，「金縷衣」三字有多重意義：壽衣、宗教中的金縷僧伽黎衣、仙女的華衣、歌伎的華衫、一般華麗的服裝。由於本詩原為在宴席間侑酒助興而風行中唐的名曲，故當以光燦奪目的昂貴服飾較為可能，並可代指財富、名利等。須惜，應該珍惜；一作「惜取」，取，放在動詞候的助詞，無義。

③ 「有花」二句──有花，一作「花開」。直須，正應當、就該立即

之意。

【補註】

01 杜牧〈杜秋娘〉詩與〈序文〉謂相傳元和年間鎮海節度使李錡酷
愛此曲，常令其侍妾杜秋娘在宴席間演唱助興。由於來自金陵的
杜秋娘年方十五，而且美豔絕俗，歌藝動人，因此她所演唱的曲
子，便成為中唐時流行的曲調。郭氏先誤題作者於前，孫洙又誤
認作者於後；原始作者，已無可考。

【導讀】

　　從本詩原來是在宴會中演唱，以使氣氛和樂，賓主盡歡的背景來
領會，可知詩旨是勸人行樂及春，盡情尋歡。由於詩歌的內涵原本就
具有鼓舞意興，令人豪快的熱情，作者又能採用民歌重調反復的句法，
運用平易淺近的形象語言，懇懇勸說世俗之人樂於接受的人生體驗和
價值觀念，已經使這首小詩具備了動人的藝術魅力與感情內涵；再加
上金陵名妓曼妙的歌喉，和現場歡樂的曲調伴奏，自然使本詩又增添
了許多令人性靈搖蕩的情韻。尤其是詩意單純，容易領悟；語氣懇切，
容易接受；詩人又講究句法的變化、節奏的快慢、情意的對襯，使歌
詞具有回環複沓，一唱三嘆的特殊風味，因此人人能夠琅琅上口而廣
為流傳。鍾惺在《名媛詩歸》中所謂：「風情甚豪，仍有憫世之意。」
只怕是誤解了詩旨；孫洙說：「即聖賢惜陰之意，言近旨遠。」只怕
道學氣太濃。陸昶《歷朝名媛詩詞》說：「詞氣明爽，手口相應。其
『莫惜』『須惜』『堪折』『須折』『空折』，層層宕跌，讀之不厭，
堪稱能手。」則是從語意的對立、句法的複沓來稱賞本詩，可謂深中
肯綮的知音之言了。

　　「勸君莫惜金縷衣」和「勸君須惜少年時」兩句的句法相同，都
是由「勸君」起頭來表達惻惻的誠意，再加上兩個「惜」字的重出，

既使前半形成重疊反復的整齊句式，也在無形中增強了規律的節奏感而使人感到熟悉親切。而「勸君」的兩見和「惜」字的重出，又巧妙地和語意相反的「莫」「須」字相結合，於是便在整齊中有變化，規律中有對立，不致流於單調呆板。「莫惜金縷衣」和「須惜少年時」雖然一句否定，一句肯定，造成語意的衝突頓挫，聲情的跌宕起伏，但是它們的涵義卻又相互貫通；因為否定「金縷衣」以為不足惜，正所以凸顯出「少年時」具有萬金難買，一去莫追的價值，於是兩句的語意表面上似乎相反，其實正可以相輔相成而造成一氣奔注的流暢明快之感。這種一抑一揚，借賓顯主的映襯手法，使詩人所要強調的「莫辜負青春年少」的旨趣，烘托得極為清楚明白；因此，儘管詩人並未說明何以華麗昂貴的金縷衣竟不值得珍惜，讀者也可以由青春年少更值得寶貴的相對比較下，自行領略詩人的用心了。總之，前兩句的涵義雖然平淺易懂，明白如話，卻又有耐人咀嚼的餘味；句法雖然整齊，語氣卻有反差；語意雖然對立，語勢卻極流暢；至於反復詠嘆的殷殷情意，則始終一貫，因此使人在滿耳苦口婆心的「勸君」聲中，不僅不嫌單調嘮叨，反而覺得親切有味。

「有花堪折直須折，莫待無花空折枝」的句法和前半相似，也是以重出複疊的節奏感和正反相互激盪對立的語氣來增強勸諭和告誡的效果，而詩意也還是「莫辜負青春年少」而已。這樣的安排，一方面使首句與次句的反復詠歎，進一步拓展為前半和後半之間的反復詠嘆，而使全詩迴旋往復的幅度增大，也在涵詠時更具回環搖曳的風神；另一方面，卻又能在相似的句法中暗藏不同的表現手法，而顯得匠心獨運，別開生面。

甲、先就前後半句法的相似而言：

＊首先，三、四句雖然沒有一、二句那種「勸君莫惜」「勸君須惜」的整齊句式，但是「有花」應如何與「無花」將如何的對立，「堪折直須折」與「莫待空折枝」的正反辯證，和上句由正面申說行

樂及春，而下句則由反面凸顯珍惜年少之義，以及兩者的語意又相輔相成，形成一氣流走的語勢，則都和前半如出一轍。

*其次，第三句的「須」字和第二句的「須」字相互關鎖，使前後兩段有了自然的接榫而血脈融通；第四句的「莫」字又遙應第一句的「莫」字，也讓前後兩段首尾相銜而一氣貫注。這種前後兩段大致雷同的句法，自然使全詩詠嘆起來，令人有熟悉親切之感而容易琅琅上口，具有濃厚的民歌風味。

乙、再就匠心獨運的細微差異來說：

*首先，前半兩句是開口即勸，直書胸臆的賦筆，顯得熱情洋溢，直率明快；後半則是以「折花」作譬喻的比興手法，顯得委婉含蓄，耐人尋味。

*其次，前半「須惜少年時」的涵義較為抽象空泛，後半的「折花」，不僅形象較為具體，意象較為優美，也把行樂尋歡的涵義表現得較為鮮明生動。

*第三，前半由「莫惜」而「須惜」，是先否定而後肯定的轉折對比；後半由「直須」而「莫待」，則是先肯定後否定的辯證過程。由於思考的路徑完全相反，便使前後兩段在整齊的形式中產生細膩的變化，既可以避免單調呆板之譏，又使人有耳目一新之感；同時，前半的「莫」「須」和後半的「須」「莫」又正好位置對調，自然構成回文往復的詠嘆之美。

*第四，前半的「金縷衣」和「少年時」是截然無關的兩組概念；後半繁花滿枝的繽紛熱鬧和殘梗禿枝的冷清蕭瑟，則只是瞬間幻化成空的一體之兩面，因此很能給人突兀錯愕之感，具有更能警動人心的效果。

*第五，第三句的「須」之上加了一個「直」字，語氣便顯得更強烈，不僅具有催促人馬上行動的聲勢，甚至還具有鞭策、命令，

使人不得不遵從的霸氣；再加上末句的「空」字，語氣便顯得既鄭重，又嘆惋，甚至含有告誡警惕的味道了。

＊第六，前半只有「勸君莫惜」「勸君須惜」的諄諄勸說，卻沒有拈出不聽勸導將會空留遺憾的警惕之意；後半卻以「無花空折枝」來凸顯不能即時行樂的悔恨莫及之意。換言之，後半雖無「勸君」的字樣，但是勸勉之誠摯，卻溢於言表；於是全詩便始終在娓娓勸說、殷殷致意及諄諄告誡的語氣中，回環往復、唱嘆有致。

儘管前後兩半的手法不同，思辨的過程殊異，但是訴求「行樂及春」的主題卻是殊途同歸的，從而使全詩達到了單純而不單調的效果：其中有重出複沓的節奏，也有回環往復的情意；有由否定而肯定的叮嚀，也有由肯定而否定的警惕；整齊中有變化，變化中又能趨於統一；因此讀來就有抑揚頓挫，跌宕起伏的韻致，以及樸素而豐美，語淺而情深的意蘊可玩。唯其如此，當清麗絕俗的金陵名妓在觥籌交錯，酒酣耳熱的嘉賓之前，以她嫵媚的風韻、曼妙的歌喉、親切的語氣和殷勤的情意，娓娓唱出這支使人蕩氣迴腸的樂曲時，那種滿場皆醉，舉座傾心的景象，也就宛然在目了。

314 雜詩（七絕）　　　　　　　佚名氏

近寒食雨草萋萋，著麥苗風柳映堤。等是有家歸未得，杜鵑休向耳邊啼。

【詩意】

又接近寒食節了！天空飄飛著細密紛亂的雨絲，使我頓時感到迷茫惆悵；看到地上的青草正茂盛地向遠方綿延而去，不禁使我遠望思歸的心魂更加黯然神傷。春風輕輕地撫摸過嫩綠的麥苗田之後，又把

堤岸兩旁的楊柳撩撥得搖曳生姿，也攪動我記憶中臨別折柳的離愁……。杜鵑啊！杜鵑！我們同樣是羈旅漂泊，有家歸不得的遊子，請你別在我的耳邊不斷啼唱讓我悽愴欲絕的「不如歸去——不如歸去！」

【注釋】

① 詩題——本詩見《全唐詩》卷785〈雜詩〉中，十五首一組，本詩為第九首。

② 「近寒」句——籠統地說，清明節前一二日，民間有禁火冷食的習俗，謂之寒食；見韓翃〈寒食〉詩注①。萋萋，芳草繁茂狀；暗用《楚辭·招隱士》：「王孫游兮不歸，春草生兮萋萋」之意而寓涵春回大地，羈旅未歸之愁緒。

③ 「著麥」句——著，吹拂、輕襲。「著麥苗風」乃「風著麥苗」之倒裝，是形容風吹麥搖的情狀。

④ 「等是」二句——等是，同是；一作「一自」「早是」。杜鵑，又名子規、杜宇等，啼聲淒厲，如喚「不如歸去」，常勾惹旅人哀思。

【導讀】

本詩旨在抒發羈旅無歸、逢節思親的悵怨。

仔細推敲，可以發現它有幾個成功的地方：第一，寄深沉的悲淒於細膩的寫景之中而不露痕跡，也就是說在前半清麗的景致中，處處暗藏著勾愁惹恨的因素，使人所見無非愁景，所聽無非愁聲，所觸無非愁境，簡直無所遁逃。第二，前半奇崛拗峭的句法，似乎正好可以暗傳鬱結難解的愁緒。第三，前半兩句先訴諸視覺與觸覺，勾勒出詩情畫意的景致來渲染鄉情；後半再加上杜鵑鳥的啼唱，讓詩人滿眼滿

耳滿心都是無可遁逃的鄉愁之後，才直抒胸臆，宣洩情緒，自然噴迸出扣人心弦的哀音苦調。

「近寒食」三字，已經先行透露出特殊的氛圍和情緒。因為寒食習俗所蘊涵的文化意象，本來就帶有幾許冷清的感傷，使人無形中意緒寥落消沉；寒食之後接著又是清明掃墓的時候，自然會使羈旅未歸的遊子產生幾許慎終追遠的虔敬之心與孺慕之情，以及返鄉探視親友的濃郁鄉愁。當這些心事因為時空懸隔，無法獲得紓解時，他內心的惆悵與焦慮便會瀰漫開來，使他惘然若有所思而惶惶不安。何況，霏霏的雨絲又為天地染上一抹迷離的色調，敷上幾許淒清的氣氛，自然使遊子心中又添加了不少茫然的感傷而覺得落寞悽涼，無怪乎杜牧的〈清明〉詩說：「清明時節雨紛紛，路上行人欲斷魂。」雨絲的綿密，像鄉愁織成的漫天細網，使人倍覺惆悵；雨絲的陰濕，又使人觸肌生涼，心生寒意；黯淡的天色，又彷彿是覆壓在人心頭的陰霾；此情此景，能不感到陰鬱難排者幾希！何況還有料峭春風吹面而來，更吹醒久藏心底那分「春歸人未歸」的惆恨，怎能不觸緒紛來，倍覺迷惘呢？此時再看見萋萋芳草在雨絲的滋潤下更加繁茂地向遠天蔓延而去，除了讓遊子聯想《楚辭·招隱士》的名句：「王孫游兮不歸，春草生兮萋萋」而有遠遊未歸的遺憾與悵惘之外，還會想到家鄉也應該有芳草連天的景象，難免會目注神馳，心懸遠天而黯然神傷了。

「著麥苗風」是「風著麥苗」的倒裝。把「著」字提前，一方面表示先看到麥苗輕微地擺動，才進一步察覺到雨斜風飄的寒涼；另一方面把「風」字安置在麥苗和柳堤中間，也可以展現出春風裊娜過麥田又輕吻柳堤的柔和風情。「柳映堤」一方面是說柳色含煙，點染得柳堤更是縹緲如夢，撩人清愁；另一方面是說柔柳映水，襯托得水岸更是迷離幽謐，引人遐思；此時，再加上春風的逗弄，就更搖曳出詩人紛亂的鄉愁了——不難想像作者在離開家鄉的時候，應該也有臨別折柳的依依離情，才使他見到綠柳映堤的景象而跌入回憶的情境中。

由於詩人幾乎調動了所有的感官來層層渲染愁景，細細編織愁境，再加上寒食將近、清明在即的特殊文化意涵，才使本詩具有孫洙所謂十幾層意蘊而耐人尋味。

就視覺而言，芳草萋萋和楊柳映堤，本來就關合著思歸的愁懷和遠行的離情；何況還有紛亂的雨絲連結成瀰天漫地的愁網？就聽覺而言，細細的雨聲、習習的風聲，都使愁人意緒寥落；何況還傳來杜鵑泣血啼喚的「不如歸去──不如歸去！」自然更是聲聲叩擊著詩人脆弱的心靈，使他愁腸百轉了。就觸覺而言，雨絲雖細，觸手頓覺冷清；風裙雖柔，拂面仍感寒涼。而這真切無比的肌膚感受，就會使得原本滿眼愁色，滿耳愁聲，滿心愁緒的詩人感覺到陷身在釀愁的時節裡，已覺根觸百端；偏偏「不如歸去──不如歸去」的啼喚聲又一聲比一聲淒切地催促著他的歸思，自然便愁潮如湧，倍覺不堪了！因此，詩人才先以「等是有家歸不得」來哀求杜鵑的同情，又以「休向耳邊啼」來禁絕杜鵑的嘲弄！杜鵑，相傳是蜀王杜宇的精魂所化，由於難以忘懷蜀地臣民，常會哀泣悲啼至血染胸腹為止；因此詩人便以無限悲涼的口吻來訴求同樣有家難歸的傷痛，希望能喚起杜鵑的憐憫，不再刺痛自己的心靈。這種無從宣洩的積鬱和無所遁逃的鄉思，竟然使得詩人在難以承受，無法排遣之際，轉而泯除人鳥之別，去向怨禽傾訴自己的牢愁，可見詩人內心的悵恨是如何的深重了！因此周珽在《唐詩選脈會通評林》說：「真情、真趣、真話寫得出，惟有情癡者能知之！」從這個角度來觀察，本詩的作者恐怕是能通鳥語的公冶長了。

此外，本詩的句式比較獨特怪異，也有值得留意之處。前兩句的句式是「一（近／著）、三（寒食雨／麥苗風）、三（草萋萋／柳映堤）」，和習見的「上四下三」的句式極為不同。這種極為罕見的轉折拗峭的句式，和前兩句中停滯、阻塞、壓抑、哽咽的聲情相彷彿，似乎意在傳達腸迴九曲，愁緒百轉的積鬱之既深且濃，與既悲且痛。第三句「等是有家歸不得」則安排成「二、二、三」的頓挫句式，表

現出強忍悲淒的掙扎，使詩人滿腔的鬱苦達到再難遏抑，即將噴薄而出的飽和狀態；然後在第四句中先以二字句式的「杜鵑」作急迫焦慮的喝斥和禁止，再以「休向耳邊啼」的五字句式，一氣奔注地宣洩出滿腹的淒苦，自然使人在諷讀時感到字字含悲，句句忍痛，層層轉折，聲聲哽咽，而有一唱三嘆，語哀調苦之感了。仔細玩味，可以發現：「休」字儘管帶有命令禁止的語氣，勉強展現出阻絕斬斷的意志，卻也隱藏著色屬內荏的無奈與哀苦；因此吟詠再三，便覺得有如怨如慕、如泣如訴的悲愴之感了！

315 哥舒翰（五絕） 佚名氏

北斗七星高，哥舒夜帶刀。至今窺牧馬，不敢過臨洮。

【詩意】

北斗七星高懸於天際，讓大家都能仰望它來辨別方位而不至於迷途；哥舒翰將軍也在夜裡腰懸寶刀，嚴密地巡邏戒備，讓大家都能仰賴他而高枕無憂。他英姿颯爽，威震邊塞，使得吐蕃即使想要伺機偷偷地侵入我們的邊疆來放牧馬羊，也始終不敢渡過洮水而到臨洮的草原上來撒野！

【注釋】

① 詩題──哥舒，本為突厥部族名，此代指哥舒翰而言。哥舒翰為哥舒部的後裔，原為王忠嗣的牙將。吐蕃寇邊時，曾以半截鐵槍予以迎頭痛擊，所向披靡，敵眾駭潰而走，匹馬無歸，因而名震四海。後築神武軍於青海上，謫罪人二千戍守畜牧，吐蕃自此斂跡，

不敢復近青海。曾任安西、隴右節度使,大敗吐蕃主力於石堡城,積功封為西平郡王。安祿山叛亂時,哥舒翰鎮守潼關,被迫出擊,兵敗而降,後為安慶緒所殺。坊本常題作者為「西鄙人」,即西方邊野的佚名之人也。

* 編按:李白〈答王十二寒夜獨酌有懷〉云:「君不能、學哥舒,橫行青海夜帶刀,西屠石堡取紫袍。」杜甫〈贈哥舒開府〉云:「……開府當朝傑,論兵邁古風;先鋒百勝在,略地兩隅空。青海無傳箭,天山早掛弓。」和本詩都對哥舒翰推崇備至,顯然都是作於他兵敗潼關,降賊叛唐之前,依例當列入盛唐作品之林;然因無法查考作者的年代,故暫列於全書之末。

② 「至今」句──窺,窺伺機會,暗有所圖狀。牧馬,指放牧牛馬;賈誼〈過秦論〉:「乃使蒙恬北築長城而守藩籬,卻匈奴七百餘里,胡人不敢南下而牧馬。」後常指敵寇犯邊入侵而言。

③ 臨洮──今甘肅省甘南藏族自治州臨潭縣,一說在今臨潭東南方約六十公里的岷縣。施蟄存以為「過臨洮」是指渡過洮水,到臨洮郡的草原牧馬。洮,音ㄊㄠ ˊ。

【導讀】

本詩是西北邊民歌頌哥舒翰雄震關塞時神威凜然,勇懾吐蕃的英雄氣概;文字質樸,口語天然,卻自有雄渾勁健的氣勢激盪其間,因此評價很高。

「北斗七星高」五字,除了以賦筆直寫塞外的夜空特別高曠,星光特別明燦之外,還以北斗之崇高比擬當年哥舒翰威震塞北,自有熠耀寰宇、不可取代的地位與聲價;更含有由北斗七星能指引方向,使旅人不致在荒漠中迷途的貢獻,聯想到哥舒翰能使邊民安居樂業,不致在戰禍中顛沛流離,困頓失所的興筆意味。換言之,首句雖是描寫夜空的高遠,星光的冷峻,卻又有耐人尋味的興象寓藏其中,筆勢極

為雄奇勁健，因此胡本淵《唐詩近體》說：「先著此五字，比興極奇。」章燮《唐詩三百首注疏》說：「以北斗七星比哥舒翰之威也。」

「哥舒夜帶刀」是全詩中唯一正面描寫哥舒翰英雄氣概的筆墨。「夜」字直承上句而來；「帶刀」見出他枕戈待旦的英姿與嚴密戒備的精神。由於有「夜」字的點染，因此能夠浮現出邊境暗夜除了北斗七星幽冷的光芒之外，一片漆黑死寂的詭異氣氛；再加上「帶刀」二字，便具體凸顯出邊地緊張的形勢，也生動地刻劃出哥舒翰隨時戒備巡查，甚至主動出擊，使敵虜聞風喪膽，不得安寧的威風氣概。有了「夜帶刀」簡鍊的筆墨，正可以和首句豐富的興象相結合，進而凸顯出他神武英敏，凜然不可侵侮的形象和令人景慕信賴的風範，同時自然引出後半的詩意，更表現他使吐蕃不敢輕舉妄動的威望；因此楊逢春《唐詩偶評》說：「通首只『夜帶刀』三字是正面。首句破空而起，托得突兀；下二句加一倍寫，又托得醋足。」俞陛雲《詩境淺說‧續編》也說：「首句排空疾下，與盧綸『月黑雁飛高』，皆工於發端。」

「至今窺牧馬，不敢過臨洮」兩句，是寫儘管哥舒翰早已移防他處，但是餘威不減，仍使異俗之人不敢越雷池一步；更是把他的英風偉烈烘托得充塞荒漠，長留天地，令人景仰之餘，有無限的懷念和無比的驕傲。「至今」二字，暗示他已經離開西北邊塞，駐守他處；「窺」字寫出吐蕃伺機蠢蠢欲動而又未敢造次的焦躁不安，把敵寇鬼鬼祟祟的心理和偷偷摸摸的舉止，描繪得相當傳神。「牧馬」二字，在本詩中是指趁邊警不嚴而逼進唐朝邊界放牧牛馬而言，並不是指大舉寇邊入侵的開戰；因為詩人意在表示連放牧牛馬尚且不敢過於接近邊陲，何況是挑起戰爭？因此，「不敢」二字，更能捕捉到「窺」字的欲有所圖之意，深一層地描寫出醜虜那種「既期待，又怕受傷害」的猶疑畏怯、惶恐不安之狀，同時也直探其虎視眈眈，蠢蠢欲動的狼子野心，以及終究懾於威望而不敢躁進的矛盾心理。如此烘托，便把哥舒翰勇冠三軍，奇功屢建，使吐蕃成為驚弓之鳥的神威，更是表現得逼人眼

目,氣壯山河。如果就意涵之豐富,描寫之細膩而言,後半兩句,似乎還在王昌齡的〈出塞〉詩:「但使龍城飛將在,不教胡馬度陰山」二句之上。

【評點】

01 楊逢春:莽莽蒼蒼,天籟自鳴,不由思議。　○氣體英偉,音響激越,的是商聲。(《唐詩偶評》)

02 沈德潛:與〈敕勒歌〉同是天籟,不可以工拙求之。(《唐詩別裁》)

03 吳瑞榮:音節雄古,有聽鐘帶鼙之意;每諷讀數過,嘆息此人姓氏不傳。(《唐詩箋要》)

04 李慈銘:字字高渾,純是天籟,誦之如聞邊塞激烈之音。(《唐人萬首絕句選批校》)

05 俞陛雲:高歌慷慨……如風高大漠,古戍聞笳,令壯心飛動也。(《詩境淺說‧續編》)

文學研究叢書・古典詩學叢刊 0804A02

不廢江河萬古流——悅讀唐詩三百首

作　　者　李昌年

責任編輯　楊家瑜

發 行 人　林慶彰

總 經 理　梁錦興

總 編 輯　張晏瑞

編 輯 所　萬卷樓圖書股份有限公司

　　　　　臺北市羅斯福路二段 41 號 6 樓之 3

　　　　　電話 (02)23216565

　　　　　傳真 (02)23218698

發　　行　萬卷樓圖書股份有限公司

　　　　　臺北市羅斯福路二段 41 號 6 樓之 3

　　　　　電話 (02)23216565

　　　　　傳真 (02)23218698

　　　　　電郵 SERVICE@WANJUAN.COM.TW

香港經銷　香港聯合書刊物流有限公司

　　　　　電話 (852)21502100

　　　　　傳真 (852)23560735

ISBN 978-986-478-685-5

2022 年 5 月初版一刷

定價：新臺幣 3200 元（共五冊不分冊）

如何購買本書：

1. 劃撥購書，請透過以下郵政劃撥帳號：

　　帳號：15624015

　　戶名：萬卷樓圖書股份有限公司

2. 轉帳購書，請透過以下帳戶

　　合作金庫銀行 古亭分行

　　戶名：萬卷樓圖書股份有限公司

　　帳號：0877717092596

3. 網路購書，請透過萬卷樓網站

　　網址 WWW.WANJUAN.COM.TW

大量購書，請直接聯繫我們，將有專人為您服務。客服：(02)23216565 分機 610

如有缺頁、破損或裝訂錯誤，請寄回更換

國家圖書館出版品預行編目資料

不廢江河萬古流：悅讀唐詩三百首/李昌年著.
－ 初版.-- 臺北市：萬卷樓圖書股份有限公司, 2022.05

　　面， 　公分. -- (文學研究叢書. 古典詩學叢刊；0804A02)

ISBN 978-986-478-685-5(全套：平裝)

831.4　　　　　　　　　　　　111006941